ULLSTEIN

Das Buch

Eve Duncan rekonstruiert für die Gerichtsmedizin anhand von Schädeln die Gesichter von Toten. Eines Tages werden neun Skelette gefunden, die exhumiert und identifiziert werden müssen. Auch Kinderskelette sind darunter und Eve, die seit dem Tod ihrer Tochter verzweifelt nach deren sterblichen Überresten sucht, kann sich dieser Arbeit nicht entziehen, denn eines der Skelette könnte Bonnies sein. Dann erhält Eve die mysteriöse Botschaft eines Mannes, der sich als der wahre Mörder Bonnies ausgibt und mit einem weiteren Kindsmord droht. Eve macht sich auf die Suche nach diesem Mann und gerät nach und nach in das Netz eines psychopathischen Killers, der sein perfides Spiel mit ihr treibt: Er beginnt, ihr ganzes Leben zu manipulieren, und zieht sie immer tiefer hinein in seine Gedankenwelt. Allein die Erinnerung an ihre tote Tochter gibt Eve die Kraft, den Kampf mit dem Killer aufzunehmen.

Die Autorin

Iris Johansen schafft mit ihren Psychothrillern immer wieder den Sprung in die obersten Plätze der Bestsellerlisten der USA und wurde für ihre Bücher mit zahlreichen Preisen ausgezeichnet. Sie lebt in der Nähe von Atlanta, Georgia.

Von Iris Johansen sind in unserem Hause bereits erschienen:

Das Auge des Tänzers
Komm, dunkle Nacht
Und dann der Tod
Das verlorene Gesicht

Iris Johansen

Im Profil des Todes

Roman

Aus dem Englischen
von Norbert Möllemann

Ullstein

Besuchen Sie uns im Internet:
www.ullstein-taschenbuch.de

Umwelthinweis:
Dieses Buch wurde auf chlor- und säurefreiem Papier gedruckt.

Ullstein Verlag
Ullstein ist ein Verlag des Verlagshauses Ullstein Heyne List GmbH & Co. KG.
Sonderausgabe August 2003

Wir danken dem Karl Rauch Verlag für die Abdruckgenehmigung aus Antoine de Saint-Exupéry, *Flug nach Arras*, © 1956 Karl Rauch Verlag, Düsseldorf
Published by arrangement with Iris Johansen.
Titel der amerikanischen Originalausgabe: *The Killing Game* (Bantam Books, New York)
Übersetzung: Norbert Möllemann
Redaktion: Heike Steffen
Umschlaggestaltung: Thomas Jarzina, Köln
Titelabbildung: Bildagentur Mauritius GmbH, Mittenwald
Gesetzt aus der Sabon
Satz: Buch-Werkstatt GmbH, Bad Aibling
Druck und Bindearbeiten: Elsnerdruck, Berlin
Printed in Germany
ISBN 3-548-25701-1

Mein aufrichtiger Dank gilt erneut N. Eileen Barrow vom FACES Laboratory der Louisiana State University. Sie begegnete meinen merkwürdigen Fragen stets mit Wohlwollen, Warmherzigkeit und einem ausgesprochenen Sinn für Humor.

Ebenso möchte ich mich herzlich bei Engineer Jarod Carson von den Cobb County Fire and Emergency Services bedanken, der so großzügig seine Zeit geopfert hat, um mir zu helfen.

Kapitel 1

TALLADEGA FALLS, GEORGIA
20. JANUAR
6 UHR 35

Das Skelett hatte schon lange in der Erde gelegen. Joe Quinn hatte genügend Erfahrung, um das zu erkennen. Aber wie lange?

Er wandte sich zu Sheriff Bosworth. »Wer hat es gefunden?«

»Zwei Wanderer. Sie sind gestern am späten Abend darüber gestolpert. Die starken Regenfälle der letzten Tage haben die Erde ausgewaschen und das Skelett freigelegt. Der halbe Berg ist durch das verdammte Unwetter ins Rutschen gekommen. Alles ist weggespült worden.« Er sah Joe stirnrunzelnd an. »Sie müssen ja wie der Blitz von Atlanta hergekommen sein, sobald Sie davon erfahren haben.«

»Stimmt.«

»Glauben Sie, das hier hat mit einem Fall der Kriminalpolizei Atlanta zu tun?«

»Vielleicht.« Er dachte nach. »Nein. Das hier war ein Erwachsener.«

»Sie suchen ein Kind?«

»Ja.« Jeden Tag, jede Nacht. Immerzu. Er zuckte die Achseln. »Aus dem ersten Bericht ging nicht hervor, ob es sich um einen Erwachsenen oder ein Kind handelt.«

Bosworth blickte ihn wütend an. »Tatsächlich? Ich

muss sonst nie solche Berichte schreiben. Bei uns gibt es kaum Verbrechen. Wir sind hier nicht in Atlanta.«

»Immerhin kennen Sie sich so gut aus, dass Sie im Brustkorb eines Skeletts Stichwunden feststellen können. Allerdings gebe ich Ihnen Recht, dass wir ganz unterschiedliche Probleme haben. Wie viele Menschen leben hier?«

»Kommen Sie mir nicht so überheblich, Quinn. Wir haben hier eine schlagkräftige Polizeitruppe. Wir brauchen keine Cops aus der Stadt, die sich in unsere Zuständigkeiten einmischen.«

Er hatte einen Fehler begangen, dachte Joe müde. Er hatte fast vierundzwanzig Stunden nicht geschlafen, aber das war keine Entschuldigung. Es war immer ein Fehler, die Polizisten vor Ort zu kritisieren, selbst wenn die kein Blatt vor den Mund nahmen. Bosworth war sicherlich ein guter Polizist und er war freundlich gewesen, bis Joe sich abfällig über seine Arbeitsweise geäußert hatte. »Tut mir Leid. Ich wollte Ihnen nicht zu nahe treten.«

»Sind Sie aber. Sie wissen nichts über unsere Probleme. Haben Sie eine Ahnung, wie viele Touristen jedes Jahr hierher kommen? Und wie viele von denen sich hier in den Bergen verirren oder verunglücken? Wir haben vielleicht keine Mörder und Drogendealer, aber wir kümmern uns um jeden Einzelnen unserer Bürger, und nicht nur um die Grünschnäbel aus Atlanta, die in unseren Naturparks zelten, in Schluchten fallen und überall Müll ...«

»Okay, okay.« Joe hob die Hand. »Ich sagte, es tut mir Leid. Ich wollte Ihre Probleme nicht herunterspielen. Wahrscheinlich bin ich bloß neidisch.« Er ließ den Blick über die Berge und die Wasserfälle schweifen. Obwohl Bosworths Leute überall herumkletterten, das

Gelände markierten und durchkämmten, bot sich ihm immer noch ein unglaublich schöner Anblick. »Ich würde gern hier leben. Es muss wunderschön sein, jeden Morgen in dieser friedlichen Landschaft aufzuwachen.«

Bosworth war ein wenig besänftigt. »Das hier ist Gottes Land. Die Indianer haben die Wasserfälle ›Ort des fallenden Mondlichts‹ genannt.« Er setzte ein verdrießliches Gesicht auf. »Und hier gibt's normalerweise keine Skelette. Das muss einer von euch gewesen sein. Die Menschen bei uns bringen sich nicht gegenseitig um und verscharren Leichen im Erdboden.«

»Kann sein. Wäre ein ziemlich weiter Transportweg. Allerdings kann es in dieser Wildnis ewig dauern, bis eine Leiche entdeckt wird.«

Bosworth nickte. »Wenn diese Regenfälle und der Erdrutsch nicht gewesen wären, hätten wir sie wahrscheinlich in den nächsten zwanzig, dreißig Jahren nicht gefunden.«

»Wer weiß, vielleicht liegt sie ja schon so lange da. Ich mach jetzt mal den Weg frei. Ich nehme an, Ihr Gerichtsmediziner wird an das Skelett heranwollen, um es zu untersuchen.«

»Wir haben hier einen Leichenbeschauer. Er ist der örtliche Bestatter.« Schnell fügte Bosworth hinzu: »Aber Pauley ist immer bereit, um Hilfe zu bitten, wenn er sie braucht.«

»Er wird sie brauchen. An Ihrer Stelle würde ich eine offizielle Anfrage an unsere Gerichtsmediziner richten. Die sind in der Regel sehr kooperativ.«

»Könnten Sie das für uns erledigen?«

»Das geht nicht. Ich kann gern ein Wort für Sie einlegen, aber ich bin nicht in offiziellem Auftrag hier.«

Bosworth runzelte die Stirn. »Das haben Sie nicht erwähnt. Sie haben einfach Ihre Dienstmarke gezückt und angefangen, mir Fragen zu stellen.« Seine Augen weiteten sich plötzlich. »Mein Gott, Sie sind ja Quinn.«

»Das ist kein Geheimnis. Ich hab mich Ihnen vorgestellt.«

»Aber mir war nicht klar, dass Sie *der* Quinn sind. Man hört seit Jahren von Ihnen. Der Skelett-Mann. Vor drei Jahren waren Sie doch drüben im Coweta County, um zwei Skelette zu untersuchen, die dort gefunden worden waren. Dann gab es noch diese Leiche in den Sümpfen von Valdosta. Da waren Sie auch. Und dann noch das Skelett in der Nähe von Chattanooga, das Sie …«

»Spricht sich ganz schön rum, was?« Joe lächelte gequält. »Man sollte meinen, es gäbe interessantere Gesprächsthemen. Und? Machen diese Geschichten mich zu einer Art Legende?«

»Nein, die Leute betrachten Sie eher als Kuriosität. Sie suchen nach diesen Kindern, stimmt's? Die dieser Fraser getötet hat und von denen keiner weiß, wo sie begraben liegen.« Er legte die Stirn in Falten. »Aber ist das nicht schon fast zehn Jahre her? Mich wundert, dass Sie nicht längst aufgegeben haben.«

»Die Eltern haben nicht aufgegeben. Sie wollen ihre Kinder richtig beerdigen.« Er warf einen Blick auf das Skelett. »Die meisten Opfer haben ein Zuhause und eine Familie.«

»Das stimmt.« Bosworth schüttelte den Kopf. »Kinder. Ich werde nie verstehen, warum jemand ein Kind tötet. Die Vorstellung macht mich ganz krank.«

»Mich auch.«

»Ich habe drei Kinder. Wahrscheinlich würde es mir genauso gehen wie diesen Eltern. Mein Gott, man kann nur hoffen, dass man das nie durchmachen muss.« Bosworth schwieg einen Augenblick. »Diese Fälle sind nach Frasers Hinrichtung doch sicherlich abgeschlossen worden. Wirklich nobel von Ihnen, dass Sie Ihre Zeit opfern, diese Kinder zu suchen.«

Ein Kind. Das von Eve. »Hat nichts mit nobel zu tun. Ich kann einfach nicht anders.« Er wandte sich ab. »Vielen Dank für Ihre Geduld, Sheriff. Rufen Sie mich an, wenn ich zwischen dem Leichenbestatter und der Polizei von Atlanta vermitteln soll.«

»Ich wäre Ihnen sehr dankbar.«

Joe wandte sich zum Gehen, zögerte jedoch. Zum Teufel mit seinem Bemühen, einem Kollegen nicht auf den Schlips zu treten. Der Sheriff war eindeutig überfordert, und bis jemand eintraf, der sich auskannte, konnte es zu spät sein, alle Beweismittel zu sichern. »Darf ich Ihnen ein paar Vorschläge machen?«

Bosworth sah ihn misstrauisch an.

»Lassen Sie jemanden kommen, der die Leiche und den ganzen Tatort fotografiert.«

»Das hatte ich ohnehin vor.«

»Am besten sofort. Ich weiß, dass Ihre Leute sich alle Mühe geben, Beweismittel zu sichern, aber wahrscheinlich zerstören sie mehr, als sie finden. Sie sollten einen Metalldetektor einsetzen, um Beweismittel aufzuspüren, die noch in der Erde liegen. Und holen Sie einen forensischen Archäologen, der das Skelett ausgräbt, und einen Entomologen, der alles untersucht, was an toten Insekten und Larven da ist. Wahrscheinlich ist es zu spät für den Entomologen, aber man kann nie wissen.«

»Wir haben solche Leute hier gar nicht.«

»Die können Sie von einer Universität anfordern. So vermeiden Sie es, nachher dumm dazustehen.«

Bosworth dachte nach und sagte dann langsam: »Vielleicht mach ich das.«

»Überlegen Sie es sich.« Joe ging den Hügel hinab zu seinem Wagen, der unten auf der Schotterstraße geparkt war.

Schon wieder eine Niete; es war ohnehin nur ein Schuss ins Blaue gewesen. Aber er hatte der Sache nachgehen müssen. Er musste jeder Spur nachgehen. Eines Tages würde er Glück haben und Bonnie finden. Ihm blieb nichts anderes übrig, er musste sie finden.

Bosworth schaute Quinn nach. Kein schlechter Bursche. Vielleicht ein wenig zu kühl und beherrscht, aber das blieb wohl nicht aus, wenn man sich in der Großstadt mit all dem Abschaum herumschlagen musste. Gott sei Dank hatte er hier draußen keine Verrückten. Nur vernünftige Leute, die sich bemühten, ein anständiges Leben zu führen.

Der Skelett-Mann. Er war nicht aufrichtig gewesen. Quinn war tatsächlich eher eine Legende als eine Kuriosität. Er war FBI-Agent gewesen, hatte aber den Dienst quittiert, nachdem Fraser hingerichtet worden war. Jetzt war er Detective bei der Kriminalpolizei Atlanta und dem Vernehmen nach ein guter Polizist. Knochenhart und blitzsauber. In diesen Zeiten waren Polizisten in der Stadt zahlreichen Versuchungen ausgesetzt, denen man sich nur schwer widersetzen konnte. Das war einer der Gründe, weswegen Bosworth lieber im Rabun County blieb. Er wollte den Zynismus und die Verbitterung, die Quinn ins Gesicht geschrieben standen, nicht kennen lernen. Quinn war wahrscheinlich nicht einmal vierzig, aber er sah aus, als hätte er die Hölle schon hinter sich.

Bosworth warf einen Blick auf das Skelett. Mit so etwas war Quinn tagtäglich konfrontiert. Er legte es sogar regelrecht darauf an. Nun gut, sollte er doch. Er, Bosworth, wollte das Skelett so schnell wie möglich loswerden. Er wollte die Menschen hier nicht unnötig mit solchen schmutzigen Geschichten belasten.

Sein Funkgerät summte und er drückte auf Empfang. »Bosworth.«

»Quinn!«

Joe blickte über die Schulter zu Bosworth hinauf, der oben auf dem Felsvorsprung stand. »Was gibt's?«

»Kommen Sie zurück. Mein Hilfssheriff hat mich eben benachrichtigt, dass unsere Leute in den Hügeln drüben noch weitere Leichen gefunden haben … Skelette, genau genommen.«

Joe spannte sich an. »Wie viele?«

Bosworths rundes Gesicht wirkte ganz bleich im frühmorgendlichen Licht. »Bislang acht«, antwortete er wie benommen. »Eins davon könnte ein Kind sein.«

Sie hatten die Talladega-Leichen gefunden.

Dom schaltete den Fernseher ab und lehnte sich im Sessel zurück, um darüber nachzudenken, was das für ihn bedeutete.

Seines Wissens war es das erste Mal, dass seine Mordopfer entdeckt wurden. Er war immer sehr vorsichtig und systematisch vorgegangen, hatte stets noch ein paar Meilen zusätzlich zurückgelegt, in diesem Fall sogar sehr viele. All diese Leute hatte er in Atlanta erlegt und ihre Leichen zu seinem damals bevorzugten Friedhof transportiert.

Jetzt waren sie also entdeckt worden, und zwar nicht nach sorgfältiger Suche, sondern durch eine Laune der Natur. Oder war es Gottes Wille?

Ein religiöser Eiferer würde wahrscheinlich sagen, Gottes Hand hätte diese Leichen freigelegt, um ihn seiner gerechten Strafe zuzuführen.

Er lächelte. Zum Teufel mit diesen scheinheiligen Fanatikern. Wenn es einen Gott gab, dann freute er sich schon jetzt darauf, sich mit ihm anzulegen. Wenn es soweit war, würde ihm diese Herausforderung gerade recht kommen.

Die Talladega-Leichen bedeuteten für ihn keine große Bedrohung. Als er diese Morde begangen hatte, war er erfahren genug gewesen, keinerlei Spuren zu hinterlassen. Sollte er dennoch irgendwelche Fehler gemacht haben, hatten Regen und Schlamm sie längst beseitigt.

In seinen Anfangstagen war er nicht so umsichtig gewesen. Der Nervenkitzel war zu intensiv gewesen, die Angst zu groß. Seine Opfer hatte er sogar zufällig ausgewählt, um der Sache mehr Spannung zu verleihen. Solche Dummheiten hatte er längst überwunden. In letzter Zeit jedoch war er dermaßen systematisch geworden, dass die Erregung nachließ. Wenn die Erregung ganz ausblieb, dann hatte das Leben keinen Sinn mehr.

Hastig schob er den Gedanken beiseite. Das hatte er schon öfter durchgemacht. Er musste sich einfach nur ins Gedächtnis rufen, dass die Befriedigung in der Tat selbst lag. Alles andere war reine Dreingabe. Wenn er eine besondere Herausforderung brauchte, wählte er ein schwierigeres Opfer aus, jemanden mit Bindungen, der geliebt und vermisst wurde.

Die Funde in Talladega betrachtete er am besten als interessante Entwicklung, so konnte er mit Spannung und Vergnügen zusehen, wie die Hüter des Gesetzes sich abmühten, das Puzzle zusammenzusetzen.

Wer waren noch die Toten von Talladega? Er erinnerte sich schwach an eine blonde Prostituierte, einen obdachlosen Schwarzen, einen Jugendlichen, der seine Liebesdienste auf der Straße anbot … und an das kleine Mädchen.

Komisch, bis zu diesem Augenblick hatte er das kleine Mädchen völlig vergessen.

Gerichtsmedizin
Atlanta
Fünf Tage später

»Das Kind war sieben oder acht Jahre alt, weiblich, wahrscheinlich weiß.« Ned Basil, der Gerichtspathologe, las aus dem Bericht auf seinem Schreibtisch vor, den ihm Dr. Phil Comden, ein forensischer Anthropologe von der Georgia State University, übermittelt hatte. »Das ist alles, was wir wissen, Quinn.«

»Wie lange hat sie schon in der Erde gelegen?«

»Ungewiss. Vermutlich zwischen acht und zwölf Jahren.«

»Dann müssen wir weiter ermitteln.«

»Hören Sie, das ist nicht unser Problem. Die Skelette wurden im Rabun County gefunden. Der Chief hat sich schon dafür eingesetzt, dass ein forensischer Anthropologe hinzugezogen wird, um die Leiche zu untersuchen.«

»Ich möchte, dass Sie eine Empfehlung für eine Gesichtsrekonstruktion aussprechen.«

Basil hatte das kommen sehen. Schon als man die Gebeine des Kindes hereingebracht hatte, war es unausweichlich gewesen. »Das ist nicht unser Problem.«

»Ich mache es zu unserem Problem. Neun Leichen wurden in Talladega gefunden, ich bitte lediglich um eine Rekonstruktion.«

»Hören Sie, Chief Maxwell hat keine Lust, in diesen Schlamassel hineingezogen zu werden. Sie wird es ablehnen. Sie hat Ihnen nur deshalb gestattet, die Leiche des Kindes hierher zu bringen, weil sie genau weiß, dass all die Initiativen für verschwundene Kinder sie in der Luft zerreißen, wenn sie sich nicht wenigstens bemüht zeigt.«

»Das reicht mir nicht. Ich muss wissen, wer dieses Kind ist.«

»Haben Sie mich nicht verstanden? Das wird nicht passieren. Warum geben Sie's nicht auf?«

»Ich muss wissen, wer sie ist.«

Herrgott, Quinn war wirklich hartnäckig. Basil hatte zuvor schon einige Male mit ihm zu tun gehabt und der Detective hatte stets sein Interesse geweckt. Oberflächlich betrachtet wirkte er ruhig, umgänglich, beinahe träge, aber jedes Mal waren Basil Quinns messerscharfer Verstand und seine geistige Beweglichkeit aufgefallen. Er hatte gehört, dass Quinn früher einmal bei der FBI-Spezialeinheit SEAL gewesen war, und er konnte es sich gut vorstellen. »Von mir kriegen Sie keine Empfehlung, Quinn.«

»Sie sollten Ihre Meinung überdenken.«

Er schüttelte den Kopf.

»Haben Sie irgendwann in Ihrem Leben einen Fehler gemacht, Basil?«, fragte Quinn sanft. »Einen Fehler, von dem außer Ihnen niemand wissen sollte?«

»Worauf wollen Sie hinaus?«

»Wenn es etwas gibt, dann werde ich es herausfinden.«

»Wollen Sie mir drohen?«

»Ja. Ich würde Ihnen Geld bieten, aber Sie würden es ja doch nicht annehmen. Sie sind ziemlich ehrlich ... soweit ich weiß. Aber jeder hat etwas zu verbergen. Ich werde es rausfinden und ich werde es verwenden.«

»Sie Scheißkerl.«

»Sie brauchen nur diese Empfehlung zu schreiben, Basil.«

»Ich habe nichts getan, was …«

»Nie das Finanzamt übers Ohr gehauen? Nie einen wichtigen Bericht übersehen, weil Sie überarbeitet waren?«

Verdammt noch mal, jeder machte falsche Angaben bei der Steuererklärung. Aber städtische Angestellte konnten dafür gefeuert werden. Doch wie sollte Quinn herausfinden, dass er …

Er würde es herausfinden. Basil presste die Lippen zusammen. »Sehe ich das richtig, dass ich den Spezialisten für diese Arbeit gleich mit empfehlen soll?«

»Ja.«

»Eve Duncan.«

»Ganz genau.«

»Verdammt, Quinn. Jeder in der Abteilung weiß, dass Sie schon seit Jahren nach ihrem Kind suchen. Chief Maxwell wird sich darauf nicht einlassen. Duncan ist eine viel zu große Nummer, seit sie diesen politischen Skandal aufgedeckt hat. Wenn wir sie einschalten, werden uns die Journalisten die Bude einrennen.«

»Das liegt schon ein Jahr zurück. Für die ist Eve längst kalter Kaffee. Und ich würde mich darum kümmern.«

»Ist sie zurzeit nicht irgendwo im Südpazifik?«

»Sie würde herkommen.«

Basil war sich sicher, dass Eve Duncan kommen würde. Allen Mitarbeitern der Kriminalpolizei Atlanta war ihre Geschichte bekannt. Sie war als uneheliches

Kind in den Slums geboren, hatte sich gegen enorme Widerstände durchgesetzt und sich aus den Slums hochgearbeitet. Sie hatte ihr Studium fast beendet und war auf dem besten Weg, ein bürgerliches Leben zu führen, als ihr das Schlimmste zugestoßen war, was einer Mutter widerfahren konnte. Ihre Tochter Bonnie war von einem Serienmörder getötet worden und die Leiche wurde nie gefunden. Der Mörder, Fraser, war hingerichtet worden, ohne preiszugeben, wo die Leichen der zwölf Kinder, deren Mord er gestanden hatte, sich befanden. Seitdem hatte Eve all ihre Energie darauf verwandt, andere vermisste Kinder aufzufinden, seien sie tot oder lebendig. Sie war wieder an die Universität gegangen, hatte Kunst studiert und war Gesichtsrekonstrukteurin geworden. Sie hatte sich in den Bereichen Altersbestimmung und Erstellung von Mischbildern qualifiziert und sich auf beiden Gebieten einen außerordentlichen Ruf erworben.

»Warum zögern Sie noch?«, fragte Quinn. »Sie wissen doch genau, dass sie die Beste ist.«

Basil konnte es nicht leugnen. Sie hatte der Polizei schon in vielen Fällen geholfen. »Sie trägt ein verdammt großes Päckchen mit sich herum. Die Presseleute werden …«

»Ich habe gesagt, dass ich mich darum kümmern werde. Empfehlen Sie sie.«

»Ich werde darüber nachdenken.«

Quinn schüttelte den Kopf. »Jetzt gleich.«

»Die Polizei wird die Kosten für ihren Flug nicht übernehmen.«

»Die trage ich. Setzen Sie einfach nur die Empfehlung durch.«

»Sie machen ziemlichen Druck, Quinn.«

»Das ist eines meiner besonderen Talente.« Er setzte

ein Lächeln auf. »Aber Sie kriegen keine blauen Flecken davon.«

Basil war sich da nicht so sicher. »Es ist Zeitverschwendung. Chief Maxwell wird sich darauf nicht einlassen.«

»Sie wird. Ich werde ihr zu verstehen geben, dass ich Ihre Empfehlung an die Medien weitergebe, wenn sie sich weigert. Es läuft darauf hinaus, ob Eve in Ruhe an dem Schädel arbeiten kann oder ob die Presse die Frage aufwirft, warum Chief Maxwell nicht alles daransetzt, den Mord an dem kleinen Mädchen aufzuklären.«

»Sie wird Sie feuern.«

»Das Risiko gehe ich ein.«

Offenbar war er bereit, alles zu riskieren, um sich in dieser Angelegenheit durchzusetzen. Basil zuckte die Achseln. »Also gut, ich mach's. Es wird mir ein Vergnügen sein zuzusehen, wie Sie im hohen Bogen rausfliegen.«

»Gut.« Quinn ging zur Tür. »In einer Stunde bin ich wieder da und hole das Empfehlungsschreiben ab.«

»Ich gehe erst mal Mittag essen. Kommen Sie in zwei Stunden.« Es war zwar nur ein kleiner Sieg, aber besser als gar nichts. »Sie glauben, dass es die kleine Duncan ist, stimmt's?«

»Weiß nicht. Vielleicht.«

»Und dann wollen Sie, dass ihre Mutter den Schädel bearbeitet? Sie Scheißkerl. Und wenn es wirklich Bonnie Duncan ist? Was glauben Sie, wie zum Teufel das auf ihre Mutter wirkt?«

Als Antwort auf die Frage schloss Quinn die Tür hinter sich.

Eine Insel südlich von Tahiti
Drei Tage später

Er kam.

Ihr Herz pochte heftig und schnell. Sie war viel zu aufgeregt. Eve Duncan atmete tief durch, während sie beobachtete, wie der Hubschrauber auf der Rollbahn landete. Meine Güte, man hätte denken können, sie erwarte den Engel Gabriel. Dabei war es bloß Joe.

Bloß? Ihr Freund, ihr Begleiter durch den Albtraum, der sie fast zerrissen hätte, und einer der Fixpunkte in ihrem Leben. Und sie hatte ihn seit einem Jahr nicht gesehen. Verdammt, sie hatte allen Grund, aufgeregt zu sein.

Die Tür wurde geöffnet und er stieg aus dem Hubschrauber. Wie müde er aussah. Sein Gesicht wirkte fast immer ausdruckslos und für jemanden, der ihn nicht kannte, nicht zu deuten. Aber sie kannte dieses Gesicht. Aus einer Unzahl verschiedener Situationen konnte sie sich an jeden Blick, an jedes Zucken der Mundwinkel, an all die kleinen geheimen Zeichen erinnern, die so aufschlussreich waren. Sie bemerkte neue, tiefe Falten um den Mund herum und sein kantiges Gesicht war bleich.

Aber die Augen waren unverändert.

Und das Lächeln, das sein Gesicht bei ihrem Anblick aufleuchten ließ …

»Joe …« Sie fiel ihm um den Hals. Sicherheit. Geborgenheit. Verbundenheit. Die Welt war in Ordnung.

Er hielt sie eine Weile fest umschlungen, schob sie dann von sich weg und drückte ihr einen flüchtigen Kuss auf die Nase. »Du hast Sommersprossen. Benutzt du auch brav deine Sonnencreme?« Beschützend. Bestimmend. Besorgt. Zwei Minuten, und alles war wieder genau so wie vor vielen Monaten, als sie sich von ihm verabschiedet hatte. Sie grinste ihn an und richtete ihre Nickelbrille. »Natürlich, aber hier ist es praktisch unmöglich, keine Sonne abzubekommen.«

Er musterte sie von oben bis unten. »In diesen Shorts siehst du aus wie eine Aussteigerin.« Er neigte den Kopf. »Und du wirkst entspannt. Zwar nicht völlig, aber längst nicht mehr so überdreht wie damals, als ich dich zum letzten Mal sah. Logan kümmert sich gut um dich.«

Sie nickte. »Er ist sehr nett zu mir.«

»Und sonst?«

»Sei nicht so neugierig. Das geht dich nichts an.«

»Das heißt, du schläfst mit ihm.«

»Habe ich nicht gesagt. Und wenn es so wäre?«

Er zuckte die Achseln. »Nichts. Nach allem, was du bei der letzten Rekonstruktion durchgemacht hast, ging es dir ziemlich schlecht. Es ist völlig natürlich, dass du Logans Nähe gesucht hast. Ein Milliardär, der dich vor den Medien rettet und auf seiner eigenen Insel im Südpazifik in Sicherheit bringt. Es hätte mich gewundert, wenn du nicht prompt in sein Bett gefallen wärst, und noch mehr hätte es mich gewundert, wenn er dich nicht reingeschubst hätte.«

»Ich lasse mich nicht in irgendwelche Betten schubsen. So was entscheide ich immer noch selbst.« Sie schüttelte den Kopf. »Und jetzt hör auf, über Logan herzuziehen. Ihr habt euch schon immer angeknurrt wie zwei Pitbulls.« Sie ging ihm voraus zum Jeep. »Und hier ist er dein Gastgeber, also versuch, dich anständig zu benehmen.«

»Vielleicht.«

»Joe.«

Er lächelte. »Ich werde mir Mühe geben.«

Sie atmete erleichtert auf. »Hast du Mom getroffen, bevor du abgereist bist?«

»Ja, sie lässt dir Grüße ausrichten. Du fehlst ihr.«

Eve kräuselte die Nase. »Nicht sehr. Sie ist immer noch mit Ron liiert. Hat sie dir erzählt, dass sie in ein paar Monaten heiraten wollen?«

Er nickte. »Und wie findest du das?«

»Was glaubst du wohl, wie ich es finde? Ich kann mir für sie nichts Besseres vorstellen. Ron ist nett und Mom hat eine gute Beziehung verdient. Ihr Leben war hart genug.« Das war noch untertrieben. Ihre Mutter war in den Slums aufgewachsen, war jahrelang drogensüchtig gewesen und hatte im Alter von fünfzehn Jahren Eve in dieser albtraumhaften Umgebung zur Welt gebracht. »Es ist gut, dass sie jemanden hat. Sie brauchte immer jemanden und ich selbst war meistens viel zu beschäftigt, als dass ich ihr die nötige Aufmerksamkeit hätte schenken können.«

»Du hast getan, was du konntest. Du warst immer eher wie eine Mutter als wie eine Tochter zu ihr.«

»Lange Zeit war ich zu verbittert, um für sie da zu sein. Erst nachdem Bonnie geboren wurde, haben wir es geschafft, die Kluft zu überbrücken.« Bonnie. Die Geburt ihrer Tochter hatte Eves ganzes Leben verändert. »Mom wird es jetzt besser haben.«

»Und was ist mit dir? Du hast auch nur sie.«

Eve ließ den Motor des Jeeps an. »Ich habe meine Arbeit.« Sie lächelte ihn an. »Und ich habe dich, wenn du nicht gerade mit mir schimpfst.«

»Du erwähnst Logan nicht. Freut mich.«

»Wolltest du mich testen? Ich mag Logan sehr.«

»Aber noch hat er dich nicht am Wickel.« Joe nickte zufrieden. »Ich konnte mir auch nicht vorstellen, dass es ihm gelingen würde.«

»Wenn du nicht damit aufhörst, über Logan zu reden, werfe ich dich hier an der Straße aus dem Wagen, dann kannst du nach Tahiti zurück trampen.«

»Ganz schön fies. Hier legt kein Schiff an.«

»Genau.«

»In Ordnung. Ich bin hier eindeutig im Nachteil.«

Ja, allerdings. Und es kam selten vor, dass Joe im Nachteil war. »Wie geht's Diane?«

»Gut.« Er zögerte. »In letzter Zeit sehe ich sie nicht häufig.«

»Die Frau eines Polizisten führt ein Scheißleben. Schon wieder ein komplizierter Fall?«

»Der komplizierteste überhaupt.« Er ließ den Blick über das Meer schweifen. »Aber ich hätte sie auch so nicht gesehen. Unsere Scheidung wurde vor drei Monaten rechtskräftig.«

»Wie bitte?« Eve war schockiert. »Warum hast du mir nichts davon gesagt?«

»Da gab's nicht viel zu sagen. Diane konnte sich nie daran gewöhnen, mit einem Polizisten verheiratet zu sein. Sie wird glücklicher sein ohne mich.«

»Warum hat Mom es mir nicht erzählt?«

»Ich hatte sie gebeten, dich nicht zu beunruhigen. Du solltest dich einfach nur ausruhen.«

»O Gott, das tut mir Leid, Joe.« Sie schwieg eine Weile. »Bin ich daran Schuld?«

»Wie kommst du denn darauf?«

»Du bist mein Freund, du hast mir geholfen. Meinetwegen bist du angeschossen worden, du wärst beinahe gestorben. Ich weiß, dass sie sauer auf mich war.«

Er leugnete es nicht. »Es wäre auch so passiert. Wir hätten nie heiraten dürfen. Es war ein Fehler.« Er wechselte das Thema. »Woran arbeitest du, seit du hier bist?«

Sie warf ihm einen frustrierten Blick zu. Die Scheidung musste ihn tief getroffen haben und sie hätte ihm gern geholfen. Aber er war ihr schon immer ausgewichen, wenn die Rede auf seine Ehe gekommen war. Vielleicht würde sie später mehr von ihm erfahren.

»Ich habe nicht besonders viel zu tun. Meistens Mischbilder und Altersbestimmungen. Ein paar Fälle von Gesichtsrekonstruktion, die mir die Kriminalpolizei Los Angeles geschickt hat.« Sie verzog das Gesicht. »Ich habe schnell herausgefunden, dass die meisten Dienststellen Leute bevorzugen, die auf dem Festland leben. Ich bin hier ziemlich weit ab vom Schuss. Ich beschäftige mich sogar mit Bildhauerei, um etwas zu tun zu haben.«

»Und befriedigt dich das?«

»Mehr oder weniger.«

»Also eher weniger?«

»Es kommt mir ... seltsam vor.«

»Die meisten Leute würden es seltsam finden, mit Schädeln zu arbeiten. Was sagt Logan dazu?«

»Logan glaubt, dass gewöhnliche Bildhauerei mir gut tut. Wahrscheinlich hat er Recht.«

»Und, tut es dir gut?«

»Nein, irgendwie ... fehlt was.«

»Ein Zweck.«

Es überraschte sie nicht, dass Joe sie verstand. Er hatte sie immer verstanden. »Es geht um die Verschwundenen. Ich könnte mehr dazu beitragen, den Verschwundenen ihr Zuhause zurückzugeben.

Logan glaubt, ich bräuchte mehr Distanz dazu. Er meint, ich solle diese Arbeit aufgeben, er findet, dass ich mir den Beruf ausgesucht habe, der mir am meisten schadet.«

»Und was antwortest du ihm?«

»Dass er sich um seinen eigenen Kram kümmern soll.« Sie verzog das Gesicht. »Dasselbe, was ich dir sage. Ich wünschte, ihr beide würdet begreifen, dass ich ohnehin tue, was ich für richtig halte, egal, was ihr darüber denkt.«

Joe lachte. »Daran habe ich nie gezweifelt. Logan vermutlich auch nicht. Darf ich deine Kunstwerke mal sehen? Ich habe dich bisher nur an Schädeln arbeiten sehen.«

»Vielleicht später.« Sie warf ihm einen durchdringenden Blick zu. »Wenn du dich Logan gegenüber anständig benimmst.« Sie bog in die Auffahrt ein, die zu einer riesigen weißen Villa führte. »Er ist unglaublich nett zu mir, ich möchte nicht, dass du seine Gastfreundschaft missbrauchst.«

»Ein hübsches Haus. Wo arbeitest du?«

»Am Strand neben dem Haus hat Logan mir ein Labor bauen lassen. Hör endlich auf, immer das Thema zu wechseln. Wirst du nett sein zu Logan?«

»Du nimmst ihn ja richtig in Schutz. Soweit ich mich erinnere, kann Logan selbst auf sich aufpassen.«

»Ich nehme meine Freunde immer in Schutz.«

»Nur deine Freunde?« Er musterte sie eindringlich. »Die Liebhaber nicht?«

Sie wandte den Blick von ihm ab. »Liebhaber können auch Freunde sein. Hör auf, mir auf den Zahn zu fühlen, Joe.«

»Ist dir nicht wohl bei meinen Fragen? Oder bei der Sache selbst? Übt er zu viel Druck aus?«

»Nein, *du* bist derjenige, der Druck ausübt.« Sie parkte vor dem Haus und sprang aus dem Wagen. »Hör endlich auf.«

»Schon gut. Ich denke, ich weiß die Antwort schon.«

Er nahm seinen Koffer vom Rücksitz. »Wenn ich geduscht habe, bin ich bestimmt weniger kratzbürstig. Soll ich Logan jetzt gleich begrüßen oder möchtest du mir lieber erst zeigen, wo ich mein müdes Haupt betten kann?«

Weniger kratzbürstig war eindeutig besser. »Es reicht, wenn du uns zum Abendessen Gesellschaft leistest.«

»Wenn ich mich fürs Abendessen in Schale werfen soll, musst du mich wohl in die Küche verbannen. Ich habe nur diesen einen Koffer dabei.«

»Bist du verrückt? Du weißt genau, dass ich nicht so vornehm bin. Ich ziehe mich nur deshalb mehrmals täglich um, weil es hier so heiß ist.«

»Man kann nie wissen. Neuerdings verkehrst du ja in gehobenen Kreisen.«

»Logan ist nicht so. Zumindest nicht hier auf der Insel. Wir leben hier genauso zwanglos, wie ich es von Atlanta gewöhnt war.«

»Er ist ganz schön clever.«

»Er arbeitet sehr viel. Genauso viel wie früher in den Staaten. Und dann spannt er gern aus, wenn er die Möglichkeit hat.« An der Haustür blieb sie stehen. »Warum bist du hergekommen, Joe? Hast du Urlaub?«

»Nein, nicht direkt.«

»Was soll das heißen?«

»Na ja, ich hatte noch ein paar Wochen gut. Ich habe reichlich Überstunden gemacht, während du dir hier im tropischen Glück die Sonne auf den Bauch scheinen lässt.«

»Und warum sagst du, dass du ›nicht direkt‹ Urlaub machst? Warum bist du hier, Joe?«

»Um dich zu sehen.«

»Nein, sag es mir.«

Er lächelte. »Um dich nach Hause zu holen, Eve.«

Logan trat vom Fenster weg, als sie in sein Arbeitszimmer kam. »Wo ist er?«

»Ich habe ihm sein Zimmer gezeigt. Du wirst ihn beim Abendessen treffen.« Sie kräuselte die Nase. »Ich weiß, dass du es kaum erwarten kannst.«

»Mistkerl.«

Sie seufzte. Es ärgerte sie, dauernd zwischen diesen Männern, die sie beide mochte, die Vermittlerin spielen zu müssen. »Ich hätte ihn auch in Tahiti treffen können. Du hast mir versprochen, ihn freundlich zu behandeln.«

»So freundlich, wie er sich mir gegenüber verhält.« Logan hielt ihr seine Hand hin. »Komm her, ich möchte dich fühlen.«

Sie ging zu ihm und nahm seine Hand. »Warum?«

Er gab keine Antwort. »Wir wissen beide, warum er hier ist. Hat er schon mit dir gesprochen?«

»Er hat nur gesagt, er will mich nach Hause holen.«

Er stieß einen leisen Fluch aus. »Und was hast du ihm geantwortet?«

»Nichts.«

»Du kannst hier nicht weg, verdammt noch mal. Du wirst nur wieder in dieses tiefe Loch fallen, in dem ich dich angetroffen habe.«

»So tief war es nun auch wieder nicht. Ich hatte Arbeit. Ich hatte Ziele. Das hast du nie verstanden, Logan.«

»Ich verstehe nur, dass ich dich verlieren werde.« Er verstärkte den Griff seiner Hand. »Du bist doch glücklich hier bei mir, oder?«

»Ja.«

»Dann lass es nicht so weit kommen. Hör nicht auf diesen verdammten Rattenfänger.«

Sie starrte ihn hilflos an. Sie wollte ihm um Himmels willen nicht wehtun. John Logan war zäh, intelligent, charismatisch, ein erfolgreicher Unternehmer und außergewöhnlicher Geschäftsmann. Sie hätte sich nie träumen lassen, dass er zugleich so verletzlich war. »Es war nie die Rede davon, dass ich für immer hier bleiben würde.«

»Ich wünsche mir aber, dass es für immer sein soll. Ich wollte es nie anders.«

»Das höre ich zum ersten Mal.«

»Weil ich wie auf Eierschalen gehen musste, damit du mir nicht wegläufst. Ich sage es dir jetzt.«

Sie wünschte, er hätte es nicht gesagt. Es würde ihr die Entscheidung unnötig schwer machen. »Wir reden später darüber.«

»Du hast dich schon entschieden.«

»Nein.« Sie hatte sich an diesen lieblichen, friedlichen Ort gewöhnt. Sie hatte sich an Logan gewöhnt. Sie hatte hier eine Zeit voller Zärtlichkeit, Zuneigung und Frieden erlebt. Die Rastlosigkeit, die sie ebenfalls empfand, würde sich vielleicht irgendwann legen. »Ich bin mir nicht sicher.«

»Er wird dafür sorgen, dass du dir sicher bist.«

»Ich treffe meine Entscheidungen allein. Er wird keinen Druck auf mich ausüben.«

»Nein, dazu ist er zu clever. Dafür kennt er dich zu gut. Was nicht heißt, dass er nicht jede Möglichkeit nutzen wird, dich zur Rückkehr zu bewegen. Hör nicht auf ihn.«

»Ich muss ihn zumindest anhören. Er ist mein bester Freund.«

»Tatsächlich?« Er berührte sanft ihre Wange. »Warum zerrt er dich dann in eine Welt, die dich zerstören könnte? Wie lange kannst du dich mit Schädeln und Morden herumschlagen, ohne einen Zusammenbruch zu erleiden?«

»Irgendjemand muss es schließlich tun. Ich kann einer Menge Eltern Gewissheit verschaffen, die immer noch nach ihren Kindern suchen.«

»Soll es jemand anderes machen. Du bist zu stark persönlich betroffen.«

»Wegen Bonnie? Sie hilft mir ja gerade dabei, diese Arbeit zu ertragen. Sie ist der Grund, dass ich mich umso mehr für all jene Eltern einsetze, die auch gern ihre Kinder nach Hause holen möchten.«

»Du wirst wieder zum Workaholic werden.«

Sie verzog das Gesicht. »Nicht auf dieser Insel. Ich bin nicht ausgelastet.«

»Ach, da liegt das Problem? Wir können in die Staaten zurückgehen. Wir können in meinem Haus in Monterey leben.«

»Lass uns später darüber reden«, wiederholte sie.

»Okay.« Er küsste sie leidenschaftlich. »Ich wollte einfach vor Quinn auf dem Spielfeld sein. Du hast die Wahl. Wenn dir nicht mehr gefällt, was ich dir biete, suchen wir etwas anderes.«

Sie umarmte ihn. »Wir sehen uns beim Dinner.«

»Denk darüber nach, Eve.«

Sie nickte und verließ das Zimmer. Natürlich würde sie darüber nachdenken. Sie mochte Logan. Aber liebte sie ihn? Was bedeutete das: Liebe? Sie kannte sich nicht besonders aus mit der Liebe zwischen Mann und Frau. Eve hatte geglaubt, Bonnies Vater zu lieben, aber da war sie gerade erst fünfzehn gewesen; später hatte sie erkannt, dass sie Leidenschaft für ihn empfand, aber auch das Bedürfnis nach Trost in einer rauen

Welt. Sie hatte noch einige weitere Beziehungen gehabt, aber die waren allesamt unwichtig gewesen und hatten sich, sobald sie sich ihrer Arbeit widmete, in nichts aufgelöst. Logan war nicht unwichtig und er würde sich dagegen wehren, von irgendetwas oder irgendjemandem in den Hintergrund gedrängt zu werden. Er konnte ihre Leidenschaft wecken und er war freundlich und fürsorglich. Es würde sie traurig machen, wenn er aus ihrem Leben verschwände. Das könnte in der Tat mit Liebe zu tun haben.

Sie hatte keine Lust, gerade jetzt darüber nachzudenken. Das konnte warten, bis sie mit Joe gesprochen hatte. Sie beschloss, solange in ihr Labor zu gehen und noch weiter mit Hilfe eines Fotos an der Simulation des Alterungsprozesses von Libby Crandall zu arbeiten, die im Alter von acht Jahren von ihrem Vater entführt worden war.

Eve ging den Flur entlang zu der Flügeltür, die zu ihrem Labor führte. Sonnendurchflutet. Alles auf dieser Insel war sonnendurchflutet und hell und sauber. Ein solches Leben würde Logan ihr am liebsten auf Dauer bieten, immer in der Sonne, weit weg von jeder Düsternis. Warum sollte sie ihn nicht gewähren lassen? Der Schmerz würde nachlassen. Die Erinnerung an Bonnie würde irgendwann verblassen. Jemand anders würde all den Kindern helfen, die irgendwo da draußen verschwunden waren.

Unmöglich. Niemals. Bonnie und die anderen Verschwundenen waren zu sehr mit ihrem Leben und ihren Träumen verwoben. Sie machten einen großen Teil ihrer Identität aus, vielleicht den größten.

Logan kannte sie so gut, es war kaum denkbar, dass er diese Wahrheit nicht längst akzeptiert hatte.

Dass sie und die Dunkelheit zusammengehörten.

Dunkelheit.

Dom hatte die Nacht immer gemocht. Nicht weil man sich in ihr verbergen konnte, sondern weil ihn das Unbekannte erregte. Nachts wirkte die Welt anders und dennoch wurde für ihn alles umso deutlicher. Hatte nicht Saint-Exupéry etwas darüber geschrieben?

O ja, er erinnerte stich …

Die heiß geliebte Nacht. Nachts, da schläft der menschliche Verstand und die Dinge sind nur noch ganz einfach da. Alles was wirklich wichtig ist, gewinnt wieder Gestalt, ersteht neu aus der zerstörenden Zergliederung des Tages. Der Mensch setzt seine Bruchstücke aneinander und wird wieder geruhsam, einem Baume gleich.

Er hatte nicht das Gefühl, aus Bruchstücken zu bestehen, die er wieder aneinander setzen musste, aber die Nacht machte ihn ruhig und stark. Bald würde die Ruhe vorbei sein, aber die Kraft würde in ihm anschwellen wie ein tausendstimmiger Chor.

Chor. Er musste lächeln, als ihm auffiel, wie ein Gedanke den nächsten ergab.

Er richtete sich auf dem Fahrersitz auf. Sie verließ das Haus. Er hatte sie ausgesucht, weil er mal wieder eine besondere Herausforderung brauchte; er war sicher, dass sie ihn mehr stimulieren würde als sein letztes Opfer. Debby Jordan, blond, einunddreißig, verheiratet, zwei Kinder. Sie war Kassenwartin des Eltern-Lehrer-Ausschusses, hatte eine hübsche Sopranstimme und sang im Chor der Hill Street Methodist Church. Sie war gerade auf dem Weg zur Chorprobe.

Sie würde nie dort ankommen.

Kapitel 2

Joe und Logan bemühten sich während des Abendessens um einen höflichen Umgangston, aber Eve konnte die Spannung zwischen ihnen spüren.

Es ging ihr auf die Nerven. Sie war stets für klare, offene Verhältnisse. Die beiden waren wie zwei Eisberge, die aufeinander zutrieben; man konnte nie wissen, wann sie zusammenstoßen würden, weil der größte Teil unter der Oberfläche verborgen war.

Sie hielt es nicht länger aus. Der Nachtisch konnte ihr gestohlen bleiben.

Abrupt erhob sie sich. »Komm, Joe. Lass uns einen Spaziergang machen.«

»Und ich bin nicht eingeladen?«, murmelte Logan. »Wie unhöflich, außerdem haben wir noch gar nicht zu Ende gegessen.«

»Ich bin satt.« Joe stand auf und warf seine Serviette auf den Tisch. »Und es stimmt, Sie sind nicht eingeladen.«

»Na gut, ich würde mich vermutlich nur langweilen. Ich denke, ich weiß ohnehin, was Sie Eve zu sagen haben.« Er lehnte sich in seinen Stuhl zurück. »Nur zu. Tun Sie das, weswegen Sie hergekommen sind. Ich werde mit ihr reden, wenn sie zurückkommt.«

»Sie würden sich garantiert nicht langweilen.« Joe ging zur Tür. »Ich glaube eher, dass Sie sich vor Angst in die Hosen machen.«

Eve eilte ihm nach in den Flur. »Verdammt noch mal, war das nötig?«

»Ja.« Er lächelte. »Es musste raus. Den ganzen Abend war ich viel zu freundlich. Gar nicht gut für die Verdauung.«

»Du bist hier Gast.«

»Das allein verursacht mir schon Bauchschmerzen.« Er steuerte die Verandatür an. »Lass uns am Strand spazieren gehen.«

Sie war auch froh, aus dem Haus und an die frische Luft zu kommen. Die spannungsgeladene Atmosphäre nahm ihr die Luft zum Atmen.

Auf der Veranda streifte sie ihre Schuhe ab und sah zu, wie auch Joe Schuhe und Strümpfe auszog und die Hosenbeine aufkrempelte. Das erinnerte sie an das letzte Mal, als sie ihn auf seinem Schnellboot gesehen hatte, mit nacktem Oberkörper, die Kakihose bis zu den Waden hochgerollt. Er hatte Eve und Diane über die Schulter angelacht, während er mit dem Boot auf dem See kreuzte. »Hast du die Hütte am See noch?«

Er nickte. »Aber das Haus in Buckhead habe ich Diane überlassen, das war Teil der Vermögensregelung.«

»Und wo wohnst du jetzt?«

»In einer Wohnung in der Nähe.« Er folgte ihr auf dem Fußweg zum Strand. »Eine schöne Wohnung, aber ich bin nicht viel dort.«

»Das sehe ich.« Ihre Füße sanken in dem kühlen, weichen Sand ein und sofort ging es ihr besser. Das Geräusch der Brandung beruhigte sie, genau wie das Zusammensein mit Joe. Sie kannten sich so gut, es war fast, als wäre sie allein. Nun, nicht völlig. Joe ließ nie einen Zweifel daran, wer und was er war. Es war einfach so, dass sie gut harmonierten. »Du passt nicht gut auf dich auf. Du wirkst erschöpft.«

»Ich habe eine harte Woche hinter mir.« Er passte sich ihrem Tempo an und ging eine Weile schweigend neben ihr her. »Hat deine Mutter dir von Talladega erzählt?«

»Was?«

»Das hatte ich auch nicht erwartet. Es stand in allen Zeitungen, aber sie würde dir nichts erzählen, was dich von hier wegholen würde.«

Sie erstarrte. »Was ist passiert?«

»An einem Steilhang in der Nähe der Wasserfälle hat man neun Skelette gefunden. Eins davon von einem kleinen, weißen Mädchen.«

»Wie ... klein?«

»Sieben oder acht Jahre alt.«

Sie holte tief Luft. »Wie lange hat sie in der Erde gelegen?«

»Die erste grobe Schätzung besagt, zwischen acht und zwölf Jahren. Vielleicht ist es ja nicht Bonnie, Eve. Die anderen Gebeine sind von Erwachsenen, und soweit wir wissen, hat Fraser nur Kinder getötet.«

»Soweit wir wissen, ja. Aber er hat nichts ausgesagt.« Ihre Stimme klang gepresst. »Der Scheißkerl hat nur gegrinst und geschwiegen. Er hat nur gesagt, dass er sie vergraben hat, und das war's ...«

»Beruhige dich.« Joe nahm ihre Hand und drückte sie sanft. »Ganz ruhig, Eve.«

»Ich soll ruhig bleiben? Bonnie ist womöglich gefunden worden und du sagst mir, ich soll ruhig bleiben!«

»Ich möchte nicht, dass du dir unnötig Hoffnungen machst. Das Kind könnte auch älter gewesen sein. Und wir wissen nicht genau, wie lange es in der Erde gelegen hat.«

»Aber sie könnte es sein.«

»Die Möglichkeit besteht.«

Sie schloss die Augen. Bonnie.

»Aber genauso gut könnte es ein anderes Kind sein.«

»Ich könnte sie nach Hause holen«, flüsterte sie. »Könnte ich doch nur meine Kleine nach Hause holen.«

»Eve, du hörst nicht zu. Es ist sehr unwahrscheinlich.«

»Ich habe es gehört und habe es verstanden.« Aber vielleicht war sie näher am Ziel, als sie es in den Jahren zuvor je gewesen war. Vielleicht war es Bonnie. »Gibt es Zahnbefunde?«

Er schüttelte den Kopf. »In keinem der Schädel waren Zähne vorhanden.«

»Wie bitte?«

»Wir gehen davon aus, dass der Mörder die Zähne entfernt hat, um die Identifikation zu erschweren.«

Sie zuckte zusammen. Cleverer Schachzug. Brutal, aber clever. Fraser war clever gewesen. »Aber es gibt noch die DNA-Analyse. Konntet ihr genug Proben entnehmen?«

»Wir haben Proben vom Knochenmark. Es wird im Labor untersucht. Aber es kann eine Weile dauern, bis die Ergebnisse vorliegen.«

»Können wir nicht das Labor einschalten, mit dem wir beim letzten Mal zusammengearbeitet haben?«

»Teller macht keine DNA-Analysen mehr. Er war ziemlich genervt von dem Medienrummel, den ihm unser letzter Auftrag beschert hat.«

»Und, wie lange wird es dauern?«

»Mindestens vier Wochen.«

»Nein. Dann werde ich verrückt. Ich muss es wissen.« Sie atmete tief durch. »Werden sie mir gestatten, die Gesichtsrekonstruktion durchzuführen?«

»Bist du sicher, dass du das möchtest?«

»Natürlich will ich das.« Zu sehen, wie Bonnies Gesicht unter ihren Händen zum Leben erweckt wurde …

»Das könnte traumatische Folgen für dich haben.«

»Ist mir egal.«

»Mir aber nicht«, gab er scharf zurück. »Ich kann es nicht ertragen, dich leiden zu sehen.«

»Ich werde nicht leiden.«

»Zum Teufel noch mal, du leidest doch jetzt schon.«

»Ich muss es tun, Joe. «

»Ich weiß.« Er sah aufs Meer hinaus. »Deshalb bin ich ja hergekommen.«

»Kannst du dafür sorgen, dass sie mich das machen lassen?«

»Das ist schon geklärt.«

»Gott sei Dank.«

»Vielleicht begehe ich damit den größten Fehler meines Lebens.«

»Nein, du hast genau das Richtige getan, genau das Richtige für mich.«

»Schwachsinn.« Er machte sich auf den Weg zurück zum Haus. »Es ist eher das Alleregoistischste, was ich je in meinem Leben getan habe.«

»Kannst du mir mehr über die Morde sagen?«

»Im Flugzeug werde ich dich mit den Einzelheiten vertraut machen. Ich habe Tickets für uns beide für den Flug morgen Nachmittag von Tahiti. Ist das zu früh?«

»Nein.« Logan. Sie musste es Logan erklären. »Ich packe noch heute Abend.«

»Nachdem du es Logan gesagt hast.«

»Ja.«

»Ich könnte mit ihm reden.«

»Quatsch. Logan hat ein Recht darauf, es von mir zu erfahren.«

»Tut mir Leid. Aber du wirkst ein wenig überspannt. Ich wollte lediglich ...«

»Was für ein lächerliches Wort. Südstaatenschönheiten sind überspannt. Scarlett O'Hara ist vielleicht überspannt. *Ich* bin *nicht* überspannt.«

Er lächelte. »Jedenfalls geht's dir besser als noch vor ein paar Minuten.«

Wirklich? Die Angst, Logan gegenüberzutreten und ihm zu erklären, dass sie abreiste, hatte alle anderen Gefühle verdrängt, aber sie wusste genau, sobald sie das hinter sich hatte und allein war, würden die Qualen sie wieder einholen.

Sie würde sich ihren Gefühlen stellen und den Schmerz zulassen. Sie hatte sich jahrelang damit herumgeschlagen. Sie würde auch jetzt mit dem Schmerz umgehen können. Sie fühlte sich gegen alles gewappnet, was auf sie zukommen mochte.

Jetzt, wo die Möglichkeit bestand, Bonnie nach Hause zu holen.

PHOENIX, ARIZONA

Dom drückte die Kerze in Debby Jordans Hand und rollte die Leiche in die Grube, die er für sie ausgehoben hatte.

Er hatte ihr wehgetan. Er hatte eigentlich geglaubt, das primitive Bedürfnis, seine Opfer zu quälen, längst überwunden zu haben. Doch während er sie tötete, war ihm plötzlich klar geworden, dass er zu wenig empfand, und das hatte ihn in Panik versetzt. In einem Anfall von Frustration hatte er zugestochen wie ein Irrer. Wenn ihn das Vergnügen am Morden verließ, was blieb ihm dann noch? Wie sollte er dann weiterleben?

Er musste die Panik ersticken. Kein Grund zur Beunruhigung. Er hatte immer gewusst, dass dieser Tag kommen würde. Das Problem war nicht unlösbar. Er musste einfach einen Weg finden, das Töten mit neuen Herausforderungen und neuen Einfällen spannender zu machen.

Debby Jordan war noch kein Vorgeschmack auf die tödliche Langeweile und Trostlosigkeit gewesen, die er am meisten fürchtete. Dass er ihr wehgetan hatte, war unerheblich.

Gott, sie hatte ihm schrecklich wehgetan.

Eve blickte hinaus auf die Brandung, die sanft gegen das Ufer plätscherte. Sie war an den Strand gerannt, nachdem sie mit Logan gesprochen hatte, und saß bereits seit Stunden dort und versuchte, ihre Fassung wiederzugewinnen.

Es gab bereits genügend Schmerz auf dieser Welt, der einem von Fremden zugefügt wurde; warum musste sie einem Menschen wehtun, der ihr nahe stand?

»Hast du mit ihm gesprochen?«

Sie wandte sich um. Es war Joe, der einige Meter hinter ihr stand.

»Ja.«

»Und was hat er gesagt?«

»Nicht viel. Vor allem, nachdem ich ihm erklärt habe, dass es sich um Bonnie handeln könnte.« Sie lächelte traurig. »Er meinte, du hättest die einzige Karte ausgespielt, gegen die er chancenlos sei.«

»Das stimmt.« Joe setzte sich neben sie. »Neben Bonnie wird alles andere in unserem Leben unwichtig.«

»Nur in meinem. Du hast sie nicht gekannt, Joe.«

»Doch, ich kenne sie. Du hast mir so viel von ihr erzählt, dass ich das Gefühl habe, sie ist mein Kind.«

»Sie war so voller Lebensfreude. Jeden Morgen kam sie an, sprang auf mein Bett und wollte wissen, was wir heute machen und was wir uns alles ansehen würden. Sie verbreitete eine unwiderstehliche Herzlichkeit. Ich bin in beklemmender Verbitterung und Armut aufgewachsen und habe mich oft gefragt, wie ich an ein Kind wie Bonnie gekommen war. Ich hatte sie gar nicht verdient.«

»Du hattest sie verdient.«

»Nachdem sie geboren war, habe ich versucht, mich ihrer würdig zu erweisen.« Eve rang sich ein Lächeln ab. »Es tut mir Leid, du hast Recht. Ich sollte dich nicht damit belasten.«

»Das ist keine Belastung.«

»Natürlich ist es das. Eigentlich sollte ich allein an dieser Last tragen.«

»Unmöglich. Wenn du leidest, spürt es jeder in deiner Umgebung.« Er ließ Sand durch die Finger rieseln. »Bonnie ist noch da. Für uns beide.«

»Auch für dich, Joe?«

»Aber natürlich, wie sollte es anders sein? Du und ich sind schon so lange zusammen.«

Seit jenem Albtraum, seit Bonnies Verschwinden. Er war damals FBI-Agent gewesen, jünger, weniger zynisch, und hatte noch die Fähigkeit besessen, schockiert und entsetzt zu sein. Er hatte versucht, sie zu trösten, aber in jener grauenhaften Zeit hatte es für sie keinen Trost gegeben. Dennoch war es ihm irgendwie gelungen, sie aus schweren Depressionen herauszuholen, bis sie wieder halbwegs allein zurechtkam. Sie verzog das Gesicht. »Ich weiß nicht, warum du dich noch immer mit mir abgibst. Ich bin eine miserable Freundin, ich denke an nichts anderes als an meine Arbeit. Ich bin so verflucht egoistisch, dass ich nicht einmal mitbekommen habe, dass es Probleme zwischen dir und Diane gab. Warum hast du mich nicht längst zum Teufel geschickt?«

»Das frage ich mich auch manchmal.« Er neigte den Kopf, als müsste er nachdenken. »Wahrscheinlich habe ich mich an dich gewöhnt. Es ist so aufreibend, neue Freunde zu suchen, also muss ich mich wohl mit dir abfinden.«

»Gott sei Dank.« Sie schlang die Arme um die Knie. »Ich habe ihm wehgetan, Joe.«

»Logan ist hart im Nehmen. Er wird drüber wegkommen. Er wusste, dass er auf dein Bleiben nicht schwören konnte, als er dich hierher gelockt hat.«

»Er hat mich nicht hierher gelockt. Er wollte mir helfen.«

Joe zuckte die Achseln. »Vielleicht.« Er stand auf und half ihr auf die Füße. »Komm, lass uns zum Haus zurückgehen. Du bist schon reichlich lange hier draußen.«

»Woher weißt du das?«

»Ich habe dich hinausrennen sehen. Ich habe auf der Veranda gewartet.«

»Die ganze Zeit?«

Er lächelte. »Ich hatte gerade keine dringenden Verabredungen. Ich dachte mir, dass du Zeit für dich allein brauchst, aber jetzt solltest du schlafen gehen.«

Er hatte dort in der Dunkelheit gestanden, schweigend und stark, und geduldig abgewartet, bis er ihr helfen konnte. Auf einmal fühlte sie sich stärker, optimistischer als zuvor. »Ich gehe nicht ins Haus, aber du kannst mich zum Labor begleiten. Ich muss noch etwas erledigen und anschließend packen.«

»Brauchst du Hilfe?«

Sie schüttelte den Kopf. »Ich komme schon klar.« Sie

steuerte das kleine Haus an, das etwa hundert Meter entfernt lag. »Ich habe es die ganze Zeit vor mir hergeschoben.«

»Willst du es dir noch mal überlegen?«

»Das solltest du eigentlich besser wissen.« Sie öffnete die Tür des Labors und schaltete das Licht an. »Aber ich bin traurig.« Sie trat an den Computer auf ihrem Schreibtisch. »Geh jetzt. Ich muss diese Alterssimulation noch fertig stellen. Libbys Mutter wartet schon so lange darauf. Sie hatte die Hoffnung schon fast aufgegeben.«

»Hübsches Labor.« Joe ließ seinen Blick durch den Raum wandern, von der beigefarbenen Couch mit den vielen orange- und goldfarbenen Kissen zu den gerahmten Fotos auf dem Bücherschrank. »Du hast es nach deinen Vorstellungen eingerichtet. Wo ist die Skulptur, an der du arbeitest?«

Sie deutete mit dem Kopf auf den Sockel neben dem riesigen Panoramafenster. »Deine Büste macht Fortschritte. Aber eine von Mom ist schon fertig. Sie steht im Schrank neben der Tür.«

»Meine Büste?« Er starrte sie an. »Großer Gott, das bin ja *ich*.«

»Kein Grund, sich geschmeichelt zu fühlen. Ich hatte keine Modelle und dein Gesicht kenne ich fast so gut wie mein eigenes.«

»Das sehe ich.« Er berührte den Nasenrücken. »Ich habe immer geglaubt, niemand würde diesen kleinen Hubbel bemerken. Ich habe mir die Nase beim Football gebrochen.«

»Hättest sie seinerzeit besser versorgen lassen sollen.«

Er grinste. »Aber dann wäre ich einfach zu perfekt.« Er zögerte einen Moment. »Ich hätte eher damit gerechnet, dass du eine Büste von Bonnie machst.«

»Ich hab's versucht. Es geht nicht. Ich habe die ganz Zeit bloß auf den Ton gestarrt.« Sie rückte ihre Brille zurecht und ließ das Foto von Libby auf dem Bildschirm erscheinen. »Vielleicht später.«

»Aber du meinst, den Schädel des kleinen Mädchens kannst du rekonstruieren?«

Ihr fiel auf, dass er es vermied, von Bonnies Schädel zu sprechen. »Ich muss es tun. Ich kann alles tun, wenn es sein muss. So, und jetzt lass mich allein, Joe, ich habe zu arbeiten.«

Er schlenderte zur Tür. »Versuch, ein bisschen zu schlafen.«

»Erst will ich die Alterssimulation noch machen.« Sie nahm sich die Fotos von Libbys Mutter und Großmutter vor, um sie eingehend zu betrachten. Nicht an Bonnie oder an Logan denken! Libby benötigte ihre ganze Aufmerksamkeit. Sie musste aus einem Mädchen von acht Jahren eine Fünfzehnjährige machen. Keine leichte Aufgabe. Sie durfte an nichts anderes denken.

Schon gar nicht an Bonnie.

»Zu schade, dass du keine Zeit hast, Joe fertig zu stellen«, sagte Bonnie.

Eve drehte sich auf der Couch um und sah Bonnie dastehen und auf Joes Büste starren. Sie sah aus wie immer, wenn sie Eve besuchte: Jeans, T-Shirt, wilde rote Locken. Aber neben der Büste wirkte sie kleiner als sonst.

»Ich habe jetzt Wichtigeres zu tun.«

Bonnie kräuselte die Nase und betrachtete Eve über die Schulter hinweg. »Ja, du glaubst, du hättest mich gefunden. Ich habe es dir schon so oft gesagt: Ich bin nicht mehr da. Es ist nur noch ein Haufen Knochen.«

»Deine Knochen?«

»Woher soll ich das wissen? Ich kann mich daran nicht erinnern. Du würdest bestimmt nicht wollen, dass ich mich daran erinnere.«

»Um Himmels willen, nein. Aber ich glaube, dass du weißt, wo er dich vergraben hat. Warum sagst du es mir nicht? Ich will dich doch nur nach Hause holen.«

»Weil ich möchte, dass du vergisst, wie ich gestorben bin.« Bonnie trat ans Fenster und blickte aufs Meer hinaus. »Ich möchte, dass du dich nur daran erinnerst, wie ich war, als ich noch bei dir war, und wie ich jetzt bin.«

»Ein Traum.«

»Ein Geist«, verbesserte Bonnie sie. »Irgendwann gelingt es mir, dich zu überzeugen.«

»Und dann werden sie mich in die Klapsmühle stecken.«

Bonnie kicherte. »Ach was. Das würde Joe nie zulassen.«

Eve lächelte und nickte. »Er würde ordentlich Rabatz machen. Dieses Theater würde ich mir gern ersparen, wenn du nichts dagegen hast.«

»Mir egal. Wahrscheinlich ist es sogar besser so, dass du niemandem von mir erzählst.« Sie neigte den Kopf. »Ich finde es sehr schön, dass wir immer wieder solche Augenblicke für uns allein haben. Unser ganz besonderes Geheimnis. Weißt du noch, was wir alles für Geheimnisse hatten? Wie wir Oma einmal zu ihrem Geburtstag mit diesem Ausflug in die Callaway Gardens überrascht haben? Wir haben sie ins Auto gepackt und sind losgefahren. Die Blumen waren so schön, es war Frühling. Bist du seitdem noch mal da gewesen?«

Bonnie, wie sie durch die Callaway Gardens rannte und wie sie strahlte vor Freude und vor Aufregung …

»Nein.«

»Hör auf damit.« Bonnie runzelte die Stirn. »Die Blumen sind immer noch wunderschön und der Himmel ist immer noch blau. Freu dich doch darüber.«

»Jawohl, Ma'am.«

»Du sagst es, aber du meinst es nicht wirklich.« Sie sah wieder aufs Meer hinaus. »Du freust dich darauf, von der Insel wegzukommen, stimmt's?«

»Ich habe einen Auftrag.«

»Du hättest die Insel sowieso bald verlassen.«

»Nicht unbedingt. Es ist so friedlich hier. Ich mag das Licht und die Ruhe.«

»Und du magst Logan und willst ihm nicht wehtun.«

»Ich habe ihm wehgetan.«

»Er wird traurig sein, wenn du gehst, aber er wird es verkraften.« Sie schwieg einen Augenblick. »Ich wusste, dass Joe dich holen würde, aber ich wusste nicht ... Mir gefällt das nicht, Mama.«

»Dir hat es noch nie gefallen, dass ich dich suche.«

»Nein, ich meine ... ich habe so ein Gefühl ... da ist eine Dunkelheit.«

»Du hast Angst, ich könnte es nicht überleben, an deinem Schädel zu arbeiten.«

»Es wird dir schaden, aber das ist es nicht, was ...« Sie zuckte die Achseln. »Du wirst ja sowieso fahren. Du bist so ein Dickschädel.« Sie lehnte sich an die Wand. »Schlaf jetzt wieder. Du musst noch packen. Übrigens, die Alterssimulation hast du sehr gut hingekriegt.«

»Danke«, erwiderte sie spöttisch. »Eigenlob stinkt.«

»Nie kann ich dir ein Kompliment machen«, beschwerte sich Bonnie. »Du glaubst immer, du machst es dir selbst.«

»Na ja, wenn du ein Traum bist, ist das ja wohl die

logische Schlussfolgerung.« Sie schwieg einen Augenblick. »Libbys Vater muss ein gewalttätiger Mensch sein. Er hat sie aus Rache entführt. Lebt Libby noch? Sie ist nicht zufällig bei dir?«

Bonnie hob die Augenbrauen. »In deinen Träumen oder auf der anderen Seite? Du kannst nicht beides haben, Mama.«

»Vergiss es.«

Ein Lächeln huschte über Bonnies Gesicht. »Sie ist nicht hier bei mir. Du hast die Möglichkeit, sie nach Hause zu bringen.«

»Das wusste ich.« Eve drehte sich wieder auf die Seite und schloss die Augen. »Ich hätte diese ganze Arbeit nicht auf mich genommen, wenn ich nicht gewusst hätte, dass die Chancen gut stehen.«

»Ist das eine logische Schlussfolgerung?«

»Genau.«

»Und nicht vielleicht Instinkt?«

»Tut mir Leid, wenn ich deine Illusionen zerstören muss, aber diese Träume sind die einzige Dummheit, die ich mir erlaube … Wirst du mich begleiten?«

»Ich bin immer bei dir.« Nach kurzem Schweigen fuhr sie zögernd fort. »Aber vielleicht wird es für mich schwieriger durchzukommen. Die Dunkelheit …«

»Bist du dieses Skelett, Kleines?«, flüsterte Eve. »Bitte, sag's mir.«

»Ich bin mir nicht sicher. Ich weiß nicht, ob die Dunkelheit dir oder mir im Wege ist …«

Als Eve aufwachte, erhellte ein schwacher Schimmer den Horizont. Sie blieb noch zwanzig Minuten im Bett liegen und beobachtete, wie die Morgendämmerung über dem Meer aufzog. Eigenartig, aber sie fühlte sich nicht so erholt wie sonst, wenn sie von Bonnie geträumt hatte. Sie war unruhig. Ein Psychiater würde sagen, dass die Träume eine befreiende Wirkung hätten und die Möglichkeit böten, mit dem Verlust von Bonnie zu leben, ohne den Verstand zu verlieren – und wahrscheinlich hätte er Recht. Die Träume hatten ein Jahr nach Frasers Hinrichtung begonnen und sie hatten eine positive Wirkung. Deshalb würde sie den Teufel tun und zu einem Seelenklempner gehen, um sie loszuwerden. Eine liebevolle Erinnerung hatte noch niemandem geschadet.

Sie schwang die Beine aus dem Bett. Höchste Zeit, die Grübelei zu beenden und in die Gänge zu kommen. Sie musste noch packen und um acht Uhr war sie mit Joe im Haus verabredet.

Und sie musste sich endgültig von Logan verabschieden.

»Du siehst aus, als müsstest du einen todkranken Freund besuchen.« Logan kam die Treppe herunter, als sie die Eingangshalle betrat. »Alles klar zur Abreise?«

Sie musste sich zusammenreißen. »Ja.«

»Wo ist Quinn?«

»Er wartet im Jeep. Logan, ich werde nie …«

»Ich weiß.« Er machte eine abwehrende Handbewegung. »Komm, wir müssen jetzt gehen.«

»Kommst du mit?«

»Guck nicht so misstrauisch. Nur bis zum Flugplatz.« Er nahm ihren Arm und bugsierte sie zur Tür. »Ich habe keine Lust, wie ein verlassener Liebhaber dazustehen. Ist nicht meine Art. Ich verjage dich hiermit von meiner Insel. Und komm nie wieder.« Er lächelte schief. »Es sei denn morgen, nächsten Monat oder nächstes Jahr. Denk darüber nach, wenn du innerhalb der nächsten zehn Jahre zurückgeeilt kommst, würde ich dich eventuell aufnehmen. Ansonsten, vergiss es.«

Sie lächelte erleichtert. »Danke, Logan.«

»Weil ich es dir leicht mache? Ich werde den Teufel tun und einen Schatten auf unsere gemeinsame Zeit hier werfen. Dazu war es viel zu schön.« Er öffnete die Haustür. »Du bist eine außergewöhnliche Frau, Eve. Ich möchte dich nicht verlieren. Wenn du mich nicht mehr als Liebhaber willst, werde ich dein Freund sein. Ich werde eine Weile brauchen, mich daran zu gewöhnen, aber es wird gehen. Dafür werde ich sorgen.«

Sie küsste ihn auf die Wange. »Du bist längst mein Freund. Ich war ein Nervenbündel, als ich vor einem Jahr hierher kam. Niemand hätte großzügiger sein oder mehr für mich tun können als du.«

Er schaute sie an und lächelte. »Ich gebe nicht auf. Ich will noch verdammt viel mehr. Das hier ist nur die erste Stufe eines heimtückischen Angriffs.«

»Du gibst nie auf. Das ist eine deiner wundervollen Seiten.«

»Na siehst du, schon weißt du meine hervorragenden Fähigkeiten zu schätzen. Ich habe vor, daraus Kapital zu schlagen und weiterzumachen.« Er schob sie zum Jeep, in dem Joe bereits wartete. »Komm, sonst verpasst du deinen Hubschrauber.«

Der Hubschrauber stand schon da, als Joe auf den Landeplatz einbog.

»Kann ich einen Augenblick mit Ihnen sprechen, Quinn?«, fragte Logan höflich.

Damit hatte Joe gerechnet. »Steig schon ein und schnall dich an, Eve. Ich bin gleich bei dir.«

Sie warf den beiden einen besorgten Blick zu, mischte sich aber nicht ein.

Als sie im Hubschrauber saß, fragte Logan: »Es ist gar nicht Bonnie, stimmt's?«

»Sie könnte es sein.«

»Sie verdammter Hundesohn.«

Joe reagierte nicht.

»Wissen Sie eigentlich, wie sehr ihr das wehtun wird?«

»Ja.«

»Aber es ist Ihnen egal. Sie wollten, dass sie zurückkommt, und Bonnie musste dafür herhalten.«

»Sie hätte es mir nicht gedankt, wenn ich ihr nichts von dem Skelett erzählt hätte.«

»Am liebsten würde ich Ihnen den Hals umdrehen.«

»Ich weiß. Aber es wäre bestimmt nicht das Klügste. Sie haben sich viel Mühe gegeben, in Eve sowohl Dankbarkeit als auch Trauer zu wecken. Dass bei ihrer Abreise ein schaler Nachgeschmack bleibt, ist doch sicherlich das Letzte, was Sie wollen. Das würde es erheblich erschweren, sie zurückzugewinnen.«

Logan atmete tief durch. »Ich werde nächste Woche in mein Büro nach Monterey fahren.«

»Ich habe mir schon gedacht, dass das Ihr nächster Schachzug sein würde.«

»Ich werde Sie im Auge behalten. Sie werden nicht einmal blinzeln können, ohne dass ich es erfahre. Wenn diese Rekonstruktion Eve irgendwie schaden sollte, werde ich Sie vernichten.«

»Gut. Sind Sie jetzt fertig?«

Logan ließ den Jeep an. »Ich fange gerade erst an.«

Joe sah ihm nach. Logan war ein zäher Bursche und seine Gefühle für Eve waren aufrichtig. Er besaß viele Eigenschaften, die Joe bewunderte: Intelligenz, Fairness, Loyalität. Wenn die Dinge anders lägen, wenn er ihm nicht im Weg stünde, hätte Joe ihn sogar gemocht.

Pech für ihn.

Er war ihm im Weg und beim FBI hatte Joe drei Möglichkeiten gelernt, mit einem Hindernis umzugehen. Man konnte darüber springen, man konnte es umgehen oder man musste es so lange in den Boden rammen, bis es nicht mehr da war.

Kaum hatte das Flugzeug die optimale Höhe erreicht, begann Eve Joe mit Fragen über Talladega zu löchern. »Und komm mir nicht wieder damit, dass ich überspannt bin, oder ich hau dir eine runter.«

»Das Wort sollte ich in Zukunft wohl lieber vermeiden«, murmelte Joe.

»Hast du gesagt, sie war das einzige Kind?«

»Es sei denn, es sind noch mehr Leichen gefunden worden, seit ich weg bin. Aber ich bezweifle es. Die ganze Gegend ist gründlich durchkämmt worden.«

Sie erschauerte. Neun Menschenleben ausgelöscht. Neun Menschen, die in der Erde verscharrt und vergessen waren. »Konnte schon jemand identifiziert werden?«

»Noch nicht. Wir wissen nicht einmal, ob sie aus Rabun County stammen. Wir prüfen die Berichte über vermisste Personen aus dem ganzen Staat. Dann überprüfen wir, ob es bei den DNA-Profilen möglicherweise Übereinstimmungen mit diesen Skeletten gibt. Wir bezweifeln, dass sie alle zur gleichen Zeit vergraben wurden. Es sieht ganz so aus, als hätte jemand den Abhang als privaten Friedhof benutzt.«

»Fraser«, flüsterte sie.

»Acht Erwachsene, ein Kind«, erinnerte er sie. »Fraser hat gestanden, zwölf Kinder getötet zu haben. Er hat keine Erwachsenen erwähnt, dabei hatte er nach seiner Verurteilung nichts mehr zu verlieren.«

»Das hat überhaupt nichts zu bedeuten. Kein Mensch weiß, was dieser Kerl alles angerichtet hat. Er hat keine Angaben gemacht, die den Eltern geholfen hätten, ihre Kinder zu finden. Er wollte, dass wir leiden. Die ganze Welt sollte leiden.«

»Das ist sehr weit hergeholt. Du solltest dich darauf einstellen, dass es sich um einen anderen Mörder handelt.«

»Ich bin gewappnet. Gibt es keinerlei Hinweise?«

»Drei Opfer weisen im Bereich des Brustkorbs Stichwunden auf, die vermutlich den Tod herbeigeführt haben. Über die anderen wissen wir noch nichts. Aber vielleicht hat der Mörder seine individuelle Handschrift hinterlassen. Bei allen Skeletten wurden in der rechten Hand Wachsreste gefunden.«

»Wachs? Was für Wachs?«

Er zuckte die Achseln. »Es wird noch untersucht.«

»Sie müssten doch mittlerweile die Ergebnisse haben. Warum dauert das so lange?«

»Politik. Der Bürgermeister will verhindern, dass schon wieder ein Serienmörder Atlanta schlecht dastehen lässt, und Chief Maxwell will nicht unter Beschuss geraten. Die Stadt ist schon mit Wayne Williams und Fraser geschlagen. Maxwell möchte den Fall lieber dem Rabun County überlassen, nur leider verfügt der Bezirk nicht über die gleichen Analyseeinrichtungen wie wir, deshalb ist sie gezwungen, Unterstützung anzubieten. Die Abteilung für Verhaltensforschung des FBI ist ebenfalls mit von der Partie. Deren Leute sind schon in Talladega, um das Gelände und die Skelette zu untersuchen.«

»Und wie hast du die Genehmigung bekommen, dass ich die Rekonstruktion mache?«

»Nun ja, es bedurfte einiger Überredungskünste.

Chief Maxwell befürchtet einen Medienrummel, wenn bekannt wird, dass du mit dabei bist.«

»O Gott, ich hoffe, dass ich davon verschont bleibe.« Sie hatte tausende von Meilen zurückgelegt, um dem Rummel zu entfliehen, und wollte sich dem nicht schon wieder aussetzen.

»Wir werden sie von dir fern halten. Ich habe in meinem Haus am See ein Labor einrichten lassen.«

»Sie werden uns trotzdem ausfindig machen. Irgendwo gibt es immer ein Leck.«

Er lächelte. »Ich habe ein paar Ideen, wie man sie austricksen kann. Vertrau mir.«

Ihr blieb nichts anderes übrig. Sie lehnte sich in ihrem Sitz zurück und versuchte, sich zu entspannen. Es würde ein langer Flug werden und sie musste sich ausruhen, um für die vor ihr liegende Aufgabe gewappnet zu sein.

Den Schädel eines Kindes zum Leben zu erwecken.

War es Bonnie?

»Komm.« Joe ergriff ihren Arm, nachdem sie den Zoll hinter sich hatten. »Wir können nicht in die Wartehalle. Da steht schon eine ganze Horde Reporter.« Er lächelte den Chef des Kundenservice in seiner roten Jacke an. »Stimmt's, Don?«

»Genug, um Ihnen Ärger zu machen. Hier entlang bitte.« Er führte sie zu einem Notausgang. »Ein Träger bringt Ihnen Ihr Gepäck.«

»Wo gehen wir hin?«, fragte Eve auf der Treppe, die hinunter führte.

»Wir nehmen den Bediensteten-Ausgang, der zum North Terminal führt«, erwiderte Joe. »Ich habe mir schon gedacht, dass die Nachricht durchsickern würde, deshalb habe ich Don angerufen und ihn um Hilfe gebeten.« Don führte sie durch eine lang gezogene Halle hinaus auf die Straße vor dem Terminal. »Danke, Don.«

»Keine Ursache.« Don winkte den Gepäckträger herbei, der gerade zur Tür heraus gekommen war. »Ich war dir noch was schuldig, Joe.«

Eve sah Don nach, als er wieder im Terminal verschwand. »Okay, jetzt, wo wir die ... was machst du da?«

Joe stand mitten auf der Straße. »Ich winke dein Privattaxi heran.«

Ein grauer Oldsmobile hielt neben ihnen. Am Steuer saß eine Frau. »Mom?«

Sandra Duncan lächelte. »Ich komme mir vor wie ein Undercover-Agent oder so was Ähnliches. Waren denn Reporter bei der Zollabfertigung?«

»Hat man mir zumindest so gesagt«, erwiderte Joe und lud gemeinsam mit dem Träger das Gepäck in den Kofferraum.

»Das war mir sofort klar, als ich die Zeitung heute Morgen gesehen habe.«

Joe gab dem Gepäckträger ein Trinkgeld. Eve nahm auf dem Beifahrersitz Platz, Joe stieg hinten ein und schon waren sie unterwegs Richtung Ausfahrt.

»Hat Joe dich angerufen?«, fragte Eve.

»Irgendwer musste es ja tun.« Sandra lächelte sie an. »Da meine eigene Tochter sich außer Stande sah, mich zu informieren.«

»Ich wollte dich anrufen, sobald wir angekommen sind.«

»Immerhin habe ich dich jetzt für mich, bis wir bei Joes Haus sind.« Sie warf Eve einen prüfenden Blick zu. »Gut siehst du aus. Hast sogar ein bisschen was zugelegt.«

»Kann sein.«

»Und du hast Sommersprossen.«

»Hat Joe auch schon gesagt.«

»Du hättest Sonnencreme nehmen sollen.«

»Auch das hat Joe schon gesagt.«

»Joe ist ein vernünftiger Mensch.«

»Du siehst großartig aus.« Das stimmte. Ihre Mutter wirkte jung und elegant und sprühte vor Energie und Vitalität. »Wie geht's Ron?«

»Könnte nicht besser sein.« Ihre Augen blitzten. »Er behauptet, ich bin zu viel für ihn. Ich halte ihn ordentlich auf Trab. Aber was soll's? Das Leben ist zu kurz, um es nicht zu genießen.«

»Und wie bekommt dir dein Job?«

»Prima.«

»Heute ist ein Wochentag. Bin ich schuld, dass du nicht zur Arbeit gegangen bist?«

»Ja, aber sie sind ganz froh, dass ich nicht gekommen bin. Nach der Geschichte in den Zeitungen heute Morgen war klar, dass die Reporter im ganzen Gerichtsgebäude herumwuseln würden, sobald ich dort auftauche.«

»Tut mir Leid, Mom.«

»Egal. Ich bin ihre beste Gerichtsreporterin und das wissen sie auch. Die ganze Aufregung wird sich genauso wieder legen wie beim letzten Mal.« Sie blickte über die Schulter zu Joe. »Ich fahre jetzt Richtung Norden zu deinem Haus. Soll ich unterwegs irgendwo anhalten?«

Joe schüttelte den Kopf. »Nein, aber du könntest ein paar Runden durch die Stadt drehen, um sicherzugehen, dass uns niemand folgt.«

»In Ordnung.« Sandra blickte zu Eve und ihre Miene verdüsterte sich. »Joe meint, die Chancen stehen nicht gut, dass es Bonnie ist.«

»Eine noch so vage Möglichkeit ist besser als gar keine.« Sie lächelte. »Und hör auf, dir Sorgen zu machen, Mom. Es wird alles gut. Egal was passiert, ich bin darauf vorbereitet.«

»Du weißt, dass ich nicht damit einverstanden bin. Du musst sie loslassen, bevor du anfängst, dich fertig zu machen. Ich habe Bonnie auch geliebt, aber ich habe gelernt, mit der Realität zu leben.«

Sandra hatte sich mit der Realität arrangiert und offensichtlich war sie damit glücklich. Und sie sprühte vor Energie. Eve ignorierte den leichten Anflug von Neid und antwortete: »Es ist nicht so, dass ich es nicht wahrhaben will. Ich versuche einfach nur, meine Tochter zu finden und ihr eine Ruhestätte zu geben.«

Sandra seufzte. »Tu, was du tun musst. Aber sag mir Bescheid, wenn du Hilfe brauchst.«

»Du weißt doch, dass ich das mache.« Sandra runzelte die Stirn, deshalb legte Eve ihr die Hand auf den Arm und drückte ihn liebevoll. »Es wird schon nicht so schlimm werden. Die Rekonstruktion wird nur wenige Tage in Anspruch nehmen, dann werde ich Bescheid wissen.«

Sandra verzog das Gesicht. »Manchmal können ein paar Tage so lang sein wie eine Ewigkeit.«

Eve Duncan.

Dom betrachtete aufmerksam ihr Foto in der Zeitung. Rotbraune Locken umrahmten ein Gesicht, das eher interessant als hübsch war. Braune Augen betrachteten die Welt durch eine Goldrand-Brille. Er erinnerte sich, dieses Foto schon im Jahr zuvor in der Zeitung gesehen zu haben, und ihm fiel auf, wie sehr sie sich seit dem Fraser-Prozess verändert hatte. Damals war sie eine völlig verzweifelte Frau gewesen.

Jetzt wirkte Eve Duncan stärker und selbstbewusster. Wie eine Frau, deren Entschlossenheit Berge versetzen und Regierungen stürzen konnte.

Und jetzt wandte sie diese Entschlossenheit in seine Richtung. Natürlich wusste sie nicht, dass diese Richtung zu ihm führte. Sie wollte lediglich ihr Kind finden – was sie wieder ebenso verletzlich machte, wie sie vor Jahren gewesen war.

Damals hatte er sie als mögliches Opfer betrachtet, die Idee wegen des Rummels um den Fraser-Prozess aber sofort wieder verworfen. Sie hatte zu sehr im Rampenlicht gestanden, außerdem hatte es genügend andere befriedigende, dafür weniger gefährliche Opfer gegeben.

Doch die Befriedigung ließ immer mehr nach.

Sie war die Lösung für dieses Problem, dachte er erleichtert. Eve Duncan war stark genug, um ihm eine Herausforderung und dazu echte Genugtuung zu verschaffen. Bei ihr würde er behutsam vorgehen, jede noch so kleine Empfindung auskosten und die Erregung langsam steigern, sodass die befreiende Explosion stark genug sein würde, um die tödliche Ödnis in seinem Inneren zu beseitigen.

Er glaubte fest an das Schicksal und gelangte zunehmend zu der Überzeugung, dass Eve Duncan an diesem Ort und zu dieser Zeit für ihn bestimmt war. Er war froh, dass er der Versuchung widerstanden hatte, als sie das erste Mal seinen Lebensweg gekreuzt hatte. Damals wäre sie nur ein gewöhnliches Opfer gewesen, nicht wichtiger als all die anderen.

Jetzt konnte sie seine Rettung sein.

Kapitel 3

»Hübsch.« Sandras Blick wanderte über die Hütte und hinab zum Bootssteg. »Gefällt mir, Joe.«

»Warum bist du dann nie gekommen, wenn ich dich eingeladen habe?« Joe begann, das Gepäck aus dem Kofferraum zu laden.

»Du weißt doch, ich bin eine Stadtpflanze.« Sandra holte tief Luft. »Aber hier könnte ich's aushalten. Eve hätte mir ja mal was von diesem wunderschönen Ausblick auf den See erzählen können.«

»Habe ich gemacht«, wandte Eve ein. »Du wolltest nichts davon hören.«

»Nun ja, es ist ziemlich einsam. Gibt's denn sonst keine Häuser an diesem See?«

»Nein, Joe hat den See mitsamt dem umliegenden Land gekauft und will nichts davon verkaufen.«

Sandra grinste Joe an. »Das ist aber gar nicht nett.«

»Ich will meine Ruhe haben, wenn ich hier draußen bin.« Er schloss den Kofferraumdeckel. »In der Stadt habe ich genug Menschen um mich. Das Grundstück ist auf den Namen meiner Bank eingetragen, somit weiß niemand, dass es mir gehört. Nicht mal meine Dienststelle.« Er lächelte Eve an. »Nur einige wenige ausgewählte Freunde.«

»Na ja, auf jeden Fall wirkt die Hütte nett und freundlich«, bemerkte Sandra.

Eve hatte das Giebelhäuschen immer gemocht. Es war klein und gemütlich und die vielen Fenster ließen die Sonne herein. »Komm rein und sieh es dir von innen an.«

»Ich muss zurück in die Stadt. Ron macht sich Sorgen, wenn ich zum Abendessen nicht da bin.«

»Du könntest ihn anrufen.«

Sandra schüttelte den Kopf. »Hör mal, ich bin doch nicht auf den Kopf gefallen. Er soll sich gar nicht erst angewöhnen, allein zu essen. Ich ruf dich morgen an, dann können wir uns unterhalten.« Sie umarmte Eve herzlich. »Willkommen zu Hause, Kleines. Du hast mit gefehlt.« Sie trat einen Schritt zurück und sah Joe an. »Soll ich dich mit zurück in die Stadt nehmen?«

»Ich habe einen Jeep hier stehen. Danke, Sandra.«

»Keine Ursache.« Sandra stieg wieder in den Wagen und ließ den Motor an. »Bis bald.«

Eve sah ihr nach, als der Wagen sich auf der Schotterstraße entfernte, dann half sie Joe, die Koffer die Verandastufen hinaufzutragen.

»Also, das kapier ich nicht.« Er schüttelte den Kopf. »Ihr zwei habt euch über ein Jahr nicht gesehen, sie verschwindet zum Abendessen mit ihrem Freund und du findest das in Ordnung?«

»Du brauchst es nicht zu kapieren. Wir verstehen einander.« Niemand, der ihre höllische Kindheit nicht miterlebt hatte, würde sich in sie hineinversetzen können. Die Narben waren noch immer vorhanden und würden nie vollständig verheilen, aber Sandra und sie hatten darauf aufgebaut und ein Zusammengehörigkeitsgefühl entwickelt, mit dem sie gut leben konnten. »Mom hatte nie zuvor eine stabile Beziehung. Sie hat alles Recht, diese Beziehung zu schützen. Sie hat sich ihm wirklich mit Haut und Haaren verschrieben.«

»Tja.« Er schloss die Tür auf. »Aber es scheint sie nicht zu stören.«

»Nein.« Eve zögerte einen Moment. »Es wird komisch sein, ohne Diane.«

»Warum? Du warst doch schon hier, als ich noch gar nicht verheiratet war. Diane hat dieses Haus nie wirklich gemocht. Sie bevorzugt die Zivilisation.«

Eve sah sich um und musste an Joes Retriever denken, der immer an ihr hochgesprungen war, um sie zu begrüßen. »Wo ist George? In deiner Stadtwohnung?«

»Nein, er ist bei Diane. Ich bin ja kaum zu Hause. Bei ihr ist er besser aufgehoben.«

»Das muss dir schwer gefallen sein.«

»Stimmt. Ich liebe diesen Hund.« Er öffnete die Tür und wies in eine Ecke des Zimmers.

»Großer Gott.« Videokameras, ein Computer, ein Arbeitstisch und ein hoher, schlanker Sockel. »Wo hast du das alles her?«

»Ich habe dein Labor in der Stadt geplündert und die komplette Einrichtung hergeschafft, die die Versicherungsgesellschaft nach dem Schaden im letzten Jahr ersetzt hatte. Ich glaube, ich habe an alles gedacht.«

»Das glaube ich auch.« Sie ging hinein. »Du hast alle meine Wünsche erfüllt.«

»Das ist mein Lebensziel«, erwiderte er leichthin. »Ich habe auch Vorräte an Lebensmitteln eingekauft. Es ist kühl hier drinnen.« Er ging zum Kamin und kniete sich vor die Holzscheite. »Ich mache dir Feuer, bevor ich losfahre.«

»Du bleibst nicht?«

Er schüttelte den Kopf. »Die Reporter sind auf der

Suche nach dir. Es ist nicht leicht, die Hütte ausfindig zu machen, aber auch nicht unmöglich. Ich muss mir was einfallen lassen, um sie auf die falsche Fährte zu locken.« Er zögerte. »Und ich werde Sandra sagen, dass sie nicht hierher kommen soll, bis du deine Arbeit abgeschlossen hast. Jemand könnte ihr folgen. Wenn du auf den neuesten Stand gebracht werden willst, mach es telefonisch. Okay?«

»Okay.« Er hatte alles angesprochen, nur das Wichtigste nicht. »Und wann bekomme ich den Schädel?«

»Morgen. Er ist noch an der Georgia State University bei Dr. Comden, dem Anthropologen, der den Bericht erstellt hat. Ich werde mir von meiner Dienststelle eine Freigabe besorgen und ihn morgen früh abholen, dann bringe ich ihn dir morgen Nachmittag. Wenn sich etwas ändern sollte, rufe ich dich an.« Er ging zur Tür. »Sieh zu, dass du in der Zwischenzeit ein bisschen Schlaf bekommst. Du hast während des Fluges höchstens eine Stunde gedöst.«

»Okay.« Und bedächtig fügte sie hinzu: »Aber vorher rufe ich bei Logan an, um ihm zu sagen, dass wir gut angekommen sind.«

»Er wird nicht damit rechnen.«

»Aber er wird sich freuen. Ich will ihn nicht einfach so aus meinem Leben streichen, nur weil wir nicht mehr zusammen sind. Das hat er nicht verdient.«

Joe zuckte die Achseln. »Ich will mich nicht mit dir streiten, aber lass dich nicht von ihm durcheinander bringen. Du musst dich ausruhen.«

»Ich werde mich ausruhen.«

»Ich meine das ernst. Wir wissen beide nicht, wie du reagieren wirst, wenn du den Schädel des Kindes siehst. Ich möchte nicht, dass du daran zerbrichst.«

»Ich werde nicht daran zerbrechen.«

»Schlaf ein bisschen«, wiederholte er und schloss die Tür hinter sich.

Sie trat ans Fenster und beobachtete, wie er um das Haus zur Garage ging. Nach ein paar Minuten erschien der Jeep in der Auffahrt und verschwand dann außer Sichtweite.

Sie war allein.

Die Sonne, die sich im See spiegelte, wirkte plötzlich schwächer und kälter. Die Pinien am gegenüberliegenden Ufer warfen dichte Schatten, die wie eine dunkle Decke wirkten. Sie fröstelte, trat nah an das prasselnde Kaminfeuer und streckte die Hände aus. Die Wärme tat gut und vertrieb die Kälteschauer, die sie so plötzlich überkommen hatten.

Alles Einbildung. Alles war noch genauso wie zuvor, als Mom und Joe noch da gewesen waren. Eve war es nur nicht mehr gewöhnt, allein zu sein. Auf der Insel war sie selten allein gewesen. Selbst wenn sie gearbeitet hatte, war Logan nie weiter als fünf Minuten entfernt gewesen.

Sie durfte sich nichts vormachen. Nicht wegen des Alleinseins empfand sie die Kälte, vielmehr war es Angst und Nervosität. Sie war im Grunde genauso unsicher wie Joe, wie sie darauf reagieren würde, den Schädel in der Hand zu halten. Ob sie in der Lage sein würde, das Entsetzen auszublenden und ihre Aufgabe professionell zu erfüllen.

Natürlich würde sie das. Sie war es Bonnie schuldig.

Oder wer auch immer das kleine Mädchen sein mochte. Sie durfte nicht davon ausgehen, dass es Bonnie war, sonst könnten ihr Hände und Verstand einen Streich spielen. Sie musste den Schädel völlig unvoreingenommen betrachten.

Zerknirscht fragte sie sich, ob sie dazu jemals in der

Lage gewesen war. Jede Rekonstruktion eines verlorenen Kindes war ihr ans Herz gegangen und am Ende fühlte sie sich jedes Mal gefühlsmäßig ausgelaugt. Doch diesmal musste sie ihre Emotionen in besonderem Maße kontrollieren. Auf keinen Fall durfte sie in dieses dunkle Loch fallen.

Sie musste sich beschäftigen und nicht daran denken, was sie erwartete. Sie nahm das Telefon und wählte Logans Handynummer. Niemand ging dran. Lediglich die Mailbox schaltete sich ein.

»Hallo, Logan, ich wollte dir nur Bescheid geben, dass ich in Joes Hütte bin. Mir geht's gut und morgen soll ich den Schädel bekommen. Ich hoffe, bei dir ist alles in Ordnung. Pass auf dich auf.« Sie legte auf.

Dass sie Logan nicht erreicht hatte, verstärkte noch ihr Gefühl, von der Außenwelt abgeschnitten zu sein. Das sichere, heile Leben mit Logan schien ihr schon jetzt unendlich weit entfernt und die Entfernung vergrößerte sich mit jeder Minute.

Herrgott noch mal, sie durfte sich nicht verrückt machen. Sie würde einen Spaziergang am See machen, damit sie müde wurde und schlafen konnte.

Die Kleidung in ihren Koffern war für die Tropen gemacht, deshalb ging sie in Joes Schlafzimmer und holte sich Jeans und ein Flanellhemd. Sie schlüpfte in ihre Tennisschuhe und Joes Windjacke und eilte die Stufen hinunter.

Sie war allein. Dom beobachtete Eve Duncan, wie sie mit forschen Schritten den Fußweg zum See hinabging. Sie hatte die Hände in die Jackentaschen geschoben und die Stirn leicht gerunzelt.

Sie war größer, als er sie in Erinnerung hatte, wirkte jedoch äußerst zerbrechlich in der viel zu großen Jacke. Doch sie war nicht zerbrechlich. Das konnte er an ihren Bewegungen ablesen und an der Art, wie sie das Kinn vorreckte. Stärke hatte häufig mehr mit dem Geist als mit dem Körper zu tun. Er hatte schon Opfer gehabt, von denen er geglaubt hatte, sie würden sich auf der Stelle ergeben, die sich dann aber doch erbittert gewehrt hatten. Sie war auch so ein Fall.

Das Täuschungsmanöver am Flughafen war unterhaltsam gewesen, aber er war schon zu lang im Geschäft, als dass er sich davon hätte beeindrucken lassen. Er hatte längst gelernt, dass man dem Gegner immer einen Schritt voraus sein musste, wenn man seinen Lohn einstreichen wollte.

Und dieser Lohn lag nun in Reichweite. Nachdem er den Aufenthaltsort von Eve Duncan in Erfahrung gebracht hatte, konnte das Spiel losgehen.

GEORGIA STATE UNIVERSITY

»Morgen, Joe. Kann ich Sie kurz sprechen?«

Joe straffte die Schultern, als er den hoch gewachsenen Mann erkannte, der sich aus dem Schatten der Mauer des Science Building löste. »Ich beantworte keine Fragen, Mark.«

Mark Grunard lächelte verbindlich. »Ich sagte sprechen, nicht fragen. Andererseits, wenn Sie das Bedürfnis verspüren, sich zu öffnen und …«

»Was machen Sie hier?«

»Es gehörte nicht viel Fantasie dazu zu wissen, dass Sie hier auftauchen, um den Schädel zu holen. Ich bin bloß froh, dass meine Journalisten-Kollegen damit beschäftigt sind, Eve Duncan ausfindig zu machen. Dadurch habe ich Sie ganz für mich allein.«

Joe verfluchte im Stillen das Polizeirevier von Atlanta, weil sie den Aufbewahrungsort des Skeletts bekannt gegeben hatten. »Zu früh gefreut. Es gibt keine Geschichte, Mark.«

»Haben Sie was dagegen, wenn ich Sie zu Dr. Comdens Büro begleite? Danach verschwinde ich auf der Stelle. Ich möchte Ihnen einen Vorschlag unterbreiten.«

»Worauf wollen Sie hinaus, Mark?«

»Es wäre zu unserem beiderseitigen Nutzen.« Er ging neben Joe her. »Wollen Sie's hören?«

Joe musterte ihn. Mark hatte ihn immer schon mit seiner Aufrichtigkeit und Intelligenz beeindruckt. »Ich höre.«

»Sie kommen wegen des Kindes, richtig?« Dr. Phil Comden erhob sich und gab Joe die Hand. »Tut mir Leid, dass mein Bericht so dürftig ausgefallen ist.« Er ging auf die Tür am Ende des Korridors zu. »Ich habe gelesen, dass Eve Duncan die Rekonstruktion vornehmen wird.«

»Stimmt.«

»Ihnen ist sicherlich bekannt, dass Gesichtsrekonstruktionen vor Gericht keine Beweiskraft haben. Sie sollten auf die DNA-Analyse warten.«

»Das dauert zu lange.«

»Kann ich verstehen.« Er führte Joe ins Labor zu der Reihe von Schubladen, die denen in Leichenhallen ähnelten. »Sie wollen nur den Schädel?«

»Den Rest des Skeletts können Sie zur Gerichtsmedizin zurückschicken.«

»Sie glaubt, dass es ihr Kind ist?«

»Sie hält es für möglich.«

»Das ist hart.« Er fasste den Griff und zog die Schublade heraus. »Wenn man an einem dieser Kinderskelette arbeitet, kommt man gar nicht umhin, sich Gedanken zu machen, wie sie … Scheiße!«

Joe schob ihn zur Seite und warf einen Blick in die Schublade.

Eve ging beim ersten Klingeln ans Telefon.

»Es ist verschwunden«, sagte Joe gepresst.

»Wie bitte?«

»Das Skelett ist weg.«

Sie erstarrte. »Wie ist das möglich?«

»Woher zum Teufel soll ich das wissen? Dr. Comden behauptet, dass es noch in der Schublade war, als er gestern Abend das Labor verlassen hat. Heute Mittag war es nicht mehr da.«

Sie versuchte, einen klaren Gedanken zu fassen. »Könnte es jemand von der Gerichtsmedizin abgeholt haben?«

»Das hätte Dr. Comden abzeichnen müssen.«

»Vielleicht ist etwas Unvorhergesehenes passiert und sie haben es abgeholt, ohne …«

»Ich habe Basil angerufen. Niemand war befugt, das Skelett zu holen.«

Sie war vollkommen benommen. »Irgendjemand muss …«

»Ich bin dabei herauszufinden, wie das passieren konnte. Ich wollte nur nicht, dass du auf den Schädel wartest. Ich ruf dich an, sobald ich was weiß.«

»Also ist sie wieder … verschwunden?«

»Ich werde sie finden.« Und nach einer Weile: »Vielleicht ist es nur ein makabrer Scherz. Du weißt ja, wie Studenten sind.«

»Glaubst du, einer der Studenten hat das Skelett gestohlen?«

»Das ist zumindest die Vermutung von Dr. Comden.«

Sie schloss die Augen. »O mein Gott.«

»Wir werden es zurückholen, Eve. Ich befrage jeden, der gestern Abend und heute in der Nähe des Labors war.«

»Okay«, erwiderte sie verstört.

»Ich rufe an, sobald ich etwas weiß«, wiederholte er und beendete die Verbindung.

Eve legte den Hörer auf. Bloß nicht aufregen. Joe würde das Skelett finden. Dr. Comden hatte wahrscheinlich Recht. Wahrscheinlich steckte irgendein Jungspund dahinter, der seinen Streich wahnsinnig komisch fand und ...

Das Telefon klingelte. Noch einmal Joe?

»Hallo?«

»Sie war so ein hübsches kleines Mädchen.«

»Wie bitte?«

»Sie müssen mächtig stolz auf Ihre Bonnie gewesen sein.«

Sie erstarrte. »Wer ist da?«

»Ich hatte Mühe, mich an sie zu erinnern. Es waren so viele. Dabei war sie im Grunde unvergesslich. Sie war ganz besonders. Sie hat um ihr Leben gekämpft. Wussten Sie, dass Kinder nur sehr selten kämpfen? Sie nehmen es einfach hin. Deshalb wähle ich sie nur noch selten aus. Es ist, als würde man einen Vogel töten.«

»Wer ist da?«

»Sie flattern ein bisschen und dann sind sie ruhig. Bonnie war nicht so.«

»Sie verlogenes Arschloch«, sagte sie heftig. »Sie sind ein Psychopath.«

»Nicht wie die anderen, das kann ich Ihnen versichern. Nicht so wie Fraser. Obwohl ich ein ausgeprägtes Ego habe, brüste ich mich nicht mit Morden, die andere begangen haben.«

Es war, als hätte ihr jemand einen Schlag in den Magen versetzt. »Fraser hat meine Tochter getötet.«

»Tatsächlich? Warum hat er Ihnen dann nicht gesagt, wo ihre Leiche ist? Wo all die anderen Leichen sind?«

»Weil er grausam war.«

»Weil er es nicht wusste.«

»Er wusste es. Aber er wollte uns leiden lassen.«

»Das stimmt. Und er wollte noch berühmter werden, indem er Morde gestand, auf die er kein Anrecht hatte. Anfänglich war ich verärgert, später hat es mich amüsiert. Ich habe sogar im Gefängnis mit ihm gesprochen. Ich habe ihm eine Nachricht übermitteln lassen, dass ich Journalist sei, und diese Chance ließ er sich nicht entgehen. Als er mich anrief, steckte ich ihm ein paar zusätzliche Details, mit denen er die Polizei füttern konnte.«

»Er wurde auf frischer Tat beim Mord an Teddy Simes verhaftet.«

»Ich habe nicht behauptet, er sei völlig unschuldig gewesen. Tatsächlich durfte er den kleinen Simes und vier weitere für sich beanspruchen. Aber die anderen gehören mir.« Er schwieg einen Moment. »Einschließlich der kleinen Bonnie Duncan.«

Eve zitterte so heftig, dass sie kaum den Hörer halten konnte. Sie musste sich beherrschen. Dieser Anruf war ein übler Scherz. Irgendein Perverser, der ihr wehtun wollte. Schon während des Prozesses gegen Fraser hatte sie einige derartige Anrufe erhalten. Doch dieser Mann klang so ruhig, so selbstsicher, beinahe gleichgültig.

Sie musste ihn dazu bringen, dass er weitersprach.

Damit er sich als Lügner verriet. »Sie sagten doch, es gefalle Ihnen nicht, Kinder zu töten.«

»Damals habe ich noch herumexperimentiert. Ich wollte herausfinden, ob es sich lohnt, sich regelmäßig mit ihnen zu beschäftigen. Bonnie hätte mich beinahe davon überzeugt, aber die nächsten beiden waren eine grausame Enttäuschung.«

»Warum … rufen Sie mich an?«

»Weil wir einander doch in gewisser Weise verbunden sind, nicht wahr? Wir haben Bonnie.«

»Sie verlogener Scheißkerl.«

»Oder besser gesagt, ich habe Bonnie. Ich werfe gerade einen Blick auf sie. Sie sah viel hübscher aus, als ich sie vergraben habe. Ist doch traurig, dass wir alle als ein Haufen Knochen enden müssen.«

»Sie schauen sie an?«

»Ich erinnere mich, wie sie mir beim Schulpicknick durch den Park entgegenlief. Sie aß ein Erdbeereis im Hörnchen und ihre roten Haare leuchteten in der Sonne. Sie war so lebendig. Ich konnte nicht widerstehen.« Dunkelheit. Nicht ohnmächtig werden.

»Sie haben dieselbe Ausstrahlung. Ich spüre das. Sie sind nur um so vieles stärker.«

»Ich werde jetzt auflegen.«

»Ja, Sie klingen ein wenig angeschlagen. Das kommt vor, wenn man unter Schock steht. Aber ich bin sicher, dass Sie sich bald wieder erholt haben. Ich melde mich wieder.«

»Hol Sie der Teufel. Warum tun Sie das?«

Er schwieg einen Augenblick. »Weil es notwendig ist, Eve. Nach unserem kleinen Schwätzchen bin ich davon noch überzeugter als zuvor. Ich brauche Sie. Ich spüre Ihre Gefühle wie eine Flutwelle. Es ist … stimulierend.«

»Ich werde nicht ans Telefon gehen.«

»Doch, das werden Sie. Weil es immer noch die Möglichkeit gibt, dass Sie sie zurückbekommen.«

»Sie lügen. Wenn Sie angeblich diese Kinder getötet haben, warum haben Sie dann nur Bonnie mit den Erwachsenen begraben?«

»Ich bin sicher, dass ich mehr vergraben habe, als gefunden wurden. Ich erinnere mich schwach an zwei weitere Kinder. Warten Sie ... zwei Jungs. Älter als Bonnie. Zehn oder zwölf.«

»Es wurden nur die Gebeine eines Kindes gefunden.«

»Dann sind die anderen wohl übersehen worden. Sagen Sie der Polizei, man solle in der Schlucht weitersuchen. Der Erdrutsch muss sie hinabgerissen haben.«

Die Verbindung war tot. Eve sackte an der Wand entlang auf den Fußboden. Ihr war kalt. Eiskalt.

O Gott. Mein Gott.

Sie musste etwas unternehmen. Sie konnte sich nicht einfach ihrem Schrecken überlassen.

Joe. Sie musste Joe anrufen.

Mit zitternden Händen wählte sie seine Handynummer.

»Komm her«, sagte sie, als er antwortete. »Du musst herkommen.«

»Eve?«

»Komm her, Joe.«

»Was zum Teufel ist los?«

Es gab noch etwas, das sie ihm sagen musste. »Talladega. Sag ihnen ... sie sollen die Schlucht absuchen. Zwei ... kleine Jungen.« Sie legte auf und lehnte sich gegen die Wand. Sie durfte nicht darüber nachdenken. Sie musste sich in ihre Benommenheit einhüllen, bis Joe da war.

Sie durfte nicht ohnmächtig werden. Sie durfte den Schrei nicht herauslassen, der sich in ihr hochdrängte.

Sie musste warten, bis Joe eintraf.

Als Joe eine Stunde später ankam, saß sie immer noch auf dem Fußboden.

Mit wenigen großen Schritten war er bei ihr und kniete sich neben sie. »Bist du verletzt?«

»Nein.«

»Und wieso jagst du mir dann einen solchen Schrecken ein?«, fuhr er sie an. Er trug sie zur Couch hinüber. »Mich hätte fast der Schlag getroffen. Mein Gott, was fühlst du dich kalt an.«

»Der Schock. Er sagte … ich stehe unter Schock.«

Er rieb ihre linke Hand, um sie zu wärmen.

»Wer hat gesagt, du stündest unter Schock?«

»Ein Anruf. Ich dachte erst, es wäre ein Irrer. Wie diese Anrufe, nachdem Bonnie …« Sie brauchte eine Weile, bis sie sich gefasst hatte. »Aber es war kein Irrer. Hast du in Talladega angerufen?«

»Ja.« Er rieb ihr auch die andere Hand. »Erzähl mir alles.«

»Er hat behauptet, er hätte Bonnies Leiche.« Die Taubheit ließ nach und sie fing an zu zittern. »Er meinte, sie wäre nicht mehr so hübsch wie damals, als er …«

»Beruhige dich.« Er nahm die Decke vom Sessel und legte sie ihr über. Dann ging er zur Kochecke und begann, Kaffee zu kochen. »Tief durchatmen. Okay?«

»Okay.« Sie schloss die Augen. Tief durchatmen. Den Schmerz und das Entsetzen abklingen lassen. Einatmen, ausatmen. Loslassen oder es wird dich zerreißen.

»Mach die Augen auf.« Joe saß neben ihr auf der Couch. »Trink.«

Kaffee. Heiß. Zu süß.

Er sah zu, wie sie die Tasse zur Hälfte leerte. »Besser?«

Sie nickte hastig.

»Jetzt erzähl mir alles. Langsam. Lass dir Zeit. Wenn es zu viel wird, hör auf.«

Sie musste drei Mal abbrechen, bevor sie zu Ende sprechen konnte. Als sie schließlich schwieg, saß er einen Moment lang einfach nur da. »War das alles? Hast du mir alles erzählt?«

»Reicht das etwa nicht?«, fragte sie mit zitternder Stimme.

»Doch.« Er wies mit dem Kinn auf die Tasse. »Trink den Kaffee aus.«

»Er ist kalt.«

»Ich mach dir noch einen.« Er stand auf und ging zum Herd.

»Er hat Bonnie getötet, Joe.«

»Vielleicht war es wirklich nur ein Irrer.«

Sie schüttelte den Kopf. »Er hat sie getötet.«

»Du stehst total neben dir. Lass dir ein bisschen Zeit, wieder zu dir zu kommen.«

»Ich brauche keine Zeit. Er wusste sogar von dem Eis.«

Er sah sie erstaunt an. »Welches Eis?«

»Er sagte, sie hätte an dem Tag im Park ein Hörnchen mit Erdbeereis gegessen.«

»Dieses Detail ist der Presse nie bekannt gegeben worden«, murmelte Joe.

»Fraser wusste es. Er hat der Polizei gegenüber ausgesagt, dass Bonnie ein Hörnchen mit Erdbeereis in der Hand hatte.«

»Er hat auch ihre Kleidung beschrieben.«

»Vielleicht hatte er das aus den Zeitungen.«

»Aber er wusste auch von dem Muttermal auf ihrem Rücken.«

Eve rieb sich die schmerzenden Schläfen. Joe hatte Recht. Aus genau diesen Gründen war sie sich sicher gewesen, dass Fraser Bonnie getötet hatte. Wie hatte sie so sicher sein können? »Er hat behauptet, er hätte Fraser damals dazu gebracht, ihn zurückzurufen, indem er sich als Reporter ausgab, und ihm Einzelheiten gesteckt. Wäre das möglich?«

Joe dachte nach. »Durchaus. Fraser gab jedem ein Interview, der ihm zuhörte. Sein Verteidiger war stinksauer deswegen. Und niemand hatte eine Ahnung vom Inhalt dieser Gespräche, weil man in Georgia eine Genehmigung braucht, um Telefonate aufzuzeichnen. Warum hätte man die Gespräche auch aufnehmen sollen? Fraser hatte die Morde ja bereits gestanden. Es war klar, dass die Akte bald geschlossen würde.«

»Keine der Leichen, die er angeblich vergraben hatte, wurde je gefunden.«

»Das war für die Justiz nicht so wichtig wie für dich.«

Herrgott, daran konnte sie sich noch gut erinnern. Es war ihr vorgekommen, als liefe sie mit dem Kopf gegen die Wand, als sie versuchte, die Behörden auch nach dem Geständnis zur Weitersuche zu bewegen. »Hätte es aber sein sollen.«

Joe nickte. »Aber sie hatten ausreichend Gründe, Fraser auf den elektrischen Stuhl zu schicken. Fall abgeschlossen.«

»Und das Eis ...«

»Es ist lange her. Vielleicht hat der Eismann es aller Welt erzählt.«

»Die Polizei hatte ihn angewiesen, nicht darüber zu sprechen.«

Joe zuckte die Achseln. »Für die meisten Leute war der Fall mit Frasers Hinrichtung erledigt.«

»Also gut, der Eismann könnte es irgendwem erzählt haben. Aber was, wenn nicht? Was, wenn Fraser sie gar nicht getötet hat?«

»Eve ...«

»Und wenn der Scheißkerl, der mich angerufen hat, sie getötet hat? Er hat das Skelett aus dem Labor entwendet. Warum sollte er das tun, es sei denn ...«

»Schsch.« Joe brachte ihr frischen Kaffee und setzte sich wieder neben sie. »Ich habe auch keine Antworten auf all diese Fragen. Ich spiele einfach nur den *advocatus diaboli*, damit wir mit klarem Verstand an die Sache herangehen.«

»Warum sollten wir mit klarem Verstand denken? Dieser Scheißkerl, der sie umgebracht hat, ist auch nicht bei Verstand. Du hättest ihn hören sollen. Es hat ihm Spaß gemacht, mir wehzutun. Er hat mir nach und nach immer mehr erzählt, bis ich völlig am Boden war.«

»Okay, reden wir über den Kerl. Wie klang seine Stimme? Jung oder alt?«

»Schwer zu sagen. Er hörte sich an, als spräche er aus der Tiefe eines Brunnens.«

»Das war ein Sprachverzerrer«, erklärte Joe. »Hatte er eine besondere Ausdrucksweise? Einen Akzent? Einen bestimmten Wortschatz? Sprach er Slang?«

Sie versuchte sich zu erinnern. Es fiel ihr schwer, die Sprechweise und den Inhalt der Worte, die ihr solche Schmerzen bereitet hatten, auseinander zu halten. »Er hatte keinen Akzent. Er wirkte ... redegewandt. Vermutlich ist er gebildet.« Sie schüttelte müde den Kopf. »Ich weiß nicht. Ich konnte keinen klaren Gedanken mehr fassen, nachdem er Bonnie erwähnt hatte. Nächstes Mal werde ich mir mehr Mühe geben.«

»Wenn es ein nächstes Mal gibt.«

»Davon gehe ich aus. Er fand es stimulierend, so hat er es genannt. Und warum sollte er mich einmal anrufen und es dann dabei belassen?« Sie wollte einen Schluck von ihrem Kaffee trinken, hielt aber in der Bewegung inne. »Das hier ist doch eine Geheimnummer. Wie hat er die rausgekriegt?«

Joe schüttelte den Kopf. »Mich beunruhigt viel mehr, dass er dich überhaupt gefunden hat.«

»Vielleicht ein Zufallstreffer?«

»Könnte sein.« Er überlegte. »Wir müssen immer noch die Möglichkeit in Betracht ziehen, dass irgendein Student an der Uni dir einen üblen Streich spielen will.«

Sie schüttelte den Kopf.

»Okay, dann gibt es noch die Möglichkeit, dass er der Mörder von Talladega ist, Bonnie aber gar nicht getötet hat, sondern sich nur damit brüstet, genau wie er es Fraser vorgeworfen hat.«

»Er wusste von dem Eis.«

»Oder er ist einer von denen, die jeden Mord gestehen, ohne irgendetwas damit zu tun zu haben.«

»Das werden wir ja bald wissen«, flüsterte Eve. »Wenn diese Jungen in Talladega gefunden werden.«

»Die Suche ist im Gange. Ich habe sofort nach deinem Anruf mit Robert Spiro telefoniert.«

»Wer ist Robert Spiro?«

»Ein Mitglied der Abteilung für Verhaltensforschung des FBI. Er gehört zum Talladega-Team. Ein ausgezeichneter Mann.«

»Kennst du ihn?«

»Er war schon zu meiner Zeit bei der Firma. Ein Jahr nach meinem Ausscheiden wechselte er in die Abteilung für die Erstellung von Täterprofilen. Er ruft mich an, sobald sie irgendetwas gefunden haben.«

»Nein.« Sie stellte ihre Tasse ab und warf die Decke von den Schultern. »Ich muss nach Talladega.«

»Du brauchst Ruhe.«

»Blödsinn. Wenn sie die Leichen beim ersten Mal wirklich übersehen haben, werde ich dafür sorgen, dass sie diesen Fehler nicht noch einmal machen.« Sie erhob sich. Gott, sie hatte ganz weiche Knie. Sie musste sich bewegen, dann würde es besser werden. »Kann ich den Jeep nehmen?«

»Nur, wenn du mich mitnimmst.« Joe zog seine Jacke an. »Und wenn du wartest, bis ich die Thermoskanne mit Kaffee gefüllt habe. Es ist kalt draußen. Wir sind hier nicht auf Tahiti.«

»Außerdem hast du Angst, dass ich noch unter Schock stehe.«

Er ging zur Kochnische. »Nein, du bist schon fast wieder normal.«

Sie fühlte sich nicht normal. Innerlich zitterte sie noch immer und ihre Nerven lagen blank. Wahrscheinlich wusste Joe Bescheid und ging taktvoll darüber hinweg. Das Gleiche sollte sie tun. Einen Schritt nach dem anderen. Zuerst musste sie herausfinden, ob dieser Scheißkerl ihr in Bezug auf Talladega Lügen aufgetischt hatte. Wenn diese Geschichte gelogen war, dann hatte er auch in Bezug auf Bonnie gelogen.

Wenn er aber die Wahrheit sagte?

Es war nach Mitternacht, als sie bei den Wasserfällen von Talladega ankamen, aber die vielen Scheinwerfer tauchten die Abhänge in taghelles Licht.

»Willst du hier warten?«, fragte Joe, als er aus dem Jeep stieg.

Sie starrte einen Steilhang hinauf. »Wurden die Leichen dort gefunden?«

»Das erste Skelett wurde auf dem nächsten Bergrücken gefunden, alle anderen da oben. Das Kind lag am nächsten an der Schlucht.« Er sah sie nicht an. »Es ist nur ein Loch in der Erde. Es gibt dort nichts zu sehen.«

Doch die ganzen Jahre hatte an jener Stelle ein kleines Mädchen gelegen. Ein kleines Mädchen, das Bonnie sein könnte. »Ich möchte die Stelle sehen.«

»Das habe ich mir gedacht.«

»Warum fragst du mich dann erst, ob ich hier warten will?« Sie stieg aus dem Wagen und marschierte los.

»Das liegt an meinem Beschützerinstinkt.« Er schaltete die Taschenlampe ein und folgte ihr. »Eigentlich sollte ich es langsam besser wissen.«

»Stimmt.« Am frühen Abend hatte es gefroren und der Boden knirschte unter ihren Füßen. Ob sie denselben Weg nahmen wie der Mörder, als er seine Opfer hierher geschleppt hatte?

Sie vernahm das Dröhnen der Wasserfälle. Oben angekommen, sah sie, wie das Wasser in einem langen silbrigen Strom in die Schlucht stürzte. Sie musste sich zusammenreißen. Bloß nicht umdrehen. Noch nicht.

»Weiter links«, sagte Joe ruhig.

Sie holte tief Luft und riss sich vom Anblick der Wasserfälle los. Sie entdeckte das gelbe Band, das die Absperrung markierte, und dann ... das Grab.

Es war klein. So winzig klein.

»Alles in Ordnung?« Joe nahm ihren Arm.

Nein, nichts war in Ordnung. »Hier war sie vergraben?«

»Vermutlich. Auf jeden Fall wurde sie hier gefunden und man kann davon ausgehen, dass der Erdrutsch sie lediglich freigelegt hat.«

»Hier war sie also. Die ganze Zeit ...«

»Vielleicht ist es gar nicht Bonnie.«

»Ich weiß«, erwiderte sie mit schwacher Stimme. »Du brauchst mich nicht dauernd daran zu erinnern, Joe.«

»Doch, das muss ich. Vor allem musst du dich selbst daran erinnern.«

Der Schmerz war zu heftig. Sie musste ihn ausblenden. »Schön ist es hier.«

»Wunderschön. Der Sheriff erzählte, die Indianer hätten die Wasserfälle ›Ort des fallenden Mondlichts‹ genannt.«

»Aber bestimmt hat er sie nicht hier vergraben, weil es so schön ist«, sagte sie zitternd. »Er wollte, dass sie nie gefunden und zu den Menschen, die sie geliebt haben, zurückgebracht werden können.«

»Meinst du nicht, dass du lange genug hier warst?«

»Lass mir noch einen Augenblick.«

»So viele du möchtest.«

»Gott, ich hoffe, er hat ihr nicht wehgetan«, flüsterte sie. »Ich hoffe, dass es schnell vorbei war.«

»Jetzt reicht's.« Joe zog sie vom Grab weg. »Tut mir Leid, ich dachte, ich könnte es ertragen, aber es geht nicht. Ich muss dich von hier weg...«

»Stehen bleiben, keine Bewegung.« Ein großer, schlanker Mann kam vom Rand des Steilhangs auf sie zu. In der einen Hand hielt er eine Taschenlampe, in der anderen einen Revolver. »Weisen Sie sich aus.«

»Spiro?« Joe stellte sich vor Eve. »Joe Quinn.«

»Was machen Sie hier oben?«, fragte Robert Spiro. »Hier kann man sich leicht eine Kugel einfangen. Das ganze Gelände ist abgesperrt.«

»Vom FBI? Ich dachte, Sie wären nur in beratender Funktion hier.«

»Ursprünglich ja, aber mittlerweile haben wir die Ermittlungen übernommen. Sheriff Bosworth hatte keine Einwände. Er wollte raus aus der Geschichte.«

»Glauben Sie, der Mörder könnte zurückkommen? Überwachen Sie deshalb die Gräber?«, fragte Eve.

Spiro warf ihr einen Blick zu. »Und wer sind Sie?«

»Eve Duncan, und das ist Agent Robert Spiro«, sagte Joe.

»Oh, guten Abend, Miss Duncan.« Spiro schob die Waffe in sein Unterarm-Holster und hob die Lampe, um Eve zu betrachten. »Tut mir Leid, wenn ich Ihnen einen Schrecken eingejagt habe, aber Quinn hätte Bescheid geben sollen, dass Sie herkommen.«

Spiro war Ende vierzig, er hatte tief liegende, dunkle Augen und braunes Haar, das um die hohe Stirn schütter wurde, und tiefe Falten zu beiden Seiten des Mundes. Er wirkte so ausgebrannt, wie Eve es noch nie zuvor bei einem Menschen gesehen hatte. »Glauben Sie«, wiederholte sie, »dass er zurückkommen könnte? Es ist nicht ungewöhnlich, dass Serienmörder zu den Gräbern ihrer Opfer zurückkehren.«

»Stimmt, selbst die Abgebrühtesten können sich diesem letzten Kick nicht entziehen.« Er wandte sich an Joe. »Wir haben noch nichts gefunden. Sind Sie sicher, dass der Hinweis verlässlich ist?«

»Er ist verlässlich«, gab Joe zurück. »Werden Sie die Suche unterbrechen, bis es hell wird?«

»Nein. Sheriff Bosworth meint, seine Leute kennen die Schlucht wie ihre Westentasche.« Er blickte zu Eve. »Es ist kalt hier an den Wasserfällen. Sie sollten lieber gehen.«

»Ich werde warten, bis Sie die Leichen der Jungen gefunden haben.«

Er zuckte die Achseln. »Wie Sie wollen. Das kann

noch eine Weile dauern.« Zu Joe gewandt sagte er: »Ich muss mit Ihnen über den ›verlässlichen‹ Hinweis reden. Haben Sie etwas gegen einen Spaziergang einzuwenden?«

»Ich kann Eve nicht allein lassen.«

»Charlie!«, rief Spiro über die Schulter und ein Mann erschien mit einer Taschenlampe in der Hand. »Joe Quinn, Eve Duncan, und das hier ist Agent Charles Cather. Würdest du Miss Duncan zu ihrem Wagen begleiten und bei ihr bleiben, bis Quinn zurückkommt?«

Charlie Cather nickte. »Kommen Sie, Miss Duncan.«

»Es wird nicht lange dauern, Eve.« Joe wandte sich zu Spiro um. »Wenn wir schon herumlaufen, können wir auch gleich zur Einsatzzentrale gehen.«

»Von mir aus.« Spiro marschierte in Richtung des Steilhangs los.

Eve beobachtete sie. Sie fühlte sich ausgeschlossen und war versucht, ihnen zu folgen.

»Miss Duncan?«, sagte Charles Cather höflich. »In Ihrem Wagen ist es angenehmer als hier draußen. Ihnen muss doch ganz kalt sein.«

Sie blickte hinab auf das Grab. Ihr war wirklich kalt. Und sie war müde und ausgepumpt. Der Anblick des Grabes hätte sie beinahe innerlich zerrissen, sie musste sich ausruhen. Außerdem würde Joe sie nicht lange warten lassen. Sie gingen den Steilhang hinab. »Kommen Sie, ich habe heißen Kaffee im Jeep.«

»Könnte ich noch eine Tasse bekommen?« Charlie Cather lehnte sich auf dem Beifahrersitz zurück. »Diese Kälte bringt mich um. Spiro meint, ich muss mich abhärten, aber ich sage ihm jedes Mal, das liegt daran, dass ich aus South Georgia stamme.«

Sie goss ihm Kaffee ein. »Wo in South Georgia?«

»Valdosta. Kennen Sie es?«

»Ich bin nie dort gewesen, aber ich habe von der Universität gehört. Sind Sie schon mal in Pensacola gewesen? Ich habe dort manchmal mit meiner Tochter die Ferien verbracht.«

»In jedem Frühjahr war ich da. Schöner Strand.«

»Stimmt. Woher stammt Agent Spiro?«

»Aus New Jersey, glaube ich. Er redet nicht viel.« Er zog eine Grimasse. »Zumindest nicht mit mir. Ich bin neu bei der Firma und Spiro ist schon seit Ewigkeiten dabei.«

»Joe scheint große Achtung vor ihm zu haben.«

»Ich auch. Spiro ist ein großartiger Agent.«

»Aber Sie mögen ihn nicht besonders.«

»Das habe ich nicht gesagt.« Er zögerte. »Spiro arbeitet jetzt schon fast zehn Jahre als Profiler. Das hinterlässt Spuren.«

»Inwiefern?«

»Er ist ... ausgebrannt. Profiler verkehren meist nur mit ihresgleichen. Vermutlich kann man, wenn man täglich mit Ungeheuern konfrontiert ist, kaum noch mit Leuten sprechen, die nicht dasselbe erleben.«

»Sie sind kein Profiler?«

Er schüttelte den Kopf. »Noch nicht. Ich wurde gerade erst in die Abteilung aufgenommen und bin noch in der Ausbildung. Ich bin hier der Laufbursche für Spiro.« Er nahm noch einen Schluck Kaffee und fuhr dann ruhig fort: »Ich habe Ihr Foto in der Zeitung gesehen.«

»Tatsächlich?«

»Es täte mir Leid, wenn das kleine Mädchen, das gefunden wurde, Ihre Tochter wäre.«

»Ich weiß schon lange, dass sie nicht mehr am Leben

ist. Aber ich möchte Bonnie nach Hause holen und ihr eine Ruhestätte geben.«

Er nickte. »Mein Vater ist in Vietnam gefallen, seine Leiche wurde nie gefunden. Schon als Kind habe ich mich gefragt, wo er wohl sein mochte. Es schien mir nicht gerecht, dass er dort irgendwo verschollen war.«

»Das ist es auch nicht.« Sie wandte ihren Blick ab. »Und meine Tochter war noch nicht mal im Krieg.«

»Wirklich nicht? Ich habe den Eindruck, dass überall Krieg herrscht. Man kann ja nicht mal ein Kind zur Schule schicken, ohne Angst zu haben, dass irgendein Mitschüler eine Knarre bei sich hat. Man muss dem Einhalt gebieten. Deshalb bin ich zum FBI gegangen.«

Sie lächelte. »Charlie, ich glaube wirklich, dass Sie einer von den Guten sind.«

Er verzog das Gesicht. »Hörte sich reichlich geprotzt an, stimmt's? Tut mir Leid. Ich weiß selbst, dass ich im Vergleich zu Spiro ein echter Grünschnabel bin. Manchmal habe ich den Eindruck, er denkt, ich gehöre noch in den Kindergarten. Das ist ganz schön entmutigend.«

Eve konnte es sich gut vorstellen. Vermutlich alterte man in Spiros Beruf schneller. »Sind Sie verheiratet, Charlie?«

Er nickte. »Seit letztem Jahr. Sie heißt Martha Ann.« Plötzlich glitt ein Lächeln über sein Gesicht. »Sie ist schwanger.«

»Glückwunsch.«

»Vielleicht wäre es vernünftiger gewesen, noch zu warten. Aber wir wollen unbedingt Kinder. Wir werden das schon schaffen.«

»Ganz bestimmt.« Sie fühlte sich gleich besser. Es gab mehr im Leben als Gräber und Monster. Es gab

Leute wie Charlie und Martha Ann und ein Baby, da unterwegs war. »Wollen Sie noch Kaffee?«

»Ich habe fast die ganze Kanne leer getrunken. Ich will nicht …«

»Macht das Fenster auf.« Es war Joe, der sein Gesicht gegen das beschlagene Glas drückte.

Sie kurbelte das Fenster herunter.

»Man hat sie gefunden«, sagte Joe. »Zumindest hat man Knochen gefunden. Sie werden zur Einsatzzentrale gebracht.«

Sie sprang aus dem Jeep. »Kinder?«

»Keine Ahnung.«

»Zwei?«

»Es sind zwei Schädel.«

»Sind sie intakt?«

Joe nickte.

»Dann kann ich es feststellen. Bring mich hin.«

»Kann ich dir das irgendwie ausreden?«

Sie war schon unterwegs. »Bring mich hin.«

Die Tragbahre wurde über einen Flaschenzug langsam nach oben befördert. Auf ihr lagen zwei in Decken gewickelte Bündel.

»Haben Sie Acht gegeben, die Skelette zu trennen?«, fragte Eve Spiro.

»So gut es ging. Ich kann nicht beschwören, dass die Knochen nicht durcheinander geraten sind. Der Erdrutsch muss sie runtergespült haben.«

Die Tragbahre war oben angekommen und wurde auf dem Boden abgesetzt. Spiro kniete sich hin und schlug eine Decke zurück. »Was meinen Sie?«

»Ich brauche mehr Licht.« Eve kniete sich neben Spiro. So viele Knochen. Zersplittert. Gebrochen. Wie die Knochen eines Tieres, das ein Raubtier …

te sich zusammenreißen. Ihre Arbeit ma-
Schädel.

ım ihn in die Hand und untersuchte ihn. Kei-
ıe. Joe hatte ihr gesagt, dass auch die anderen
l keine Zähne mehr gehabt hatten. Sie musste
orstellung, wie der Mörder sie herausgebrochen
e, ausblenden und sich konzentrieren. »Der Schä-
eines Kindes. Männlich. Höchstens zehn Jahre alt.
eiß.«

»Sind Sie sicher?«, fragte Spiro.

»Nein. Anthropologie ist nicht mein Spezialgebiet, aber ich glaube, ich liege richtig. Ich habe hunderte Rekonstruktionen von Kindern dieses Alters gemacht.« Sie legte den Schädel vorsichtig ab und schlug die andere Decke zurück. Sie enthielt weniger Knochen und einen Schädel, der sie direkt anstarrte.

Bring mich nach Hause.

Verschwunden. So viele Verschwundene.

»Stimmt was nicht?«, fragte Spiro.

»Lassen Sie sie, Spiro«, schaltete sich Joe ein.

Was konnte schlimmer sein als eine Welt, in der Kinder umgebracht wurden? »Schon gut, ich habe mir nur den Schädel angesehen.« Sie nahm ihn in die Hand. »Noch ein Junge. Auch höchstens zehn. Auch weiß. Vielleicht ein bisschen älter als der andere.« Sie legte den Schädel ab und stand auf. »Ein forensischer Anthropologe muss es bestätigen.« Sie wandte sich zu Joe um. »Jetzt können wir gehen.«

»Hallelujah.«

»Warten Sie«, sagte Spiro. »Joe hat mir von dem Anruf erzählt. Ich muss mit Ihnen reden.«

»Dann besuchen Sie sie in meiner Hütte.« Joe schob Eve den Abhang hinunter. »Wir sind jetzt weg.«

»Ich möchte jetzt mit ihr sprechen.«

Joe blickte über die Schulter zurück. »Drängen Sie sie nicht«, sagte er sanft. »Ich lasse es nicht zu, Spiro.«
Spiro zögerte, dann zuckte er die Achseln. »Na gut. Ich habe hier weiß Gott genug zu tun.«

Eve nahm auf dem Beifahrersitz Platz. »Du hättest nicht so einen Wind zu machen brauchen. Ich hätte mit ihm sprechen können.«
»Das weiß ich.« Er drückte das Gaspedal durch. »Und du hättest noch länger da oben am Steilhang stehen und diese Knochen anstarren können. Oder noch mal zu dem Grab des kleinen Mädchens zurückgehen. Wahrscheinlich kannst du auch mit einem Satz über Wolkenkratzer hüpfen. Musst du dich unbedingt quälen, um zu beweisen, dass du Superwoman bist?«
Sie lehnte sich gegen die Kopfstütze. Sie war so unglaublich müde. »Ich will überhaupt nichts beweisen.«
Er schwieg einen Augenblick. »Ich weiß. Wahrscheinlich wäre es einfacher für mich, wenn es so wäre.«
»Er hat mir die Wahrheit gesagt. Es waren zwei weitere Kinder da oben. Vielleicht hat er auch in Bezug auf Bonnie die Wahrheit gesagt.«
»Eine Wahrheit bedingt nicht automatisch die nächste.«
»Aber es macht seine Worte glaubwürdiger.«
Wieder Schweigen. »Das stimmt.«
»Und wenn es so ist, dann läuft er immer noch frei herum. Atmet, genießt das Leben. Als Fraser hingerichtet wurde, hatte ich zumindest den Trost, dass Bonnies Mörder bestraft wurde. Aber es war ein Irrtum.«
»Du ziehst vorschnelle Schlüsse.«
Doch sie hatte das furchtbare Gefühl, dass sie Recht hatte. »Da waren doch diese zwei kleinen Jungen, de-

ren Mord Fraser gestanden hat. John Devon und Billy Thompkins.«

»Ja, ich erinnere mich.«

»Wir brauchen nur nachweisen, dass die beiden Skelette zu diesen Jungen gehören, dann haben wir die Verbindung zwischen Fraser und dem Anrufer. Ich möchte, dass du Spiro überredest, mir einen der Schädel zur Rekonstruktion zu überlassen.«

»Das wird nicht so einfach sein. Das FBI hat seine ganz eigenen Verfahrensweisen.«

»Du kennst Spiro. Du warst selbst beim FBI. Vielleicht kannst du ihn dazu bewegen, eine Ausnahme zu machen.«

»Ich kann's versuchen.«

»Tu's.« Sie lächelte freudlos. »Oder man wird bald ein weiteres Skelett vermissen. Wenn ich Bonnie nicht haben kann, dann will ich wenigstens einen dieser Jungen.«

»Du nennst sie schon Bonnie.«

»Irgendeinen Namen muss ich ihr ja geben.«

»Es gab noch ein vermisstes Mädchen im gleichen Alter auf Frasers Tötungsliste.«

»Doreen Parker.« Sie schloss die Augen. »Verdammt, Joe.«

»Du verbeißt dich zu sehr in diese Idee. Ich will einfach nicht, dass du in einen Abgrund stürzt, wenn es sich als falsch herausstellt.«

»Besorg mir einen der Schädel.«

Er stieß einen resignierten Fluch aus. »Okay, okay. Spiro dürfte für jede Hilfe in diesem Fall dankbar sein.«

»Umso besser. Wir werden ihn brauchen. Er kennt sich mit Ungeheuern aus.«

»Genau wie du.«

Nur mit einem Ungeheuer. Eines, das ihr Leben beherrschte, seit Bonnie verschwunden war. Sie hatte dieses Ungeheuer Fraser genannt und jetzt musste sie feststellen, dass das wahrscheinlich nicht sein Name war. »Ich weiß noch nicht genug darüber. Aber ich werde es lernen müssen.«

»Und du bist dir ganz sicher, dass er wieder Kontakt zu dir aufnimmt?«

»Er wird mich anrufen.« Eve lächelte verbittert. »Wie er schon sagte, wir sind einander in gewisser Weise verbunden.«

Kapitel 4

»Leg dich schlafen«, sagte Joe, als sie die Hütte betraten. »Ich werde Spiro anrufen und ihn bitten, dir einen der Schädel zu überlassen.«

Eve warf einen Blick auf die Uhr. Es war fast vier Uhr früh. »Er wird nicht sehr erfreut sein, wenn du ihn jetzt weckst.«

»Ich bezweifle, dass er schläft. Wenn er an einem Fall dran ist, schläft er nicht viel. Er ist wie besessen.«

»Gut.« Sie machte sich auf den Weg ins Schlafzimmer. »Ich habe was übrig für Menschen, die von ihrer Arbeit besessen sind.«

»Was du nicht sagst.« Er griff nach dem Telefon. »Mach schon, ruh dich aus. Ich werde dir den Schädel besorgen.«

»Danke, Joe.« Sie schloss die Tür hinter sich und ging ins Bad. Sie wollte nur noch unter die Dusche und dann ins Bett. Nicht an Bonnie denken. Auch nicht an die beiden Jungen. Keine voreiligen Schlüsse ziehen. All das hatte Zeit, bis sie ausgeschlafen und in der Lage war, das Entsetzen und den Schock zu überwinden. Am nächsten Morgen würde sie versuchen, das Puzzle zusammenzusetzen.

»Du siehst miserabel aus«, meinte Joe zu Eve. »Konntest du nicht schlafen?«

»Ein paar Stunden. Ich konnte nicht abschalten. Überlässt Spiro mir einen Schädel?«

»Er wollte sich nicht festlegen. Er wird darüber nachdenken, nachdem er mit dir geredet hat.«

»Kommt er her?«

»Um drei.« Er sah auf die Uhr. »In einer halben Stunde. Du hast noch Zeit für Frühstück oder Mittag. Was ist dir lieber?«

»Nur ein Sandwich.« Sie ging zum Kühlschrank. »Mir wird einfach nicht warm. Ich habe mir noch eins deiner Flanellhemden geliehen.«

»Das sehe ich. Steht dir gut.« Er setzte sich an den Küchentresen und sah zu, wie sie sich ein Sandwich mit Schinken und Käse zubereitete. »Es gefällt mir, meine Sachen mit dir zu teilen. Ich habe mich über die Jahre daran gewöhnt. Hat was Vertrautes.«

Sie nickte. Sie wusste genau, was er meinte. Das Zusammensein mit Joe war so angenehm wie sein weiches Hemd auf ihrer Haut.

»Ich muss dir etwas mitteilen.« Joe schüttelte den Kopf, als sie ihn erschrocken ansah. »Nichts Schlimmes, aber du sollst es wissen.«

»Was soll ich wissen?«

»Mark Grunard hat rausgefunden, wo du steckst.«

Sie runzelte die Stirn. »Mark Grunard?«

»Ein Fernsehreporter. Er muss Tage damit verbracht haben, in den Archiven zu wühlen, bis er auf diese Hütte gestoßen ist. Ich musste mich auf einen Handel mit ihm einlassen. Hast du von ihm gehört?«

Sie nickte bedächtig. »Er arbeitet bei Channel Three. Investigativer Journalist. Ich erinnere mich, er war auch bei dem Prozess gegen Fraser.« Sie verzog das Gesicht. »Soweit ich mich überhaupt an irgendwen oder irgendwas außer Fraser erinnere.«

»Ich hatte dir ja gesagt, dass ich einen Weg finden müsste, die Reporter von diesem Haus abzulenken. Allein war das kaum zu schaffen, also musste ich mich auf einen Handel einlassen.«

»Welche Art von Handel?«

»Mark Grunards Beitrag in den Sechs-Uhr-Nachrichten gestern Abend handelte von der Suche nach dir. Er zeigte eine Aufnahme dieser Hütte und brachte seine Enttäuschung zum Ausdruck, dass dies nicht das Versteck sei. Aber er habe einen Hinweis auf ein Hausboot vor der Küste von Florida erhalten. Nach der Sendung sprang er in ein Flugzeug nach Jacksonville und man kann davon ausgehen, dass die Hälfte der Reporter in der Stadt ihm auf dem Fuß gefolgt sind.«

»Und was hast du ihm dafür geboten?«

»Ein Exklusivinterview. Er wird es zurückhalten, bis wir so weit sind, es freizugeben. Aber du wirst dich einige Male hier mit ihm treffen müssen.«

»Und wann?«

»Das erste Mal ziemlich bald. Er hat seine erste Rate bei dem Handel bereits bezahlt. Er will natürlich eine Gegenleistung. Hast du etwas gegen Grunard einzuwenden?«

Sie versuchte, sich an Mark Grunard zu erinnern. Etwas älter, grau melierte Schläfen, warmherzige Ausstrahlung. »Nein, ich glaube nicht.« Sie lächelte. »Und was würdest du tun, wenn ich ihn nicht ausstehen könnte?«

»Dann hätte er Pech gehabt.« Er grinste. »Aber es erleichtert mir das Leben, wenn ich mein Versprechen halten kann. Iss dein Sandwich auf.«

»Ich esse doch.« Sie biss hinein. »Warum hast du dich für Grunard entschieden? Kennst du ihn so gut?«

»Gut genug. Wir treffen uns gelegentlich auf einen Drink bei Manuel's. Aber im Grunde gab es für mich nicht viel zu entscheiden. Er hat gestern früh an der Georgia State University auf mich gewartet, als ich den Schädel abholen wollte, und machte mir ein Angebot, das ich nicht ausschlagen konnte.«

»Kann man ihm vertrauen?«

»Wir müssen ihm nicht vertrauen. Solange er glaubt, dass es sich für ihn lohnt, wird er im ganzen Süden falsche Fährten legen.«

»Vermutlich haben wir Glück, dass ...«

Es klopfte an der Tür.

»Das wird Spiro sein.« Joe ging zur Tür. »Du solltest doch dein Sandwich aufessen, verdammt.«

»Tyrann.« Sie schob den Teller weg, als Joe Spiro ins Haus ließ.

Er nickte höflich. »Miss Duncan.« An Joe gewandt sagte er: »Ich habe den ganzen Vormittag damit verbracht, die Presse abzuwimmeln. Sie wollten wissen, woher ich von den zwei Leichen in der Schlucht wusste.«

»Und was haben Sie ihnen gesagt?«

»Hab's auf meinen Riecher als Profiler geschoben«, erwiderte er trocken. »Passt doch. Auch wenn wir mit allen Mitteln versucht haben, das zu vermeiden, geht unserer Abteilung doch immer noch ein gespenstischer Ruf voraus.« Spiro wandte sich an Eve. »Möchten Sie dem, was Joe mir erzählt hat, noch etwas hinzufügen?« Eve warf Joe einen Blick zu.

Er schüttelte den Kopf. »Ich habe ihm alles erzählt.«

»Dann gibt es nichts mehr«, antwortete Eve. »Außer dass er wieder anrufen wird.«

»Vielleicht.«

»Er wird anrufen. Und ich möchte, dass Sie darauf vorbereitet sind. Können Sie eine Fangschaltung legen?«

»Hat Joe das noch nicht in die Wege geleitet?«

»Ich war letzte Nacht ziemlich beschäftigt«, gab Joe trocken zurück. »Außerdem wird es nicht leicht, meine Abteilung dazu zu bringen; die Kriminalpolizei Atlanta wehrt sich mit Händen und Füßen, in die Geschichte hineingezogen zu werden.«

»Das wird ihnen nicht viel nützen, falls diese zwei Jungen diejenigen sind, für die Sie sie halten.«

»Geben Sie mir die Chance, es herauszufinden«, drängte Eve. »Geben Sie mir einen der Schädel.«

Spiro schwieg.

»Nun machen Sie schon.«

»Es könnte gefährlich sein, Sie noch tiefer in diese Sache hineinzuziehen.«

»Ich kann gar nicht noch tiefer hineingezogen werden.«

»O doch, das können Sie. Falls nämlich der Mann, der Sie angerufen hat, tatsächlich der Mörder von Talladega ist. Zurzeit betrachtet er Sie als passives Opfer und suhlt sich in dem wunderbaren Gefühl der Macht. Könnte sein, dass ihm das reicht. Aber sobald Sie aktiv in Erscheinung treten, könnte er wütend werden und alles daransetzen, seine Machtposition wiederherzustellen.«

»Es wird ihm nicht reichen.« Sie blickte ihm fest in die Augen. »Und ich werde ganz bestimmt kein passives Opfer sein. Dieser Mistkerl hat das Skelett von Bonnie … diesem kleinen Mädchen. Er hat sie getötet.«

»Vielleicht.«

»Sehr wahrscheinlich. Er wusste von den beiden Jungen. Haben Sie genug Material für die DNA-Analyse?«

»Wir arbeiten daran. Die Knochen sind ziemlich zersplittert und …«

»Und es wird ewig dauern, bis die Proben analysiert sind. Geben Sie mir einen der Schädel.«

Spiro hob die Augenbrauen und blickte zu Joe. »Ganz schön hartnäckig.«

»Sie haben sie noch nicht in Hochform erlebt. Geben Sie ihr den Schädel lieber gleich.«

»Übernehmen Sie die Verantwortung, Quinn? Sie müssen sich darüber im Klaren sein, dass Sie sich in Gefahr begeben.«

»Ich bin ganz allein für mich verantwortlich«, schaltete Eve sich ein. »Überlassen Sie mir einen Schädel.«

Er lächelte dünn. »Ich wäre ja bereit dazu, wenn ich nicht wüsste, was für ein …«

Das Telefon klingelte.

Joe eilte an den Apparat neben der Tür.

»Warten Sie.« Spiro deutete mit dem Kinn auf Eve. »Nehmen Sie ab. Gibt es noch einen Apparat?«

Es klingelte erneut.

»In der Küche«, erwiderte Joe.

Spiro hastete in die Küche und auf sein Zeichen hin nahm Eve den Hörer ab. »Hallo?«

»Hören Sie gut zu.« Die Stimme war unverkennbar. »Ich gehe davon aus, dass mittlerweile eine Fangschaltung installiert wurde, deshalb werde ich nicht lange in der Leitung bleiben. Von jetzt an werde ich Sie auf Ihrem Mobiltelefon anrufen.« Er kicherte. »Hat Ihnen der Ausflug nach Talladega gefallen? War ziemlich kalt da draußen, stimmt's?«

Die Leitung war tot.

Langsam legte sie den Hörer auf und drehte sich zu Spiro.

»Er benutzt einen mechanischen Stimmverzerrer«, sagte Spiro. »Hat er beim ersten Mal auch so geklungen?«

»Ja.«

»Interessant.«

»Er wusste von meiner Fahrt nach Talladega. Er muss uns gefolgt sein.«

»Oder er blufft.«

Sie erschauderte. »Das glaube ich nicht.«

»Ich auch nicht.« Er zuckte die Achseln. »Ich werde Ihnen den Schädel geben. Es spielt ohnehin keine Rolle, er wird seine Show abziehen, ganz egal was wir tun.«

»Wie kommen Sie darauf?«

»Es gibt zwei Arten von Serienmördern. Die einen gehen planvoll vor, die anderen ohne Plan. Der planlose Mörder handelt spontan, willkürlich und schlampig. In Talladega hingegen gibt es einige Anzeichen für einen planvollen Mörder. Die Leichen wurden erst versteckt, dann transportiert. Keinerlei Waffen und Beweismittel am Fundort. Wir werden wahrscheinlich immer mehr Anzeichen dafür finden, je weiter wir in den Fall eindringen. Der Anrufer hat sehr genau darauf geachtet, nicht erkannt zu werden. Bei diesem Mann ist nichts schlampig und das passt zum üblichen Muster.«

»Wie sieht das übliche Muster aus?«, fragte Eve.

»Durchschnittliche bis überdurchschnittliche Intelligenz; Kenntnisse über das Vorgehen der Polizei, arbeitet eventuell sogar mit der Polizei zusammen. Er besitzt ein Auto in gutem Zustand, reist viel und begeht seine Verbrechen außerhalb seines Wohnorts. Er ist sozial unauffällig, verfügt über sprachliche Fähigkeiten, die er dazu benutzt …«

»Das reicht.« Eve schüttelte den Kopf. »Obwohl Sie mit mir gestritten haben, waren Sie die ganze Zeit davon überzeugt, dass dieser Mann der Mörder von Talladega ist, stimmt's?«

»Es gehört zu meinem Job, die vermeintliche Wahrheit beiseite zu lassen und jede Möglichkeit in Betracht zu ziehen.« Er ging zur Tür. »Wenn er wieder anruft, notieren Sie sich jedes seiner Worte, sobald Sie aufgelegt haben. Anrufe über das Mobilnetz sind schwer zurückzuverfolgen, aber ich werde dafür sorgen, dass am Haustelefon eine Fangschaltung gelegt wird. Könnte sein, dass er doch übers Festnetz anruft, wenn er Sie auf dem Handy nicht erreicht.«

»Wie kann er überhaupt wissen, dass ich ein Handy habe? Woher hat er die Nummer? Die ist geheim. Auch Joes Festnetzanschluss hier im Haus ist geheim.«

»Es gibt Möglichkeiten, man muss nur entschlossen und clever genug sein. Wie ich schon sagte, eins der Charakteristika des planvollen Serienmörders ist seine Intelligenz. Aber Sie haben Recht. Als Erstes werde ich die Telefongesellschaften überprüfen, ob die einen Eindringling in ihr Computersystem entdeckt haben.« Er blieb an der Tür stehen. »Ich habe einen Schädel im Auto. Kommen Sie mit nach draußen und nehmen Sie ihn mir ab, Joe.«

»Und was wollen Sie Joe sagen, was ich nicht hören darf?«

Er zögerte und zuckte dann die Achseln. »Dass ich Charlie hierher schicken werde, damit er die Hütte bewacht, während Sie an dem Schädel arbeiten. Ich muss wieder nach Talladega, um mit Spalding von der CASKU zu sprechen, der Ermittlungsabteilung für Kindesentführungen und Serienmorde. Ich muss ihm erklären, warum ich ihm in die Quere komme, indem ich Ihnen den Schädel überlasse. Wahrscheinlich hat die CASKU einen eigenen forensischen Rekonstrukteur.«

»Ich brauche Charlie nicht. Joe ist ja hier.«

»Vier Augen sehen mehr als zwei. Und im Grunde reicht das noch lange nicht. Ich werde mich so schnell wie möglich darum kümmern. Ein weiteres Charakteristikum des planvollen Mörders ist, dass er sein Opfer unbeirrt verfolgt.« Er runzelte die Stirn. »Obwohl das Opfer fast immer ein Fremder ist. Es gibt mir zu denken, dass er sich bemüht, eine intime Verbindung zu Ihnen herzustellen.«

»Er ist gewiss untröstlich, dass er Ihnen die Täterprofile durcheinander bringt«, erwiderte sie spöttisch. »Vielleicht spielt er nicht nach Ihren Regeln.«

Spiro kniff grimmig die Lippen zusammen. »Sie sollten hoffen und beten, dass er es tut. Das ist vermutlich unsere einzige Chance, ihn zu fassen.«

»Wann wird Charlie hier sein?«

»In ein paar Stunden. Warum?«

»Ich möchte, dass Joe nach Atlanta fährt und mir Fotos von diesen beiden Jungen besorgt. Ich brauche sie zur Verifizierung nach der Gesichtsrekonstruktion.«

»Es ist besser, wenn Joe hier bleibt«, erwiderte Spiro. »Ich werde das FBI veranlassen, mir die Fotos nach Talladega zu faxen, und bringe sie dann persönlich hierher.«

»Danke.«

»Bedanken Sie sich nicht. Eigentlich müsste ich Sie dazu bewegen, von hier zu verschwinden und in die Stadt zu gehen. Hier ist es viel zu abgeschieden.«

»Ich brauche die Abgeschiedenheit, um an dem Schädel zu arbeiten.«

»Und ich will den Mörder erwischen.« Er zuckte die Achseln. »Also bin ich sogar bereit, Ihren Hals zu riskieren, um ihn zu fassen.«

»Wie nett«, meinte Joe lakonisch.

»Ersparen Sie mir Ihre Bemerkungen«, fauchte Spiro ihn an. »Ich habe Ihnen beiden gesagt, welcher Gefahr Sie sich aussetzen, wenn sie an dem Schädel arbeitet, aber Sie wollten ja nicht auf mich hören. Also werfen Sie mir jetzt nicht vor, dass ich alles daransetze, dieses Schwein zu schnappen. Ich habe gerade eine Woche lang in diese neun Gräber gestarrt. Der Himmel weiß, wie viele Menschen er noch getötet hat. Haben Sie eine Vorstellung, wie viele Serienmörder frei rumlaufen? Wahrscheinlich fassen wir nur einen von dreißig. Nämlich die Dummen. Die, die Fehler machen. Die Intelligenten lassen sich nicht erwischen und morden munter weiter. Der hier gehört zu den Cleveren. Aber diesmal haben wir eine Chance. Ich weiß nicht warum, aber er will sich mit uns messen und ich werde die Herausforderung annehmen, darauf können Sie Gift nehmen.«

»Okay, okay.« Joe machte eine abwehrende Handbewegung. »Aber erwarten Sie nicht von mir, dass ich mitspiele, wenn Sie Eve als Köder benutzen.«

»Tut mir Leid.« Spiro versuchte, seine Fassung zurückzugewinnen. »Ich wollte nicht sagen, dass ich ... Ich schätze, ich bin einfach urlaubsreif.«

»Das würde mich nicht wundern«, antwortete Joe.

»Ach verdammt, ich bin noch gut dabei. Die Hälfte der Profiler meiner Abteilung ist in Therapie. Aber seien Sie bitte vorsichtig. Mir gefällt die ganze Geschichte nicht. Irgendetwas ...« Er schüttelte den Kopf. »Kommen Sie mit und holen Sie sich den verdammten Schädel.«

Eve trat ans Fenster und beobachtete, wie Spiro den Kofferraum öffnete, ein kleines, in Stoff gewickeltes Bündel herausnahm und es Joe überreichte. Er hob den Kopf, als spürte er ihren Blick, und setzte ein schiefes Grinsen auf. Dann hob er die Hand zum Gruß und warf den Kofferraumdeckel zu.

Was hatte Charlie noch über ihn gesagt?

Ein Mann, der täglich mit Ungeheuern konfrontiert ist.

Sie wusste, das konnte einen Menschen verdammt nah an den Abgrund führen. Sie hatte es selbst erlebt.

Joe kam zurück in die Hütte und schloss die Tür. »So, da hast du ihn. Ich nehme an, du willst dich sofort an die Arbeit machen?«

Sie nickte. »Leg ihn auf den Sockel. Vorsichtig. Er hat einiges mitgemacht, vielleicht ist er brüchig.«

Er wickelte den Schädel aus dem Stoff und legte ihn auf den Sockel.

»Es ist der kleinere Junge«, sagte sie. »Wie hieß er noch?«

»John Devon. *Wenn* er eins von Frasers Opfern ist ...«

»Verschon mich mit deinen Wenns, Joe. Ich weiß, worauf du hinauswillst, aber es geht mir auf die Nerven.« Sie trat näher an den Sockel heran und starrte auf den kleinen, zerbrechlichen Schädel. Armes Kind. Verlorenes Kind. »John Devon«, flüsterte sie.

Bring mich nach Hause.

Ich werde mir alle Mühe geben, John.

Sie rückte ihre Brille zurecht und wandte sich ihrem Arbeitsplatz zu. »Es wird dunkel. Machst du bitte das Licht an? Ich werde jetzt mit der Vermessung beginnen.«

Am nächsten Tag kurz vor Mittag erschien Spiro in der Hütte und wedelte mit einem Briefumschlag. »Ich habe die Fotos. Wollen Sie sie sehen?«

»Nein.« Eve wischte sich die Hände an einem Handtuch ab. »Ich sehe mir die Fotos nie an, bevor ich die Arbeit beendet habe. Ich will mich nicht beeinflussen lassen.«

Er betrachtete den Schädel. »Keiner der Jungen hat damit Ähnlichkeit. Mit diesen kleinen Streifen überall sieht er eher aus wie ein Folteropfer der spanischen Inquisition. Wozu dienen die?«

»Das sind Markierungen der Weichteildicke. Ich vermesse den Schädel, schneide jedes Stäbchen auf die entsprechende Länge und klebe es dann auf einen genau bezeichneten Punkt des Schädels. Es gibt mehr als zwanzig Punkte, deren Weichteildicke bekannt ist.«

»Und dann?«

»Dann nehme ich Plastilinstreifen und trage sie zwischen den Markierungen auf, bis die entsprechende Weichteildicke erreicht ist. Danach kommt das Glätten und Auffüllen.«

»Unglaublich, dass man allein aufgrund von Messungen so exakte Ergebnisse erzielen kann.«

»Die Vermessung ist nur ein Teil. Den Rest müssen Geschicklichkeit und Intuition übernehmen.«

Er lächelte. »Da habe ich keinen Zweifel.« Er drehte sich zu ihr um. »Haben Sie noch einen Anruf erhalten?«

»Nein.«

Er ließ den Blick durch die Hütte schweifen. »Wo ist Quinn?«

»Irgendwo draußen.«

»Er soll Sie doch nicht allein lassen.«

»In den letzten vierundzwanzig Stunden hat er mich

keine fünf Minuten allein gelassen. Ich habe ihn weggeschickt, er soll sich die Beine vertreten.«

»Er hätte nicht auf Sie hören dürfen. Es ist nicht ...«

»Wo ist Charlie?«, unterbrach sie ihn. »Joe versucht seit gestern Abend, ihn zu erreichen. Er hat in Talladega angerufen und man sagte ihm, dass Charlie schon weg sei, aber hier ist er bisher nicht aufgetaucht.«

»Tut mir Leid, wenn Sie sich Sorgen gemacht haben. Ich wusste, dass Quinn auf Sie aufpasst, außerdem fährt ein Wagen in der Gegend Streife. Ich habe Charlie nach Quantico geschickt, um über Talladega Bericht zu erstatten. Er wird heute Abend hier eintreffen.«

»Ich war zu beschäftigt, um mir Sorgen zu machen. Aber Joe war reichlich nervös. Ich hätte gedacht, Sie würden selbst Bericht erstatten.«

»Es hat seine Vorteile, schon länger dabei zu sein. Wenn es eben geht, spare ich mir die Fahrt nach Quantico. Ich bin lieber an der Front.« Er lächelte. »Und Quinn macht seinen Job in der Regel sehr gut. Die Firma hat es sehr bedauert, ihn zu verlieren.« Sein Blick wanderte wieder zu dem Schädel. »Wie lange werden Sie noch brauchen?«

»Vielleicht bis morgen. Ich weiß es nicht genau.«

»Sie sehen erschöpft aus.«

»Mir geht's gut.« Sie nahm die Brille ab und rieb sich die Augen. »Meine Augen brennen. Das ist immer das Schlimmste daran.«

»Vor morgen ist also nicht mit dem Ergebnis zu rechnen?«

Sie sah ihn überrascht an. »Woher die Eile? Gestern musste ich Sie erst lang und breit überreden, mich die Rekonstruktion machen zu lassen.«

»Ich möchte es wissen. Wenn es John Devon ist, habe ich wenigstens einen Anhaltspunkt. Bisher habe ich gar nichts.« Er schwieg eine Weile. »Die ganze Sache stinkt zum Himmel«, murmelte er, »und ich habe so ein Gefühl ...«

Sie lächelte. »Ihr ›gespenstischer‹ Profiler-Instinkt?«

»Hin und wieder beschleichen mich gewisse Ahnungen. Da ist nichts Gespenstisches dran.«

»Da haben Sie Recht.«

Er trat ans Fenster und blickte hinaus. »Ich bin beunruhigt, was diesen Mörder betrifft. Die Leichen sind vor Jahren vergraben worden und schon damals war er äußerst vorsichtig. Was treibt er seitdem? War er schon vor Talladega aktiv? Wie lange geht das jetzt schon?«

Sie schüttelte den Kopf.

»Ich habe mich schon oft gefragt, was aus Mördern wird, wenn man sie lange Zeit gewähren lässt. Ändern sie sich? Wie viele Morde muss einer begehen, um sich von einem Monster zu einem Supermonster zu entwickeln?«

»Supermonster? Klingt nach einem Comic.«

»Ich glaube nicht, dass Sie ihn amüsant finden, wenn Sie ihm erst gegenüberstehen.«

»Sie denken, dass ein Mörder mit der Zeit cleverer wird?«

»Cleverer, erfahrener, überheblicher, grausamer und gefühlloser.«

»Hatten Sie je mit so einem Supermonster zu tun?«

»Nicht dass ich wüsste.« Er sah sie an. »Aber nimmt so ein Supermonster nicht irgendwann die Farbe seiner Umgebung an? Sie begegnen ihm auf der Straße und schöpfen nicht den geringsten Verdacht. Wenn Bundy hätte weitermorden können, wäre er vielleicht ein Supermonster geworden. Er hatte das Zeug dazu, aber er war zu tollkühn.«

»Wie können Sie so nüchtern darüber sprechen?«

»Sobald man Emotionen zulässt, ist man im Nachteil. Der Mann, der Sie angerufen hat, würde sich nicht erlauben, emotional zu werden, wenn es ihm hinderlich ist. Aber er ist auf Ihre Gefühle aus. Darauf gründet er seine Macht.« Er schüttelte den Kopf. »Sie dürfen ihn Ihre Angst nicht spüren lassen. Er wird sich daran aufgeilen.«

»Ich habe keine Angst vor ihm.«

Er musterte sie. »Ich glaube Ihnen. Aber warum haben Sie keine Angst? Sie haben allen Grund dazu. Jeder hat Angst davor, zu sterben.«

Sie antwortete nicht.

»Sie ja vielleicht nicht«, sagte er langsam.

»Ich habe denselben Selbsterhaltungstrieb wie jeder andere auch.«

»Hoffentlich.« Er kniff die Lippen zusammen. »Sie dürfen diesen Mann auf keinen Fall unterschätzen. Er weiß zu viel. Jeder könnte es sein. Es könnte ein Angestellter der Telefongesellschaft sein, der Polizist, der Sie anhält, weil Sie zu schnell gefahren sind, oder ein Anwalt, der Zugang zu den Gerichtsakten hat. Denken Sie daran, er ist schon lange an der Geschichte dran.«

»Wie sollte ich das vergessen?« Ihr Blick wanderte zu dem Schädel. »Ich muss wieder an die Arbeit.«

»Das war wohl das Zeichen für meinen Abgang.« Spiro ging zur Tür. »Geben Sie mir Bescheid, wenn Sie fertig sind.«

»Mache ich.« Sie hatte ihn schon vergessen, als sie begann, die Bereiche zwischen den Markierungspunkten aufzufüllen.

Joe Quinn wartete an Spiros Wagen. »Kommen Sie, ich möchte Ihnen etwas zeigen.«

»Dachte ich's mir doch, dass Sie nicht weit weg sind.« Spiro folgte ihm um das Haus herum. »Sie hätten sie nicht allein lassen sollen.«

»Ich habe sie nicht allein gelassen. Ich hatte das Haus die ganze Zeit im Blick.« Er verließ die Auffahrt und bog vom Weg ab in die Büsche, dort kniete er sich hin. »Sehen Sie die Spuren? Jemand war hier.«

»Das ist aber kein Fußabdruck.«

»Nein, er hat die Spuren verwischt. Aber das Gras ist niedergedrückt. Er hat versucht, es wieder glatt zu streichen, aber er hatte es eilig.«

»Sehr gut.« Spiro hätte wissen müssen, dass Quinn jede noch so kleine Veränderung registrieren würde. Er war scharfsinnig und die Ausbildung bei der SEAL hatte seine Fähigkeiten noch verfeinert. »Glauben Sie, es war unser Mann?«

»Ich wüsste nicht, wer außer ihm einen Grund haben sollte, seine Anwesenheit hier zu vertuschen.«

»Er beobachtet sie also?«

Quinn hob den Kopf, den Blick auf den Wald gerichtet. »Nicht zurzeit. Im Moment ist niemand hier.«

»Würden Sie es spüren?«, fragte Spiro scherzhaft. »Ihr sechster Sinn?«

»So was Ähnliches.« Er grinste schief. »Liegt vielleicht an meinem Cherokee-Blut. Mein Großvater war ein Halbblut.«

Oder vielleicht lag auch das an der SEAL-Ausbildung. Aufspüren und zerstören. »Sie haben damit gerechnet, Spuren zu finden, sonst wären Sie nicht hinausgegangen, um nachzusehen.«

»Er quält sie. Er will sie verletzen. Ich dachte mir, dass er sehen will, wie sie leidet.« Er stand auf und trat einen Schritt zurück. »Oder vielleicht wollte er sich nur vergewissern, dass sie wirklich hier ist. Warum auch immer, jedenfalls war er hier. Benachrichtigen Sie die Spurensicherung, vielleicht können die Beweismittel finden.«

»Hören Sie, wir haben in Talladega alle Hände voll zu tun. Holen Sie Ihre eigenen Leute her.«

»Die werden keinen Finger krumm machen, solange sie nicht gezwungen sind, und das wird erst der Fall sein, wenn Eve die Rekonstruktion fertig gestellt hat. Dann werden sie es allerdings nicht mehr wagen, sich quer zu stellen, dazu ist Eve zu berühmt.«

»Dann werden Sie sich bis dahin wohl auf mich verlassen müssen und da stände es Ihnen gut an, mich zu bitten, statt Befehle zu erteilen.«

Joe rang sich ein »Bitte« ab.

Spiro lächelte. »Sie haben zu schnell nachgegeben. Aber ich hätte sowieso ein Team hergeschickt.«

»Arschloch.«

»Sie brauchten mal einen Dämpfer.« Er wandte sich ab. »Charlie wird bei Anbruch der Dunkelheit hier sein. Ich kann verstehen, dass Sie besorgt sind.«

Joes Blick verfinsterte sich. »Sie wollten, dass ich mir Sorgen mache. Als ich Cather nicht erreichen konnte, habe ich Sie angerufen. Da Sie nicht rangegangen sind, rief ich in der Einsatzzentrale an, und Sheriff Bosworth richtete mir aus, Sie wären zu beschäftigt, um den Anruf entgegenzunehmen.«

»Er hatte Recht. Es stellte sich heraus, dass von dem Gelände keine Luftaufnahmen gemacht worden waren, um festzustellen, ob die Gräber nach einem bestimmten Muster angelegt sind. Ich war vollauf damit beschäftigt, einen Fotografen zu organisieren.«

»Zu beschäftigt für einen zweiminütigen Anruf? Sie wollten mich schwitzen lassen.«

»Angst hält wachsam. Sie werden sehr wachsam sein müssen.«

»Und ich bin auch nicht davon überzeugt, dass Cather der Richtige ist, um Eve zu schützen. Er hat keinen besonders guten Eindruck auf mich gemacht.«

»Er ist nicht der typische FBI-Mann, wenn Sie das meinen. Er ist nicht zynisch und eher engagiert als methodisch. Ich habe verdammt kämpfen müssen, bis er in die Abteilung aufgenommen wurde, aber das bedeutet nicht, dass er nicht qualifiziert ist. Und ein unverbrauchter Mann sieht manchmal mehr als ein alter Knochen. Er wird seine Sache gut machen. Außerdem habe ich drei weitere Männer abgestellt, um den Wald und die Hütte zu bewachen. Sie werden Charlie Bericht erstatten. Zufrieden?«

»Nein, verdammt.«

»Na klar, Sie wollen ein ganzes Bataillon.«

»Je weniger Wachposten, desto näher traut sich dieser Verrückte ans Haus.«

Spiro sah ihm direkt in die Augen. »Das stimmt. Ich werde genügend Leute abstellen, um sie zu schützen, aber ich will ihn auch nicht vollkommen abschrecken.«

»Sie wollen also tatsächlich Eves Hals riskieren?«

»Machen Sie sich nicht lächerlich. Sie ist das Einzige, was wir haben. Sie ist vielleicht unsere einzige Verbindung zum Täter.«

»Antworten Sie mir.«

»Ich will diesen Burschen schnappen, Quinn. Ich werde nicht das Risiko eingehen, ihn entwischen zu lassen. Lachen Sie mich ruhig aus, aber nach diesen Tagen in Talladega, die ganze Zeit diese Gräber vor Augen, habe ich manchmal das Gefühl ...« Er hielt inne und zuckte die Schultern. »Er gehört mir.«

»Und Eve?«

»Sie ist nur eine einzelne Frau. Niemand kann sagen,

wie viele Leute er noch töten wird, wenn wir ihn jetzt nicht fassen.«

»Sie Scheißkerl.«

»Stimmt, aber wenn Sie diesen Mörder haben wollen, bin ich die beste Wahl. Ich werde nicht ruhen, bis ich ihn habe.« Er zögerte einen Augenblick. »Mir gefällt Eve Duncans Einstellung nicht.«

»Ihr Pech. Sie reißt sich den Arsch auf, um den Schädel zu identifizieren.«

»Nein, das meine ich nicht.« Er legte die Stirn in Falten. »Sie hat keine Angst vor ihm. Das wird ihm nicht gefallen. Es wird ihn wütend machen und umso entschlossener, sie zu zerstören. Und wenn er an sie nicht herankommt, wird er es bei jemandem versuchen, der ihr nahe steht.«

»Gestern Abend habe ich mir die Finger wund telefoniert, um eine Vierundzwanzig-Stunden-Bewachung für ihre Mutter zu bekommen.«

»Gut.«

»Aber ich habe Eve nichts davon erzählt und ich werde ihr auch nicht erzählen, dass die Hütte beobachtet wird. Also sorgen Sie dafür, dass die Leute von der Spurensicherung hier nicht herumtrampeln wie eine Horde Elefanten. Sie ist so sehr in ihre Arbeit vertieft, dass sie es wahrscheinlich sowieso nicht bemerken würde, aber sie hat schon genug Sorgen.«

»Sie sind sehr fürsorglich.«

»Darauf können Sie sich verlassen. Sie sollten sich das zu Herzen nehmen, Spiro. Wenn dieses Arschloch durch Ihre Schuld an sie herankommt, wird sie nicht das einzige Opfer sein.«

Vier Stunden später traf Charlie Cather bei der Hütte ein. »Tut mir Leid, dass ich zu spät komme.« Er verzog das Gesicht. »Ich wollte eigentlich schon vor einer Stunde hier sein, aber ich bin erst spät von Quantico weggekommen. Ich hatte gehofft, die Analyse mitnehmen zu können, aber sie war noch nicht fertig.«

Eve blickte von ihrer Arbeit an dem Schädel auf. »Welche Analyse?«

»Vom VICAP. Das ist das Programm zur Ergreifung von Gewalttätern, eine landesweite Datenbank, in die wir alle Fakten über ein Gewaltverbrechen eingeben können. Danach werden alle registrierten Verbrechen mit einem ähnlichen Tathergang, die in einem bestimmten Zeitabschnitt begangen wurden, miteinander verglichen.«

»Ich wusste nicht, dass Spiro das in Auftrag gegeben hat«, sagte Joe.

»Doch, hat er, und wir haben den Leuten vom VICAP die Berichte über die Leichen zukommen lassen, damit sie die Suche eingrenzen können. Es fehlte nur noch der letzte Bericht, aber der war in dem verdammten Papierwust verloren gegangen. Ich habe ihn erst kurz vor meiner Abfahrt von Talladega wiedergefunden, deshalb habe ich ihn selbst nach Quantico gebracht.«

»Und welchen Zeitabschnitt haben Sie eingegeben?«, fragte Eve.

»Dreißig Jahre. Sicherheitshalber.«

Sie starrte ihn entsetzt an. Dreißig Jahre?

Charlie wandte sich an Joe. »Ich habe sie gebeten, mich hier anzurufen, sobald die Ergebnisse vorliegen. Ich bin draußen in meinem Wagen, können Sie mir Bescheid sagen, wenn sie sich melden?«

»Warum warten Sie nicht hier«, fragte Eve.

Charlie schüttelte den Kopf. »Spiro hat mich angewiesen, draußen Wache zu schieben. Es würde ihm nicht gefallen, wenn ich's mir hier drinnen im Warmen gemütlich mache.« Er grinste. »Ich hätte denen auch meine Handynummer geben können, aber ich denke, es tut niemandem weh, wenn ich kurz reinkomme, um die Eiszapfen abzuschlagen.« Er trat an den Sockel. »Sie sind ja ganz schön vorangekommen. Wie lange wird es noch dauern?«

Sie zuckte die Achseln. »Schwer zu sagen.«

»In Quantico können sie eine ganze Menge mit Computersimulation und ähnlichen Sachen machen, aber das hier hat was ... was Individuelles.«

»Stimmt.«

»Er wirkt so zerbrechlich. Armer Junge. Gott, mich macht das traurig. Ich weiß nicht, wie Sie das aushalten.«

»Genauso wie Sie aushalten, was Sie Tag für Tag tun müssen. Es ist meine Arbeit.«

»Man kriegt richtig Angst, ein Kind in die Welt zu setzen, nicht wahr? Einige meiner Kollegen lassen ihre Kinder niemals aus den Augen. Sie haben zu viel miterlebt, sie fühlen sich niemals sicher. Wahrscheinlich wird es mir genauso gehen, wenn unser Baby ...«

»Ich sage Ihnen Bescheid, wenn Ihr Anruf kommt«, unterbrach Joe ihn. »Eve muss wieder an die Arbeit.«

Der Rauswurf war unmissverständlich. Charlie hatte gedankenlos dahergeredet und Eve begriff, dass Joe eingegriffen hatte, bevor er sie verletzen konnte.

»Ja, natürlich.« Charlie ging zur Tür. »Danke schon mal. Bis später.«

»Du hättest ihn nicht rausschmeißen sollen«, kritisierte Eve. »Er hat's nicht böse gemeint.«

»Er redet zu viel.«

»Er ist noch jung. Ich mag ihn.« Sie wandte sich wieder dem Sockel zu. »Wahrscheinlich wird bei der

VICAP-Suche nichts rauskommen. Sie haben es in zehn Jahren nicht geschafft, den Kerl zu fassen.«

»Dann wird es höchste Zeit.« Joe setzte sich auf die Couch und nahm sein Buch in die Hand. »Du kannst noch eine Stunde arbeiten, dann machst du eine Pause, um etwas zu essen. Keine Widerrede.«

»Mal sehen.«

»Keine Widerrede.«

Sie warf ihm einen Blick zu. Er verströmte den Charme eines unverrückbaren Felsens.

Nun ja. Ein unverrückbarer Felsen konnte äußerst tröstlich sein in einer Welt, in der alles drunter und drüber ging. »Okay. Keine Widerrede.«

Logan rief an, während Eve zu Abend aß. »Ich habe deine beiden Nachrichten erhalten. Ich war auf der Insel unterwegs, um alles dichtzumachen. Morgen fliege ich nach Monterey.«

»Du hast mir gar nicht erzählt, dass du die Insel verlassen willst.«

»Nichts ist mehr, wie es war. Es ist an der Zeit, in die Realität zurückzukehren.« Er ließ einen Augenblick verstreichen. »Arbeitest du an dem Schädel?«

»Nicht an dem des kleinen Mädchens, sondern an dem eines Jungen, der auch dort gefunden wurde.«

»Du sagtest doch, du würdest … Warum zum Teufel bist du dann immer noch dort?«

»Es ist so viel passiert.«

»Du erzählst mir nicht alles. Eigentlich erzählst du mir gar nichts.«

Sie wusste nur zu gut, dass er sich sofort auf den Weg zu ihr machen würde, wenn sie ihn einweihte.

»Den Schädel des Mädchens bekomme ich noch. Zuerst muss ich diesen hier fertig stellen.«

Schweigen.

»Mir gefällt das nicht. Du verschweigst das Wichtigste. Ich fliege schon heute Abend nach Monterey, nicht erst morgen. Ich rufe dich an, sobald ich dort bin.«

»Logan, es ist schön, dass du mir helfen willst, aber diesmal kannst du nichts tun.«

»Das werden wir ja sehen.« Er legte auf.

»Kommt er her?«, fragte Joe.

»Nicht, wenn ich es verhindern kann. Ich möchte ihn nicht in der Nähe des Mörders haben.«

Er runzelte die Stirn. »Deine Fürsorglichkeit gefällt mir nicht.«

»Dein Pech. Logan ist ein großartiger Mann und mein Freund. Du bist doch auch fürsorglich gegenüber deinen Freunden.« Sie suchte seinen Blick. »Ja oder doch?«

Er verzog das Gesicht. »Schon gut, schon gut.« Er wechselte das Thema. »Möchtest du Nachtisch? Es gibt Rocky-Road-Eis.«

Am selben Abend um acht Uhr klingelte ihr Handy erneut.

Eve zuckte zusammen. Ihr eigenes Telefon, nicht das in der Hütte. Vielleicht war es ihre Mutter. Oder Logan. Es musste nicht zwingend dieses Monster sein.

Joe nahm das Handy vom Tisch, wo sie es nach ihrem Gespräch mit Logan abgelegt hatte. »Soll ich drangehen?«

Sie schüttelte den Kopf. »Gib her.« Sie schaltete es ein. »Hallo?«

»Bonnie wartet darauf, dass Sie kommen und sie holen.«

Ihre Hand krallte sich um den Hörer. »Schwachsinn.«

»Sie haben so viele Jahre nach ihr gesucht und sind jetzt so nah dran. Schade, dass Sie gerade jetzt versagen. Sind Sie mit dem Schädel des Jungen fertig?«

»Woher wissen Sie, dass ich …«

»Oh, ich lasse Sie nicht aus den Augen. Schließlich habe ich ein begründetes Interesse an Ihrem Tun. Haben Sie nicht gespürt, wie ich hinter Ihnen gestanden und Ihnen bei der Arbeit über die Schulter geschaut habe?«

»Nein.«

»Das sollten Sie aber. Und Sie werden es ab jetzt. Welcher Junge ist es denn?«

»Warum sollte ich Ihnen das sagen?«

»Es spielt im Grunde keine Rolle. Ich kann mich ohnehin nur noch dunkel an sie erinnern. Sie waren nur zwei verschreckte Vögelchen. Ganz anders als Ihre Bonnie. Sie war nicht …«

»Sie Schwein. Sie haben doch überhaupt nicht den Mumm, jemanden zu töten. Sie schleichen herum, machen anonyme Anrufe, bedrohen mich und versuchen …«

»Anonym? Ärgert Sie das? Sie können mich Dom nennen, wenn Sie wollen. Aber was bedeutet ein Name? Auch wenn die Rose anders hieße, sie würde genauso duften wie …«

»Was mich wirklich ärgert, ist, dass Sie meinen, Sie könnten mich mit diesen erbärmlichen Tricks einschüchtern.«

»Und jetzt versuchen Sie, mich zu ärgern.« Er lachte amüsiert auf. »Und ich glaube, es gelingt Ihnen sogar. Wie erfrischend. Das beweist mir nur, wie Recht ich hatte, als ich Sie auswählte.«

»Haben Sie diese armen Menschen von Talladega genauso quält, bevor Sie sie getötet haben?«

»Nein, das wäre ziemlich gewagt gewesen und so weit war ich damals noch nicht.«

»Aber jetzt schon?«

»Jetzt bin ich an dem Punkt angelangt, wo ich bereit bin, ein höheres Risiko einzugehen, um mein Leben interessanter zu gestalten. Es war klar, dass es irgendwann so weit kommen würde.«

»Und warum ich?«

»Weil ich jemanden brauche, der mich läutern kann. Als ich Ihr Foto in der Zeitung sah, wusste ich, Sie sind die Richtige. Ich betrachtete Ihr Gesicht und ich konnte all die Gefühle und das Leid sehen, die sich in Ihnen aufgestaut haben. Es geht nur noch darum, diese Gefühle zu wecken, damit sie hervorbrechen.« Er wartete einen Augenblick. »Können Sie sich vorstellen, was für eine Explosion das für uns beide sein wird?«

»Sie sind ja übergeschnappt.«

»Durchaus möglich. Gemessen an Ihren Vorstellungen. Die Wissenschaft hat sich eingehend mit dem Denken von Mördern beschäftigt. Mit den Ursachen, den ersten Anzeichen, den Rechtfertigungen für das Töten.«

»Und wie rechtfertigen Sie es?«

»Gar nicht. Vergnügen ist Rechtfertigung genug. Neulich hörte ich, Morde aus purem Vergnügen hätten in den letzten zehn Jahren um fünfundzwanzig Prozent zugenommen. Ich habe schon lange vorher damit angefangen. Anscheinend holt die Gesellschaft mich langsam ein. Vielleicht seid ihr alle dabei durchzudrehen, Eve.«

»Blödsinn.«

»Warum lasst ihr mich dann weitermorden? Ist Ihnen nie der Gedanke gekommen, dass wir unsere Urinstinkte nie abgelegt haben? Den Blutdurst, die Machtgier, die sich in diesem letzten Gewaltakt äußert. Vielleicht wünschen Sie sich im Grunde Ihres Herzens, genauso zu sein wie ich. Hatten Sie nie Lust zu jagen, Beute zu machen?«

»Nein.«

»Sie werden es erleben. Fragen Sie Quinn, wie sich das anfühlt. Er ist ein Jäger. Er hat den Instinkt. Fragen Sie ihn, ob sein Herz schneller schlägt, wenn er seine Beute im Visier hat.«

»Joe ist nicht wie Sie. Niemand ist wie Sie.«

»Danke. Das fasse ich als Kompliment auf. Ich denke, es ist an der Zeit aufzulegen. Ich wollte nur mal wieder mit Ihnen plaudern. Es ist wichtig, dass wir uns kennen lernen. Sie gehören nicht zu den Menschen, die sich vor dem Unbekannten fürchten.«

»Ich habe keine Angst vor Ihnen.«

»Das kommt schon noch. Aber mir ist klar, dass ich daran arbeiten muss. Kein Problem. So ist es mir am liebsten.« Er schwieg eine Weile. »Bonnie vermisst Sie. Sie sollten wirklich bald zusammenkommen.« Er legte auf.

Eine Welle des Schmerzes durchlief sie. Verdammt. Natürlich hatte er ihr zu guter Letzt noch einen Stich versetzen müssen. Sie schaltete das Handy ab und sah Joe an. »Er wollte einfach mal wieder mit mir plaudern. Der Scheißkerl will, dass ich Angst vor ihm habe.«

»Dann tu so, als hättest du Angst. Fordere ihn nicht heraus.«

»Ich denk nicht daran.«

Joe lächelte schwach. »War einen Versuch wert. Hast du irgendwas erfahren, was uns weiterhilft?«

»Er sagte, er heißt Dom. Er tötet schon seit mehr als

zehn Jahren, und zwar aus purem Vergnügen. Er macht sich Gedanken über sich und die Welt. Er ist intelligent, genau wie wir vermutet haben.« Sie trat wieder an den Sockel. »Könntest du das alles aufschreiben und Spiro übermitteln? Ich muss weiterarbeiten.«

»Eine Pause würde dir nicht schaden.«

»Doch, das würde mir schaden«, erwiderte sie trotzig. »Ich werde nicht zulassen, dass dieser Kerl mich in meiner Konzentration stört. Er will mich kontrollieren, aber ich werde den Teufel tun und das zulassen. Ich werde ihm nicht geben, was er sich erhofft.«

Sie stand vor dem Schädel. Ihre Hände zitterten leicht. Ganz ruhig. Jetzt kam der letzte Schritt, die Gesichtszüge. Nur nicht ablenken lassen. Sie musste kühl und distanziert sein.

Haben Sie nicht gespürt, wie ich hinter Ihnen gestanden und Ihnen bei der Arbeit über die Schulter geschaut habe?

Sie widerstand dem Impuls, sich umzudrehen. Niemand starrte ihr in den Rücken oder über die Schulter. Niemand außer Joe befand sich hinter ihr.

Wenn sie zuließ, dass Dom Einfluss auf sie gewann, indem er seine Bilder in ihren Kopf pflanzte, hätte er einen Sieg errungen. Sie musste ihn ausblenden, musste an den kleinen Jungen denken, nicht an das Ungeheuer, dass ihn getötet hatte.

Bring ihn nach Hause.

Mit langsamen, konzentrierten Bewegungen begann sie, das Gesicht des Kindes zu modellieren.

Sie war stärker, als Dom angenommen hatte.

Eine Welle der Erregung durchlief ihn. Sie war eine Herausforderung. Wenn er von ihren Gefühlen zehren wollte, würde er hart dafür arbeiten müssen.

Im Grunde überraschte es ihn nicht. Er war darauf vorbereitet gewesen. Er begrüßte es sogar. Er würde sich mächtig ins Zeug legen müssen, um sie zu erschüttern.

Er hatte da schon eine Idee.

Er ließ den Wagen an, setzte rückwärts aus der Parkbucht vor dem Einkaufszentrum und fuhr zurück nach Atlanta.

Kapitel 5

5.40 UHR

Sie war fast fertig. Nur noch die Augen.

Sie langte nach dem Kästchen mit den Augen, das auf dem Arbeitstisch stand.

Braun war die häufigste Augenfarbe, deshalb benutzte sie bei Rekonstruktionen meistens braune Augen. Sie drückte die Glasaugen in die Höhlen und trat einen Schritt zurück.

Bist du das, John Devon? Habe ich gut genug gearbeitet, um dich nach Hause bringen zu können?

»Möchtest du jetzt das Foto sehen?«, fragte Joe ruhig.

Sie hatte kaum wahrgenommen, dass er die ganze Nacht auf dem Sofa gesessen und gewartet hatte. »Ja.«

Er stand auf, nahm den großen Briefumschlag vom Couchtisch und öffnete ihn. Er legte ein Foto zur Seite und brachte ihr das andere. »Ich glaube, dieses hier willst du haben.«

Sie starrte das Foto an, ohne es zu berühren. Er irrte sich, sie wollte es nicht haben.

Nimm es. Bring ihn nach Hause.

Sie streckte die Hand aus und nahm das Foto. Sie hätte blaue Augen einsetzen müssen, stellte sie fest. Aber alles andere passte. »Er ist es. Es ist John Devon.«

»Ja.« Er nahm das Foto und warf es auf die Werkbank. »Ich rufe Spiro an, sobald ich dich ins Bett verfrachtet habe.«

»*Ich* werde ihn anrufen.«

»Schluss jetzt.« Er zog sie durch den Raum und in den Flur. »Ich habe gesagt, ich rufe ihn an. Du hast deinen Teil erledigt.«

Richtig, sie hatte ihren Teil erledigt. John Devon war gefunden und das bedeutete …

»Hör auf zu grübeln«, sagte Joe grob, während er sie auf ihr Bett setzte. »Ich wusste, dass es an dir zehren wird, sobald du fertig bist. Aber verdammt noch mal, du musst dich jetzt ausruhen.« Er verschwand ins Badezimmer und kam mit einem nassen Waschlappen zurück. Er setzte sich neben sie und fing an, ihr den Ton von den Händen zu wischen.

»Ich müsste eigentlich duschen.«

»Wenn du aufgewacht bist.« Er warf den Waschlappen auf den Nachttisch, bedeutete ihr, sich hinzulegen, und zog ihr die Decke über.

»Ich hatte Angst, dass er es sein würde«, flüsterte sie. »Einerseits habe ich es mir gewünscht, aber zugleich hatte ich Angst davor.«

»Ich weiß.« Er schaltete das Badezimmerlicht aus, setzte sich erneut neben sie und nahm ihre Hände in seine. »Aber du wolltest nicht aufgeben, stimmt's?«

»Ich konnte nicht. Du weißt genau, dass ich nicht aufgeben kann.«

Ein leichter Druck seiner Hände war die einzige Antwort.

»Da es nun John Devon ist, hat dieses Ungeheuer wahrscheinlich die Wahrheit gesagt. Wahrscheinlich war es nicht Fraser, der Bonnie getötet hat.«

»Es besteht immer noch die Möglichkeit, dass es

Fraser war. Selbst wenn Dom eines der Kinder getötet hat, deren Mord Fraser gestanden hat, heißt das noch lange nicht, dass sie alle auf sein Konto gehen.«

»Aber die Wahrscheinlichkeit, dass es Dom war, ist größer geworden.«

»Ich weiß nicht, Eve«, gab er müde zurück. »Ich weiß es einfach nicht.«

»Und wahrscheinlich hat er sie immer noch in seiner Gewalt. Dieses kleine Mädchen könnte meine Bonnie sein. Es hat ihm nicht gereicht, sie zu töten, er bewahrt sie auf wie eine Trophäe.«

»Er benutzt sie als Köder.«

»Ich finde die Vorstellung furchtbar, dass dieses Ungeheuer sie hat. Ganz furchtbar.«

»Schsch. Denk nicht daran.«

»Und wie bitte soll ich meine Gedanken abstellen?«

»Woher zum Teufel soll ich das wissen? Tu es einfach.« Er schwieg einen Moment lang. »Das ist genau das, was er will. Er will dich in der Hand haben. Er genießt die Vorstellung, dass du hier liegst und leidest, weil er dir wehgetan hat. Schlaf jetzt und vergiss den Dreckskerl.«

Er hatte Recht, sie reagierte genau, wie Dom es sich wünschte. »Tut mir Leid. Ich hatte nicht vor einzuknicken. Ich glaube, ich bin ziemlich müde.«

»Woher wohl.«

»Ich bin verwirrt. Es ist schwer, nicht zu … Ich wollte sie nach Hause holen, aber nicht wie …«

»Setz dich damit auseinander, wenn du geschlafen hast.«

»Du musst Spiro noch anrufen.«

»Das kann warten. Ich bleibe hier, bis du eingeschlafen bist.«

»Du hast doch auch nicht geschlafen.«

»Woher willst du das wissen? Ich bezweifle, dass du in den letzten Stunden irgendwas mitbekommen hast.«

»Das stimmt nicht.«

»Ach nein?«

»Ich wusste immer, dass du da warst. Es ist wie ...« Es war schwer zu erklären. »Es ist, als hätte man eine alte Eiche im Garten. Selbst wenn man nicht bewusst daran denkt, man vergisst nie, dass sie da ist.«

»Schönen Dank. Ein Baum. Soll das heißen, ich bin ein Holzkopf, oder was?«

Nein, sie hatte ihn mit einem Baum verglichen, weil dieses Bild Schutz, Kraft und Ausdauer bedeutete. »Kluges Kerlchen. Ich hätte wissen müssen, dass ich dich so leicht nicht reinlegen kann.«

»Und *so alt* bin ich nun auch wieder nicht.«

»Alt genug.« Ihr wurde bewusst, dass sie lächelte. Noch kurz zuvor hatte sie Qualen erlitten, jetzt ging es ihr schon besser. Joe schaffte es immer, sie zu beruhigen. »Mir geht's gut. Du brauchst nicht bei mir zu bleiben.«

»Ich werde mich nicht von der Stelle rühren. Wahrscheinlich bist du schon hysterisch – würdest du mich sonst eine Eiche nennen? Du wirst mich nur los, indem du einschläfst.«

Und tatsächlich wurde sie langsam schläfrig. Sie war in Sicherheit, sie konnte loslassen. Joe war bei ihr und hielt die Düsternis von ihr fern. »Ich muss gerade daran denken, wie wir auf Cumberland Island waren, nach Frasers Hinrichtung. Erinnerst du dich? Du hast meine Hände gehalten wie jetzt und hast mich reden und reden lassen ...«

»Nur dass du jetzt den Mund halten sollst. Schlaf.«

Sie schwieg einen Augenblick. »Er fängt an, mir Angst zu machen.«

»Es gibt keinen Grund, Angst zu haben. Ich werde nicht zulassen, dass dir irgendetwas zustößt.«

»Ich hatte nicht erwartet, dass ich Angst haben würde. Am Anfang war ich einfach nur wütend, aber er ist clever, und mich zu töten ist gar nicht sein oberstes Ziel. Er will meine Gefühle, er will mir wehtun. Er braucht das.«

»Stimmt.«

Plötzlich kam ihr ein Gedanke. »Mom.«

»Sie wird bewacht. Ich habe dafür gesorgt, dass er nicht an sie herankommt.«

Erleichterung durchflutete sie. »Daran hast du gedacht?«

»Es war nur logisch. Nicht schlecht für einen Holzkopf, wie?«

»Gar nicht übel.« Wenn ihre Mutter in Sicherheit war, war Dom eine Waffe genommen. Er konnte Eve nicht treffen, indem er sich an jemandem vergriff, den sie liebte.

Von wegen. Er hatte immer noch Bonnie.

Aber Bonnie war tot. Selbst wenn der Gedanke, dass Bonnie bei ihm war, sie in Panik versetzte, er konnte ihrer Tochter nicht mehr wehtun. Sie selbst war die Einzige, der er wehtun konnte, und sie würde ihren Schmerz vor ihm verbergen.

»Es ist alles in Ordnung, deine Mutter ist in Sicherheit«, sagte Joe. »Es gibt keinen Grund, beunruhigt zu sein.«

Aber sie *war* beunruhigt. Und Joe spürte es natürlich. Aber es war nicht wegen ihrer Mutter. Wenn Joe sagte, dass sie in Sicherheit war, dann war sie in Sicherheit. Es war nur …

Vergiss es und schlaf. Wenn sie aufwachte, würden sie Mittel und Wege finden, den Kerl zu schnappen und Bonnie nach Hause zu holen. Er war nicht unbesiegbar. Er hatte einen Fehler gemacht, indem er zu Eve Verbindung aufgenommen hatte. Er hatte keine Möglichkeit, ihr wehzutun.

Sie hatte keinen Grund, beunruhigt zu sein.

Sie hieß Jane MacGuire und war zehn Jahre alt.

Dom war vor wenigen Tagen auf sie aufmerksam geworden, als er in der Sozialbausiedlung im Süden der Stadt herumgestreift war. Zuerst hatte ihr rotes Haar seine Aufmerksamkeit erregt, später dann ihre selbstbewusste Ausstrahlung. Sie lief die Straße entlang, als wolle sie die ganze Welt herausfordern. Das hier war kein sanftes Vögelchen.

Zu selbstbewusst, um Eve Duncan zu gefallen? Ihre eigene Tochter war völlig anders gewesen. Aber schließlich war Bonnie Duncan auch nicht in vier verschiedenen Pflegefamilien aufgewachsen wie Jane MacGuire. Sie hatte nicht lernen müssen, sich auf der Straße durchzuschlagen.

Er fuhr langsam hinter dem Mädchen her. Sie lief entschlossen die Straße entlang. Sie hatte ein Ziel.

Plötzlich bog sie in eine Gasse ab. Ob er ihr folgen sollte und riskieren, dass sie ihn bemerkte? So groß war die Gefahr nun auch wieder nicht. Wie immer, wenn er auf Jagd ging, hatte er sich vorsichtshalber verkleidet.

Er stellte den Wagen ab und stieg aus. Sie war eine zu viel versprechende Kandidatin. Er musste sich vergewissern.

Dieser Typ folgte ihr schon wieder.

Na, von mir aus, dachte Jane ärgerlich. Wieder einer dieser schmutzigen alten Kerle, die am Schulhof herumhingen und schnell wegfuhren, wenn Jane den Lehrer rief. Sie kannte die Gasse und konnte schneller laufen als er, wenn es nötig war. Schon am Tag zuvor hatte sie bemerkt, dass er ihr folgte, und hatte nur belebte Straßen benutzt. Heute war das nicht möglich.

»Ich bin hier, Jane.«

Sie entdeckte Mike zusammengekauert in einem großen Karton an der Steinmauer. Er sah aus, als würde er frieren. Wahrscheinlich hatte er die Nacht in dem Pappkarton verbracht. Das tat er meistens, wenn sein Vater zu Hause war. Pech, dass der Alte ausgerechnet im Januar, wenn es eiskalt wurde, zurückgekommen war.

Sie langte in ihre Jackentasche und reichte ihm das Sandwich, das sie am Morgen aus Fays Kühlschrank geklaut hatte. »Frühstück. Ist schon ziemlich pappig, aber was anderes war nicht da.«

Sie sah zu, wie er das Essen hinunterschlang, und blickte sich um.

Der Widerling hatte sich im Schatten der Mülltonnen versteckt. Da gehörte er auch hin.

»Komm schon. Es wird Zeit, in die Schule zu gehen.«

»Ich geh nicht.«

»Natürlich gehst du mit. Willst du so dumm bleiben wie dein Vater?«

»Ich geh nicht.«

Sie spielte ihren Trumpf aus. »Da ist es wenigstens warm.«

Mike ließ es sich durch den Kopf gehen, dann erhob er sich. »Heute kann ich ja mal gehen.«

Sie hatte es nicht anders erwartet. Die Kälte und ein leerer Magen vertrugen sich nicht. Sie hatte selbst schon viele Nächte in solchen Gassen verbracht, als sie bei den Carbonis gelebt hatte. Das war ihre Pflegefamilie gewesen, bevor sie zu Fay gekommen war, und dort hatte sie gelernt, dass man sie gehen ließ, wenn sie nur genug Ärger machte, trotz des Geldes von der Sozialfürsorge. Die Sozialfürsorge war jederzeit bereit, ihnen ein anderes Kind zu besorgen, wenn es mit einem nicht klappte.

Fay war viel besser. Sie war zwar immer müde und auch oft schlecht gelaunt, aber manchmal dachte Jane, sie könne sie mit der Zeit vielleicht ins Herz schließen ... wenn sie lang genug bliebe.

Sie sah sich wieder nach dem Widerling um. Der versteckte sich immer noch hinter den Mülltonnen. »Heute Nacht solltest du dir einen anderen Schlafplatz suchen. Es gibt eine Stelle in der Nähe der Union Mission. Ich zeig sie dir.«

»Okay. Gehst du jetzt zur Schule?«, fragte Mike. »Ich kann ja mitkommen.«

Er war einsam. Er war erst sechs und hatte noch nicht gelernt, die Leere zu ignorieren. »Klar. Warum nicht?«

Sie lächelte ihn an.

Dom war sich nicht sicher gewesen, bis er ihr Lächeln gesehen hatte.

Ein warmherziges und liebevolles Lächeln. Umso anziehender, als die Kleine sich sonst eher misstrauisch und abgebrüht gab. Ohne diese liebevolle Geste wäre er sich nicht sicher gewesen. Aber jetzt war er überzeugt.

Die kleine Jane MacGuire war perfekt.

»Sind Sie sicher, dass es der kleine Devon ist?«, fragte Spiro, als Joe ihm am späten Nachmittag die Tür öffnete.

»Die Ähnlichkeit ist eindeutig.« Joe wies auf den Sockel. »Das Foto liegt auf dem Arbeitstisch. Überzeugen Sie sich selbst.«

»Das werde ich.« Er durchquerte das Zimmer. »Wo ist Miss Duncan?«

»Sie schläft noch.«

»Wecken Sie sie. Ich muss mit ihr reden.«

»Den Teufel werde ich. Sie ist völlig erschöpft. Reden Sie mit mir.«

»Ich muss ...« Er stieß einen leisen Pfiff aus, als er die Rekonstruktion mit dem Foto verglich. »Sie ist verdammt gut.«

»Stimmt.«

Er legte das Foto zurück auf den Arbeitstisch. »Ich hatte gehofft, dass er es nicht ist. Ist Ihnen klar, was das bedeutet?«

»Ja, und Eve auch.«

»Ich werde sie benutzen müssen, Quinn.«

»Niemand benutzt Eve.«

»Es sei denn, sie will benutzt werden«, kam Eves Stimme von der Tür. Sie trat auf die beiden zu. Offensichtlich war sie gerade aus dem Bett gestiegen; ihr Haar war zerzaust, ihre Kleidung verknittert. »Und ob es nun John Devon ist oder nicht, spielt doch für Sie keine Rolle, Spiro. Sie würden in jedem Fall versuchen, mich zu benutzen.«

Spiro warf noch einen Blick auf den Schädel. »Vielleicht hat er die Wahrheit gesagt und Fraser hat tatsächlich mit diesen Morden angegeben.«

»Mit einigen Morden«, korrigierte Joe. »Wir haben nur die beiden Jungen.«

»Reicht das nicht?« Spiro wandte sich an Eve. »Werden Sie mir helfen?«

»Nein, ich werde mir selbst helfen. Sie und Joe sorgen für die Sicherheit meiner Mutter. Dafür dürfen Sie mich als Lockvogel benutzen.«

»Den Teufel wirst du tun«, fuhr Joe sie an.

Sie ging nicht auf ihn ein und fragte Spiro: »Er beobachtet mich, stimmt's?«

»Hat Quinn es Ihnen erzählt?«

»Nein, aber Dom wusste über unseren Ausflug nach Talladega Bescheid.« Sie sah Joe an. »Und was noch?«

»Jemand hat das Haus beobachtet. Ich habe Spiro gestern gebeten, Leute von der Spurensicherung herzuschicken, um die Sträucher zu durchkämmen, hinter denen er gestanden hat.«

»Danke, dass ich es auch erfahre.«

»Jetzt erfährst du's. Du warst ziemlich beschäftigt.« Er lächelte. »Ich glaube nicht, dass er wieder aufkreuzt, jetzt wo Charlie und die anderen Wachen draußen sind und ich hier drinnen.«

»Da wäre ich mir nicht so sicher. Er langweilt sich, sonst wäre er nicht ein solches Risiko eingegangen.«

Joes Lächeln schwand. »Meinst du, er hat sein Gleichgewicht verloren?«

»Ich glaube, dass er verzweifelt ist, warum auch immer. Aber ich glaube nicht, dass er mich jetzt schon töten will. Nicht bevor er gekriegt hat, was er will.«

»Und wenn er es versucht, werden wir hier sein«, sagte Spiro.

»Tatsächlich?«, erwiderte sie müde. »Warum sollte er angreifen, solange die Gefahr besteht, dass er geschnappt wird? Wenn er so clever ist, wie Sie annehmen, wird er einen Weg finden, mich zu kriegen und Sie auszuschalten. Haben Ihre Leute irgendwelche Beweismittel gefunden?«

»Wir sieben alles durch ...« Spiro schüttelte den Kopf. »Aber wahrscheinlich nicht.«

Sie zuckte die Achseln. »Meine Beweisführung ist abgeschlossen.«

»Und was schlagen Sie vor?«

»Dass wir ihn jagen und nicht darauf warten, dass er mich jagt.«

»Es ist sehr viel sicherer für Sie ...«

Es klopfte an der Tür.

Charlie lächelte verlegen. »Entschuldigen Sie die Störung, aber ich wollte fragen, ob der Anruf für mich schon gekommen ist. Er lässt länger auf sich warten, als ich gedacht hatte.«

»Kein Anruf«, erwiderte Joe.

»Warum fragen Sie mich nicht?«, warf Spiro trocken ein. »Sind Sie nicht auf die Idee gekommen, dass die sich vielleicht an mich als Ihren Vorgesetzten wenden?«

Charlie betrachtete ihn mit argwöhnischem Blick. »Und, haben sie?«

»Gestern Abend. Sie faxen mir den kompletten Bericht nach Talladega. Sie haben sich gewundert, dass ich nichts von Ihrer Bitte wusste, Sie direkt anzurufen.«

Charlie verzog das Gesicht. »Tut mir Leid. Ich war vielleicht ein bisschen voreilig.«

»Nun ja, Eifer ist allemal besser als Desinteresse.«

»Wurden vergleichbare Fälle gefunden?«, fragte Joe.

»Möglicherweise zwei. Vor drei Monaten sind in San Luz, einem Vorort von Phoenix, zwei Skelette gefunden worden. Ohne Zähne. Wachsspuren in der rechten Hand.«

»Kinder?«, fragte Eve.

Spiro schüttelte den Kopf. »Erwachsene. Ein Mann und eine Frau.«

»Arizona«, wiederholte Joe. »Das ist weit weg.«

»Wer sagt denn, dass Dom sich auf diese Gegend beschränkt?«, wandte Spiro ein.

»Er war vor zehn Jahren hier«, sagte Eve, »und er ist jetzt wieder hier.«

»Wir leben in einer mobilen Gesellschaft und planvolle Serienmörder gelten als besonders mobil.« Spiro wandte sich zur Tür. »Ich werde auf jeden Fall einen Mann nach Phoenix schicken, vielleicht ist von der örtlichen Polizei noch mehr zu erfahren. Wahrscheinlich werden wir eine bundesweit agierende Einsatzgruppe auf die Beine stellen.«

»Kann ich wieder gehen?«, fragte Charlie.

»Nein, können Sie nicht«, erwiderte Spiro. »Sie bleiben hier und passen auf Miss Duncan auf. Lassen Sie die Hütte nicht aus den Augen und sorgen Sie dafür, dass auch die anderen Wachposten Augen und Ohren offen halten.«

»Eve«, sagte sie trocken. »Unter diesen Umständen können wir uns Förmlichkeiten sparen.«

»Eve.« Spiro lächelte. »Sie haben vermutlich Recht. Bis diese Geschichte überstanden ist, werden wir mehr voneinander wissen, als uns lieb ist. Bis später. Wenn ich was Neues habe, melde ich mich.« An der Tür blieb er stehen und zögerte einen Augenblick. »Bleiben Sie im Haus, Eve. Ich habe offensichtlich mehr Vertrauen in meine Jungs und Ihren Freund Quinn als Sie.«

Als Spiro die Tür hinter sich geschlossen hatte, setzte Charlie ein breites Grinsen auf. »Ich geh besser wieder raus. Es war nicht zu übersehen, dass Spiro sauer war, dass ich ihn übergehen wollte. Ich werde ordentlich katzbuckeln und strengsten Gehorsam üben müssen, um wieder Gnade zu finden.«

Sie lächelte ihn an, dann drehte sie sich um und ging ins Badezimmer, um zu duschen.

Phoenix, Arizona. Zwei Leichen.

Elf in Talladega. Zwei in Phoenix. Wie viele Menschen hatte Dom getötet? Wie konnte ein Mensch so viele Leute umbringen und dabei Mensch bleiben?

War er überhaupt noch ein Mensch? Wie viel Böses konnte er tun, ohne seine Seele zu zerstören und …

Ihr war kalt und sie begann zu zittern. Sie musste damit aufhören. Es spielte keine Rolle, welche Art von Ungeheuer Dom geworden war. Es zählte einzig, dass er gefasst wurde, damit er nicht weiter morden konnte.

Das heiße Wasser rieselte aus dem Duschkopf auf ihren Körper.

Aber es konnte das Frösteln nicht vertreiben.

»Hör um Himmels willen auf herumzurennen, Joe«, sagte Eve. »Es ist schon nach Mitternacht. Leg dich ins Bett.«

»Du gehst zu Bett. Ich bin ein bisschen angespannt, okay?«

»Du musst mir nicht gleich den Kopf abreißen.«

»Doch, muss ich. Das ist eines der wenigen Dinge, die mir erlaubt sind. Es gibt verdammt wenig, das ich …« Er blieb stehen. »Tut mir Leid. Anscheinend kriege ich schon einen Hüttenkoller von dieser Warterei.«

Ihr ging es genauso und sie hatte keine Lust, Joes schwache Nerven geduldig zu ertragen. »Wenn du nicht schlafen willst, dann mach dich wenigstens nützlich und bring Charlie einen Kaffee.«

»Gute Idee.«

Sie holte tief Luft, als sich wenige Minuten später die

Eingangstür hinter ihm schloss. Sie hatte Joe noch nie so gereizt erlebt. Nicht seit jenem Nachmittag, als er ...

Ihr Telefon klingelte.

»Habe ich Sie geweckt?«, fragte Dom.

Ihr Herz klopfte. »Nein, ich habe nicht geschlafen.«

»Doch, doch, Sie müssen geschlafen haben, als Sie Ihre Arbeit an dem kleinen John Devon beendet hatten. Er war's doch, stimmt's?«

»Ich habe Ihnen doch gesagt, dass Sie von mir nichts erfahren.«

»Trotzkopf. Habe ich also richtig geraten. Ich wusste, dass Sie gute Arbeit leisten würden. Sie legen Ihren ganzen Stolz in Ihre Arbeit.«

»Warum rufen Sie an?«

»Es ist wichtig, dass wir in Kontakt bleiben, damit wir uns besser kennen lernen. Das hat auch Agent Spiro Ihnen geraten, stimmt's? Halten Sie den Scheißkerl hin. Bringen Sie so viel über ihn in Erfahrung, wie Sie können, fürs FBI-Profil. Hab ich Recht?«

»In etwa.«

»Ich werde mich kooperativ zeigen. Aber ich erwarte eine Gegenleistung. Ich will Ihr Profil, Eve.«

»Sie wissen doch schon eine ganze Menge über mich.«

»Nicht genug. Zum Beispiel, glauben Sie an Wiedergeburt?«

»Wie bitte?«

»Wiedergeburt. Millionen von Menschen glauben daran. Ein sehr tröstlicher Glaube.« Er lachte leise in sich hinein. »Solange man nicht als Kakerlake wiedergeboren wird.«

»Wovon reden Sie?«

»Aber ich nehme nicht an, dass der liebe Gott Bonnie als Kakerlake auf die Welt kommen lassen würde, oder?«

»Halten Sie die Klappe.«

»Das hat gesessen, stimmt's? Ich konnte es fast spüren. Die süße kleine Bonnie ...«

Es hatte wirklich gesessen. Diese bizarre Vorstellung hatte ihr einen Stich versetzt. Es war dumm von ihr, sich von ihm wehtun zu lassen. Noch dümmer war es, ihm ihren Schmerz zu zeigen. »Als wenn mich so etwas treffen könnte. Blödsinn. Ich glaube nicht an Wiedergeburt.«

»Sie sollten sie in Betracht ziehen. Wie ich schon sagte, kann es sehr tröstlich sein. Ich habe in letzter Zeit viel darüber nachgedacht. Sind Sie mit der Bibel vertraut?«

»Ein bisschen.«

»Nicht gerade meine Lieblingslektüre, aber sie enthält einige ungewöhnliche Vorstellungen. Eine fand ich besonders anregend. Genesis 2:22.«

»Keine Ahnung, was da steht.«

»Ich werde es Ihnen verraten. Aber zuerst gehen Sie zur Haustür und holen mein Geschenk.«

»Geschenk?«

»Es steht ganz links auf der Veranda. Ich konnte es nicht vor die Eingangstür stellen, weil dieser FBI-Agent Sie nicht aus den Augen lässt.«

Sie befeuchtete ihre Lippen. »Was für ein Geschenk?«

»Gehen Sie hin und holen Sie es, Eve. Ich bleibe am Apparat.«

»Ich müsste ja bescheuert sein, nach draußen zu gehen, weil Sie es mir sagen. Vielleicht warten Sie da draußen auf mich.«

»Sie wissen, dass das nicht stimmt. Sie wissen, dass

ich Ihnen noch nichts tun werde.« Er ließ einen Augenblick verstreichen. »Aber ich kann Ihnen nicht versprechen, dass ich Quinn nichts tun würde, wenn Sie ihn rufen. Das geht nur uns beide etwas an. Gehen Sie schon und holen es.«

Sie ging zur Tür.

»Sind Sie so weit?«

»Ja.«

»Gut. Wollen wir doch mal sehen. Man sagt, dass die Opfer von Gewalttaten unruhig sind und so bald wie möglich zur Erde zurückkehren. Demnach müsste Bonnie auf der Stelle wiedergeboren worden sein.«

»Schwachsinn.«

»Ich habe sie vor zehn Jahren getötet, stimmt's? Wir suchen also nach einem zehnjährigen Kind. Mädchen oder Junge.« Er lachte vor sich hin. »Kakerlaken haben wir ja bereits ausgeschlossen. Sind Sie schon an der Haustür?«

»Ja.«

»Schauen Sie aus dem Fenster, Sie werden Ihren braven Wächter in seinem Auto am See sitzen sehen. Zumindest war er dort, als ich das Päckchen vor einigen Stunden abgeliefert habe.«

Sie blickte aus dem Fenster. Charlie war nicht im Wagen, er stand gegen den vorderen Kotflügel gelehnt und unterhielt sich mit Joe.

»Sind Sie schon auf der Veranda?«

»Nein.«

»Haben Sie Angst vor mir, Eve? Sind Sie nicht neugierig, was in dem Päckchen ist?«

»Ich habe keine Angst vor Ihnen.« Sie öffnete die Tür. Sie war nur mit einem alten T-Shirt bekleidet und der kalte Wind schlug ihr gegen die nackten Beine. »Ich bin auf der Veranda. Wo ist das verdammte Päckchen?«

»Sie werden es schon sehen.«

Da war es, eine kleine braune Pappschachtel ganz links auf der Veranda.

»Quinn würde sagen, Sie sind verrückt, näher ranzugehen. Es könnte eine Bombe sein oder vielleicht irgendein Gas oder Gift. Aber Sie wissen, dass ich Sie weder verletzen noch töten will.«

Sie wusste es tatsächlich. Sie ging auf die Schachtel zu.

»Oder vielleicht doch? Ich könnte im Schatten der Veranda lauern. Sehen Sie irgendwelche verdächtigen Schatten, Eve?«

»Nein, wo sind Sie?«

»Aber es ist so dunkel auf der Veranda, dass Sie ohnehin keine Schatten sehen, stimmt's?«

Sie blieb vor der Schachtel stehen.

»Eve?« Joe hatte sich von Charlie abgewandt und sie bemerkt.

»Vielleicht sitze ich aber auch meilenweit entfernt in meinem Auto. Was glauben Sie?«

Sie kniete sich neben die Schachtel.

»Eve!«

Sie öffnete die Schachtel.

Etwas glänzend Weißes leuchtete im Innern.

Sie hörte Dom mit sanfter Stimme rezitieren: »›Und Gott der Herr baute ein Weib aus der Rippe, die er von dem Menschen nahm, und brachte sie zu ihm.‹ Genesis 2:22.«

»Was zum Teufel machst du da?« Joe war neben ihr und versuchte, sie von der Schachtel wegzuzerren.

Sie stieß ihn weg. »Lass mich in Ruhe.«

»Gott und ich haben eine Menge gemeinsam. Wenn man an die Wiedergeburt glaubt, dann habe ich, indem ich Bonnie tötete, wie Gott ein völlig neues menschliches Wesen geschaffen. Obwohl ich sie nicht wirklich aus Bonnies Rippe geschaffen habe, dachte ich, die Symbolik könnte Ihnen gefallen.« Er ließ einen Augenblick verstreichen. »Übrigens, sie heißt Jane.« Er legte auf.

Das Telefon fiel ihr aus der Hand. Sie starrte auf die Schachtel.

»Nicht anfassen«, sagte Joe.

»Ich werde Spiro anrufen und ein Team herbestellen, das die Schachtel überprüft«, rief Charlie und rannte die Stufen hinunter zu seinem Wagen.

»Dom?«, fragte Joe.

Sie nickte.

»Hat er dir gesagt, was es ist?«

Sie nickte nochmals.

So klein ...

Sie streckte die Hand aus und berührte die Schachtel mit einem Finger. So glatt ...

Tränen liefen ihr über die Wangen.

»Eve.«

»Es ist Bonnie. Es ist Bonnies Rippe.«

»O Scheiße.« Joe hob sie auf und trug sie ins Haus. »Dieses Schwein. Dieses miese Schwein.«

»Bonnie.«

»Schsch.« Er setzte sich aufs Sofa und wiegte sie hin und her. »Warum hast du mich nicht geholt, verdammt?«

»Bonnies Rippe.«

»Es könnte auch die Rippe eines Tieres sein. Vielleicht hat er dich belogen.«

Sie schüttelte den Kopf. »Bonnie.«

»Hör mir zu. Er wollte dich nur verletzen.«

Und es war ihm gelungen. Und wie es ihm gelungen war. Der Schmerz breitete sich in ihrem ganzen Körper aus. Noch in der Nacht zuvor hatte sie sich eingeredet, dass er über keine Waffe gegen sie verfügte, dass sie die Situation im Griff hatte ... Verdammt, sie konnte nicht aufhören zu weinen.

Und sie musste dauernd an dieses kleine Stückchen Bonnie in der Schachtel denken.

»Hol sie herein.«

»Wie bitte?«

»Es ist ... so kalt draußen.«

»Eve«, sagte Joe sanft. »Das ist ein Beweismittel. Wir können es nicht wegnehmen.«

»Du glaubst doch wohl nicht, dass er irgendwelche Spuren hinterlässt. Geh und hol die Schachtel.«

»Selbst wenn es sich um Bonnie handelt, sie fühlt doch nichts.«

»Ich weiß, dass es unvernünftig ist. Aber ich will nicht, dass sie da draußen in der Kälte bleibt. Es tut mir weh. Hol sie rein.«

Joe stieß einen Fluch aus und stand auf. Kurz darauf kam er mit der Schachtel wieder herein. »Du wirfst keinen Blick mehr darauf.« Er ging zu ihrem Arbeitstisch und legte die Schachtel in eine Schublade. »Und wir bringen sie ins Labor zur Analyse.«

»Okay.«

»Und hör endlich auf zu weinen.«

Sie nickte.

»Scheiße.« Er ließ sich neben sie sinken und legte seine Arme um sie. »Du bringst mich noch um. Bitte. Hör auf zu weinen.«

»Es tut mir Leid. Ich versuch's ja. Das ist der Schock. Ich hätte nicht gedacht ...« Sie musste schlucken. »Er hat genau die Reaktion erhalten, die er wollte, stimmt's?«

»Was hat er gesagt?«

Sie schüttelte den Kopf. »Jetzt nicht. Lass mir ein bisschen Zeit.«

Er schloss sie noch fester in die Arme. »Nimm dir so viel Zeit, wie du brauchst. Ich gebe dir zehn Jahre, wenn du sie brauchst. Warum auch nicht. Ich habe dir schon zehn Jahre gegeben.«

Wovon redete er? Sie hatte keine zehn Jahre Zeit. Sie hatte vermutlich überhaupt keine Zeit. Sie vergrub ihren Kopf an seiner Brust und versuchte, den Horror über die Schachtel zu verdrängen und sich einem noch größeren Horror zu stellen.

»Er hat gesagt, dass …« Sie konnte nicht fortfahren. Noch nicht.

Sie heißt Jane.

»Das ist doch ausgemachter Schwachsinn«, sagte Joe gepresst. »Wiedergeburt!«

»Hat es sich angehört, als ob er selbst dran glaubte?«, fragte Spiro.

»Eigentlich nicht.«

»Dann wollte er Sie nur manipulieren.«

»Er wollte, dass ich daran glaube.« Sie lächelte verbittert. »Das macht die Sache für ihn sehr viel unterhaltsamer.«

»Er weiß genau, dass du zu intelligent bist, auf diesen Scheiß reinzufallen«, meinte Joe.

»Er weiß aber auch, dass ich Kinder liebe.« Sie verkrampfte ihre Hände im Schoß. »Und Knochen reichen ihm nicht. Was, wenn er sein nächstes Opfer schon ausgesucht hat? Was, wenn er mich in einen Mord hineinzieht, mich zur Ursache für sein Tun macht?«

»Clever«, murmelte Spiro.

»Schön, dass Sie das so unbeteiligt sehen können«,

gab Eve mit zitternder Stimme zurück. »Ich kann an diesem Dreckskerl nichts Bewundernswertes finden.«

»Ich bewundere ihn nicht, ich versuche nur, sein Potenzial einzuschätzen. Und was Sie sich da zusammenreimen, sind bloß Vermutungen.«

»Er ist ein großes Risiko eingegangen, um mir diese Schachtel zu bringen.«

»Und er hat Ihnen großen Schmerz zugefügt. Vielleicht ist ihm das Lohn genug.«

Sie schüttelte den Kopf. »Damit hat er das Spiel nur eröffnet. Er hat mir mit Bonnie einen Schlag versetzt. Und er hat mir einen Schlag versetzt, indem er damit droht, ein weiteres Mädchen zu töten. Und er wollte die zwei in meinem Bewusstsein miteinander verknüpfen.«

»Und ist ihm das gelungen?«

»Natürlich nicht.«

Spiro sah sie mit zusammengekniffenen Augen an. »Bestimmt nicht?«

Sie senkte den Blick. »Ich würde nicht zulassen, dass er mir das antut.«

»Hoffentlich.«

»Wir müssen sie finden. Wir müssen dieses kleine Mädchen finden.«

»Vielleicht gibt es sie gar nicht«, wandte Joe ein.

»Es gibt sie.«

»Vielleicht hat er sie schon umgebracht.«

Sie schüttelte den Kopf. Diesen Gedanken wollte sie nicht zulassen. »Das glaube ich nicht.«

»Ich werde die Analyse des Schachtelinhalts unverzüglich veranlassen und komme dann wieder her.« Spiro wandte sich an Joe. »Ich möchte wissen, wie Dom so nah ans Haus kommen konnte.«

»Das habe ich mich auch schon unzählige Male gefragt. Im Grunde ist es unmöglich. Aber es ist passiert. Eve braucht mehr Wachen.«

»Dieser See hat unendlich viele Buchten und Nebenarme. Kein Mensch kann verhindern, dass jemand von irgendeiner Bucht aus mit einem Kanu zur Hütte paddelt. Meine Männer müssten eine zwei Meilen lange Kette bilden, um den ganzen See zu überwachen.«

»Dann bringen Sie zumindest die technische Ausrüstung her, um seine Anrufe zurückzuverfolgen.«

»Ich glaube zwar nicht, dass das viel nützt«, erwiderte Spiro, »aber ich muss zugeben, dass ...«

»Nein«, schaltete sich Eve ein.

Die beiden Männer sahen sie an.

»Wenn er merkt, dass die Anrufe zurückverfolgt werden, ruft er vielleicht nicht mehr an. Aber ich muss mit ihm reden.«

Joe fluchte vor sich hin.

»Du weißt, dass ich es tun muss, Joe.«

»Ja, klar. Er hat dich schon im Griff, verdammt.«

»Und wenn er nicht mehr anruft?«, fragte Spiro.

»Er wird wieder anrufen. Bald.« Sie hob den Kopf. »Er will, dass ich weiß, wer dieses Mädchen ist.«

»Sie wissen doch, wer sie ist. Er hat ihren Namen und ihr Alter genannt.«

»Das war nur ein Köder. Genug, um mir Angst zu machen, aber nicht genug, um sie zu finden. Wir *müssen* sie finden.«

»Dann liegt es in Ihrer Verantwortung, Dom dazu zu bringen, mehr preiszugeben«, sagte Spiro.

Ihre Verantwortung. Das war es, was Dom wollte, dass sie sich verantwortlich fühlte für das Leben dieses Mädchens. Dass sie alles tat, um ein kleines Mädchen zu retten, das sie nicht einmal kannte.

Sie heißt Jane.

Und sie war erst zehn Jahre alt. Zu jung, um sich gegen das Monster zur Wehr setzen zu können, das auf sie lauerte.

Ein kleines Mädchen. Sie würde so hilflos sein …

Janes Faust landete mitten auf Changs Nase, sodass das Blut spritzte. »Gib ihn wieder her.«

Chang schrie auf und hielt sich die Nase. »Fay, Janie hat mich geschlagen. Ich hab nichts gemacht, trotzdem hat sie mich geschlagen.«

»Jane, hör auf damit«, rief Fay aus der Küche. »Und Chang, hör auf zu petzen.«

»Gib ihn wieder her«, fauchte Jane mit zusammengebissenen Zähnen.

»Diebin. Miststück.« Chang wich zurück. »Ich erzähl es Fay und sie lässt dich ins Gefängnis werfen.«

»*Gib ihn her.*« Sie boxte ihm in den Magen und fing den Apfel auf, der ihm aus der Hand fiel. Sie wollte gerade das Zimmer verlassen, als Fay rief: »Einen Moment, Jane.« Sie seufzte und verharrte auf der Stelle. Pech gehabt. Fast wäre sie draußen gewesen.

»Sie hat einen Apfel aus dem Kühlschrank geklaut. Seit Tagen klaut sie Sachen.« Chang setzte ein gehässiges Lächeln auf. »Du lässt sie doch einsperren, oder, Fay?«

»Was für Sachen?«

»Zum Essen. Gestern hab ich gesehen, wie sie ein Sandwich in die Schultasche gepackt hat.«

»Stimmt das, Jane?«

Jane gab keine Antwort.

»Und sie hat mich geschlagen.«

»Sei still, Chang. Herrgott noch mal, du bist fünf Zentimeter größer als sie.«

»Du hast aber gesagt, ich soll mich nicht prügeln«, erwiderte er schmollend.

»Ich habe dir auch gesagt, du sollst nicht petzen, und trotzdem tust du es.« Fay wühlte in ihrer Tasche und gab ihm ein Papiertaschentuch. »So, jetzt geh. Sonst kommst du noch zu spät zur Schule.«

Chang putzte sich die Nase. »Jane ist gestern zu spät gekommen.«

»Jane kommt nie zu spät zur Schule.«

»Gestern ist sie aber ...« Er bemerkte Janes drohenden Blick und schlich sich zur Haustür. »Frag sie selbst.« Er machte sich davon.

Fay verschränkte die Arme vor der Brust. »Also frage ich dich.«

»Ich bin zu spät gekommen.«

»Warum?«

»Ich hatte was zu erledigen.«

»Und was?« Jane schwieg.

»Hast du Lebensmittel gestohlen?«

»Nicht viel.«

»Du weißt doch genau, dass ich mit dem Essensgeld für euch drei kaum über die Runden komme.«

»Ich werd dafür morgen nichts essen.«

»Du isst schon jetzt nicht genug. Chang und Raoul sind diejenigen, die ständig Hunger haben. Und deshalb frage ich mich, wieso du Lebensmittel stiehlst, wo du mein Abendessen meistens nicht anrührst.«

Jane antwortete nicht.

»Als ich in der vierten Klasse war, gab es einen Schläger, dem ich jeden Tag meine Brote geben musste. Ich würde es verstehen, wenn du ...«

»Ich muss sie niemandem geben.«

Fay lächelte matt. »Und wenn es einer versuchen würde, würdest du ihm eins auf die Nase geben.«

Jane nickte.

»Vielleicht kann ich dir helfen, wenn du ein Problem hast.«

»Ich habe kein Problem.«

»Und du würdest es mir auch nicht sagen, wenn es so wäre. Warum frage ich überhaupt?« Fay strich sich müde eine Haarsträhne aus der Stirn. »Nun mach schon. Du kommst noch zu spät.«

Jane zögerte. Ab jetzt würde es schwieriger sein, etwas Essbares aufzutreiben. Ob sie Fay vertrauen konnte? »Kann ich den Apfel behalten?«

»Wenn du mir sagst, wofür.«

»Jemand braucht ihn.«

»Wer?«

»Er kann nicht nach Hause. Sein Vater ist da.«

»Wer ist es?«

»Kann ich ihn mit hierher bringen?«

»Ein Kind? Jane, du weißt doch, dass ich nicht noch mehr Kinder aufnehmen kann. Aber wenn er zu Hause Probleme hat, können wir die Familienfürsorge anrufen und sie bitten, mit den Eltern zu reden.«

Sie hätte wissen müssen, dass Fay sie nicht verstehen würde. »Die können auch nichts machen. Die gehen bloß hin, verschwinden wieder und schreiben einen Bericht. Das würde alles nur noch schlimmer machen.«

»Wer ist es denn? Nun sag's mir doch.«

Jane ging zur Tür.

»Jane, ich möchte dir helfen. Vertrau mir doch. Du wirst noch Ärger bekommen.«

»Mit mir ist alles in Ordnung. Ich werd nicht mehr zu spät zur Schule kommen.«

»Das meine ich nicht.« Fay sah sie hilflos an. »Ich möchte deine Freundin sein. Warum lässt du mich nicht an dich heran? Warum verschließt du dich vor mir?«

»Kann ich den Apfel jetzt haben?«

»Eigentlich sollte ich dir nicht ... Also von mir aus, behalt ihn. Aber ich möchte nicht, dass du Chang noch einmal schlägst.«

»Okay.« Jane öffnete die Tür und rannte die Stufen hinunter. Sie hatte ein schlechtes Gewissen, weil Fay ihretwegen unglücklich war. Einen Moment lang hatte sie gehofft, Fay würde sie verstehen und ihr helfen, aber sie hätte es besser wissen müssen. Man durfte sich nicht darauf verlassen, dass andere einem halfen. Man musste sich selbst helfen.

Zumindest hatte Fay nicht verlangt, dass sie den Apfel daließ, was viele Erwachsene getan hätten. Aber ab jetzt würde Fays Kühlschrank für Mike verschlossen bleiben. Sie musste woanders etwas für ihn auftreiben.

Sie legte die Stirn in Falten, als sie darüber nachdachte, wie sie das anstellen sollte.

Kapitel 6

Dom ließ Eve achtundvierzig Stunden warten, bevor er wieder anrief.

»Hat Ihnen mein Geschenk gefallen?«, fragte er.

»Ich fand es fürchterlich. Das haben Sie doch gewusst.«

»Aber wie können Sie Ihr eigenes Fleisch und Blut fürchterlich finden? Oh, ist mir nur so rausgerutscht. Kein Fleisch, kein Blut, bloß Knochen.«

»Wer ist sie?«

»Hab ich Ihnen doch gesagt, es ist Ihre Bonnie.«

»Nein, Sie wissen genau, wen ich meine. Wer ist diese Jane?«

»Nun, sie könnte ebenfalls Ihre Bonnie sein. Haben Sie über die Möglichkeit von …«

»Wie ist ihr Familienname?«

»Sie ist zwar nicht so hübsch, aber sie hat die gleichen roten Haare. Leider hat sie diesmal ein härteres Leben als damals, als sie noch Ihre Bonnie war. Vier Pflegefamilien.« Er kicherte. »Sehr traurig.«

»Wo ist sie?«

»Sie würden den Ort wiedererkennen.«

Plötzlich lief es ihr eiskalt den Rücken hinunter. Ein Grab? »Ist sie am Leben?«

»Natürlich.«

»Haben Sie sie in Ihrer Gewalt?«

»Nein, bisher beobachte ich sie lediglich. Ich finde sie äußerst interessant. Sie wird Ihnen auch gefallen.«

»Sagen Sie mir ihren Nachnamen. Verdammt, Sie wollen doch, dass ich es weiß.«

»Aber Sie müssen es sich verdienen. Das gehört zum Spiel. Versuchen Sie nicht, die Polizei einzuschalten, das würde mich sehr unglücklich machen. Ihr Mutterinstinkt wird Sie zu der kleinen Jane führen, da bin ich ganz sicher. Suchen Sie sie, Eve. Bevor ich ungeduldig werde.« Er legte auf.

Sie schaltete ihr Handy ab.

»Kein Glück gehabt?«, fragte Joe.

Sie stand auf. »Wir fahren nach Atlanta.«

»Wieso das denn?«

»Er sagte, ich würde den Ort, an dem ich sie finden kann, wiedererkennen. Ich kenne Atlanta besser als jeden anderen Ort. Hast du Kontakte zur Familienfürsorge?«

Er schüttelte den Kopf.

»Wer sonst könnte uns weiterhelfen? Er hat gesagt, sie sei in vier verschiedenen Pflegefamilien gewesen. Darüber muss es doch Unterlagen geben.«

»Wir können es bei Mark Grunard versuchen. Er kriegt alles raus, was er wissen will, und er hat überall Kontakte.«

»Rufst du ihn an?«

»Wir können uns an die Kriminalpolizei von Atlanta wenden. Nachdem der kleine Devon identifiziert ist, haben sie keine andere Wahl, sie müssen uns helfen.«

»Er will nicht, dass ich die Polizei einschalte. Er will, dass ich sie suche. Das Ganze ist ein Spiel für ihn.«

»Würdest du hier bleiben, während ich losfahre und nach ihr suche?«

»Ich habe dir doch gesagt, was er will. Er will, dass ich sie suche. Ich muss es tun.«

»Dann gib dem Dreckskerl eben nicht, was er will.«

»Und wenn er sie mir dann in einer Kiste herschickt?«, fragte sie aufgebracht. »Das Risiko kann ich nicht eingehen. Ich muss sie finden, und zwar möglichst schnell.«

»Okay, aber ich komme mit.« Er langte nach dem Telefon. »Pack eine Zahnbürste und das Nötigste ein. Ich rufe inzwischen Mark an und sage ihm, was wir brauchen. Er kann sich dann schon an die Arbeit machen.«

»Verabrede ein Treffen mit ihm. Dom muss sehen, dass ich etwas unternehme, um sie zu finden. Garantiert beobachtet er mich.«

»Kein Problem. Ich hatte Mark ohnehin versprochen, dass er dich möglichst bald treffen kann.«

Joes Apartment lag in einem luxuriösen Hochhaus gegenüber des Piedmont Park. Er lenkte den Wagen in die gesicherte Tiefgarage, dann fuhren sie mit dem Aufzug in den siebten Stock.

»Wird auch langsam Zeit, Joe. Ich warte hier schon fast eine Stunde.« Mark Grunard grinste. »Ihnen ist wohl nicht klar, dass ich in dieser Stadt ein wichtiger Mann bin.« Er streckte Eve die Hand hin. »Freut mich, Sie wieder zu sehen, Miss Duncan. Auch wenn die Umstände unerfreulich sind.«

»Ganz meinerseits.« Sie schüttelte ihm die Hand. Er sah noch genauso aus, wie sie ihn in Erinnerung hatte – groß, sportlich, ein charmantes Lächeln auf den Lippen. Er war vielleicht Anfang fünfzig und hatte ein paar Lachfältchen mehr um die blauen Augen als vor einigen Jahren. »Ich bin froh, dass Sie uns helfen wollen.«

»Ich müsste dumm sein, wenn ich es nicht täte. Das ist eine Riesengeschichte. Man kriegt nicht oft die Gelegenheit zu einem Exklusivinterview, das einem vielleicht einen Journalistenpreis einbringt.«

»Was ist mit Ihren Kollegen?«, fragte Joe. »Sind wir vor denen sicher?«

»Ich denke schon. Ich habe in den Nachrichten gestern Abend eine falsche Fährte nach Daytona Beach gelegt. Man muss sich schon was einfallen lassen.« Er runzelte die Stirn. »Ich habe mich mit unserem Problem an Barbara Eisley gewandt, die Leiterin der Familienfürsorge. Es wird nicht einfach sein, die Akten sind allesamt vertraulich.«

Verdammte Bürokratie, dachte Eve frustriert. Das Leben eines Kindes war in Gefahr und sie mussten sich mit elenden Verfahrensregeln herumschlagen. »Kann man sie nicht überreden?«

»Barbara Eisley ist eine harte Nuss, sie würde eine fantastische Polizeiausbilderin abgeben. Können Sie nicht einen richterlichen Beschluss erwirken?«

Joe schüttelte den Kopf. »Der offizielle Weg kommt nicht in Frage. Eve befürchtet, dass Dom sich dann das Mädchen schnappt.«

»Barbara Eisley *muss* uns helfen«, sagte Eve.

»Ich habe gesagt, es wird nicht einfach, ich sagte nicht, es ist unmöglich«, erwiderte Grunard. »Müssen wir halt unseren Charme spielen lassen.«

»Kann ich mit Miss Eisley sprechen?«

Grunard nickte. »Ich dachte mir schon, dass Sie das wollen. Wir gehen heute Abend mit ihr essen.« Er hob abwehrend die Hände, als Joe den Mund aufmachte, um zu protestieren. »Ich weiß, Eve kann sich nirgendwo blicken lassen, wo sie erkannt werden könnte. Ein Freund von mir besitzt ein italienisches Restaurant auf der Chattahoochee Street ein Stück außerhalb der Stadt. Da gibt's gute Pasta und wir sind völlig ungestört. Okay?«

»Okay.« Joe schloss die Apartmenttür auf. »Holen Sie uns um sechs Uhr im Park gegenüber ab.«

»Ich werde dort sein.«

Eve sah Grunard nach, wie er zum Aufzug ging, dann folgte sie Joe in die Wohnung. »Er wirkt ...«, sie suchte nach dem passenden Wort, »vertrauenswürdig auf mich.«

»Deshalb ist er auch so beliebt.« Er verschloss die Tür. Eve ließ den Blick durch das Apartment schweifen.

»Meine Güte, du hast dir aber nicht besonders viel Mühe gegeben. Sieht ja aus wie ein Hotelzimmer.«

Er zuckte die Achseln. »Ich sagte doch, dass ich mich hier nur zum Schlafen aufhalte.« Er ging in die Küche. »Ich mache uns Kaffee und Sandwiches. Ich glaube kaum, dass wir bei diesem Treffen mit Barbara Eisley groß zum Essen kommen werden.«

Sie folgte ihm in die Küche. Sie bezweifelte zwar, dass sie einen Bissen herunterbekommen würde, aber sie musste etwas essen. Sie würde viel Kraft brauchen. »Ich glaube, ich bin Miss Eisley schon einmal begegnet.«

»Wann war das?«

»Vor vielen Jahren. Als ich noch ein Kind war. Es gab da eine Sozialarbeiterin ...« Sie schüttelte den Kopf. »Vielleicht irre ich mich auch.«

»Erinnerst du dich nicht mehr?«

»Ich habe eine Menge Dinge aus jener Zeit verdrängt.« Sie verzog das Gesicht. »Es war nicht gerade ein angenehmer Lebensabschnitt. Mom und ich sind dauernd umgezogen und jeden Monat drohte die Fürsorge, mich meiner Mutter wegzunehmen und in eine Pflegefamilie zu stecken, wenn sie nicht endlich vom Crack loskam.« Sie öffnete die Kühlschranktür. »Puh, das ist ja alles vergammelt.«

»Dann mache ich einen Toast.«

»Wenn das Brot mal nicht verschimmelt ist.«

»Sei nicht so pessimistisch.« Er öffnete die Brotkiste. »Nur ein bisschen pappig.« Er steckte zwei Scheiben in den Toaster. »Wenn man bedenkt, was du als Kind mitgemacht hast, wärst du in einer Pflegefamilie vielleicht besser aufgehoben gewesen.«

»Vielleicht. Aber ich wollte nicht weg. Es gab Zeiten, da habe ich Mom gehasst, aber sie war meine Mutter. Ein Kind findet die eigene Familie immer besser als irgendwelche Fremden.« Sie holte die Butter aus dem Kühlschrank. »Deshalb ist es auch so schwierig, misshandelte Kinder aus ihren Familien herauszuholen. Sie haben immer die Hoffnung, dass alles wieder gut wird.«

»Nur ist das leider nicht oft der Fall.«

»Bei der kleinen Jane anscheinend auch nicht. Sie ist schon bei der vierten Pflegefamilie.« Sie trat ans Fenster und blickte auf die Straße hinunter. »Du machst dir keine Vorstellung, wie hart es da draußen ist für ein Kind.«

»O doch. Ich bin Polizist. Ich erlebe es ständig.«

»Aber du bist nicht auf der Straße aufgewachsen.« Sie lächelte ihn über die Schulter an. »Reicher Schnösel.«

»Mal nicht so hochnäsig. Ich kann schließlich nichts dafür. Ich habe alles versucht, damit meine Eltern mich verstoßen, aber sie wollten einfach nicht. Stattdessen haben sie mich nach Harvard geschickt.« Er stöpselte die Kaffeemaschine ein. »Hätte schlimmer kommen können, zuerst wollten sie mich nach Oxford schicken.«

»Hartes Brot.« Sie sah wieder aus dem Fenster. »Du

sprichst nie über deine Eltern. Sie sind gestorben, als du im College warst, stimmt's?«

Er nickte. »Ein Bootsunglück vor der Küste von Newport.«

»Warum willst du nicht über sie sprechen?«

»Da gibt's nicht viel zu sagen.«

Sie wandte sich ihm zu. »Verdammt, Joe, du bist doch auch nicht als Erwachsener in Atlanta vom Himmel gefallen. Wie oft wollte ich schon mit dir über deine Familie sprechen und über deine Kindheit. Warum weichst du immer aus?«

»Weil es nicht wichtig ist.«

»Es ist ebenso wichtig wie meine Kindheit.«

Er lächelte. »Nicht für mich.«

»Du machst aber nur fünfzig Prozent dieser Freundschaft aus. Und du weißt alles über mich. Hör endlich auf, mich auszuschließen.«

»Ich halte nichts von dieser Wühlerei in der Vergangenheit.«

»Wie zum Teufel soll ich dich wirklich kennen lernen, wenn du nicht mit mir redest?«

»Sei nicht albern. Du kennst mich.« Er lachte in sich hinein. »Himmel, wir sind seit mehr als zehn Jahren eng befreundet.«

Er wich schon wieder aus. »Joe.«

Er zuckte die Achseln. »Okay, du willst also etwas über meine Eltern erfahren. Ich habe sie nicht besonders gut gekannt. Sie haben aufgehört, sich für mich zu interessieren, als ich aufhörte, ein niedlicher kleiner Junge zu sein.« Er holte Tassen aus dem Küchenschrank. »Ich kann es ihnen nicht vorwerfen, ich war kein einfaches Kind. Zu fordernd.«

»Du und fordernd? Kann ich mir gar nicht vorstellen. Ich dachte eher, du bist dir selbst genug.«

»Stell es dir vor, nimm es hin.« Er goss Kaffee in die Tassen. »Ich fordere immer noch verdammt viel. Ich habe allerdings gelernt, es geschickt zu verpacken. Setz dich und iss deinen Toast.«

»Von mir forderst du nie etwas.«

»Ich fordere deine Freundschaft. Ich fordere deine Gesellschaft. Vor allen Dingen fordere ich, dass du am Leben bleibst.«

»Das sind ja wohl die selbstlosesten Forderungen, die ich je vernommen habe.«

»Da irrst du dich gewaltig. Ich bin wahrscheinlich der selbstsüchtigste Mensch, der dir je begegnet ist.«

Lächelnd schüttelte sie den Kopf. »Völliger Blödsinn.«

»Freut mich, dass ich dich so täuschen konnte. Aber irgendwann wirst du herausfinden, dass ich dich die ganzen Jahre hinters Licht geführt habe. Ihr Slumkids solltet uns reichen Schnöseln niemals über den Weg trauen.«

»Und schon hast du das Gespräch wieder auf mich gelenkt. Warum tust du das?«

»Ich finde mich langweilig.« Er gähnte. »Falls du es bisher noch nicht bemerkt haben solltest, ich bin ein ziemlich öder Zeitgenosse.«

»Ach, hör doch auf.«

»Nun gut, ich muss zugeben, dass ich geistreich und ausgesprochen intelligent bin, aber meine Vergangenheit ist reichlich banal.« Er setzte sich Eve gegenüber. »Also, was ist mit Barbara Eisley? Woran erinnerst du dich?«

Sturer Hund, er hatte ihr gerade genug erzählt, um sie abzuspeisen. Wie so oft gab sie es auf. »Wie gesagt, ich bin nicht sicher, ob ich sie kenne. Ich habe damals so viele Sozialarbeiterinnen kennen gelernt und sie blieben nie lange in ihrem Job. Kann man ihnen nicht verübeln, Techwood war nicht das sicherste Viertel.«

»Denk nach.«

»Tyrann.« Also gut, sie musste ihr selbst auferlegtes Denkverbot über diese verdammte Gegend, in der sie aufgewachsen war, aufheben. Sie ließ die Erinnerung zurückkommen. Dreck. Hunger. Ratten. Der Gestank von Angst und Sex und Drogen. »Ich habe da eine Sozialarbeiterin vor Augen, das könnte sie sein. Sie war Ende dreißig damals, für mich war sie schon alt. Sie kam zu den Häusern in der Market Street. Ich glaube, da war ich neun oder zehn ...«

»War sie verständnisvoll?«

»Ich glaube schon. Wahrscheinlich. Ich war viel zu aufsässig, als dass ich es hätte beurteilen können. Ich war wütend auf meine Mutter und auf die ganze Welt.«

»Dann wird es dir vielleicht schwer fallen, heute Abend eine Beziehung zu ihr aufzubauen.«

»Ich muss keine Beziehung zu ihr aufbauen. Ich muss sie nur davon überzeugen, dass sie diese Akten öffnen und uns helfen muss, dieses Kind zu finden. Wir haben keine *Zeit.*«

»Nicht aufregen.« Er legte seine Hände auf ihre. »So oder so, wir werden die Unterlagen heute Abend bekommen.«

Sie rang sich ein Lächeln ab. »Und wenn sie sich weigert, wirst du ein kleines Watergate im Büro der Fürsorge inszenieren, hab ich Recht?«

»Schon möglich.«

Er meinte es ernst. Ihr Lächeln schwand. »Nein, Joe, ich will nicht, dass du in Schwierigkeiten gerätst.«

»Na hör mal, ein guter Einbrecher lässt sich nicht schnappen. Und wer nicht geschnappt wird, gerät nicht in Schwierigkeiten.«

»Klingt ganz simpel.«

»Ist es. Und das Leben eines Kindes ist allemal ein kleines Risiko wert. Außerdem musst du sie nur überzeugen, dann brauch ich nicht zum Einbrecher zu werden. Vielleicht ist Barbara Eisley gar nicht so knallhart, wie Mark behauptet. Vielleicht ist sie ein ganz zahmes Kätzchen.«

»Verdammt, nein«, sagte Barbara Eisley. »Ich werde niemandem Einsicht in diese Unterlagen gewähren. Nächstes Jahr gehe ich in Pension und ich werde keinerlei Risiko eingehen.«

Barbara Eisley war eindeutig kein zahmes Kätzchen, dachte Eve entmutigt. Schon vom ersten Augenblick an, als Grunard alle miteinander bekannt gemacht hatte, hatte sie jedes Gespräch über die Akten vermieden. Als Joe sie schließlich nach dem Dessert festnageln wollte, reagierte sie mit der Wucht eines Dampfhammers.

»Hören Sie, Barbara«, lächelte Grunard sie an, »niemand wird Ihnen wegen eines kleinen Verstoßes die Pension entreißen, zumal das Leben eines Kindes auf dem Spiel steht. Ohnehin sind Sie schon viel zu lange in dieser Abteilung.«

»Quatsch. Für den Geschmack des Bürgermeisters und des Stadtrats bin ich nicht diplomatisch genug. Die warten nur auf einen Anlass, mich rauszuwerfen. Ich habe mich nur so lange auf dem Platz gehalten, weil ich weiß, wo so manche politische Leiche vergraben ist.« Sie sah Mark vorwurfsvoll an. »Und Sie haben mich vor zwei Jahren in diesem Fall von Kindesmisshandlung zitiert. In Ihrem Bericht stand meine Abteilung als ziemlich schlampig da.«

»Immerhin hat es zu wichtigen Reformen geführt. Und das wollten Sie doch erreichen.«

»Ich habe mir gewaltig die Finger verbrannt bei der Sache. Ich hätte den Mund halten sollen. Solche Risiken gehe ich nicht mehr ein. Alles nur noch streng nach Vorschrift. Wenn ich Ihnen heute bei dieser Geschichte helfe, finden die morgen einen Weg, es gegen mich zu verwenden. Ich werde nichts tun, was meine Pension in Gefahr bringt. Ich habe zu viele alte Leute in Sozialwohnungen gesehen, die ums Überleben kämpfen. Mir wird es nicht so ergehen.«

»Warum haben Sie Marks Einladung dann überhaupt angenommen?«, fragte Joe.

»Abendessen umsonst.« Sie zuckte die Achseln. »Außerdem war ich neugierig.« Sie wandte sich Eve zu. »Ich habe über Sie gelesen, aber die Zeitungen produzieren viel heiße Luft. Ich wollte mir selbst ein Bild davon machen, was aus Ihnen geworden ist. Erinnern Sie sich an mich?«

»Ich glaube schon. Aber Sie haben sich sehr verändert.«

»Sie auch.« Sie musterte Eves Gesicht. »Sie waren ein zähes kleines Mädchen. Ich erinnere mich noch daran, wie ich einmal mit Ihnen reden wollte und Sie mich nur angestarrt haben. Ich war sicher, mit vierzehn würden Sie auf den Strich gehen oder mit Rauschgift handeln. Ich hätte Ihnen gern noch eine Chance gegeben, aber ich hatte zu viele Fälle.« Müde fügte sie hinzu: »Es sind immer zu viele Fälle. Zu viele Kinder. Und meistens sind wir machtlos. Wir nehmen sie den Eltern weg und die Gerichte geben sie ihnen prompt wieder zurück.«

»Aber Sie geben sich Mühe.«

»Weil ich so dumm bin, dass ich die Hoffnung nicht aufgebe. Man sollte meinen, nach all diesen Jahren hätte ich dazugelernt, stimmt's? Aus Ihnen ist etwas geworden, aber damit hatte ich nichts zu tun.«

»Für manche Kinder spielen Sie gewiss eine wichtige Rolle.«

»Kann schon sein.«

»Jetzt können Sie wirklich etwas bewirken. Sie können ein kleines Mädchen retten.«

»Besorgen Sie mir einen Gerichtsbeschluss. Wenn es so wichtig ist, dürfte das ja kein Problem sein.«

»Das geht nicht. Ich habe Ihnen doch erklärt, dass ich den Amtsweg nicht beschreiten kann.«

Barbara Eisley schwieg.

»Also gut, Sie wollen uns die Unterlagen nicht geben, aber vielleicht erinnern Sie sich an das Kind«, sagte Joe.

Ein unbestimmbarer Ausdruck huschte über ihr Gesicht. »Ich bin nicht mehr in der Sozialarbeit. Ich bin nur noch mit Papierkram beschäftigt.«

Eve beugte sich vor. »Aber Sie wissen irgendetwas.«

Eisley schwieg einen Augenblick. »Vor zwei Jahren musste ich mein Einverständnis geben, ein Mädchen aus einer Pflegefamilie herauszunehmen. Ihre Pflegeeltern behaupteten, sie sei gewalttätig und ungehorsam. Ich ließ das Mädchen kommen, um sie zu befragen. Sie sprach nicht mit mir, aber sie war übersät mit blauen Flecken. Ich sah mir den ärztlichen Untersuchungsbericht an und stellte fest, dass sie im Jahr zuvor zweimal mit Knochenbrüchen ins Grady Hospital eingeliefert worden war. Ich gab meine Zustimmung, dass man sie aus der Familie herausnahm. Außerdem strich ich die Leute von unserer Pflegeliste.« Sie lächelte. »Ich weiß noch, dass ich sie für ein ziemlich mutiges Mädchen gehalten habe. Sie hatte diesen Leuten mächtig die Hölle heiß gemacht.«

»Wie heißt sie?«

Sie überhörte Eves Frage. »Sie war ein cleveres

Mädchen. Hoher IQ und gut in der Schule. Sie hatte sich ausgerechnet, dass die Familie sie als Einnahmequelle aufgeben würde, wenn sie nur genügend Ärger machte.«

»Sie haben sie zu einer anderen Familie gegeben?«

»Wir hatten keine andere Wahl. Die wenigsten Pflegeeltern misshandeln die Kinder, aber manchmal machen wir natürlich auch Fehler. Wir versuchen unser Bestes.«

»Sagen Sie mir ihren Namen.«

Eisley schüttelte den Kopf. »Nicht ohne Gerichtsbeschluss. Was ist, wenn ich mich irre?«

»Und was ist, wenn Sie richtig liegen? Er könnte sie umbringen, verdammt noch mal.«

»Ich habe mein ganzes Leben damit verbracht, Kindern zu helfen. Jetzt muss ich an mich selbst denken.«

»Bitte.«

Sie schüttelte den Kopf. »Ich habe viel gearbeitet. Ich arbeite immer noch viel. Sie glauben wahrscheinlich, in meiner Position bräuchte man keine Arbeit mit nach Hause zu nehmen.« Sie deutete mit dem Kopf auf ihre Aktentasche, die neben dem Stuhl stand. »Aber ich muss noch einige alte Akten durchsehen, die auf Diskette gespeichert sind. Deshalb muss ich jetzt auch gehen.«

Eve schöpfte Hoffnung. »Das ist sehr bedauerlich.«

»So ist das Leben.« Sie erhob sich. »Es war ein interessanter Abend. Tut mir Leid, dass ich Ihnen nicht helfen konnte.« Sie lächelte. »Ich gehe noch schnell auf die Toilette. Wahrscheinlich werden Sie schon gegangen sein, wenn ich zurückkomme. Ich hoffe, Sie finden das Mädchen.« Ihr Blick blieb auf Eve haften. »Mir fällt gerade ein, das Mädchen hat mich an Sie erinnert. Sie starrte mich mit diesen großen Augen an und ich dachte, sie würde jeden Moment auf mich losgehen. Dieselbe zähe kleine ... Stimmt was nicht?«

Eve schüttelte den Kopf.

Barbara Eisley wandte sich an Mark. »Danke für die Einladung. Trotzdem habe ich Ihnen nicht verziehen, dass Sie mich in dieser Geschichte zitiert haben.« Sie drehte sich um und ging zwischen den Tischen hindurch zu den Toiletten.

»Gott sei Dank.« Eve langte nach der Aktentasche. Sie war unverschlossen und in der Seitentasche steckte nur eine Diskette. Sie hätte Barbara Eisley küssen können. Schnell steckte sie die Diskette in ihre Handtasche. »Sie will, dass wir sie nehmen.«

»Du meinst, sie stehlen«, murmelte Joe und warf einige Dollarnoten auf den Tisch.

»Damit ist sie jedenfalls aus dem Schneider.« Eve drehte sich zu Mark um. »Haben Sie einen Laptop dabei?«

»Im Kofferraum. Ich habe ihn immer bei mir. Wir können uns den Inhalt der Diskette gleich auf dem Parkplatz ansehen.«

»Gut. Sie müssen morgen früh in Barbara Eisleys Büro fahren und die Diskette auf ihrem Schreibtisch deponieren. Ich möchte nicht, dass sie Ärger bekommt.« Sie stand auf. »Gehen wir. Wir müssen weg sein, bevor sie zurückkommt. Vielleicht ändert sie doch noch ihre Meinung.«

»Unwahrscheinlich«, sagte Joe. »Es war nicht zu überhören, dass du sie als Kind ziemlich beeindruckt hast.«

»Oder Jane.« Sie ging zur Tür. »Oder vielleicht ist sie einfach eine Frau, die in einer falschen Welt das Richtige zu tun versucht.«

Auf der Diskette befanden sich siebenundzwanzig Berichte. Mark benötigte zwanzig Minuten, um die ersten sechzehn zu überfliegen.

»Jane MacGuire«, las er vor. »Das Alter stimmt. Vier Pflegefamilien. Die Beschreibung passt. Rote Haare, braune Augen.«

»Können Sie es ausdrucken?«

Mark schloss einen kleinen Kodak-Drucker am Laptop an. »Sie wohnt zurzeit bei einer Fay Sugarton, die noch zwei weitere Kinder in Pflege hat. Chang Ito, zwölf Jahre alt, und Raoul Jones, dreizehn.«

»Die Adresse?«

»Luther Street 1248.« Er reichte Eve den Ausdruck. »Brauchen Sie einen Stadtplan?«

Eve schüttelte den Kopf. »Ich weiß, wo das ist.« Wie Dom gesagt hatte, sie würde den Ort wiedererkennen. »Das ist mein altes Viertel. Also los.«

»Willst du heute Abend noch hinfahren?«, fragte Joe. »Es ist fast Mitternacht. Diese Fay Sugarton wird nicht erfreut sein, wenn sie von wildfremden Leuten aus dem Bett geklingelt wird.«

»Mir ist es egal, ob sie erfreut ist. Ich möchte nicht ...«

»Und was willst du ihr sagen?«

»Was meinst du wohl? Ich werde ihr von Dom erzählen und sie bitten, Jane in unsere Obhut zu übergeben, bis die Gefahr vorüber ist.«

»Das wird einige Überredungskünste erfordern, wenn sie nur halbwegs an dem Kind hängt.«

»Dann musst du mir eben dabei helfen. Wir können sie nicht an einem Ort lassen, wo ...«

»Wir sind darauf angewiesen, dass Fay Sugarton mit uns zusammenarbeitet«, sagte Joe ruhig. »Du darfst sie nicht auf dem falschen Fuß erwischen.«

Also gut, sie musste nachdenken. Dom hatte sie auf diese Fährte geführt, weil er wollte, dass sie Kontakt zu Jane MacGuire aufnahm. Wahrscheinlich würde er sich ruhig verhalten, bis sie …

Wahrscheinlich? Herrgott, wollte sie aufgrund von Wahrscheinlichkeiten das Leben eines Kindes riskieren? Vielleicht war er in diesem Augenblick in dem Haus in der Luther Street. »Ich will heute Nacht noch hin.«

»Es wäre besser …«, setzte Mark an.

Sie schnitt ihm das Wort ab. »Ich will mich nur vergewissern, dass dort alles in Ordnung ist. Ich werde nicht hineingehen und alle aus dem Bett werfen.«

Mark zuckte die Achseln und ließ den Motor an. »Wie Sie wollen.«

Das Haus in der Luther Street war klein, die graue Farbe auf den Verandastufen blätterte ab, doch ansonsten wirkte das Haus sauber und gepflegt. Fröhliche Plastikpflanzen in Übertöpfen zierten die Veranda.

»Zufrieden?«, fragte Mark.

Die Straße war menschenleer. Keine Autos, nichts regte sich. Eve war nicht zufrieden, aber etwas beruhigt. »Ich denke schon.«

»Gut. Dann bringe ich Sie beide jetzt zu Joes Apartment und komme wieder her, um das Haus zu beobachten.«

»Nein. Ich werde hier bleiben.«

»Das habe ich mir schon gedacht.« Joe holte sein Handy hervor. »Ich werde einen Polizisten in Zivil anfordern, der heute Nacht hier Wache schiebt. Sobald der Mann irgendetwas Ungewöhnliches bemerkt, soll er ins Haus gehen. Okay?«

»Ich werde auch hier bleiben«, sagte Mark.

Unentschlossen blickte sie von einem zum anderen. Dann öffnete sie die Wagentür. »Also gut. Wenn Sie irgendetwas sehen oder hören, rufen Sie uns an.«

»Wollen Sie zu Fuß gehen? Ich kann Sie doch nach Hause fahren.«

»Wir nehmen ein Taxi.«

»In dieser Gegend?«

»Dann laufen wir eben so lange, bis wir eins finden. Ich möchte nicht, dass Sie sich von hier fortbewegen.«

Mark warf Joe einen Blick zu. »Könnten Sie ihr bitte klar machen, dass sie in diesem Viertel nicht herumspazieren kann? Es ist zu gefährlich.«

»Jane MacGuire läuft jeden Tag in diesem Viertel herum«, wies Eve ihn zurecht. »Sie hat überlebt.« Genau wie auch Eve überlebt hatte. Gott, die alten Erinnerungen kamen wieder in ihr hoch.

»Der Wagen wird in fünf Minuten hier sein.« Joe und Eve stiegen aus dem Wagen. »Keine Sorge, ich pass auf sie auf«, sagte er zu Mark. »Oder vielleicht muss sie auf mich aufpassen. Das hier ist ihr Revier.«

»Morgen früh um acht sind wir wieder hier.« Sie machte sich auf den Weg. Nichts hatte sich verändert. Immer noch wuchs Gras in den Ritzen des Gehwegs und auf das Pflaster waren obszöne Parolen gemalt.

»Und wie kommen wir zurück in die Zivilisation?«, fragte Joe.

»Das hier ist die Zivilisation, reicher Schnösel«, gab Eve zurück. »Die Wilden hausen vier Blocks weiter südlich. Du wirst bemerken, dass wir nach Norden gehen.«

»Und wo hast du gewohnt?«

»Im Süden. Du bist doch Polizist, die Gegend müsste dir vertraut sein.«

»Aber nicht zu Fuß. In diesem Viertel wird auf Polizisten geschossen, wenn die sich nicht gerade gegenseitig umlegen.«

»›Die‹. Die Ominösen ›die‹. Wir sind nicht alles Kriminelle hier. Wir wollen leben und überleben wie jeder andere auch. Warum zum Teufel ...«

»Halt die Luft an. Du weißt verdammt gut, wovon ich rede. Warum gehst du so auf mich los?«

Er hatte Recht. »Tut mir Leid. Vergiss es.«

»Ich denke nicht, dass wir es einfach vergessen sollten. Du redest, als würdest du immer noch in der Luther Street wohnen.«

»Ich hatte nie das Glück, in der Luther Street zu wohnen. Ich habe dir doch gesagt, das hier ist die bessere Gegend.«

»Du weißt, was ich meine.«

Sie wusste es. »Ich bin nicht mehr hier gewesen, seit wir nach Bonnies Geburt weggezogen sind. Ich hätte nicht gedacht, dass ich so reagieren würde.«

»Wie denn?«

»Ich fühlte mich in meine Kindheit zurückversetzt.« Sie lächelte reumütig. »Ich glaubte mich zur Wehr setzen zu müssen.«

»Genauso hat Barbara Eisley Jane MacGuire beschrieben.«

»Sie wird ihre Gründe haben, dass sie diejenige sein will, die zuerst zuschlägt.«

»Ich bezweifle nicht, dass sie ihre Gründe hat. Aber ich denke, du solltest dir klar machen, was es für dich bedeutet, wieder hier zu sein. Du gegen den Rest der Welt.« Bedächtig setzte er hinzu: »Oder vielleicht du und Jane MacGuire gegen den Rest der Welt.«

»Unsinn. Ich kenne das Kind nicht einmal.«

»Vielleicht solltest du sie auch gar nicht kennen lernen. Ich denke, ich sollte morgen früh allein zu ihr gehen.«

Sie schaute ihn an. »Wovon redest du?«

»Was glaubst du, warum Dom ein Mädchen aus diesem Viertel gewählt hat? Warum holt er dich hierher zurück? Denk darüber nach.«

Sie ging eine Weile schweigend neben ihm her. »Er möchte, dass ich mich mit ihr identifiziere«, flüsterte sie. Um Himmels willen, sie tat es bereits. Sie war durch dieselben Straßen gegangen, hatte wie Jane Verlassenheit und Elend gekannt und gegen Einsamkeit und Schmerz angekämpft. »Er treibt sein Spiel mit mir. Zuerst erzählt er mir was von Wiedergeburt und dann wählt er Jane MacGuire aus. Es reicht ihm nicht, ein Kind zu töten und mir die Schuld in die Schuhe zu schieben. Er möchte, dass ich mich emotional an sie binde.«

»So sehe ich es auch.«

Dieser Scheißkerl. »Ich soll leiden, als würde ich meine Tochter noch einmal verlieren.« Sie ballte die Hände zu Fäusten. »Er will Bonnie noch einmal töten.«

»Und deshalb solltest du dich von Jane MacGuire fern halten. Du entwickelst schon jetzt eine Beziehung zu ihr, ohne sie überhaupt zu kennen.«

»Ich kann meine Distanz wahren.«

»Natürlich.«

»So schwer wird es nicht sein, schon gar nicht, wenn sie so ist, wie ich in dem Alter war. Ich war nicht gerade zugänglich.«

»Ich hätte einen Zugang zu dir gesucht.«

»Und ich hätte dir ins Gesicht gespuckt.«

»Du solltest sie nicht kennen lernen.«

»Ich muss.«

»Ich weiß«, erwiderte Joe grimmig. »Er hat dir keinen Ausweg gelassen.«

Keinen Ausweg.

Natürlich gab es einen Ausweg. Sie hatte einen Weg aus diesem Viertel gefunden. Sie hatte einen Weg gefunden weiterzuleben, nachdem Bonnie ermordet worden war. Sie würde sich von diesem Kerl nicht in die Falle locken lassen. Joe irrte sich. Sie liebte Kinder, aber sie war kein sentimentales Seelchen. Sie war in der Lage, Jane MacGuire des Leben zu retten und dieses Ungeheuer zu besiegen. Sie musste lediglich zu diesem kleinen Mädchen, das sie nicht einmal kannte, Distanz wahren.

Aber Dom würde keine Distanz zu Jane wahren. Sein Schatten lag bereits bedrohlich über ihr.

Sie durfte nicht darüber nachdenken. Am nächsten Tag würden sie und Joe mit Fay Sugarton sprechen. Bis dahin wurde Jane MacGuire bewacht und schlief friedlich.

Das kleine Mädchen würde heute Nacht in Sicherheit sein.

Hoffentlich.

»Ich hab dich gesucht, Mike. Du solltest doch in die Gasse hinter der Mission gehen.« Jane setzte sich neben den Pappkarton. »Hier ist es nicht gut.«

»Mir gefällt's«, erwiderte Mike.

»Wo Leute sind, ist es sicherer.«

»Hier bin ich aber nicht so weit weg von zu Hause.« Mike griff begierig nach der Papiertüte, die sie ihm hinhielt. »Hamburger?«

»Spagetti.«

»Hamburger mag ich lieber.«

»Ich muss nehmen, was ich kriege.« Was sie stehlen

konnte, genau genommen. Aber richtig stehlen war es nun auch wieder nicht. Der Besitzer vom Cusanelli's gab die Essensreste an »Essen auf Rädern« oder an die Heilsarmee, statt sie wegzuwerfen. »Nun iss schon und dann geh zur Mission.«

Hastig schlang er die Spagetti hinunter. »Warum bist du so spät gekommen?«

»Ich musste warten, bis das Restaurant zumacht.« Sie stand auf. »Ich muss nach Hause.«

»Jetzt schon?« Er war enttäuscht.

»Wenn du zur Mission gegangen wärst, hätte ich länger bei dir bleiben können, aber jetzt ist es zu spät geworden.«

»Du hast doch gesagt, Fay hat einen festen Schlaf und wacht nicht auf.«

»Ich muss durchs Küchenfenster klettern und Chang und Raoul haben das Zimmer gleich neben der Küche.«

»Hoffentlich kriegst du keinen Ärger.«

Aber er war einsam und wollte, dass sie blieb. Sie seufzte und setzte sich wieder hin. »Aber nur bis du fertig gegessen hast.« Sie lehnte sich gegen die Mauer. »Du musst rüber zur Mission gehen. Es ist nicht gut, allein zu sein. Hier wimmelt es von schmierigen Typen, die dir was tun könnten.«

»Ich renn immer weg, wie du es mir gesagt hast.«

»Aber hier hört dich niemand, wenn du um Hilfe rufst.«

»Quatsch. Ich hab keine Angst.«

Sie wusste, dass er es nicht begreifen würde. Angst hatte er nur, wenn sein Vater da war. Überall war es sicherer als zu Hause. Wahrscheinlich würde heute Nacht nichts passieren, sie hatte den Widerling schon seit Tagen nicht mehr gesehen. »Wie lange bleibt dein Vater denn immer, wenn er nach Hause kommt?«

»Eine Woche, vielleicht auch zwei.«

»Eine Woche ist doch schon um. Vielleicht ist er ja wieder weg.«

Mike schüttelte den Kopf. »Gestern nach der Schule war ich da. Er saß mit meiner Mutter auf der Veranda, aber er hat mich nicht gesehen.«

»Und deine Mom?«

»Ich glaub schon, aber sie hat schnell weggekuckt.« Er starrte auf die Spagetti. »Sie kann nichts dafür. Sie hat genauso Angst.«

»Ja.«

»Es wird alles gut, wenn er erst wieder weg ist.«

Nichts würde gut werden. Mikes Mom ging auf der Peachtree Street auf den Strich und sie war mehr unterwegs als zu Hause, und dennoch nahm er sie in Schutz. Jane war immer wieder überrascht, dass Kinder ihre Eltern niemals so sahen, wie sie wirklich waren. »Bist du fertig mit den Spagetti?«

»Noch nicht ganz.«

Er wollte nicht aufessen, damit sie noch nicht gehen konnte.

»Erzähl mir von den Sternen.«

»Das könntest du alles selber rausfinden, wenn du lesen lernen würdest. Das steht alles in dem Buch mit den Sagen in der Schulbibliothek. Du musst lesen lernen, Mike, aber du kannst nicht lesen lernen, wenn du nicht zur Schule gehst.«

»Ich habe diese Woche nur einmal gefehlt. Erzähl mir von dem Mann auf dem Pferd.«

Eigentlich sollte sie jetzt gehen. Sie würde ohnehin nur noch wenige Stunden Schlaf bekommen, bevor Fay sie aufweckte. Mr Brett hatte sie gestern angeschrien, weil sie in der dritten Stunde eingeschlafen war.

Mike kuschelte sich enger an sie.

Er war einsam und hatte wohl doch mehr Angst, als er zugeben wollte. Na gut, solange sie bei ihm war, konnte sie wenigstens dafür sorgen, dass sich kein mieser Typ an ihn heranmachte. »Gut, ich bleibe noch ein bisschen. Aber nur, wenn du mir versprichst, dass du nicht mehr hierher kommst.«

»Versprochen.«

Sie legte den Kopf in den Nacken. Sie liebte die Sterne, genau wie Mike. Sie hatte sie niemals wahrgenommen, bevor sie bei den Carbonis eingezogen war. Sie konnte sich erinnern, wie sie aus dem Fenster gestarrt und versucht hatte, ihre Angst zu vertreiben, indem sie sich Sternenbilder ausdachte. Dann hatte sie das Buch in der Bibliothek entdeckt und es war eine große Hilfe gewesen. Bücher und Sterne. Die hatten ihr geholfen; vielleicht konnten sie auch Mike helfen.

Die Nacht war klar und die Sterne leuchteten heller als sonst. Hell und klar und weit weg von dieser Gasse abseits der Luther Street.

»Der Typ da auf dem Pferd heißt Sagittarius, aber er reitet gar nicht auf einem Pferd. Er ist halb Pferd, halb Mensch. Siehst du diese Sternenreihe? Das ist die Sehne seines Bogens, den er gerade gespannt hat, weil …«

Kapitel 7

»Ich verstehe nicht recht.« Fay Sugarton starrte ihre drei Besucher an. »Jane?«

»Sie ist in Gefahr«, sagte Eve, die zwischen Joe und Mark auf dem Sofa saß. »Bitte glauben Sie mir.«

»Aber warum? Nur weil sie das passende Alter hat, rothaarig ist und in vier Pflegefamilien war, bevor sie zu mir gekommen ist? Sie geben doch selbst zu, dass Sie ihren Namen praktisch aus dem Hut gezaubert haben.«

»Die Beschreibung trifft genau auf sie zu«, erwiderte Joe.

»Haben Sie die Archive des County und die der Stadt überprüft?«

»Wir gehen davon aus, dass Dom gezielt ein Kind aus dieser Gegend ausgesucht hat.«

»Kann sein, muss aber nicht. Es gibt bestimmt noch mehr Kinder im County, auf die die Beschreibung zutrifft. Sie haben längst nicht alle Möglichkeiten überprüft.« Fay verschränkte die Arme vor der Brust. »Und vielleicht ist der Bursche, der Sie angerufen hat, nur ein durchgeknallter Witzbold.«

»Er wusste von den beiden Kindern in Talladega«, setzte Eve nach.

»Das heißt noch lange nicht, dass er es auf Jane abgesehen hat.«

»Wollen Sie es darauf ankommen lassen?«

»Natürlich nicht.« Sie starrte Eve an. »Aber ich habe nicht vor, mir Jane entreißen zu lassen, solange ich nicht davon überzeugt bin, dass es notwendig ist. Seit ihrem zweiten Lebensjahr ist sie von einer Familie zur nächsten geschoben worden. Ich bin jetzt für sie verantwortlich und möchte nicht, dass sie wieder aus ihrem Zuhause gerissen wird und sich zu Tode fürchtet.«

»Wir sind nicht diejenigen, die ihr Todesangst einjagen werden.«

»Liefern Sie mir den Beweis und zeigen Sie mir, wie Sie sie beschützen wollen, dann lasse ich sie gehen.«

Eve holte tief Luft. »Der Beweis könnte zu spät kommen.«

»Ihnen scheint nicht klar zu sein, wie geschädigt dieses Kind ist. Ich will die Chance haben, ihr Vertrauen zu gewinnen.« Sie wandte sich an Mark Grunard. »Und wenn Sie mich ins Fernsehen bringen, verklage ich den Sender.«

Mark hob abwehrend die Hände. »Ich bin hier nur Beobachter.« Er ließ einen Augenblick verstreichen. »Aber ich würde darüber nachdenken, wenn ich Sie wäre. Wir wollen dem Mädchen nichts Böses, im Gegenteil. Wir wollen ihr das Leben retten, Miss Sugarton.«

Nach kurzem Zögern schüttelte Fay den Kopf. »Bringen Sie mir Beweise und Sie können sie mitnehmen.«

»Sie setzen das Kind einer großen Gefahr aus«, wandte Eve ein.

Fay warf Eve einen durchdringenden Blick zu. »Sie werden garantiert nicht zulassen, dass ihr etwas zustößt. Ich wette, Sie haben schon einen Aufpasser auf sie angesetzt.«

»Das reicht vielleicht nicht. Wir müssen sie in ein Versteck bringen.«

»Sie verstecken sich doch auch nicht.«

»Das ist meine Entscheidung. Diese Wahl kann ein Kind nicht treffen.«

Fay verzog das Gesicht. »Sie kennen Jane nicht.«

»Sie ist noch ein *Kind,* verdammt.«

»Ja, ein Kind, das fast sein ganzes Leben lang misshandelt und vernachlässigt wurde. Sie hält jetzt schon nicht viel von Erwachsenen und ich soll ihr erzählen, dass jemand sie umbringen will, bloß weil es ihm Spaß macht?«

»Welche Art Beweis brauchen Sie?«, fragte Joe.

»Ich habe das Gefühl, dass Sie Jane einfach zu schnell gefunden haben. Ich möchte, dass die Leute von der Fürsorge *alle* Unterlagen durchgehen, sowohl die der Stadt als die des County, und sicherstellen, dass Jane wirklich die Einzige ist, auf die die Beschreibung zutrifft. Und schicken Sie diesen FBI-Mann Spiro zu mir, damit ich mit ihm reden kann. Dem FBI traue ich.« Sie sah Joe an. »Ich will Ihnen ja nicht zu nahe treten, aber meine Kinder haben ständig Ärger mit der örtlichen Polizei und es gefällt mir nicht, dass Sie hier mit diesem Fernsehmann auftauchen.«

Eve warf Joe einen Blick zu. »Dom wollte nicht, dass wir die Polizei einschalten, da wird er nicht begeistert sein, wenn das FBI hier aufkreuzt.«

Er zuckte die Achseln. »Mir gefällt es auch nicht, aber immerhin wissen wir jetzt, wo Jane wohnt. Er kann sich ihr nicht nähern, ohne dass wir es erfahren.«

Eve wandte sich wieder an Fay. »Also abgemacht, Sie werden mit Robert Spiro reden. Bitte hören Sie auf ihn. Wie gesagt, die Familienfürsorge wird uns nicht weiterhelfen.«

»Ich verspreche, ihn anzuhören. Mehr nicht.« Sie stand auf. »Wenn Sie mich jetzt entschuldigen wollen, ich muss meine Hausarbeit erledigen und einkaufen gehen.« Sie wandte sich an Eve. »Tut mir Leid, aber ich muss ganz sichergehen. Jane ist ein schwieriger Fall. Diese Sache könnte mir jede Chance vermasseln, an sie heranzukommen.«

»Um Gottes willen, helfen Sie uns.«

»Ich werd sehen, was ich tun kann. Im Moment ist sie in der Crawford Middle School in der Thirteenth Street.« Fay trat an eine Kommode, kramte in der obersten Schublade und reichte Eve ein Foto. »Das ist ein Klassenfoto vom vorigen Jahr. Sie hat um drei Schluss und geht zu Fuß nach Hause. Es sind nur vier Blocks. Behalten Sie sie im Auge, aber ich möchte nicht, dass Sie sie ansprechen.« Mit entschlossener Stimme fuhr sie fort: »Wenn Sie ihr Angst einjagen, bringe ich Sie um.«

»Danke.« Eve verstaute das Foto in ihrer Handtasche. »Aber Sie machen einen Fehler.«

Fay zuckte die Achseln. »Ich mache ständig Fehler, aber ich kann auch nur mein Bestes versuchen. In den vergangenen sechs Jahren hatte ich zwölf Pflegekinder und ich glaube, den meisten geht es besser, seit sie bei mir waren.« Sie ging zur Tür und öffnete sie. »Auf Wiedersehen. Bringen Sie mir den Beweis, dann sehen wir weiter.«

Draußen auf der Straße sagte Mark Grunard: »Diese Frau ist zäh. Und anscheinend nicht im Geringsten beeindruckt von meinem Ruf und meiner schillernden Persönlichkeit.«

»Mir gefällt sie.« Eve legte die Stirn in Falten. »Obwohl ich ihr am liebsten den Hals umdrehen würde. Warum hört sie nicht auf uns?«

»Sie will nur das Beste für das Kind«, sagte Joe. »Und sie lässt sich nichts vorreden, sondern denkt in Ruhe über alles nach.«

»Also, was machen wir jetzt?«, fragte Mark.

»Sie fahren nach Hause und gehen erst mal schlafen. Sie waren die ganze Nacht wach«, erwiderte Joe. »Ich rufe Spiro an und bitte ihn, herzukommen und mit Fay Sugarton zu reden.« Er sah zu Eve. »Und dann werden wir vermutlich vor der Schule warten und dafür sorgen, dass das Kind wohlbehalten nach Hause kommt, hab ich Recht?«

Sie marschierte zum Auto. »Das ist der Plan.«

»Ich hänge hier fest. Ich kann jetzt nicht kommen«, sagte Spiro.

»So wichtig kann es doch nicht sein. Wir brauchen Sie«, drängte Eve.

»Es ist wichtig. Wir haben noch eine Leiche gefunden, gegenüber den Wasserfällen. Die ganze Gegend wird jetzt umgegraben.«

»O Gott.« Das waren schon zwölf Leichen. Wie viele noch?

»Aber ich werde versuchen, mich heute Abend loszueisen und zu Ihnen zu kommen. Aber ich werde nicht lange bleiben können.«

»Wann können Sie hier sein?«

»Vor neun und dann fahren wir zusammen zu der Frau«, sagte er müde. »In Ordnung?«

»Wenn es nicht früher geht, müssen wir eben warten.«

Joe nahm den Hörer. »Wir fahren nicht in die Hütte. Schicken Sie mir Charlie her, falls ich Eve eine Zeit lang allein lassen muss.« Er hörte zu. »Nein, es ist keine gute Idee, Charlie mit Fay Sugarton sprechen zu lassen. Er hat ungefähr so viel Ausstrahlung und Autorität wie ihre Pflegekinder. Wir brauchen Sie, um sie zu beeindrucken. Was ist mit Spalding von der CASKU? Na gut, wenn er schon wieder in Quantico ist, müssen Sie selbst herkommen. Ist mir egal, ob sich das wie ein Befehl anhört. Es *ist* ein Befehl.« Er legte auf.

»Sehr diplomatisch, Respekt«, sagte Eve. »Er versucht, uns zu helfen.«

»Es geht ihm nur darum, Dom zu fassen.«

»Es ist nun mal seine Aufgabe, Mörder zu fassen.«

»Nicht ganz. Er ist Profiler. Er soll Analysen und Berichte anfertigen und sich nicht an der Jagd beteiligen.« Er presste die Lippen zusammen. »Aber er will diesen Scheißkerl genau wie wir hinter Gittern sehen.«

»Wir sollten ihm dankbar sein.«

»Ich bin dankbar.« Er verzog das Gesicht. »Manchmal. Solange er nicht FBI-Angelegenheiten vor den Schutz ...«

»Hör auf, Joe.«

»Okay, Spiro tut nur seine Arbeit. Bin wohl etwas gereizt.«

Das ging nicht nur ihm so. Eves Nerven waren zum Zerreißen gespannt.

Joe ließ den Wagen an. »Komm, ich spendiere dir einen Hamburger, dann fahren wir zur Schule.«

»Meine Güte, ich hatte ganz vergessen, wie schnell Kinder rennen können, wenn die Schule vorbei ist.« Joe lachte in sich hinein. »Sie sind wie eine Herde Büffel, die Wasser riecht. Bist du auch in diese Schule gegangen?«

»Nein, als ich klein war, gab's die noch gar nicht.« Sie ließ den Blick über die Menge schweifen. »Ich sehe keine Rothaarige. Wo mag sie stecken?«

»Du hast doch das Foto.« Er ließ einen Augenblick verstreichen. »Ich frage mich schon die ganze Zeit, warum du noch keinen Blick darauf geworfen hast.«

»Ich hab's vergessen.«

»Tatsächlich?«

Sie sah ihn an. »Was denn sonst? Hör auf, einer einfachen Gedankenlosigkeit tiefere Bedeutung beizumessen.«

»Bei dir ist überhaupt nichts einfach. Es wird Zeit, dass du dir das Foto ansiehst, Eve.«

»Hatte ich gerade vor.« Sie holte das Foto aus ihrer Handtasche. Sie ist nur ein kleines Mädchen. Sie hat nichts mit Bonnie zu tun.

Sie atmete erleichtert auf. »Nicht besonders hübsch, oder?« Das Kind auf dem Foto lächelte nicht und die kurzen roten Locken legten sich um ein schmales, spitzes Gesicht. Das einzig Anziehende an ihrem Gesicht waren die großen braunen Augen, die grimmig in die Kamera starrten. »Offensichtlich wollte sie nicht fotografiert werden.«

»Dann muss sie Charakter haben. Ich wollte auch nie fotografiert werden.«

Joe musterte Eves Gesichtsausdruck. »Du wirkst erleichtert. Du hattest befürchtet, sie würde Bonnie ähneln.«

»Anscheinend hat Dom ein schlechtes Augenmaß. Sie und Bonnie sind sich kein bisschen ähnlich. Verdammt, vielleicht ist die ganze Geschichte gelogen. Vielleicht hat er sie nie gesehen.«

»Wenn er damals in der Gegend war, muss er zumindest ein Foto von ihr gesehen haben. Die Medien haben das ganze Viertel damit gepflastert.«

Weil sie hübsch und niedlich war und so voller Lebensfreude, hatten alle sie gemocht, dachte Eve. Nicht wie Jane MacGuire, die aussah, als würde sie jeden Moment zuschlagen. »Dass Dom meint, ich könnte mich mit ihr identifizieren, beweist doch nur, wie verrückt er ist. Deine Sorgen waren völlig unnötig.«

»Ach ja? Na hoffentlich.« Er richtete sich auf dem Fahrersitz auf. »Da ist sie. Sie ist gerade aus dem Haupteingang gekommen.«

Jane MacGuire war klein für eine Zehnjährige, trug Jeans, T-Shirt und Turnschuhe. Sie trug eine grüne Schultasche auf dem Rücken und marschierte drauflos, ohne nach rechts und links zu sehen.

Sie bummelte nicht. Sie blieb nicht stehen, um mit Freundinnen zu reden, wie Bonnie es gemacht hatte. Bonnie hatte so viele Freundinnen …

Sie war nicht fair. Bonnie war in einer liebe- und vertrauensvollen Umgebung aufgewachsen. Jane MacGuire hatte allen Grund, misstrauisch zu sein. Dennoch war Eve froh, dass dieses Kind Bonnie in keiner Weise ähnelte. »Es geht los. Lass den Wagen an.«

Der Widerling hatte einen anderen Wagen. Größer, neuer, grau statt blau.

Vielleicht war es auch ein anderer Widerling, dachte Jane. Es wimmelte nur so von Widerlingen.

Sie fiel in den Laufschritt und rannte um die Ecke.

Sie wartete. Der blaue Wagen bog langsam um die Ecke. Sie spannte sich an. Folgte er ihr?

Ein Mann und eine Frau? Vielleicht waren es gar keine Widerlinge.

Vielleicht aber doch. Besser kein Risiko eingehen. Sie kletterte über den Maschendrahtzaun, rannte über den Hof und stieg über den Zaun auf der anderen Seite.

Zum Tor hinaus, das auf die Gasse führte. Sie blickte sich um.

Kein Wagen.

Weiterlaufen. Ihr Herz raste.

Dann verlangsamte sie das Tempo. Sie durfte sich von den Widerlingen nicht solche Angst einjagen lassen. Das wollten die ja gerade. Einem Angst machen und wehtun. Das durfte sie nicht zulassen.

Alles war in Ordnung.

Noch zwei Blocks und sie war zu Hause. Vielleicht würde sie Fay von den Widerlingen erzählen. Fay war wie die Lehrer in der Schule. Wenn sie die Gefahr begriff, tat sie alles, um ihr zu helfen. Aber wenn Fay nicht verstand, dass sie ...

Jane rannte aus der Gasse auf die Straße. Das Haus war nicht mehr weit. Noch ein halber Block.

Sie sah sich um. Das Herz schlug ihr bis zum Hals.

Der blaue Wagen. Er kam um die Ecke.

Sie hatten sie nicht verloren. So schnell sie konnte, rannte sie auf Fays Haus zu.

Fay würde sie beschützen. Sie würde die Polizei rufen und die würde vielleicht sogar kommen.

Zumindest wäre sie nicht allein. Fay würde dort sein.

Sie rannte die Stufen hinauf, riss die Tür auf und warf sie hinter sich zu.

Sicher. Sie war in Sicherheit.

Vielleicht war es Blödsinn, so viel Angst zu haben.

Vielleicht sollte sie Fay gar nichts davon erzählen.

Nein, *das* wäre Blödsinn. Sie würde es ihr erzählen.

»Fay.«

Keine Antwort.

Es war still im Haus.

Fay musste in der Küche sein. Sie war immer zu Hause, wenn Jane und die Jungs aus der Schule kamen.

Ja, Fay war in der Küche. Jane war sicher, dass sie die lose Diele neben dem Waschbecken hatte quietschen hören.

Aber warum antwortete sie nicht?

Langsam ging sie durch das Wohnzimmer zur Küche. »Fay?«

»Fay Sugarton wird nicht begeistert sein.« Joe parkte den Wagen vor dem Haus. »Sie möchte nicht, dass wir mit dem Kind reden.«

»Mir egal. Verdammt, wir haben ihr Angst eingejagt. Ich will nicht, dass sie Albträume bekommt.« Eve öffnete die Wagentür. »Du bist ein prima Beschatter. Ich hatte dich gebeten, sie nicht merken zu lassen, dass wir ihr folgen.«

»Sie ist ziemlich aufgeweckt.« Joe stieg aus. »Ich hatte den Eindruck, dass sie damit gerechnet hat.«

Eve warf ihm einen überraschten Blick zu. »Du meinst, sie weiß, dass sie beobachtet wird?«

»Das müssen wir sie wohl selbst fragen.« Joe ging die Stufen hinauf und klingelte an der Haustür. »Falls Fay Sugarton uns ins Haus lässt.«

»Ihr bleibt keine andere Wahl. Sie hat das Mädchen gern. Wir wollen Jane schließlich nicht erzählen, dass ... Warum macht sie nicht auf?«

Joe klingelte noch einmal. »Sie wollte doch noch einkaufen gehen. Vielleicht ist sie gar nicht zu Hause und die Kleine hat Angst, die Tür aufzumachen.«

»Sie hatte stundenlang Zeit einzukaufen.« Eve drückte die Klinke nieder. »Abgeschlossen.«

»Das war die Kleine.« Er dachte nach. »Andererseits, vielleicht auch nicht. Scheiß drauf.« Er drückte mit der Schulter gegen die Tür, bis sie aufsprang. »Lieber ein kleiner Gesetzesverstoß als ... Verdammt!« Er fiel zu Boden, als ihn ein Baseballschläger an den Kniescheiben traf.

Jane wirbelte zu Eve herum und knallte ihr den Schläger gegen den Brustkorb. Sie konnte gerade noch ausweichen, als das Mädchen mit dem Schläger nach ihrem Kopf schlug.

»Widerlinge.« Tränen liefen Jane über das Gesicht. »Verfluchte Widerlinge.« Sie holte wieder zum Schlag aus. »Ich bring euch um, ihr dreckigen ...«

Joe machte einen Hechtsprung und brachte Jane zu Fall.

»Tu ihr nicht weh«, japste Eve.

»Nicht wehtun? Ich werde neue Kniescheiben brauchen.« Er setzte sich rittlings auf Jane, die wild um sich schlug. »Und dir hätte sie beinahe den Schädel eingeschlagen.«

»Sie hat Angst. Wir sind hier eingebrochen. Sie musste denken ...« Blut. Das Mädchen war blutüberströmt. Ihr Gesicht, die Lippen, die Hände ... »O mein Gott, sie ist verletzt, Joe. Er hat sie verletzt.« Sie fiel neben dem Mädchen auf die Knie und strich ihr das Haar aus dem Gesicht.

Jane schlug ihr die Zähne in die Hand.

Joe presste ihre Zähne auseinander und Eve zog die Hand weg. »Vorsichtig.« Er hielt ihr die Hand über den Mund und sah ihr in die Augen. »Wir tun dir nichts, verdammt noch mal. Wir sind gekommen, um zu helfen. Wo ist Miss Sugarton?«

Jane starrte zu ihm hoch.

»Polizei. Detective Quinn.« Er langte in seine Tasche und holte die Dienstmarke hervor. »Wir sind hier, um zu helfen.«

Das Mädchen entspannte sich ein wenig.

»Wo bist du verletzt?«, fragte Eve.

Jane ließ Joe nicht aus den Augen. »Gehen Sie runter von mir.«

»Lass sie los, Joe.«

»Das könnte ein Fehler sein.« Joe stand auf und nahm den Schläger an sich.

Jane setzte sich langsam auf. »Scheißbullen. Warum seid ihr nicht eher gekommen?« Immer noch liefen ihr die Tränen über das Gesicht. »Nie seid ihr da, wenn man euch braucht. Scheißbullen. Scheißbullen ...«

»Jetzt bin ich ja da. Wo bist du verletzt?«

»Ich doch nicht. *Sie* ist verletzt.«

Eve erstarrte. »Miss Sugarton?«

»Fay.« Jane blickte zur Küche hinüber. »Fay.«

»O Gott.« Eve sprang auf und rannte in die Küche.

Blut.

Noch mehr Blut.

Auf dem Küchentisch.

Auf dem umgekippten Küchenstuhl.

Auf dem Fliesenboden, wo Fay Sugarton zusammengesunken lag, mit offenen Augen und aufgeschlitzter Kehle.

»Bleib stehen.« Joe war neben ihr. »Vielleicht gibt es Spuren, wir dürfen nichts verändern.«

»Sie ist tot«, sagte Eve benommen.

»Ja.« Er drehte Eve um und versuchte sie in Richtung Wohnzimmer zu schieben. »Kümmere dich um die Kleine, ich sage den Kollegen Bescheid. Versuch herauszufinden, ob sie jemanden gesehen hat.«

Sie konnte den Blick nicht von den starren toten Augen wenden. »Dom«, flüsterte sie. »Das kann nur Dom gewesen sein.«

»Geh schon.«

Sie nickte und ging langsam aus der Küche.

Jane saß zusammengekauert mit angezogenen Knien an der Wand. »Sie ist tot, oder?«

»Ja.« Eve ließ sich neben ihr auf den Boden gleiten. »Hast du jemanden gesehen?«

»Ich habe versucht, ihr zu helfen. Sie hat geblutet. Ich habe versucht, das Blut zu stoppen ... aber ich konnte nicht. Ich konnte es nicht stoppen. Unser Lehrer hat gesagt, bei einem Unfall ist es das Wichtigste, die Blutung zu stoppen. Es ging nicht. Ich konnte nichts machen.«

Eve hatte das Bedürfnis, Jane in die Arme zu nehmen, aber sie spürte die Mauer, die das Kind um sich herum errichtet hatte. »Du kannst nichts dafür. Bestimmt war sie schon tot.«

»Vielleicht auch nicht. Wenn ich nicht so dumm wäre, hätte ich ihr vielleicht helfen können. Ich hab dem Lehrer gar nicht richtig zugehört. Ich wusste doch nicht ...«

Eve ertrug es nicht länger. Sie streckte die Hand aus und berührte das Mädchen zaghaft an der Schulter.

Jane zuckte zurück. »Wer sind Sie überhaupt?«, fragte sie hitzig. »Sind Sie auch ein Bulle? Warum sind Sie nicht hier gewesen? Warum haben Sie das nicht verhindert?«

»Ich bin nicht bei der Polizei, aber ich muss wissen, was passiert ist. Hast du jemand gesehen ...« Ach Mist. Das Kind war nicht in der Verfassung, Fragen zu beantworten. »Wollen wir raus auf die Veranda gehen und auf die Polizei warten?«

Zuerst dachte sie, Jane würde sich weigern, doch dann erhob sie sich, ging hinaus und setzte sich auf die oberste Verandastufe.

Eve nahm neben ihr Platz. »Ich heiße Eve Duncan. Der Detective heißt Joe Quinn.«

Das Mädchen starrte geradeaus.

»Du bist Jane MacGuire, stimmt's?«

Das Mädchen antwortete nicht.

»Du musst nicht sprechen, wenn du keine Lust hast. Du hast Miss Sugarton bestimmt sehr gern gehabt.«

»Ich habe sie nicht gern gehabt. Ich wohne nur bei ihr.«

»Das glaube ich zwar nicht, aber darüber müssen wir jetzt nicht sprechen. Wir müssen überhaupt nicht reden. Ich dachte bloß, du fühlst dich besser, wenn wir keine Fremden mehr sind.«

»Zu reden bedeutet gar nichts. Sie sind immer noch eine Fremde.«

Und die Kleine würde dafür sorgen, dass es auch dabei blieb, dachte Eve. Sie hatte aufgehört zu weinen und saß aufrecht und starr da. Die Mauer des Misstrauens war höher als je zuvor. Man konnte es ihr nicht verübeln. Jedes andere Kind wäre hysterisch geworden – was vielleicht gesünder war, als sich zu verschließen. »Ich habe auch keine große Lust zu reden. Lass uns einfach hier sitzen und warten. Okay?«

Jane blickte starr geradeaus. »Okay.«

Eve wurde plötzlich bewusst, dass das Mädchen immer noch voller Blut war. Sie sollte sie in die Wanne stecken.

Nicht jetzt. Sie beide waren überhaupt nicht in der Lage, etwas anderes zu tun, als nur dazusitzen. Eve lehnte ihren Kopf gegen den Treppenpfosten. Der Anblick der toten Augen ging ihr nicht aus dem Kopf. Fay Sugarton war ein guter Mensch gewesen, sie hatte versucht, ihr Bestes zu geben. Sie hatte es nicht verdient …

»Ich war nicht ehrlich.« Jane hielt den Blick immer noch starr geradeaus gerichtet. »Ich glaube … ich mochte sie.«

»Ich auch.«

Jane verfiel wieder in Schweigen.

Barbara Eisley traf zusammen mit dem ersten Streifenwagen ein.

Die Polizisten marschierten ins Haus, während Barbara Eisley vor Jane stehen blieb. Ihr Gesichtsausdruck war von unglaublicher Sanftheit, als sie das Mädchen ansprach. »Erinnerst du dich an mich, Jane? Ich bin Miss Eisley.«

Jane starrte sie ausdruckslos an. »Ich erinnere mich.«

»Du kannst hier nicht bleiben.«

»Ich weiß.«

»Ich bin gekommen, um dich abzuholen. Wo sind Chang und Raoul?«

»In der Schule. Basketball-Training.«

»Ich werde jemanden zu ihnen schicken.« Sie streckte die Hand aus. »Komm mit. Wir werden dich erst einmal waschen und dann sprechen wir miteinander.«

»Ich habe keine Lust zu reden.« Jane stand auf und ging zu dem Wagen, der am Bordstein parkte.

»Wohin bringen Sie sie?«, fragte Eve.

»Zum Heim der Familienfürsorge.«

»Ist sie da sicher?«

»Es gibt Aufsichtspersonal und sie wird von lauter Kindern umgeben sein.«

»Ich denke, wir sollten sie mitnehmen …«

»Blödsinn.« Barbara Eisley drehte sich zu ihr um und fuhr sie heftig an. »Ich trage die Verantwortung für sie und keiner von Ihnen wird sie anfassen. Ich hätte mich auf diese ganze Geschichte nicht einlassen dürfen. Die Zeitungen und der Stadtrat werden über mich herfallen wie die Aasgeier.«

»Wir müssen für ihre Sicherheit sorgen. Es ging dem Mörder nicht um Miss Sugarton, die ist ihm wahrscheinlich nur in die Quere gekommen.«

»Und Sie waren nicht in der Lage, das zu verhindern, hab ich Recht?« Barbara Eisley betrachtete sie mit bohrendem Blick. »Fay Sugarton war eine anständige Frau, eine außergewöhnliche Frau, die schon Dutzenden von Kindern geholfen hat. Warum musste sie sterben? Sie wäre noch am Leben, wenn ich Ihnen nicht ...«

»Dann wäre vielleicht Jane tot.«

»Ich hätte mich da raushalten sollen und das werde ich von nun an auch tun. Bleiben Sie mir vom Leib und lassen Sie die Finger von Jane MacGuire.« Sie drehte sich auf dem Absatz um und ging zum Wagen.

Eve sah hilflos zu, wie der Wagen davonfuhr. Jane saß aufrecht auf dem Beifahrersitz, dennoch wirkte sie fürchterlich klein und zerbrechlich.

»Mehr konnten wir nicht tun.«

Sie wandte sich um und sah Joe im Türrahmen stehen. »Ich hatte gehofft, wir körnten sie von hier wegbringen, bevor jemand von der Fürsorge auftaucht.«

Er schüttelte den Kopf. »Ich habe Eisley benachrichtigt.«

Sie riss die Augen auf. »Wie bitte?«

»Die Familienfürsorge muss in solchen Fällen informiert werden. Sie schützen die Kinder vor den Medien und bei Polizeiverhören. Sie wird Jane vor dem Schlimmsten bewahren.«

»Wir hätten sie beschützen können.«

»Ob sie das zugelassen hätte? Wir sind Fremde für sie. Im Heim sind viele Kinder und Personal. Sie ist dort sehr viel sicherer aufgehoben und wir können sie trotzdem im Auge behalten.«

Eve war immer noch aufgebracht. »Aber du hättest nicht …«

»Sie ist eine wichtige Zeugin in einem Mordfall, Eve. Hat sie mit dir gesprochen?«

Eve schüttelte den Kopf.

»Dann werde ich heute Abend zu ihr fahren.«

»Kannst du sie nicht …« Natürlich konnte er Jane nicht in Ruhe lassen. Möglicherweise hatte sie etwas gesehen. »Barbara Eisley wird vielleicht nicht zulassen, dass du mit ihr sprichst. Sie war ziemlich sauer auf uns.«

»So eine Dienstmarke kann manchmal ganz nützlich sein.« Er half ihr auf die Füße. »Komm. Ich fahre dich nach Hause. Die Leute von der Spurensicherung werden jeden Moment hier eintreffen, dann muss ich wieder hier sein, aber du kannst dir das ersparen.«

»Ich warte, bis du fertig bist.«

»Nein, das wirst du nicht. Das kann Stunden dauern und außerdem hat sich die Presse angekündigt.« Er schob sie die Stufen hinab. »Ich habe Charlie angerufen. Er wartet schon in meinem Haus und wird auf dich aufpassen, bis ich wiederkomme.« Er hielt ihr die Beifahrertür auf. »Sobald du zu Hause bist, ruf Spiro und Mark an und erzähl ihnen, was vorgefallen ist.«

Sie nickte. »Ich werde auch Barbara Eisley anrufen. Vielleicht lässt sie sich ja auf ein Treffen mit mir ein.«

»Warte lieber ab, Eve. Sie muss sich erst einmal beruhigen.«

Sie schüttelte den Kopf. Sie wurde das Bild von Jane MacGuire nicht los, wie sie stocksteif im Wagen gesessen hatte, aus Angst zusammenzubrechen, sobald sie ihren Schutzpanzer lockerte.

Dom konnte sie zerbrechen und sie niedermetzeln. Wie nah war Jane ihm in der Küche gekommen?

Dieser Gedanke versetzte Eve in Panik. Sie musste ihn unterdrücken. Die unmittelbare Gefahr für Jane war vorüber.

Wirklich? »Ich rufe sie an, sobald ich in der Wohnung bin.«

»Nein«, sagte Barbara Eisley kalt. »Ich möchte mich nicht wiederholen, Miss Duncan. Jane bleibt in unserer Obhut. Sollten Sie sich nicht von ihr fern halten, sorge ich dafür, dass Sie ins Gefängnis wandern.«

»Sie verstehen nicht. Dom hat Fay Sugarton am helllichten Tag getötet. Er hat sich Einlass ins Haus verschafft und hat ihr in ihrer eigenen Küche die Kehle durchgeschnitten. Was sollte ihn davon abhalten, das Gleiche mit Jane im Heim zu machen?«

»Die Tatsache, dass wir es jeden Tag mit gewalttätigen Eltern und drogenabhängigen Müttern zu tun haben, die ihre Kinder holen wollen. Wir wissen, was wir zu tun haben. Die Lage des Heims ist nur Eingeweihten bekannt. Und selbst wenn er es finden sollte, er hat keine Möglichkeit, unsere Sicherheitsvorrichtungen zu passieren.«

»Sie hatten noch nie mit so jemandem ...«

»Auf Wiederhören, Miss Duncan.«

»Einen Moment noch. Wie geht es ihr?«

»Nicht gut. Aber sie wird sich erholen. Morgen früh schicke ich sie zum Therapeuten.« Sie legte auf.

Eve konnte sich sehr gut erinnern an diese Therapeuten. Sie saßen da, löcherten einen mit Fragen und unterdrückten mühsam ihren Ärger, wenn man sie nicht an sich heranließ. Jane würde sie genauso auflaufen lassen, wie Eve es damals getan hatte.

»Kein Glück gehabt?«

Sie drehte sich zu Charlie um, der am anderen Ende

des Zimmers saß. »Kein bisschen. Ich probier es morgen noch mal.«

»Sie sind ganz schön hartnäckig.«

»Hartnäckigkeit ist meine einzige Waffe im Umgang mit Eisley. Manchmal funktioniert's. Manchmal auch nicht.« Gott, sie konnte nur hoffen, dass es diesmal funktionierte. »Haben Sie was von dem Agenten gehört, den Spiro nach Phoenix geschickt hat?«

»Nicht viel, nur dass die Kriminalpolizei dort kooperiert. Ich wünschte, Spiro hätte mich fahren lassen.« Er lächelte. »Nicht, dass mir Ihre Gesellschaft nicht gefallen würde. Aber eigentlich bin ich zum FBI gegangen, um anspruchsvollere Jobs zu übernehmen als Personenschutz. Immerhin lässt die zu schützende Person mich kreuz und quer durch Georgia fahren, damit ich mich nicht langweile.«

»Tut mir Leid. Möchten Sie Kaffee? Ich fürchte, zu essen gibt es hier nichts.«

»Ich habe in der Nähe ein thailändisches Restaurant mit Lieferservice gesehen.« Er holte sein Handy hervor. »Was hätten Sie gerne?«

Sie hatte zwar keinen Hunger, aber es würde ihr gut tun, etwas zu essen. »Irgendwas mit Nudeln. Und bestellen Sie auch was für Joe, wir stellen es dann in den Kühlschrank. Er nimmt sich nie die Zeit zu essen.«

»Okay.«

Sie nahm ihre Handtasche und wollte ins Schlafzimmer gehen. »Ich muss mit Spiro reden.«

»Nicht nötig. Habe ich schon getan, nachdem Joe mich angerufen hatte. Er hat geflucht wie ein Kutscher und wollte sich sofort auf den Weg machen.«

Sie schloss die Schlafzimmertür hinter sich und lehnte sich dagegen.

Eigentlich sollte sie Mark anrufen, aber sie fühlte

sich nicht dazu in der Lage. Der Gedanke an Fay Sugarton ließ sie nicht los. Sie konnte Barbara Eisley ihren Zorn nicht verübeln.

Sie trat ans Fenster und blickte hinunter in den Park auf der anderen Straßenseite. Es war dunkel geworden und die Straßenlaternen warfen ihr Licht auf die Bäume. Die Schatten der Nacht wirkten bedrohlich.

Bist du da unten, Dom? Liegst du schon wieder auf der Lauer, du Schwein?

Ihr Handy klingelte.

Joe? Spiro?

Es klingelte noch einmal.

Sie nahm das Handy aus ihrer Handtasche. »Hallo?«

»Wie kommen Sie denn so klar mit der kleinen Janie?«

»Dreckskerl.«

»Leider konnte ich bei Ihrem Treffen nicht dabei sein, ich war etwas in Eile. Ich hatte nicht einmal die Möglichkeit, das Kind aus der Nähe zu sehen.«

»Also haben Sie stattdessen Fay Sugarton getötet.«

»Sie wollen mich doch nicht dastehen lassen wie einen Stümper. Da gibt es kein ›stattdessen‹. Ich hatte nicht die Absicht, das Kind jetzt schon zu töten. Es ging mir um Fay Sugarton.«

»Warum, um Himmels willen?«

»Solange Sugarton noch auf der Bildfläche war, konnten Sie zu Jane keine Beziehung aufbauen. Also musste sie aus dem Weg geräumt werden. Wie gefällt Ihnen denn unser kleines Mädchen?«

»Nicht besonders. Sie hat versucht, mir mit einem Baseballschläger den Schädel einzuschlagen.«

»Das kann Sie doch nicht abschrecken. Wahrscheinlich bewundern Sie ihren Mut. Ich hätte wirklich keine bessere Wahl treffen können.«

»Sie haben eine erbärmliche Wahl getroffen. Sie hat absolut keine Ähnlichkeit mit Bonnie.«

»Sie werden schon noch Gefallen an ihr finden.«

»Das wird kaum möglich sein. Sie ist nicht bei mir.«

»Ich weiß. Wir werden uns etwas einfallen lassen müssen, nicht wahr? Das hatte ich keineswegs so beabsichtigt. Holen Sie sie aus dem Heim.«

»Keine Chance.«

»Ich will, dass sie bei Ihnen ist. Finden Sie Mittel und Wege.«

»Sie hören mir nicht zu. Ich wandere in den Knast, wenn ich mich in ihre Nähe wage.«

Es herrschte Schweigen in der Leitung. »Vielleicht habe ich mich nicht deutlich genug ausgedrückt. Entweder Sie holen sie da raus oder ich gehe rein und hole sie mir. Ich gebe Ihnen vierundzwanzig Stunden.«

Panik überkam sie. »Ich weiß nicht einmal, wo sie steckt.«

»Finden Sie es heraus. Sie haben Beziehungen. Wo ein Wille ist, ist auch ein Weg. Ich würde einen finden.«

»Die haben einen Sicherheitsdienst. Sie würden nie an sie herankommen, eher würden Sie im Knast landen.«

»Ich würde an sie herankommen. Es braucht nur einen Augenblick der Unachtsamkeit, einen gelangweilten, verstimmten Mitarbeiter.«

»Ich habe überhaupt nichts für dieses Kind übrig. Ich könnte nicht die geringste Zuneigung für sie ...«

»O doch, das könnten Sie. Sie müssen sie nur erst kennen lernen. Sie haben Jahre Ihres Lebens damit verbracht, Kinder zu schützen und aufzufinden, die Sie gar nicht kannten. Jetzt habe ich Ihnen ein eigenes

Kind gegeben. Bei der Vorstellung dürften Sie gar nicht mehr wissen, wo Ihnen der Kopf steht.«

»Ich werde die Polizei anrufen, sobald ich aufgelegt habe.«

»Und Janes Schicksal besiegeln? Denn das würde es bedeuten und das wissen Sie. Ich werde niemals aufgeben. Wenn ich jetzt keine Möglichkeit sehe, werde ich warten. Eine Woche, einen Monat, ein Jahr. Und das Erfreuliche ist, je mehr Zeit vergeht, umso leichter wird es für mich. Die Menschen vergessen, ihre Aufmerksamkeit lässt nach ... und Sie werden nicht bei ihr sein, um mich aufzuhalten. Vierundzwanzig Stunden, Eve.« Er legte auf.

Er war verrückt, dachte Eve. Eisley hatte behauptet, niemand könne in das Fürsorgeheim eindringen.

Aber Eve hatte da ihre Zweifel.

Es braucht nur einen Augenblick der Unachtsamkeit, einen gelangweilten, verstimmten Mitarbeiter.

War es nicht genau das, was sie selbst die ganze Zeit befürchtet hatte? Hatte sie Eisley nicht deshalb gedrängt, Jane ihr zu überlassen?

Die Angst schnürte ihr die Kehle zu. Er würde seine Drohung wahr machen. O Gott, er würde einen Weg finden, Jane zu töten, wenn es ihr nicht gelang, das Mädchen aus dem Heim zu holen.

Ihr blieben vierundzwanzig Stunden.

Joe. Sie musste Joe verständigen.

Als sie die Nummer zur Hälfte gewählt hatte, legte sie auf. Was wollte sie bezwecken? Wollte sie ihn wirklich bitten, seinen Job aufs Spiel zu setzen, indem er ein Kind aus dem Heim entführte?

Aber sie brauchte ihn.

Also was? Sie musste ihren Egoismus zurückstellen und selbst tun, was getan werden musste.

Aber wie? Sie wusste nicht einmal, wo Jane sich überhaupt aufhielt.

Sie haben Beziehungen. Wo ein Wille ist, ist auch ein Weg. Ich würde einen finden.

Sie wählte eine andere Nummer.

Mark Grunard ging beim zweiten Klingeln dran. Er war nicht gut auf sie zu sprechen. »Nett, dass Sie mich über Fay Sugarton informieren. Ich bin zusammen mit dem Rest der Journalisten dieser Stadt bei ihrem Haus eingetroffen.«

»Ich wollte Sie anrufen, aber es ist so viel passiert.«

»Wir hatten eine Vereinbarung.«

»Es wird nicht wieder vorkommen.«

»Allerdings. Ich steige nämlich aus. Sie und Joe hätten ...«

»Ich brauche Ihre Hilfe. Dom hat sich wieder gemeldet.«

Schweigen. »Und?«

»Die Fürsorge hat das Kind im Heim untergebracht. Er will, dass sie bei mir ist. Er gibt mir vierundzwanzig Stunden, sie da rauszuholen.«

»Und was, wenn Sie es nicht tun?«

»Was glauben Sie wohl? Er wird sie umbringen, verdammt noch mal.«

»Es ist nicht leicht, sie ...«

»Er wird es tun. Wir dürfen nichts riskieren.«

»Was sagt Joe dazu?«

»Nichts. Ich habe es ihm nicht gesagt. Ich will ihn da raushalten.«

Er stieß einen Pfiff aus. »Das wird ihm nicht gefallen.«

»Er hat schon genug für mich getan. Ich möchte nicht, dass er Ärger bekommt, wenn er mir hilft.«

»Aber da Sie mich anrufen, nehme ich an, dass Sie durchaus bereit sind, meine Wenigkeit zu opfern.«

»Sie haben weniger zu verlieren und mehr zu gewinnen.«

»Und was erwarten Sie von mir?«

»Ich muss wissen, wo sie steckt. Haben Sie eine Ahnung?«

»Vielleicht.«

»Was soll das heißen, vielleicht?«

»Die Lage des Heims ist ungefähr so geheim wie die Untersuchungsberichte der Seuchenbehörde.«

»Aber Sie wissen, wo es sich befindet?«

»Nun ja, ich bin Eisley einmal gefolgt, als sie während eines wichtigen Prozesses ein Kind dorthin gebracht hat.«

Dann konnte Dom ihr ebenfalls gefolgt sein.

»Es ist ein großes altes Haus in der Delaney Street, das früher einmal als Genesungsheim gedient hat. Vielleicht sind sie auch längst umgezogen. Das war vor mehr als zwei Jahren.«

»Wir werden es versuchen. Eisley sagte, es gäbe Wachpersonal.«

»Einen Wachmann, der über das Gelände patrouilliert. Wahrscheinlich soll ich ihn ablenken, richtig?«

»Richtig.«

»Und dann? Wo wollen Sie sie hinbringen?«

»Ich weiß es noch nicht. Ich werde schon einen Ort finden. Helfen Sie mir?«

»Sie bringen mich in Teufels Küche.«

»Ich werde dafür sorgen, dass es sich für Sie lohnt.«

»Daran zweifle ich nicht.« Und in schärferem Tonfall fügte er hinzu: »Ich werde Ihnen nämlich keinen Schritt von der Seite weichen.«

»Ich kann unmöglich …« Sie holte tief Luft. »Okay, uns wird schon was einfallen. Holen Sie mich hier ab. Wir treffen uns im Park gegenüber.«

»Nicht vor Mitternacht.«

»Mark, es ist erst halb sechs. Ich will sie da rausholen.«

»Okay, um elf. Wenn Sie unbedingt früher hinwollen, müssen Sie es allein machen. Es reicht, dass wir Gefahr laufen, dem Wachmann in die Finger zu fallen. Ich will sichergehen, dass in dem Haus alle schlafen, bevor wir reingehen.«

Noch fünfeinhalb Stunden. Wie sollte sie es so lange aushalten? Sie war bereits jetzt ein Nervenbündel. Okay, ganz ruhig. Dom hatte ihr vierundzwanzig Stunden gegeben. »Okay. Ich werde zu Abend essen und Charlie sagen, dass ich mich schlafen lege. Durch die Küche kommt man zum Waschraum, von da aus auf den Flur. Ich kann mich rausschleichen und Sie um elf im Park treffen.«

»In Ordnung.«

Sie legte auf. Geschafft. Mark Grunard war zäher, als sie erwartet hatte. Doch sie konnte es ihm nicht verübeln. Sie verlangte einen hohen Einsatz und es gab nicht viele Leute, die dafür keine Gegenleistung erwarten würden.

Außer Joe.

Nicht an Joe denken. Sie konnte ihn jetzt nicht gebrauchen.

»Kommen Sie«, rief Charlie durch die Schlafzimmertür. »Es gibt was zu essen.«

Sie straffte die Schultern. Sie musste das Abendessen hinter sich bringen und hoffen, dass sie verschwinden konnte, bevor Joe nach Hause kam.

Kapitel 8

»Möchtest du reden?«

»Nein.« Jane blickte starr geradeaus. Die sollte endlich verschwinden. Die Heimleiterin hockte auf dem Sofa wie ein runder grauer Vogel und ihr Gegurre ging Jane auf die Nerven. Okay, sie wollte nur nett sein, aber Jane hatte die Nase voll. »Ich möchte schlafen gehen, Mrs …« Wie hieß sie noch gleich? »Mrs Morse.«

»Du wirst bestimmt besser schlafen, wenn du darüber gesprochen hast.«

Über Blut reden. Und über Fay. Warum wollen Erwachsene immer über alles reden? Sie wollte nicht an Fay denken. Sie wollte nie wieder an Fay denken. Sie wollte den Schmerz einfach ausblenden. Nur eine Frage beschäftigte sie noch. »Wer hat sie umgebracht?«

»Du bist hier in Sicherheit, Liebes«, antwortete Mrs Morse sanft.

Das war keine Antwort auf ihre Frage und außerdem war es gelogen. Man war nirgendwo sicher. »Wer hat Fay umgebracht?«

»Wir wissen es nicht.«

»Die Bullen müssen doch irgendwas wissen. Fay hat niemandem was getan. War es eine Streetgang? Haben die sie ausgeraubt?«

»Du solltest jetzt nicht darüber nachdenken. Wir werden morgen darüber reden.« Sie streckte die Hand aus, um Jane übers Haar zu streicheln. »Aber wir sollten darüber reden, wie du dich fühlst.«

Sie wich aus, bevor die Frau sie berühren konnte. »Ich fühle überhaupt nichts. Es ist mir egal, dass Fay tot ist. Lassen Sie mich in Ruhe.«

»Ich verstehe.«

Jane biss die Zähne zusammen. Was konnte sie sagen, damit die Frau sie endlich allein ließ? Die kapierte ja doch nichts. Niemand kapierte was.

Außer vielleicht Eve. Eve hatte sie nicht vollgequatscht. Eve hatte nur schweigend neben ihr gesessen und vielleicht gemerkt …

Blödsinn. Sie hatten bloß ein paar Minuten da gesessen. Wenn sie Eve kennen lernen würde, würde sie wahrscheinlich schnell feststellen, dass sie genauso war wie die anderen.

»Kann ich irgendetwas für dich tun?«, fragte Mrs Morse.

Lassen Sie mich hier raus.

Doch im Grunde wusste sie es besser. Sie war schon einmal hier gewesen. Hier würde sie in Sicherheit sein, bis sie ein neues Zuhause gefunden hatte.

Aber Mike war nicht in Sicherheit. Er war allein da draußen in der Dunkelheit und ahnte noch nicht, dass ihm jetzt niemand mehr etwas zu essen bringen und auf ihn aufpassen würde.

Und sie war hier eingesperrt und konnte ihm nicht helfen.

Blut.

Fays Augen, die sie anstarrten, als sie versucht hatte, die Blutung zu stoppen.

Übel. So viel Übel da draußen.

Mike.

»Du zitterst ja«, sagte Mrs Morse. »Mein armes Kind, warum willst du nicht …«

»Ich zittere nicht«, gab Jane trotzig zurück. Sie stand auf. »Mir ist kalt. Sie heizen diese Scheißhütte nicht richtig.«

»Wir benutzen hier nicht solche Ausdrücke, Liebes.«

»Dann schmeißen Sie mich doch raus, blöde Kuh.« Jane starrte sie wutentbrannt an. »Ich finde es zum Kotzen hier. Und Sie finde ich auch zum Kotzen. Ich schleich mich in Ihr Zimmer und schneid Ihnen die Kehle durch, genau wie dieser Scheißkerl es mit Fay gemacht hat.«

Die Frau stand verschreckt auf, genau wie Jane es erwartet hatte. Mittlerweile wurden solche Drohungen sehr ernst genommen, selbst wenn sie von einem Kind wie Jane kamen.

»Das war wirklich nicht nötig«, sagte Mrs Morse. »Geh schlafen, Liebes. Wir werden morgen über dein Problem reden.«

Jane rannte aus dem Aufenthaltsraum, die Treppe hinauf an dem Polizisten vorbei, der vor ihrem Zimmer Wache hielt, und schlug die Tür hinter sich zu. Sie hatte eines der winzigen Zimmer für sich allein, doch sie würde es wahrscheinlich bald mit jemandem teilen müssen, wenn die Erwachsenen zu dem Schluss kamen, dass sie den Schock über Fays Tod überwunden hatte. Meistens waren die Zimmer mit drei, manchmal sogar vier Kindern belegt.

Außerdem hatte man ihr nie zuvor einen Wachposten vor die Tür gestellt. Musste daran liegen, was mit Fay passiert war.

Es schnürte ihr die Kehle zu. Sie trat ans Fenster und blickte hinunter in den Garten. Die Rosensträucher müssten beschnitten werden. Im Herbst hatte Fay Jane beauftragt, die Rosen zu beschneiden. Sie hatte gesagt, dann würden sie im Frühjahr dichter wachsen und schöner blühen. Jane hatte ihr nicht geglaubt, aber sie war bereit gewesen, geduldig abzuwarten, ob …

Fay.

Bloß nicht an sie denken. Sie war weg. Sie konnte ihr nicht mehr helfen. Vergiss sie.

Stattdessen sollte sie lieber an Mike denken und an die Straßen und die Fieslinge, die ihm wehtun konnten. Sie konnte Mike helfen.

Aber nicht, wenn sie hier blieb.

Das zweistöckige Ziegelgebäude in der Delaney Street lag von der Straße zurück inmitten von ungepflegten Gärten und halb verdorrten Rasenflächen. Es war in den zwanziger Jahren gebaut worden und die Jahre waren ihm anzusehen.

»Darf ich fragen, was Sie vorhaben?«, fragte Mark höflich, als er den Wagen in einer Seitenstraße abstellte. »Es ist fast Mitternacht und das Haus ist mit Sicherheit verriegelt und verrammelt. Angenommen, Sie finden heraus, wo sie steckt, wie wollen Sie hineinkommen und das Kind rausholen, ohne niedergeschossen zu werden? Der Wachmann dreht regelmäßig seine Runden.«

Das wüsste ich auch gern, dachte Eve. »Haben Sie eine Ahnung, wo sie untergebracht ist?«

»Also, der Junge aus dem Gerichtsprozess war im ersten Stock untergebracht. In einem Zimmer auf der Südseite, das erste Fenster nach hinten raus.«

»Allein?«

Mark nickte. »Er war ein besonderer Fall.«

Ob Jane auch als besonderer Fall galt? Sie konnte nur hoffen und beten, dass sie Glück hatte.

»Ich versuche, von hinten in das Haus zu kommen.« Sie stieg aus dem Wagen. »Sie versuchen es auf der anderen Seite, und wenn Sie dem Wachposten in die Arme laufen, lenken Sie ihn ab.«

»Nichts leichter als das«, erwiderte Mark sarkastisch. »Geben Sie mir doch lieber eine schwierige Aufgabe. Es ist nicht …«

»Runter.« Sie kletterte hastig zurück in den Wagen und zog Mark herunter auf den Sitz. »Ein Streifenwagen.«

Das Fahrzeug der Kriminalpolizei Atlanta fuhr langsam an das Heim der Fürsorge heran, die Scheinwerfer tauchten das Haus und das Grundstück in helles Licht.

Eve hielt den Atem an und machte sich darauf gefasst, dass der Wagen halten würde. Hatte man sie entdeckt?

Der Streifenwagen fuhr weiter und bog um die Ecke.

»Ich denke, jetzt ist die Luft rein.« Mark hob den Kopf. »Wir hätten uns denken können, dass die Fürsorge zusätzlichen Schutz anfordert.«

»Wir können nur hoffen, dass sie auf dem Gelände nicht noch mehr Wachen postiert haben.« Eve stieg aus dem Wagen. »Und dass der Streifenwagen nicht so bald wiederkommt.« Sie marschierte los über den Rasen. Bloß nicht nachdenken. Schnell handeln und beten.

Hinterm Haus blickte sie hinauf zum ersten Stock. Das erste Fenster auf der Südseite.

Das Zimmer war dunkel, das Fenster geschlossen.

Großartig.

Ein verrostetes Fallrohr lief an der Seite des Gebäudes hinab, aber die Entfernung zum Fenster betrug gut einen Meter.

Was zum Teufel sollte sie bloß …

Was war das?

Sie sah über die Schulter.

Ein Geräusch?

Stand da jemand im Schatten?

Nein, da war nichts. Sie musste es sich eingebildet haben.

Sie wandte sich wieder dem Haus zu. Zuerst musste sie in den ersten Stock gelangen, dann das Zimmer betreten, ohne Jane zu ängstigen. Je länger sie darüber nachdachte, umso hilfloser fühlte sie sich. Vielleicht sollte sie zunächst einen Weg finden, ins Erdgeschoss zu gelangen, und dann …

Das Fenster wurde geöffnet.

Eve spannte alle Muskeln an. Jane steckte den Kopf zum Fenster hinaus und sah zu ihr hinunter. Ob sie Eve erkennen konnte? Ja, das Mondlicht war hell genug. Aber damit war ihr noch nicht geholfen. In dieser Situation musste Jane jeden für eine Bedrohung halten.

Sie blickte lange zu Eve hinunter. Dann legte sie den Zeigefinger auf den Mund, um ihr zu bedeuten, sie solle schweigen.

Die Geste hatte etwas Verschwörerisches, sie beide gegen den Rest der Welt. Eve wusste nicht, wie ihr geschah, aber sie würde sich gewiss nicht gegen ihr Glück sträuben.

Jane warf ein verknotetes Betttuch über die Fensterbrüstung. Es endete dreieinhalb Meter über Eves Kopf. Wie ein Affe kletterte Jane herunter, aber wie wollte sie …

»Fangen Sie mich auf«, flüsterte Jane.

»Das geht nicht. Wenn ich es nicht schaffe, brichst du dir …«

»Dann schaffen Sie es eben.« Sie ließ das Betttuch los und fiel Eve in die Arme. Das Gewicht des Mädchens warf sie beide zu Boden.

»Runter von mir«, flüsterte Jane.

Eve rollte nach links und setzte sich auf. »Entschuldigung. Du hättest mir beinahe die Rippen gebrochen.«

Jane war schon auf den Füßen und rannte zur Straße.

»Scheiße.« Eve sprang auf und lief hinter ihr her.

»Haben Sie was verloren?« Mark hielt Jane im Schwitzkasten. Sie trat zu und erwischte ihn am Schienbein. »Aua. Hör auf herumzustrampeln oder ich brech dir das Genick, kleines Biest.«

»Tun Sie ihr nicht weh.« Eve kniete sich vor das Kind auf den Boden. »Wir wollen dir helfen, Jane. Du brauchst keine Angst zu haben.«

»Ich hab keine Angst. Und Ihre Hilfe brauch ich auch nicht.«

»Doch, du hast mich gebraucht, damit ich dich auffange.«

»Es war ziemlich hoch. Ich wollte mir nicht die Beine brechen.«

Eve verzog das Gesicht. »Da hättest du mir eher die Rippen gebrochen.«

Jane sah ihr ruhig in die Augen. »Warum nicht? Ist mir egal, was mit Ihnen passiert.«

»Aber du scheinst mich nicht für eine Bedrohung zu halten, sonst hättest du geschrien, als du mich gesehen hast.«

»Ich brauchte Hilfe. Ich wusste, dass das Betttuch nicht bis unten langt.«

»Aber du hältst mich nicht für eine Bedrohung, stimmt's?«

»Vielleicht. Ich weiß nicht.« Sie zog die Stirn in Falten. »Warum sind Sie hier?«

Eve zögerte. Sie wollte dem Mädchen keine Angst

einjagen, aber sie spürte, dass Jane jede Lüge durchschauen würde. »Ich hatte Angst um dich.«

»Warum?«

»Das erzähl ich dir später. Wir haben jetzt keine Zeit.«

Jane blickte über die Schulter. »Das ist aber nicht der Bulle.«

»Nein, das ist Mark Grunard, ein Reporter.«

»Er will Geschichten über Fay schreiben.«

»Stimmt.«

»Wir sollten von hier verschwinden, Eve«, sagte Mark ungeduldig. »Ich habe den Wachposten nicht gesehen, aber er kann jeden Moment um die Ecke kommen. Und wer weiß, wann der Streifenwagen wiederkommt.«

Eve hatte es genauso eilig wie er, aber sie hatte wenig Lust, eine schreiende und um sich schlagende Jane mitzuschleppen. »Kommst du mit uns, Jane?«, fragte Eve. »Glaub mir, wir wollen nur, dass du in Sicherheit bist.«

Jane reagierte nicht.

»Du wolltest doch ohnehin weg. Ich verspreche dir, dass wir dich an einen Ort bringen, wo sie dich nicht finden.«

»Lassen Sie mich los.«

Mark schüttelte den Kopf. »Damit du abhauen kannst ...«

»Lassen Sie sie los, Mark. Sie soll es selbst entscheiden.«

Mark lockerte den Griff und Jane entwand sich blitzschnell seiner Umklammerung.

Einige Sekunden lang musterte Jane Eve misstrauisch und sagte dann: »Ich komme mit Ihnen. Wo steht Ihr Auto?«

Sie hatten kaum vier Blocks hinter sich gebracht, als Jane sagte: »Sie fahren in die falsche Richtung.«

»Wieso falsche Richtung?«

»Ich will in die Luther Street.«

Fays Haus. »Da kannst du nicht mehr hin«, sagte Eve sanft. »Fay ist nicht mehr da, Jane.«

»Das weiß ich selbst. Halten Sie mich für blöd? Sie ist tot. Sie liegt längst im Leichenhaus. Trotzdem muss ich in die Luther Street.«

»Willst du was holen?«

»Ja.«

»Die Polizei ist im Haus. Sie werden dich gar nicht erst reinlassen, sondern dich zurück ins Heim bringen.«

»Bringen Sie mich einfach hin, okay?«

»Hör mir zu, Jane. Das Haus steht unter ...«

»Ich will nicht ins Haus. Lassen Sie mich einfach zwei Blocks vorher raus.«

»An der Gasse, in die du an dem Nachmittag verschwunden bist, als du unser Auto entdeckt hast?«

Jane nickte.

»Warum?«

»Weil ich da hinwill.«

»Hast du da was versteckt?«, fragte Mark vom Fahrersitz.

»Warum wollen Sie das wissen? Damit Sie's im Fernsehen bringen können?«, gab Jane trotzig zurück. »Das geht Sie nichts an.«

»Das geht mich sehr wohl was an«, erwiderte Mark. »Eve hat mir eine Story versprochen, wenn ich ihr helfe, dich aus dem Heim zu holen. Hast du eine Ahnung, wie hoch die Strafe für Kindesentführung ist? Man wird mich ins Gefängnis werfen und meinen Job kann ich vergessen. Ich riskiere verdammt viel. Also spar dir deine Frechheiten, Mädel.«

Jane ignorierte ihn und wandte sich an Eve. »Gefängnis? Warum haben Sie es dann gemacht?«

»Weil ich mir Sorgen um dich gemacht habe. Ich dachte, du bist vielleicht in Gefahr.«

»So wie Fay?«

Gott, was sollte sie ihr erzählen? Die Wahrheit. »Ja, wie Fay.«

»Wissen Sie, wer es war?«

Eve nickte.

»Wer?«

»Ich weiß nicht, ob er wirklich so heißt. Er nennt sich Dom.«

»Warum hat er das gemacht? Fay hat nie jemandem was getan.«

»Er ist verrückt. Es macht ihm Spaß, Leuten wehzutun. Das ist schrecklich, aber es gibt Leute, die haben nichts anderes im Sinn, als anderen Menschen zu schaden.«

»Solche kenne ich auch. Die Widerlinge. Davon gibt's reichlich.«

Eve erstarrte. »Tatsächlich?« Und nach einer Weile: »Hast du in letzter Zeit welche gesehen?«

»Vielleicht.« Jane sah zu Mark hinüber. »Ich gucke die Nachrichten im Fernsehen. Dort werden immer Widerlinge gezeigt.«

Mark zuckte die Achseln. »Das ist mein Job.«

»Hast du in letzter Zeit einen gesehen, der dir Angst eingejagt hat?«, fragte Eve.

»Er hat mir keine Angst eingejagt. Er war genau wie die anderen, die immer am Schulhof rumlungern.«

»Ist er dir gefolgt?«

»Manchmal.«

»Mein Gott, warum hast du denn niemandem was davon erzählt?«

Jane sah zum Fenster hinaus. »Ich will in die Luther Street. Sofort.«

»Wie sah er aus?«, fragte Mark.

»Groß. Schnell. Ich hab ihn nicht richtig gesehen. Irgend so ein Widerling halt. Bringen Sie mich in die Luther Street oder lassen Sie mich raus.«

Mark sah Eve mit hochgezogener Augenbraue an. »Nun?«

»Bringen Sie uns zu der Gasse, aber zur Ecke Market Street. Wir können nicht riskieren, dass man uns vom Haus aus sieht.«

»Sie meinen Quinn?« An der nächsten Ecke bog Mark links ab.

»Ja.« Wenn Joe nicht ohnehin längst ins Apartment zurückgekehrt war und festgestellt hatte, dass sie verschwunden war.

»Er wird einen Tobsuchtsanfall bekommen.«

»Ich weiß.« Sie lehnte sich im Sitz zurück. »Ich hatte keine andere Wahl.«

»Ich beschwere mich ja nicht. Wenn Sie Quinn eingeweiht hätten, hätten Sie es nicht nötig gehabt, mich um Hilfe zu bitten.«

»Schneller«, fauchte Jane. Ihre Stimme klang so gepresst, dass Eve ihr einen überraschten Blick zuwarf. Jane saß aufgerichtet auf dem Sitz und hatte die Hände zu Fäusten geballt. »Wir sind bald da, Jane.«

»Was ist denn da in der Gasse?«, fragte Mark sanft.

Jane antwortete nicht, aber Eve bemerkte, wie sich Janes Knöchel weiß abzeichneten, und es lief ihr eiskalt den Rücken hinunter. »Geben Sie Gas, Mark.«

»Ich fahre schon zu schnell.«

»Fahren Sie noch schneller.«

»In Anbetracht dessen, was wir gerade getan haben, halte ich es für unklug …«

»Machen Sie schon.«

Er zuckte die Achseln und drückte aufs Gaspedal.

»Danke«, sagte Jane widerwillig, ohne Eve anzusehen.

»Was ist denn in der Gasse, Jane?«

»Mike«, flüsterte Jane. »Der Widerling hat ihn gesehen. Ich hab ihm gesagt, er soll rüber zur Mission gehen, aber wahrscheinlich ist er wieder in der Luther Street. Da ist er näher an seiner Mom.«

»Wer ist Mike?«

»Er ist noch so klein. Ich hab versucht, ihn ... Kinder sind so dumm, wenn sie noch so klein sind. Sie haben noch keine Ahnung.«

»Über Widerlinge?«

»Sein Vater ist auch ein Widerling, aber nicht wie diese ...« Jane holte tief Luft. »Glauben Sie, der Widerling, der mir gefolgt ist, ist dieser Dom, der Fay umgebracht hat?«

»Ich weiß es nicht genau.«

»Aber Sie glauben es.«

»Könnte sein, dass er es war.«

»Scheißkerl.« Janes Augen waren mit Tränen gefüllt. »Verdammter Scheißkerl.«

»Stimmt.«

»Ich hätte es ihr erzählen müssen. Ich dachte, es ist bloß einer von vielen Widerlingen, die hinter Kindern her sind. Davon laufen so viele rum. Ich wusste doch nicht, dass er ...«

»Es ist nicht deine Schuld.«

»Ich hätte es ihr sagen müssen. Sie wollte immer, dass ich ihr alles erzähle. Ich hätte ...«

»Jane, es ist nicht deine Schuld.«

Sie schüttelte den Kopf. »Ich hätte es ihr sagen sollen.«

»Also gut, vielleicht hättest du es ihr sagen sollen. Wir tun alle mal etwas, das wir hinterher bereuen. Aber du konntest doch nicht wissen, dass er ihr etwas antun würde.«

Jane schloss die Augen. »Ich hätte es ihr sagen sollen.«

Eve gab auf. Sie hatte sich selbst mit Schuldgefühlen gequält, nachdem Bonnie verschwunden war. Aber Jane war erst zehn.

Es war nicht richtig, dass ein Kind eine so schwere Last zu tragen hatte. Aber seit wann war das Leben gerecht?

»Wie alt ist Mike?«

»Sechs.«

Eve wurde übel. Jane war die Zielscheibe, nicht der kleine Junge. Doch für Dom spielte das keine Rolle. Ein Menschenleben bedeutete ihm nichts.

»Fay wollte nicht, dass ich ihn mit nach Hause bringe. Sie wollte die Leute von der Fürsorge anrufen, damit sie sich um ihn kümmern. Aber ich wusste genau, dass sie ihn wieder zu seinem Vater schicken würden. Mike hat Angst vor ihm. Ich musste verhindern, dass sie anruft.« Sie öffnete die Augen. »Ich hab versucht, ihn zu beschützen.«

»Das hast du gut gemacht.«

»Aber der Widerling hat mich mit ihm gesehen. Und er weiß, dass Mike allein ist.«

»Vielleicht ist er gar nicht da.« Eve berührte sie an der Schulter. Jane saß steif wie ein Brett da, aber zumindest wich sie nicht mehr zurück. »Wir werden ihn finden, Jane. Ich bin sicher, dass Dom nicht in der Nähe der Luther Street ist. Im ganzen Viertel wimmelt es von Polizei.«

»Sie haben doch gesagt, dass er verrückt ist.«

»Nicht, wenn es um seine Sicherheit geht. Mike passiert bestimmt nichts und bald sind wir bei ihm.« Sie konnte nur hoffen, dass sie Recht behielt. »Und dann werde ich dafür sorgen, dass er eine sichere Unterkunft findet.«

»Er kann nicht zurück zu seinem Vater.«

»Ich werde dafür sorgen, dass er sicher untergebracht wird«, wiederholte Eve.

»Versprochen?«

In was für eine Situation brachte sie sich da eigentlich? War eine Entführung nicht genug? »Ich verspreche es.« Sie zögerte. »Aber du musst mir versprechen, dass du tust, was ich dir sage, damit ich *dich* in Sicherheit bringen kann.«

»Ich bin nicht wie Mike. Ich kann selbst auf mich aufpassen.«

»Eine Hand wäscht die andere, Jane.«

Sie zuckte die Achseln. »Wenn Sie sich nicht zu blöd anstellen.«

Eve seufzte erleichtert auf. »Ich werd's versuchen. Du wirst es mir schon sagen, wenn ich's tue.«

»Worauf Sie sich verlassen können.«

Mark bog von der Straße ab und parkte den Wagen in der Gasse.

»Licht aus«, zischte Jane. »Wollen Sie ihm Angst einjagen?« Sie kletterte aus dem Wagen und rannte in die Gasse hinein.

»Jane!« Eve sprang heraus und folgte ihr in der Dunkelheit.

Das Handy in ihrer Handtasche klingelte.

Sie ließ es klingeln. Sie konnte sich jetzt weder mit Joe noch mit Dom beschäftigen.

Aber vielleicht würde sie sich mit Dom höchstpersönlich beschäftigen müssen, fuhr es ihr durch den

Kopf. Vielleicht hatte er damit gerechnet, dass Jane hierher kommen würde.

Vielleicht wartete er da vorn in der Dunkelheit.

Keine Antwort.

Joe zog sich der Magen zusammen, als er auflegte. Sie ging sonst immer ans Telefon. Selbst wenn sie schlief, wurde sie vom Klingeln wach. Aber sie war so aufgewühlt gewesen, er bezweifelte, dass sie eingeschlafen war.

Und wo zum Teufel steckte Charlie Cather?

Er wählte die Nummer seines Apartments.

Nach dem zweiten Klingeln meldete Charlie sich mit schläfriger Stimme.

»Alles in Ordnung?«, fragte Joe.

»Prima. Alles abgeschlossen. Miss Duncan ist vor ein paar Stunden schlafen gegangen.«

Trotzdem gefiel ihm die Sache nicht. Warum ging sie nicht an ihr Handy? »Geht's ihr gut?«

»Ja. Sie war ein bisschen still, aber das ist ja kein Wunder, oder? Sie macht sich Sorgen um das Kind.«

»Stimmt.«

»Ist Spiro mittlerweile eingetroffen?«

»Er ist am Tatort. Ich bin auf dem Revier, ich muss noch diese verdammten Berichte tippen.«

»Sie Ärmster. Ich hasse diesen Papierkram.«

Joe war noch immer beunruhigt. »Sehen Sie nach, ob es ihr gut geht.«

»Wie bitte?«

»Machen Sie schon, verdammt noch mal.«

»Soll ich sie wecken?«

»Wenn's nötig ist, tun Sie es. Sehen Sie nach.«

»Sie wird nicht erfreut sein, wenn ich … Okay, ich seh nach.«

Joe wartete.

Bestimmt war alles in Ordnung.

Dom würde kaum versuchen, in das Apartment einzudringen. Es gehörte nicht zu seinem Plan. Es wäre ihm zu einfach. Er benutzte Jane MacGuire, um sie in sein Netz zu locken.

Eine Frau war ihm schon ins Netz gegangen. Den ganzen Nachmittag und die Nacht über hatte Joe sich mit dem Mord beschäftigt. Wenn er Fay Sugarton angesehen hatte, hatte er immerzu an Eve denken müssen. Aber wann dachte er nicht an Eve?

»Sie ist weg.«

Joe schloss die Augen. O Gott, er hatte es gewusst.

»Ich schwöre, niemand ist im Apartment gewesen. Ich war die ganze Zeit hier und habe alle Türen überprüft, nachdem Eve zu Bett gegangen war.«

»Hat sie irgendwelche Anrufe bekommen?«

»Nicht über das Telefon im Apartment. Und ich habe auch ihr Handy nicht klingeln hören.«

»Wenn sie in einem anderen Zimmer war, konnten Sie es gar nicht hören.«

»Sie hat keinen Anruf erwähnt.«

Dom hatte sie angerufen. Er wusste es. Dom hatte angerufen, und sie hatte das Apartment verlassen.

Um ihn zu treffen?

Das würde sie nicht tun. Es wäre dumm und Eve war nicht dumm.

Nein, um sie aus der Wohnung zu locken, musste Dom eine Drohung aussprechen, die sie nicht ignorieren konnte.

Jane MacGuire.

Scheiße.

Er legte auf und suchte in seinem Adressbuch nach der Nummer von Barbara Eisleys Pager. Es war die einzige Möglichkeit, um diese Uhrzeit an die Adresse des Fürsorgeheims zu gelangen.

Eisley rief nach weniger als einer Minute zurück. Aber er benötigte zehn Minuten, bis sie ihm die Adresse verriet.

Wut und Angst stiegen in ihm hoch. Er hätte Eve erwürgen können. Sie hatte wieder einmal einen Alleingang gestartet. Nach all den Jahren ihrer Freundschaft hatte sie ihn übergangen. Hätte er dieses Miststück bloß nie kennen gelernt. Wieso ließ er sich das Leben so zur Hölle machen? Wie oft hätte er sie am liebsten zusammengestaucht, aber immer wieder überwog das Bedürfnis, sie in den Armen zu wiegen und allen Schmerz von ihr zu nehmen. Sie hielt sich für stark genug, sich allen Herausforderungen zu stellen, aber gegen Dom hatte sie keine Chance.

Tu es nicht, Eve.

Lauf nicht zu ihm.

Warte auf mich.

Sie lief in die Gasse.

Es stank nach altem Fett und Müll.

Dunkelheit.

Von links ein Geräusch.

Das Herz schlug ihr bis zum Hals.

Dom?

Nein, nur eine Katze.

Wo war Jane?

»Jane? Sehen Sie sie, Mark?«

»Hier bin ich«, rief Jane.

Die große Kühlschrankverpackung aus Karton an der Mauer.

»Mike geht's gut.« Jane kletterte aus dem Karton und zog einen kleinen Jungen hinter sich her. »Er hat

Angst. Er sagt, er hat die ganze Nacht so ein Kratzen gehört. Wahrscheinlich Ratten. Er hat Hunger. Haben Sie was bei sich?«

»Leider nicht.«

»Wer sind die?« Mike starrte Eve und Mark ängstlich an. »Von der Fürsorge?«

»Was denkst du von mir?«, erwiderte Jane. »Aber du kannst hier nicht bleiben. Hier lungert übles Volk rum.«

»Mir geht's gut.«

»Wo Eve dich hinbringt, geht's dir besser. Hol deine Sachen.«

Mike zögerte.

»Da gibt's reichlich zu essen.«

»In Ordnung.« Mike kroch in den Karton.

»Wo bringen Sie ihn hin?«, fragte Jane. »Er will es bestimmt wissen.«

Das wollte Eve auch. »Ich muss darüber nachdenken.«

»Auf keinen Fall zur Fürsorge.«

»Nein.«

»Auch nicht zu seinem Vater.«

»Okay, Jane, ich hab's kapiert.«

»Sie haben es versprochen.«

Eve atmete hörbar ein. Irgendetwas Nasses glänzte auf dem Karton. »Ich halte meine Versprechen.«

Mike kroch aus dem Pappkarton, einen Beutel unter dem Arm. »Was gibt's denn zu essen? Ich steh auf Fritten.«

»Mal sehen, was ich machen kann.« Sie wandte sich an Mark. »Bringen Sie sie zum Wagen, ja?«

Jane sah sie an.

Mark hob die Augenbrauen. »Sie kommen nicht mit?«

»Ich komme sofort nach.«

Er nickte und führte die Kinder aus der Gasse.

Eve streckte die Hand aus und berührte vorsichtig den dunklen Fleck auf dem Karton. Nicht so nass, wie sie erwartet hatte, ihre Fingerspitzen fühlten sich nur leicht feucht an. Ihre Hand zitterte, als sie eine kleine Taschenlampe aus ihrer Handtasche holte.

Der Fleck an ihren Fingern war dunkelrot, beinah rostfarben.

Blut.

Er hat so ein Kratzen gehört.

Sie leuchtete in den Karton hinein.

Gut gemacht, Eve. Eine kleine Belohnung …

Ihr wurde übel, als ihr bewusst wurde, wie nah Dom dem kleinen Jungen gewesen war.

Belohnung?

Mikes Leben sollte ihre Belohnung sein?

Nein.

Das Blut war am Karton heruntergelaufen.

Auf dem Boden schimmerte etwas Weißes.

Sie kniete sich langsam hin und richtete den Strahl der Taschenlampe auf das kleine Ding.

Ein Knochen. Ganz winzig und zierlich. Der Fingerknochen eines Kindes.

Bonnie?

Ihr wurde schwindlig und sie hielt sich am Karton fest, um nicht hinzufallen.

Reiß dich zusammen. Er will dir wehtun.

O Gott, Bonnie …

Sie durfte ihn nicht berühren. Sie durfte nichts berühren. Vielleicht hatte er ja diesmal einen Fehler gemacht.

Sie spürte, dass sie stärker geworden war. Sie war nicht in der Lage gewesen, die Rippe, die er für sie auf der Veranda deponiert hatte, liegen zu lassen.

Diesmal würde sie es können. Sie würde den zerbrechlichen Knochen auf dem Boden liegen lassen können, wenn dadurch eine Chance gegeben war, dieses Monster zu fassen.

Sie rappelte sich auf und schaltete die Taschenlampe aus.

Sie musste den Schmerz besiegen. Und gehen.

Nicht an den Knochen denken. Und nicht an Bonnie.

Sie konnte ihre Tochter nicht mehr retten, aber vielleicht konnte sie Jane und Mike retten.

Bist du hier, Dom? Mach nur, zeig mir Blut. Zeig mir die Knochen meiner Tochter. Alles, was du anstellst, macht mich nur stärker.

Diesmal lasse ich dich nicht gewinnen.

Kapitel 9

Dem Mann war die Kehle durchgeschnitten worden.

»Mistkerl.«

Als Joe aufblickte, sah er Barbara Eisley, die ganz in der Nähe stand. Sie trat näher, um sich die Leiche anzusehen, die jemand in die Büsche gerollt hatte. »Der Wachposten?«

»Was machen Sie hier?«

»Wundert Sie das etwa? Sie reißen mich mitten in der Nacht aus dem Schlaf, wollen unbedingt hierher fahren, um meine Mitarbeiter zu stören, und dann erwarten Sie, dass ich mich wieder ins Bett lege und weiterschlafe?« Sie schaute zum Haus, in dem alle Fenster erleuchtet waren. »Ich trage hier die Verantwortung. Wo ist Jane MacGuire?«

»Keine Ahnung.«

»Die Heimleiterin sagte, sie sei nicht in ihrem Zimmer. Der Wachmann ist tot. Ist sie womöglich auch tot?«

»Könnte sein.« Als Eisley zusammenzuckte, fügte er hinzu: »Aber ich glaube es nicht. Aus ihrem Fenster hängt ein verknotetes Bettlaken.«

»Dann ist sie also rausgeklettert – und dem Mörder direkt in die Arme gelaufen.«

»Vielleicht auch nicht.«

Eisley musterte ihn. »Eve Duncan. Ich habe ihr gesagt, sie soll sich von dem Kind fern halten«, fluchte sie.

»Und sie hat Ihnen gesagt, dass das Kind in Gefahr ist. Sie wollten nicht auf sie hören. Sie können nur beten, dass Eve eher bei ihr war als der Mörder Ihres Wachmanns.« Er erhob sich. »Sorgen Sie dafür, dass niemand etwas berührt, bis die Leute von der Spurensicherung eintreffen.«

»Wo wollen Sie hin?«

»Jane MacGuire suchen.«

»Falls Eve Duncan sie aus dem Heim geholt hat, ist das Entführung.« Sie zögerte. »Aber da hier mildernde Umstände vorliegen, könnte ich vielleicht auf eine Anklage verzichten, wenn sie das Kind innerhalb von vierundzwanzig Stunden wieder hier abliefert.«

»Ich werde Ihr großzügiges Angebot übermitteln. Vorausgesetzt, sie nimmt noch mal Kontakt zu mir auf.«

»Sie müssen doch wissen, wo sie ist. Das Kind muss gefunden werden.« In ihrer Stimme schwang ein wenig Panik mit. »Sie sind doch befreundet, oder?«

»Das dachte ich bisher auch.«

Er spürte ihren Blick, als er zu seinem Wagen ging.

Sie sind doch befreundet, oder?

Freunde. All die Jahre hatte er sich gezwungen, diese Beziehung zu akzeptieren, und jetzt nahm sie ihm auch noch das.

Zum denkbar schlechtesten Zeitpunkt.

Zum Teufel mit der Freundschaft. Zum Teufel mit der Hoffnung. Mir reicht's.

Aber ruf wenigstens an und sag mir, dass der Scheißkerl dich nicht erwischt hat.

Mark parkte den Wagen vor dem Apartmenthaus in der Peachtree Street. »Wer wohnt hier?«

»Meine Mutter und ihr Verlobter«, erwiderte Eve. »Sie ist die Einzige, die mir eingefallen ist. Ich denke, sie wird Mike aufnehmen.«

Jane blickte an dem dreizehnstöckigen Gebäude hinauf. »Ihre Mutter?«, fragte sie zweifelnd.

»Sie hat es geschafft, mich großzuziehen. Ich denke, wir können ihr Mike anvertrauen.«

»Vielleicht.«

Eve seufzte verzweifelt. Sie würde nicht nur ihre Mutter überreden müssen, noch dazu musste ihre Mutter Janes Einverständnis gewinnen. »Dort ist er in Sicherheit, Jane. Das Gebäude hat eigene Sicherheitsleute und mein Freund Joe hat noch zusätzlichen Schutz für meine Mutter angeordnet. Mike bekommt was zu essen und ist in Sicherheit. Was willst du mehr?«

Jane antwortete nicht, als sie mit Mike im Schlepptau den Haupteingang ansteuerte.

Eve warf Mark einen Blick zu. »Kommen Sie mit?«

»Ich glaube nicht. Es ist nach eins in der Früh. Ich würde lieber unserem Serienkiller begegnen, als Ihre Mutter und ihren Freund aus dem Schlaf zu reißen und ihnen beizubringen, dass sie auf die Schnelle Eltern werden sollen. Ich warte lieber hier.«

»Feigling.«

Er lächelte. »Stimmt.«

Sie eilte den Kindern hinterher. Sie war auch nicht gerade wild auf die Aufgabe, die vor ihr lag. Sie kannte Ron Fitzgerald kaum. Sie hatte ihn nur einmal gesehen, bevor sie nach Tahiti abgereist war. Er hatte einen freundlichen und intelligenten Eindruck gemacht und schien ihre Mutter aufrichtig zu lieben. Aber er schuldete Eve absolut nichts.

Also musste sie zuerst ihn bearbeiten. Obwohl es ihr nicht behagte, ihre Mutter um Hilfe zu bitten, zweifelte sie nicht daran, dass sie auf sie zählen konnte. Doch auf keinen Fall wollte sie eine Beziehung durcheinander bringen, die ihrer Mutter am Herzen lag. Sie würde Sandra bitten, die Kinder mit in die Küche zu nehmen und ihnen etwas zu essen zu machen, während sie Ron die Situation erklärte und um seine Unterstützung warb.

»Nein«, sagte Ron geradeheraus. »Ich möchte nicht, dass Sandra in irgendwas Illegales verwickelt wird. Bringen Sie die Kinder zur Polizei.«

»Das kann ich nicht. Ich habe Ihnen doch erklärt …« Eve unterbrach sich und holte tief Luft. »Ich verlange ja nicht, dass Sie Jane aufnehmen. Das könnte Sie beide in Gefahr bringen. Aber Dom hat kein Interesse an Mike, sonst wäre er schon nicht mehr am Leben. Aber jemand muss sich um ihn kümmern, bis ich dieses ganze Durcheinander hinter mir habe.«

»Er ist von zu Hause weggelaufen. Ihn nicht seinen Eltern zurückzubringen, zieht ernsthafte Konsequenzen nach sich.«

»Mein Gott, Jane sagt, er lebt schon seit Tagen auf der Straße und kein Mensch hat ihn als vermisst gemeldet. Haben Sie den Eindruck, dass seine Eltern sich um ihn kümmern?«

»Es verstößt gegen Recht und Gesetz.«

Und wer sollte das besser wissen als ein Rechtsanwalt. »Ich brauche Hilfe, Ron.«

»Das ist mir klar, aber meine Sorge gilt Sandra. Ich würde Ihnen gern helfen, aber ich kann nicht zulassen, dass sie …«

»Wir machen es.« Ihre Mutter stand im Türrahmen. »Hör auf, den Beschützer zu spielen, Ron.«

Er drehte sich um. »Wie lange stehst du schon da?«

»Lange genug.« Sie kam näher. »Eve wäre nicht zu mir gekommen, wenn es eine andere Möglichkeit gäbe.«

»Lass mich das erledigen, Sandra.«

Sie schüttelte den Kopf. »Dieser kleine Junge ist total verängstigt. Wir werden ihn nicht seinen Eltern ausliefern und ich werde Eve nicht abwimmeln, wenn sie mich braucht. Das habe ich oft genug getan, als sie noch ein Kind war.« Sie zögerte einen Augenblick. »Aber sie ist nicht deine Tochter. Ich werde Mike mit zu mir nach Hause nehmen.«

Er wirkte verärgert. »Den Teufel wirst du tun.«

»O doch.« Sie sprach mit ruhiger, fester Stimme. »Ich bin sehr glücklich mit dir, aber in meinem Leben gibt es noch mehr als nur dich, Ron.«

»Einen Ausreißer zu beherbergen ist gegen das Gesetz und ich möchte nicht, dass du …«

»Habe ich dir eigentlich schon mal erzählt, wie oft Eve von zu Hause weggelaufen ist, als ich noch auf Crack war?« Sie sah Eve an. »Er ist nicht herzlos. Aber er weiß nicht, wie das ist.«

»Ich möchte dir keinen Ärger machen, Mom.«

»Wenn ich mit Ron Ärger bekomme, weil ich ein Kind aus der Kälte hole, dann stimmt was mit unserer Beziehung nicht.« Sie wandte sich wieder an Ron. »Hab ich Recht?«

Er sah sie einen Augenblick lang an, dann rang er sich ein Lächeln ab. »Du bist zäh, Sandra.« Er zuckte die Achseln. »Okay, du hast gewonnen. Wir werden den Nachbarn sagen, dass er der Sohn meines Bruders aus Charlotte ist.«

Eve atmete erleichtert auf. »Danke.«

Sandra schüttelte den Kopf. »Du willst sonst immer

alles allein schaffen und keine Hilfe annehmen. Es ist schön, mal etwas für dich tun zu können.«

Eve sah Ron fragend an.

»Es ist in Ordnung. Es gefällt mir nicht, aber es ist in Ordnung.« Er legte Sandra den Arm um die Hüfte. »Aber Sie halten sich von ihr fern, bis dieser Scheißkerl hinter Gittern ist. Ist das klar? Ich will nicht, dass Sandra in Gefahr gerät.«

»Etwas anderes hatte ich auch nicht vor. Lass dein Handy eingeschaltet, Mom. Ich werde in regelmäßigen Abständen anrufen, um zu hören, ob alles okay ist.« Sie stand auf. »Jetzt hole ich Jane und verschwinde von hier.«

»Ich bin fertig.« Jane stand im Türrahmen. »Mike isst noch einen Pfannkuchen, Mrs Duncan. Wenn Sie nicht aufpassen, kriegt er heute Nacht Bauchschmerzen.«

»Noch einen? Meine Güte, er hat doch schon sechs verputzt.« Sandra eilte in die Küche.

Jane trat ins Wohnzimmer. »Wir sollten jetzt abhauen. Ich habe Mike alles erklärt, aber vielleicht fängt er an, Theater zu machen, wenn er merkt, dass ich gehe.« Sie warf Ron einen Blick zu. »Passen Sie gut auf ihn auf. Vielleicht hat er zuerst Angst vor Ihnen. Sie sind genauso groß wie sein Vater.«

»Ich werd schon aufpassen.«

Sie musterte ihn. »Sie wollen es gar nicht.« Sie wandte sich an Eve. »Vielleicht sollten wir nicht …«

»Ich sagte, ich passe auf ihn auf«, erwiderte Ron gereizt. »Ich muss es ja nicht gern tun. Ich habe es versprochen, also tue ich es auch.«

Jane runzelte immer noch die Stirn.

Höchste Zeit, von hier zu verschwinden. »Komm schon, Jane.« Eve schob sie zur Wohnungstür. »Sie kommen allein klar.«

»Ich weiß nicht …«

Eve zog sie auf den Flur und schloss die Tür. »Er macht das schon. Mom wird sich darum kümmern.«

»Sie kann nicht besonders gut kochen. Die Pfannkuchen waren nicht richtig fest.«

»Kochen ist nicht gerade ihre Stärke, aber sie ist in Ordnung. Sie wird dir gefallen, wenn du sie erst kennen lernst.«

»Sie gefällt mir. Sie ist ein bisschen wie … wie Fay.«

»Und Fay war immer für dich da, stimmt's?«

»Stimmt.« Sie schwieg. »Aber dieser Mann.«

»Er ist ein netter Kerl. Er wird Mike nichts tun.«

»Er gefällt mir nicht.«

Auch Eve hatte ihn bei ihrer ersten Begegnung sympathischer gefunden. Aber niemand war ohne Fehler und sie konnte froh sein, dass er sich so um Sandra kümmerte. »Er macht sich Sorgen um meine Mutter. Glaubst du, ich würde Mike dort lassen, wenn ich ihm nicht vertrauen würde?«

Jane sah sie stirnrunzelnd an, dann schüttelte sie den Kopf. »Ich glaube nicht. Wohin gehen wir?«

»Wir suchen uns ein Motel außerhalb der Stadt, wo wir schlafen können. Ich bin müde, du nicht?«

»Doch.«

Die Erschöpfung stand dem Mädchen ins Gesicht geschrieben. Sie war starr und bleich vor Anspannung und dennoch hatte sie tapfer durchgehalten, bis Mike untergebracht war.

Jane schwieg, bis sie im Aufzug waren. »Warum?«, flüsterte sie. »Warum passiert das alles?«

»Ich werd's dir erzählen, aber nicht jetzt. Vertrau mir.«

»Warum sollte ich?«

Was sollte sie darauf antworten? Wie sollte Jane

nach dem, was sie in den letzten vierundzwanzig Stunden durchgemacht hatte, noch jemandem vertrauen?

»Ich weiß nicht. Ich bin mir nicht sicher, ob ich an deiner Stelle irgendwem vertrauen würde. Aber ich denke, ich bin die beste Wahl für dich.«

»Das muss nicht viel heißen.«

Sie spürte Frustration in sich aufsteigen und wurde wütend. »Nun, das ist alles, was du von mir erwarten kannst. Mehr kann ich dir nicht geben.«

»Sie müssen ja nicht gleich pampig werden.«

»Doch, muss ich. Ich fühle mich pampig. Ich bin stinksauer und ich habe es nicht nötig ...« Sie biss sich auf die Lippe. »Tut mir Leid. Es ist alles ein bisschen viel.«

Jane schwieg, bis sie den Vordereingang des Apartmenthauses erreichten. »Schon in Ordnung. Mir ist es lieber, wenn Sie pampig sind, aber ehrlich. Ich kann diese schleimigen Sozialarbeiter nicht ausstehen, die einen bloß voll labern.«

Als Kind hatte sie die auch nicht leiden können, aber jetzt, wo sie erwachsen war, hatte sie das Gefühl, sie in Schutz nehmen zu müssen. »Sie wollen doch nur ...« Ach, zum Teufel. Sie war zu müde, um zu heucheln. »Ich verspreche dir, dass ich dich nicht voll quatschen werde.« Sie hielt die hintere Wagentür auf. »Steig ein. Wir müssen hier weg.«

Mark warf ihnen über die Schulter einen Blick zu. »Wie ich sehe, haben wir schon eins unserer Waisenkinder verloren.«

»Mom wird sich um ihn kümmern.«

»Und wohin soll's jetzt gehen?«

»Nichts wie weg. Und zwar schnell. Die Polizei wird als Erstes bei meiner Mutter aufkreuzen, wenn sie mich suchen. Wir können von Glück reden, dass wir vor ihnen da waren. Bringen Sie uns aus der Stadt raus, am besten in ein Motel.«

»Haben Sie ein bestimmtes im Sinn?«

Sie schüttelte den Kopf. »Hauptsache, wir sind in Sicherheit.«

»Vor Dom oder vor Joe Quinn?«

Joe.

Mark sah sie im Rückspiegel mit zusammengezogenen Augenbrauen an. »Joe wird Sie sowieso finden, Eve.«

Das wusste sie selbst. Es war nur eine Frage der Zeit und diese Zeit musste sie nutzen. »Mit Joe werde ich mich später auseinander setzen.«

Er pfiff leise durch die Zähne. »Besser Sie als ich.«

Ob es ihr gefiel oder nicht, sie musste Joe auf jeden Fall anrufen. Sie musste ihm von der Blutspur auf dem Karton und von dem Knochen erzählen. Vielleicht hatte Dom irgendeine winzig kleine Spur hinterlassen.

Bisher hatte er keine Fehler begangen.

Aber zeigte er nicht erste Anzeichen von Unachtsamkeit? Nur wenige Stunden nach dem Mord an Fay Sugarton hatte er riskiert, entdeckt zu werden, als er diesen Knochen unweit des Tatorts abgelegt hatte.

Vielleicht war er gar nicht so unverwundbar. Vielleicht hatte er diesmal einen Hinweis auf seine Identität hinterlassen.

Zieh dir eine kugelsichere Weste über, ruf Joe an und erzähl ihm alles.

Mark Grunard fuhr sie zu einem Motel in der Nähe von Elijay, Georgia. Er mietete ein Einzelzimmer für sich und ein Doppelzimmer für Eve und Jane.

»Ganz, wie Sie es bestellt haben.« Er übergab Eve den Schlüssel. »Wir sehen uns morgen früh.«

»Danke, Mark.«

»Wofür? Ich könnte Ihnen jetzt erzählen, dass ich das alles für die Sicherheit des Mädchens tue, aber in Wirklichkeit bin ich nur an der Story interessiert.«

»Trotzdem danke.«

Sie schob Jane ins Zimmer und verschloss die Tür. »Geh ins Bad und wasch dich.« Gott, war es hier kalt. Sie drehte die Heizung auf. »Heute Nacht musst du in deinen Sachen schlafen, morgen besorge ich dir was Neues.«

Jane gähnte. »Okay.«

Sie wählte Joes Handynummer, nachdem Jane im Bett neben ihr eingeschlafen war.

»Joe?«

»Wo zum Teufel steckst du?«

»Es geht mir gut. Und Jane MacGuire ist bei mir, sie ist in Sicherheit.«

»Ich habe schon die ganze Stadt nach dir abgegrast. Und deine Mutter hat kein Wort gesagt.«

»Wird sie von der Polizei belagert?«

»Natürlich. Was hast du denn gedacht?«

»Hilf ihr, Joe.«

»Soweit ich das kann. Sie ist schließlich nicht diejenige, hinter der sie her sind. Wo steckst du?«

Sie beantwortete die Frage nicht. »Ich habe dich angerufen, um dir zu erzählen, dass es in der Gasse in der Nähe der Luther Street möglicherweise brauchbare Beweismittel gibt. Dom hat auf einem Pappkarton eine Botschaft aus Blut und den Finger eines Kindes hinterlassen.«

»Janes Finger?«

»Nein.«

Bonnie.

Nicht an Bonnie denken. »Jane geht es gut. Den Umständen entsprechend. Ich habe keine Ahnung, von wem das Blut stammt.«

»Aber ich weiß es. Von dem Wachmann des Fürsorgeheims, in dem Jane untergebracht war.«

»O Gott.« Es lief ihr eiskalt den Rücken hinunter, als ihr klar wurde, dass Dom womöglich dort gewesen war, um Jane zu verfolgen. »Wie lange ist er schon tot?«

»Wir wissen es noch nicht. Es war kalt heute Nacht. Der Zeitpunkt des Todes ist schwer zu bestimmen, wenn die Leiche niedrigen Temperaturen ausgesetzt war. Er wurde zuletzt um zwanzig Uhr fünfzehn lebend gesehen.«

Also konnte der Tod am frühen Abend eingetreten sein, mehrere Stunden, bevor sie am Tatort aufgetaucht war. Vielleicht war das unheimliche Gefühl, das sie beschlichen hatte, als sie unter Janes Fenster stand, doch keine Einbildung gewesen.

»Das macht eine Entführung und einen Mordverdacht. Kompliment.«

»Mord?«

»Du warst am Tatort. Obwohl ich mir nicht vorstellen kann, dass irgendjemand dich ernsthaft des Mordes verdächtigt.«

»Sehr tröstlich.«

»Aber du bist eine wichtige Zeugin und man wird dich verhören wollen. Und dann ist da noch die Entführung. Die Fahndung nach dir ist schon eingeleitet.«

»Du weißt, warum ich Jane da rausholen musste. Dom hat mir gedroht, wenn ich es nicht täte, würde er es tun.«

»Das dachte ich mir.« Seine Stimme war ausdruckslos. »Es wäre nett gewesen, du hättest mich angerufen und mit mir darüber gesprochen.«

O Gott, er war ja wirklich wütend. »Ich musste es allein tun.«

»Tatsächlich? Soweit ich mich erinnere, stecke ich bis zum Hals mit drin. Warum hast du beschlossen, mich von deiner Liste zu streichen?«

»Du weißt, warum. Ich musste Jane da rausholen, Gesetze hin oder her. Aber du bist Polizist, Joe.«

»Glaubst du, das hätte mich davon abgehalten, dir zu helfen? Ich hätte es für *dich* getan, verdammt noch mal.«

»Ich weiß.« Sie schluckte, um den Kloß in ihrem Hals loszuwerden. »Ich konnte es nicht zulassen.«

»Du konntest nicht zulassen ...« Er musste sich unterbrechen, um seinen Tonfall zu mäßigen. »Wer zum Teufel gibt dir das Recht, für mich irgendwelche Entscheidungen zu treffen?«

»Ich habe es mir genommen.«

»Und mich ausgeschlossen.«

»Ich habe dich ausgeschlossen. Und dabei soll es auch bleiben, Joe.«

»Das könnte dir so passen. Du hast mich schon viel zu oft in den Hintergrund gedrängt. Damit kann ich leben, aber ich will nicht, dass du dich von mir entfernst.«

»Ich wäre keine gute Freundin, wenn ich zulassen würde, dass du ...«

»Scheiß auf die Freundschaft.« Seine Stimme war heiser vor kaum beherrschter Wut. »Ich hab die Schnauze voll davon. Genau wie ich die Schnauze voll hab, am Rand rumzustehen, während du mich behandelst wie einen alten Köter, dem man ab und zu mal den Kopf tätschelt.«

Sie war schockiert. »Joe.«

»Das ist oft genug vorgekommen, Eve.«

»Blödsinn.«

»Von wegen Blödsinn. Du merkst es nicht einmal. Du verdrängst alles, und was du nicht verdrängst, legst du dir so zurecht, dass es dir in den Kram passt. Du schaltest dein Telefon aus und verschließt die Augen vor dem, was du nicht sehen willst.«

»Ich habe es nie für selbstverständlich genommen, dass du da bist«, sagte sie mit zitternder Stimme, »und ich habe dich nie anders als einen sehr lieben Freund behandelt.«

»Und warum hast du mich dann nicht eingeweiht? Warum sagst du mir nicht, wo du bist?« Er holte tief Luft und legte seine ganze Überzeugungskraft in seine Stimme. »Also, letzter Versuch. Lass mich zu dir kommen. Danach werde ich mich zurückziehen. Du kannst den Kopf in den Sand stecken und ...«

»Es geht nicht. Du kannst mir nicht helfen. Diesmal nicht.«

Er schwieg eine Weile, doch sie spürte seine heftigen Gefühle. »Es ist deine Entscheidung. Weißt du was, ich bin fast erleichtert. Aber ich werde dich finden. Ich werde dafür sorgen, dass du mich nicht mehr ausschließt, und ich will verdammt sein, wenn ich zulasse, dass dieser Scheißkerl dich tötet.«

»Ich will nicht, dass du mich suchst. Wenn du mich anrufst, lege ich auf. Kapiert?«

»Ich werde dich finden.« Er legte auf.

Sie zitterte, als sie ihr Handy abschaltete. Joe war wie ein starker Fels in ihrem Leben und sie hatte das Gefühl, als sei dieser Fels soeben unter ihren Füßen explodiert. Sie hatte ihn auch zuvor schon wütend erlebt, aber diesmal war es anders gewesen. Er hatte sie angegriffen. Er hatte schreckliche, falsche Dinge gesagt. Sie hatte seine Freundschaft nie für selbstverständlich genommen. Sie konnte sich nicht vorstellen, wie ihr Leben ohne Joe aussehen würde. Warum konnte er nicht verstehen, dass sie nur das Beste für ihn wollte?

Sie musste den Schmerz ersticken. Schlafen. Und vergessen.

Sie schaltete die Nachttischlampe aus.

Ich werde dich finden.

Seine Worte hatten wie eine Drohung geklungen. Der Joe, mit dem sie heute Abend gesprochen hatte, war der harte Polizist, der Ex-SEAL-Mann. Gnadenlos, zielstrebig, tödlich.

Unsinn. Joe würde sie niemals bedrohen. Joe war ihr näher als ein Bruder, fürsorglicher als ein Vater.

Du behandelst mich wie einen alten Köter, dem man ab und zu mal den Kopf tätschelt.

Nicht an Joe denken. Sie konnte nicht noch mehr Durcheinander in ihrem Leben gebrauchen.

Du verdrängst alles.

Ja, verdammt, sie würde Joe fürs Erste verdrängen und sie hatte absolut keine Lust auf Schuldgefühle.

Sie schloss die Augen und ignorierte den stechenden Schmerz hinter den Lidern. Sie musste jetzt schlafen. Morgen würde sie einen Weg finden, Jane vor Dom in Sicherheit zu bringen. Das war sehr viel dringlicher als Joes verletzte Gefühle und sein Mangel an Verständnis. Dieses Problem konnte sie später lösen. Im Augenblick ging es allein um Jane.

Ich habe die Schnauze voll, am Rand rumzustehen.

O Gott, das bedeutete doch nicht, dass Joe weniger wichtig war.

Nicht an ihn denken. Die Botschaft hinter seinen Worten war so beunruhigend wie ein Vulkan kurz vor dem Ausbruch. Sie hatte es immer gewusst, aber sie hatte vorgezogen, es nicht zu sehen. Und gerade jetzt konnte sie sich nicht erlauben, die Augen zu öffnen.

Sie drehte sich auf die Seite und versuchte einzuschlafen.

Ich werde dich finden.

Das Klingeln des Telefons riss sie aus dem Schlaf.

Joe? Sie würde nicht rangehen. Sie wollte sich auf keine weitere Auseinandersetzung mit ihm einlassen.

Es klingelte wieder.

Verdammt, sie musste rangehen, sonst lief sie Gefahr, dass Jane aufwachte.

Sie flüsterte in den Hörer: »Hallo?«

»Sind Sie in der kleinen Gasse an der Luther Street gewesen?«

Dom.

»Ja.«

»Dann haben Sie also unsere kleine Jane. Ich dachte mir schon, dass sie darauf bestehen würde, ihrem kleinen Freund zu helfen. Sie scheint ihn ja sehr gern zu haben. Sowas hätten Sie als Kind auch getan, stimmt's? Habe ich schon erwähnt, wie ähnlich Sie sich sind?«

»Sie haben den Wachmann ermordet.«

»Ich wollte Ihnen nur ein wenig behilflich sein. Er wäre Ihnen in die Quere gekommen. Wie haben Sie sie da rausgeholt? Über das Fallrohr? Ich hatte es in Erwägung gezogen, aber …«

»Warum rufen Sie an?«

»Ich mag Ihre Stimme. Wissen Sie eigentlich, wie viel Anspannung und Gefühl darin zum Ausdruck kommt? Ich spüre jede Nuance. Sehr erregend.«

»Ich lege jetzt auf.«

»Dann komme ich doch besser gleich zu meinem Anliegen, Ihnen die Richtung zu weisen, die Sie einschlagen sollen. Es ist zu gefährlich für uns beide, in Atlanta zu bleiben. Man könnte Sie wegen Entführung einsperren und das würde alles verderben. Sie könnten keine Beziehung zu Jane aufbauen und ich müsste ihr die Kehle durchschneiden. Und natürlich würden Sie dafür sorgen, dass sie massiv geschützt wird, und das macht es mir nur unnötig schwer, sie zu töten.«

Ihre Hand umklammerte das Telefon. »Wenn ich eingesperrt werde, haben Sie doch keinen Grund mehr, Jane zu töten. Ihr kleines Szenario wäre verdorben.«

»Aber ich habe Ihnen mein Wort gegeben«, sagte er sanft. »Ich stehe zu meinem Wort. Also müssen Sie sich vorsehen, nicht gefasst zu werden, richtig? Deshalb möchte ich, dass Sie Atlanta verlassen.«

»Haben Sie Angst, ich könnte Sie aufspüren, wenn ich bliebe?«

»Im Gegenteil, es gefällt mir, Ihnen Hoffnung zu machen. Die Vorstellung, dass Sie nach mir suchen, finde ich wunderbar stimulierend. Ich habe schon lange nicht mehr solche Erregung verspürt. Ich war so sehr damit beschäftigt, die Morde perfekt und ohne Spuren durchzuführen, dass mir gar nicht bewusst geworden ist, dass ich einen gewissen Grad an Interaktion benötige.«

»Die werden Sie nicht bekommen, wenn ich mich irgendwo verstecke.«

»Ich möchte nicht, dass Sie sich verstecken. Ich möchte Sie lediglich außerhalb von Atlanta haben. Ich denke, es ist an der Zeit, dass Sie eine Reise nach Phoenix unternehmen.«

»Wie bitte?«

»Mir hat Phoenix schon immer sehr gut gefallen.«

»Ich weiß. Dort haben Sie schließlich gemordet.«

»Ach, das wissen Sie?«

»Das FBI kann Ihnen bereits zwei Morde nachweisen, die Sie dort vor Jahren begangen haben. So clever, wie Sie glauben, sind Sie nun auch wieder nicht. Wir werden Sie kriegen, Dom.«

»Aber nicht wegen dieser Morde. Man wird keinerlei Beweismittel finden. Ich war sehr vorsichtig, und wo ich es nicht war, hat die Natur nachgeholfen. Erst in jüngster Zeit war ich so gelangweilt, dass sich möglicherweise Fehler eingeschlichen haben. Eine kleine Chance, mich zu ergreifen, könnte sich Ihnen bieten, wenn Sie ein frisches Opfer finden.«

»Worauf wollen Sie hinaus?«

»Ich fände es passend, wenn Sie die Frau finden, die uns zusammengebracht hat. Sie war nicht sonderlich interessant, aber dieser Mord hat mir klar gemacht, dass es so nicht weitergehen konnte, und mich letztendlich zu Ihnen geführt. Sie hat mir das Licht gezeigt und dann habe ich ihr das Licht gezeigt.«

»In Phoenix?«

»Ah, Sie klingen ja schon recht wissbegierig.«

»Wie heißt sie?«

»Daran erinnere ich mich nicht. Es spielte keine Rolle.«

»Und wann war das?«

»Vor fünf oder sechs Monaten. Ich weiß es nicht mehr genau. Es gab ein früheres Opfer, das mir einen Hinweis auf mein Problem gab, aber diese hat mir den Weg erleuchtet. Wir sind darauf angewiesen, dass man uns den Weg erleuchtet, nicht wahr? Finden Sie sie, Eve, dann finden Sie vielleicht auch mich.«

»Sagen Sie mir, wo sie ist.«

»Sie wissen doch, dass ich es Ihnen nicht so leicht machen werde. Sie müssen schon was dafür tun.« Er schwieg einen Augenblick. »Sie hatte eine wunderschöne Stimme, soweit ich das beurteilen kann. Sopran.«

»Sie war Sängerin?«

»Fahren Sie nach Phoenix. Nehmen Sie Jane mit. Klammern Sie sich an sie, sorgen Sie für sie ... bemuttern Sie sie. Haben Sie den Knochen gefunden?«

»Sie Schwein.«

Er lachte. »Sie bekommen vielleicht schon bald die restlichen Teile und ich werde wieder von vorn anfangen müssen. Hat Jane nicht eine interessante Knochenstruktur?«

Nicht die Nerven verlieren. Er wollte sie mit seinem Gerede zermürben, um von ihren Emotionen zu zehren. »Machen Sie mit den Knochen, was Sie wollen. Von Bonnie sind sie nicht.«

»Gar nicht schlecht. Man könnte fast meinen, Sie glauben das wirklich. Fahren Sie nach Phoenix, Eve.«

»Sie Dreckskerl, warum sollte ich tun, was Sie von mir verlangen?«

»Phoenix. Das ist mein letztes Wort zu diesem Thema.« Er legte auf.

Das letzte Wort. Wie viele letzte Worte mochte der Hundesohn in den letzten Jahren gehört haben, wie viele Schreie, wie viele Bitten um Gnade.

Ob die Frau in Phoenix um ihr Leben gefleht hatte?

»Das war er, stimmt's?«, fragte Jane aus der Dunkelheit.

Mist.

»War das der Mann, der Fay getötet hat? Warum hat er angerufen?«

»Das ist eine lange Geschichte, Jane.«

»Sie haben gesagt, dass er mich töten will. Warum? Ich hab ihm doch nichts getan. Und Fay auch nicht.«

»Ich habe dir doch erklärt, dass er verrückt ist.«

»Aber warum will er mich töten?« Janes Tonfall war trotzig. »Erzählen Sie es mir, Eve.«

Eve zögerte. Wie viel konnte sie erklären, ohne das arme Mädchen zu Tode zu erschrecken?

»Erzählen Sie es mir.«

Okay, es war nicht länger an der Zeit, nett und beschwichtigend zu sein. Jane musste über die Bedrohung Bescheid wissen und auch, von wem sie ausging. Hätte Bonnie mehr über die Ungeheuer gewusst, die draußen lauerten, wäre sie vielleicht noch am Leben.

»Also gut.« Sie schaltete das Licht ein. »Ich erzähl's dir, Jane.«

»Er hat nicht mit dem Finger geschrieben«, erklärte Spiro Joe, der neben dem Wagen am Eingang der Gasse wartete. »Wäre ja auch zu schön gewesen. Wir haben hinter dem Karton einen Stock gefunden, ein Ende blutbeschmiert. Wahrscheinlich werden wir in dem Blut auf dem Karton Holzpartikel finden. Außerdem untersuchen wir den Stock auf Fasern, da er sicherlich Handschuhe getragen hat. Was zum Teufel hatte er überhaupt hier zu suchen?«

»Keine Ahnung.« Joe hielt den Blick auf die vier Beamten gerichtet, die immer noch um den Karton herumwuselten. »Eve hat sich mir nicht anvertraut. Sie hat mir lediglich von dem Karton und dem Knochen berichtet.«

»Der Schrecken muss ihr ja tief in den Knochen sitzen.«

»Zweifellos.« Joe stieg wieder in den Wagen. »Wann können die Untersuchungsergebnisse vorliegen?«

»In ein paar Tagen.«

»Ich wette, das Blut stammt von dem Wachmann.«

Er ließ den Wagen an. »Geben Sie mir so bald wie möglich Bescheid.«

»Wo steckt sie, Joe?«

»Keine Ahnung.«

»Entführung ist ein schweres Delikt.«

»Ich weiß.« Er hob den Blick. »Und Sie wissen, warum sie es getan hat.«

»Das ist nicht mein Problem, das ist Sache des Gerichts. Meine Aufgabe ist es, sie zu finden.«

»Ihre Aufgabe ist es, Dom zu finden. Sie sollten wissen, wo Ihre Prioritäten liegen.«

Spiro deutete ein Lächeln an. »Ich kenne meine Prioritäten. Ich will Eve, weil sie mich am ehesten zu Dom führen kann.« Er sah Joe mit zusammengekniffenen Augen an. »Wo ist sie, Joe?«

»Ich sagte doch bereits, dass ich es nicht weiß.«

Er hob erstaunt die Augenbrauen. »O Gott, Sie scheinen es wirklich nicht zu wissen.«

»Aber ich werde es herausfinden.« Er wandte den Blick von Spiro ab und bemerkte in förmlichem Tonfall: »Ich würde es begrüßen, wenn Sie mir jede noch so winzige Information zukommen ließen.«

»Mensch, das muss Sie hart getroffen haben. Sie sind ja völlig verzweifelt.«

»Ich muss sie finden.«

»Ich habe mich schon gewundert, dass Sie nicht versucht haben, Ihre Polizeikollegen davon abzubringen, sie zur Fahndung auszuschreiben. Sie wollen, dass sie gefunden wird, selbst wenn sie dann ins Gefängnis wandert.«

»Sie haben auch nicht versucht, die Fahndung zu stoppen. Sie wollen auch nicht, dass sie sich irgendwo versteckt hält, wo Sie keinen Kontakt zu ihr aufnehmen können.« Spiro gab keine Antwort.

»Werden Sie mich informieren, wenn es was Neues gibt?«

»Vielleicht.« Spiro zuckte die Achseln. »Meinetwegen. Auch wenn ich nicht die geringste Hoffnung habe, dass Sie zu Gegenleistungen bereit sein werden.«

Joe startete den Wagen. »Da wäre ich mir nicht so sicher. Wo Eve ist, ist auch Dom. Kann sein, dass ich Ihre Hilfe brauche.«

Spiro stand immer noch da, als Joe losfuhr. Im kalten Licht der Scheinwerfer wirkte er verbitterter und erschöpfter denn je. Würde er Joe wirklich Bescheid geben, sobald er eine Spur hatte, die zu Eve führte? Joe war sich da keineswegs sicher. Also vertraute er lieber nicht darauf, dass Spiro ihm alles erzählte.

Also gut, mehr konnte er hier nicht tun.

Jetzt war es an der Zeit, die Gefühle zurückzustellen und den Verstand einzuschalten.

Die Jagd konnte beginnen.

»Das ist doch Quatsch«, sagte Jane. »Ich hab genauso wenig mit Ihnen zu tun wie Fay.«

»Ich weiß.«

»Mich nervt das. Und Sie nerven mich auch.«

Eve zuckte zusammen. Sie hätte mit dieser Reaktion rechnen müssen. »Das kann ich gut verstehen. Aber es ist nun mal eine Tatsache, dass Dom es auf dich abgesehen hat. Du musst mir helfen, dich zu beschützen.«

»Ich muss gar nichts.«

»Also gut, du musst gar nichts. Du kannst weglaufen und vielleicht findet Dom dich nicht. Du kannst dich von der Fürsorge aufgreifen und von der Polizei beschützen lassen.« Sie ließ einen Augenblick verstreichen. »Aber du hast mir gesagt, dass du der Polizei nicht vertraust.«

Jane starrte sie an.

»Oder du kannst mit mir kommen und mithelfen, dich in Sicherheit zu bringen.«

»Ich will nirgendwo hingehen.« Sie schwieg einen Moment. »Sie fahren nach Phoenix, stimmt's? Sie machen, was er will.«

»Ich habe keine Wahl, oder? Er muss gefasst werden, Jane.«

»Ja.« Sie lag steif wie ein Brett im Bett. »Er hat Fay getötet. Sie hat ihm nie was getan, trotzdem hat er sie umgebracht. Ich hasse ihn. Ich hasse dieses Schwein.«

»Ich auch. Da haben wir ja schon was gemeinsam.«

»Denkt er wirklich, dass ich Ihre Tochter bin? Der muss total übergeschnappt sein.«

»Nein, aber er will, dass ich dich als meine Tochter betrachte.«

»War Bonnie mir sehr ähnlich?«

Eve schüttelte den Kopf. »Nein, sie war jünger, sanfter, verträumter. Du bist mehr so, wie ich in deinem Alter war.«

»Ich bin kein bisschen wie Sie.«

»Denk, was du willst.«

»Tu ich auch.«

»Aber ich glaube, du bist in Sicherheit, solange du bei mir bist. Er möchte, dass wir zusammen sind. Wirst du mit mir kommen, Jane?«

Sie drehte Eve den Rücken zu.

Sie durfte sie nicht drängen. Sie musste ihr Zeit lassen, darüber nachzudenken. Jane war ein intelligentes Mädchen.

Eve schaltete das Licht aus. »Überleg's dir bis morgen.«

Keine Antwort.

Was würde sie tun, wenn Jane sich weigerte, sie zu

begleiten? Diese Möglichkeit machte ihr eine Höllenangst.

Denk darüber nach, wenn es so weit ist.

Du steckst den Kopf in den Sand.

Und nicht an Joe und seine unfairen Worte denken. Sie brannten ihr in der Seele.

Joe ...

»Was soll das heißen? Sanfter?«

»Wie bitte?«

»Ihre Tochter.«

»Ich habe sie sehr geliebt. Für sie sollte alles süß und sonnig sein. Erst vor kurzem habe ich gedacht, wenn ich ihr gezeigt hätte ... Ach, egal.«

»Sie meinen, Sie haben einen Fehler gemacht. So wie ich, weil ich Fay nicht alles erzählt habe.«

»Ja, das habe ich wohl gemeint.«

Erneutes Schweigen. »Ich kann mir nicht vorstellen, dass Sie oft Fehler machen.«

»Einmal reicht.«

»Das stimmt.«

O Gott. Sie sagte genau das Falsche. Jane hatte schon genug Schuldgefühle. »Der Tod von Fay hat nichts mit dir zu tun, Jane. Wenn jemand außer Dom verantwortlich zu machen ist, dann ich. Lass mich dafür sorgen, dass dir nicht auch noch was passiert.«

Minuten vergingen.

Sie sollte einfach schlafen. Jane würde nicht antworten.

»Ich komme mit Ihnen«, sagte Jane.

Eve stieß einen tiefen Seufzer der Erleichterung aus. »Gut.«

»Aber nicht, weil ich Sie mag. Ich empfinde überhaupt nichts für Sie. Mir ist egal, wenn er Sie tötet. Aber ich hasse *ihn*. Ich hasse ihn für das, was er Fay angetan hat. Ich hasse ihn dafür, was er mir antun will. Ich wünschte, jemand würde ihm die Kehle aufschlitzen.«

»Ich verstehe.«

Ja, sie verstand den Hass und die Hilflosigkeit, die Jane empfand, als wären es ihre eigenen Gefühle.

Als wäre Jane ihr eigenes Kind.

Sie wehrte sich auf der Stelle gegen diese Vorstellung. Das war genau, was Dom wollte, die wachsende Verbundenheit und Empathie, und sie würde ihm das nicht gönnen. Sie musste Distanz zu Jane halten. So schwierig konnte das nicht sein, Jane war abweisend und wollte nichts mit Eve zu tun haben.

Zu Mike war sie überhaupt nicht abweisend gewesen. Als sie ihn angelächelt hatte, hatte Eve an Bonnie denken müssen. Das gleiche strahlende und liebenswerte Lächeln ...

Verrückt.

Bonnie und Jane waren sich nicht im Mindesten ähnlich.

Gott sei Dank.

Also nicht mehr an die beiden denken. Stattdessen musste sie sich überlegen, wie sie in Phoenix Janes Sicherheit gewährleisten konnte.

Und es war an der Zeit, Dom das Heft aus der Hand zu nehmen.

Es war an der Zeit, ihn zu jagen.

Ihr Telefon klingelte erneut.

Wer zum Teufel ...?

»Phoenix?«, fragte Mark nachdenklich. »Das ist weit weg von Atlanta. Dort ist es wahrscheinlich leichter, das Kind zu verstecken.«

Sie standen vor McDonald's und schauten hinein zu Jane, die drinnen saß und frühstückte.

»Blödsinn«, sagte Eve. »Entfernungen spielen heutzutage doch keine Rolle mehr. Dafür habt ihr Medienleute doch gesorgt.«

»Technischer Fortschritt hat auch ein bisschen was damit zu tun.« Mark nahm einen Schluck Kaffee. »Es ist nicht ungefährlich, nach Phoenix zu gehen.«

»Hier bleiben ist gefährlicher.«

»Wie wollen Sie das Kind schützen?«

»Ich hab da schon eine Idee.«

»Aber Sie wollen mich nicht einweihen.«

Sie schüttelte den Kopf.

»Und Sie wollen auch nicht, dass ich Sie nach Phoenix begleite.«

Sie schüttelte wieder den Kopf. »Bisher weiß niemand, dass Sie an der Entführung beteiligt waren. Sie haben mir schon genug geholfen.«

»Nicht ohne Grund. Ich will die Story. Das sind Sie mir schuldig.«

»Ich rufe Sie an, wenn ich nah an der Lösung bin.«

»Und ich soll Ihnen vertrauen?«

»Ich werd Sie nicht hängen lassen.«

Er musterte sie. »Ich glaube Ihnen.« Er zuckte die Achseln. »Okay, ich gehe wieder an meine Arbeit. Vielleicht stoße ich auf irgendwas, das Ihnen weiterhelfen kann. Sie lassen mich wissen, wo Sie sind?«

»Ich halte Sie auf dem Laufenden.«

»Wie wollen Sie nach Phoenix kommen?«

»Ich hatte gehofft, Sie würden mir Ihren Wagen leihen. Ich fahre nach Birmingham und lasse ihn am Flughafen stehen.«

»Und wie wollen Sie ins Flugzeug kommen, ohne erkannt zu werden? Heute braucht man doch schon einen Ausweis, um aufs Klo zu gehen.«

»Das kriege ich schon hin.«

»Ich könnte Sie nach Phoenix fahren.«

»Sie haben doch schon genug getan.«

»Ich dachte einfach, ich versuch's mal.« Er betrachtete Jane. »Und sie wird Ihnen keinen Ärger machen?«

»Das habe ich nicht gesagt. Sie misstraut jedem, auch mir. Sie hat nicht mehr als zwei Sätze gesagt, seit wir heute Morgen aufgestanden sind. Aber zumindest kann man mit ihr vernünftig reden.« Sie streckte die Hand aus. »Danke für alles, Mark.«

Er schüttelte ihr die Hand und gab ihr seine Autoschlüssel. »Vergessen Sie nicht, Sie stehen in meiner Schuld. Ich lasse Sie jetzt vom Haken, aber ich will diese Story.«

»Die werden Sie bekommen.« Sie ging auf den Tisch zu, an dem Jane saß.

»Eve.« Sie blickte über die Schulter zurück.

Mark sah sie durchdringend an. »Sie sind verdammt zuversichtlich heute Morgen.«

Sie verzog das Gesicht. »Das täuscht.«

»Sie sind in besserer Verfassung als gestern Abend.«

»Morgens sieht alles strahlender aus.«

»Nicht unbedingt. Ich habe das Gefühl, Sie haben einen Trumpf in der Hinterhand, den Sie mir verschweigen.«

Sie winkte. »Auf Wiedersehen, Mark. Wir hören voneinander.«

Er irrte sich. Sie war nicht im Geringsten zuversichtlich; sie war verängstigt und verwirrt. Was Mark für Zuversicht hielt, war lediglich ein schwacher Hoffnungsschimmer.

Aber sie würde sich daran festhalten.

Er wartete auf dem Parkplatz am Flughafen von Birmingham.

»Du bist verrückt.« Logan zog Eve eng an sich und küsste sie leidenschaftlich. »Und Joe ist ein krimineller Idiot, wenn er zulässt, dass du in solch einen Schlamassel gerätst.«

»Joe hat damit nichts zu tun.« Sie trat einen Schritt zurück und sah ihn an. Es tat gut, ihn zu sehen: liebevoll, stark und vertraut. »Er weiß überhaupt nichts davon.«

»Du willst diesen Mistkerl doch nur in Schutz nehmen.«

»Lass uns nicht über Joe reden.« Sie bedeutete Jane auszusteigen. »Hast du die Papiere?«

Er reichte ihr eine lederne Mappe. »Bargeld, gefälschte Geburtsurkunden, zwei Kreditkarten und ein Führerschein.«

»Ist der ein Verbrecher?«, fragte Jane.

Logan musterte sie. »Kommt drauf an, wen du fragst.«

»Auf der Straße werden gefälschte Papiere an jeden verkauft, der sie haben will.«

»Ich verkaufe sie nicht, ich kaufe sie. Und du solltest froh sein, dass ich diese hier in so knapper Zeit besorgen konnte.«

»Jane, das ist John Logan. Er ist kein Verbrecher, er ist ein angesehener Geschäftsmann.«

»Und er ist der, der uns helfen will?«

»Ohne diese Papiere können wir keinen Flug buchen.«

»Ich habe euch ein Haus besorgt, in einem Außenbezirk von Phoenix. Zwei meiner besten Sicherheitskräfte werden dort sein, um euch im Auge zu behalten.« Er nahm Eves Arm. »Also, gehen wir.«

»Wir verabschieden uns hier.« Sie blieb stehen. »Ich möchte nicht mit dir gesehen werden, Logan.«

»Wir verabschieden uns erst in Phoenix. Ich habe veranlasst, dass ein Privatjet auf uns wartet. So gehst du kein Risiko ein, erkannt zu werden.«

»Nein.« Sie rührte sich nicht von der Stelle. »Als du heute Nacht angerufen hast, war ich einverstanden, dass du mir hilfst, aber ich will nicht, dass du mehr tust.«

»Zu spät.« Er lächelte. »Ich liebe die Gefahr. Sieh mich nur an.«

»Ich will dich nicht ansehen. Ich will nicht, dass noch jemand in dieses Chaos hineingezogen wird.«

Sein Lächeln verschwand. »Hör mir gut zu. Ich werde mich nicht zu Hause aufs Sofa setzen, wenn du Probleme hast. Du hättest mich längst anrufen sollen, stattdessen muss ich mich aus zweiter Hand von einem Geschäftspartner in Atlanta informieren lassen.«

»Geschäftspartner? Hast du mich beobachten lassen, Logan?«

»Ich behalte lediglich die Situation im Auge.« Er presste die Lippen zusammen. »Ich wollte wissen, was Joe anstellt, um dich hier zu behalten.«

»Joe ist mein Freund und er hat ...«

»Okay.« Er hob abwehrend die Hände. »Ich bin bloß froh, dass du dich an mich wendest statt an ihn. Nur schade, dass ich ihn nicht treffen werde. Ich würde es ihm zu gern unter die Nase reiben.«

»Er hat mehr zu verlieren als du. Er ist Polizist und du ...«

»Nur irgend so ein kulturloser Geschäftsmann.« Logan schob sie zum Ausgang. »Der Geld genug hat, seine Spuren zu verwischen. Also lass dir helfen, verdammt noch mal.« Er warf Jane, die mit ihnen Schritt hielt, einen Blick zu. »Habe ich Recht, Kleine?«

Sie musterte ihn. »Ja. Lassen Sie ihn machen, Eve.«

Er wirkte ein wenig überrascht. »Ziemlich cool, die Kleine.«

»Ich will dich nicht ausnutzen«, erwiderte Eve.

»Warum nicht?«, fragte Jane. »Er will es doch. Vielleicht brauchen wir ihn ja.«

»Ein Kind mit klarem Verstand.« Er neigte den Kopf. »Willst du nicht an meinem Ausbildungsprogramm für Führungskräfte teilnehmen? Ich habe eine Menge Mitarbeiter, die …«

»Wollen Sie mir Honig ums Maul schmieren?« Jane warf ihm einen angewiderten Blick zu. »Er will ausgenutzt werden, Eve.«

»Das Kind scheint keine sehr hohe Meinung von mir zu haben«, murmelte er. »Ich will ausgenutzt werden, Eve.«

»Also gut, bring uns nach Phoenix«, sagte Eve. »Und danach hältst du dich von uns fern, Logan.«

»Darüber reden wir in Phoenix.«

Kapitel 10

Bei Anbruch der Dunkelheit bog Logan in die Auffahrt zu dem kleinen, mit roten Dachziegeln gedeckten Haus in der Nähe von Scottsdale. Durch den dichten Baumbestand und das im spanischen Stil verzierte Tor konnte Eve nur einen flüchtigen Blick auf das Haus erhaschen.

Logan stieg aus dem Wagen und tippte einen Zahlencode in ein Bedienfeld neben dem Tor, woraufhin dieses sich öffnete. »In einer Schublade im Flur befinden sich zwei Fernbedienungen«, erklärte er Eve. »Du solltest sie immer mitnehmen, dann brauchst du nicht erst auszusteigen. In dem Häuschen nördlich des Hauses sind die beiden Wachleute untergebracht. Herb Brooker und Juan Lopez. Sie drehen regelmäßig ihre Runden, aber sie werden dich nicht belästigen, es sei denn, du betätigst einen der Alarmknöpfe.«

»Und wo sind die?«

»In der Küche, im Bad, im Schlafzimmer und im Wohnzimmer neben den Telefonen. Allesamt schnell zu erreichen.«

»Du scheinst das Haus ja gut zu kennen.«

»Ich wohne hier, wenn ich geschäftlich in der Gegend bin. Ein wenig Sicherheit kann nie schaden.«

»Sind Sie sicher, dass er kein Gauner ist?«, fragte Jane Eve.

»Wie liebenswürdig«, bemerkte Logan amüsiert.

»Ich bin mir sicher.« Eve stieg aus. »Er ist eher wie ein Politiker. Die brauchen auch immer jemanden um sich, der sie beschützt.«

»Das hat gesessen.« Logan schloss die Haustür auf. »In Anbetracht der Meinung, die du von Politikern hast, wäre es mir lieber, du hieltest mich für einen Gauner. Wie kann ich dich nur davon überzeugen, dass es durchaus ehrliche und rechtschaffene Politiker gibt?«

»Wir waren uns schon immer einig, dass wir uns nie einig sind.« Sie schob Jane vor sich her ins Haus und wandte sich zu Logan um. »Vielen Dank. Und jetzt geh.«

»Es gibt zwei Gästezimmer.«

»Geh.«

»Ich such schon mal die Küche und mach mir ein Sandwich.« Jane ging den Flur hinunter.

»Na siehst du, sie konnte es nicht mit ansehen, wie du mich rauswirfst. Ich glaube, sie mag mich. Intelligentes Mädchen.«

»Das sieht dir ähnlich, ihre Gleichgültigkeit in Zuneigung umzumünzen.« Sie verschränkte die Arme vor der Brust. »Geh.«

»Sie ist mir gegenüber nicht gleichgültig. Wir würden gut miteinander auskommen, wenn wir uns nur erst kennen lernen. Sie erinnert mich ein wenig an dich, als wir uns das erste Mal begegnet sind.«

»Sie ist *kein bisschen* wie ich.«

Er pfiff leise durch die Zähne. »Offensichtlich habe ich genau das Falsche gesagt.«

»Geh jetzt, Logan. Bitte.«

Er lächelte und streichelte ihr mit dem Finger über die Wange. »Bin schon weg. Ich fühle mich sehr geschmeichelt von deiner Fürsorglichkeit.«

Joe hatte sich nicht geschmeichelt gefühlt. Joe hatte wütend und vollkommen unvernünftig reagiert, der verfluchte Kerl.

»Kann ich noch etwas für dich tun?«

»Ich nehme an, hier gibt es einen Computer und einen Internetzugang.«

»Also hör mal, ich stelle Computer her. Im Büro gibt es außerdem eine hervorragende Bibliothek.«

»Dann habe ich alles, was ich brauche.«

»In den beiden Schlafzimmern findest du Kleidung für euch beide. Ich bin nicht sicher, ob die Kleider für Jane ihr passen. Sie ist ziemlich klein für eine Zehnjährige.«

»Aber sie hat eine große Ausstrahlung.«

»Das ist mir nicht entgangen.« Er beugte sich vor und küsste sie. »Dann mache ich mich jetzt auf die Socken. Wenn du mich brauchst, ich bin im Camelback Inn.«

»Verdammt, Logan, ich meinte, du sollst nach Monterey zurückkehren.«

»Das ist mir klar.« Er ging die Stufen hinab. »Ich lasse dir diesen Mietwagen hier. Ich werde einen der Wachleute bitten, mich zum Hotel zu fahren.«

»Hör zu, Logan. Ich habe deine Hilfe schon stärker in Anspruch genommen, als ich sollte. Ich würde mir schreckliche Vorwürfe machen, wenn du in Schwierigkeiten gerätst.«

»Gut. Das macht dich zu Wachs in den Händen eines cleveren Mannes. Außerdem zeigt es mir, dass ich dir etwas bedeute.«

»Daran hat es ja wohl nie Zweifel gegeben und das

weißt du ganz genau. Nach allem, was wir zusammen durchgestanden haben, müsste ich ein Roboter sein, wenn du mir nicht wichtig wärst.«

Er lächelte sie über die Schulter an. »Das ist es, worauf ich zähle.«

»Logan.«

Er schüttelte den Kopf. »Nein, Eve. Du kannst mich davon abhalten, mit dir im selben Haus zu wohnen, aber du wirst mich nicht daran hindern, in deiner Nähe zu bleiben.« Er zwinkerte ihr zu. »Außerdem kann ich es kaum erwarten, dass Joe herausfindet, dass ich derjenige bin, der dir hilft.«

Bevor sie antworten konnte, war er hinter dem Haus verschwunden.

Wahrscheinlich hätte sie es gar nicht dazu kommen lassen dürfen, dass er ihr half. Zurückhaltung war nicht seine Stärke.

Nein, das stimmte so auch wieder nicht. Er hielt sich stets sehr sorgfältig an die Bedingungen, die sie an ihre Beziehung geknüpft hatte. Er hatte Sie nie gedrängt und war ihr nie zu nahe gekommen. In Anbetracht seines dominanten Charakters musste ihm das ziemlich schwer fallen und dafür schätzte sie ihn umso mehr.

Zumindest hatte sie diesmal einen Teilerfolg errungen und bei Logan war das schon eine beachtliche Leistung. Sie würde sich später den Kopf zerbrechen, wie sie ihn dazu bringen konnte, von hier zu verschwinden. Im Moment hatte sie Wichtigeres zu erledigen. Aber zuvor wollte sie ihre Mutter anrufen und sich vergewissern, dass alles in Ordnung war.

Sie ging zum Telefon im Flur und wählte die Handynummer ihrer Mutter. Sandra meldete sich nach dem dritten Klingeln.

»Alles in Ordnung?«, fragte Eve.

»Ja und nein. Dein Mörder hat sich noch nicht blicken lassen, dafür war Ron kurz davor, Mike zu erwürgen. Der Kleine scheint noch nie eine Badewanne gesehen zu haben. Er war drauf und dran, wieder auf die Straße abzuhauen.«

»Mist.«

»Keine Sorge. Sie haben sich geeinigt. Ron liebt solche Herausforderungen. Er hat ihn bestochen. Er hat ihn damit gelockt, ihm jedes Mal was von McDonald's mitzubringen, wenn er badet.« Ihre Mutter lachte in sich hinein. »Er ist darauf eingegangen. Eigentlich müsste ich jetzt beleidigt sein.«

»Alle Kinder stehen auf McDonald's.«

»Nur keine falsche Rücksicht. Wir wissen beide, dass ich eine erbärmliche Köchin bin. Wie geht's dir?«

»Bestens. Ich werde versuchen, dich jeden zweiten Abend anzurufen. Wenn es ein Problem gibt oder auch nur den Verdacht eines Problems, ruf sofort an, ja?«

»Mach ich.« Sandra zögerte einen Augenblick. »Joe hat keine Ahnung, wo du steckst oder was du treibst.«

»Ich hielt es für besser so.«

»Er steht unter Hochspannung, Eve. So habe ich ihn noch nie erlebt.«

»Erzähl ihm nichts.«

»Er ist unser Freund. Ich würde mich wohler fühlen, wenn er bei dir wäre. Lass mich ihm ...«

»Nein, Mom.«

»Okay.« Sie seufzte. »Aber er macht mir die Hölle heiß.«

»Du bist zäh. Du wirst es überstehen.«

»Er ist zäher. Aber er mag mich, also wird er mir wohl nicht den Kopf abreißen. Kannst du mir nicht erzählen, wo du steckst?«

»In Phoenix.«

»Und das darf ich Joe nicht sagen?«

»Bitte nicht.«

»Du machst einen Fehler.«

»Ich muss Schluss machen, Mom. Pass auf dich auf.«

»Pass *du* auf dich auf.«

Eve legte auf. Joe tat, was er am besten konnte: jagen. Was wohl sein nächster Zug sein würde …

»Wollen Sie ein Sandwich?« Jane stand hinter ihr. »Mit Truthahn. Ich hab zwei gemacht.«

»Danke.« Sie hatte zwar keinen Hunger, aber es war das Erste, was Jane gesagt hatte, seit sie sich einverstanden erklärt hatte, mit nach Phoenix zu kommen. »Ich nehme eins.« Eve folgte ihr den Flur entlang in die Küche. »Was das Essen betrifft, werden wir uns wohl selbst versorgen müssen. Ich fürchte, ich bin keine besonders gute Köchin.«

»Sie sind bestimmt besser als Ihre Mutter.« Jane sprang auf einen Hocker am Frühstückstresen.

»Da wäre ich mir nicht so sicher. Ich habe nicht viel Übung.«

Eine Weile aßen sie in schweigsamer Geselligkeit.

»Ich kann helfen«, bot Jane plötzlich an. »In der einen Pflegefamilie habe ich meistens gekocht.«

»War das bei den Carbonis? Mrs Eisley hat erzählt, du hättest es dort schwer gehabt.«

»Es war okay.« Jane aß ihr Sandwich auf. »Soll ich spülen helfen?«

»Ist ja nicht viel. Ich schaff's schon allein.« Sie hatte eine Idee. »Logan sagte, hier gäbe es eine gute Bibliothek. Ich weiß nicht, ob du dort für dich was findest, aber …«

»Bücher?« Ihr Gesichtsausdruck erhellte sich. »Hier gibt es Bücher?«

»Hat Logan gesagt.«

Jane versuchte, sich ihre Freude nicht anmerken zu lassen. »Ich kann's mir ja mal ansehen. Wahrscheinlich gibt's hier sowieso nichts anderes zu tun.« Sie kletterte vom Hocker, trug ihren Teller zum Spülbecken und ließ Wasser darüber laufen. »Logan mag Sie. Schlafen Sie mit ihm?«

Eve blinzelte irritiert. Herrgott, das Kind war gerade mal zehn. Zehn, aber kein Kind mehr, erinnerte Eve sich selbst. Sie hatte in ihrem kurzen Leben wahrscheinlich mehr mitgemacht als andere Frauen mit dreißig. »Das geht dich nichts an.«

Jane zuckte die Achseln. »Er tut eine ganze Menge für uns. Da habe ich mich gefragt, ob Sie ihn dafür bezahlen müssen.«

Sex als Bezahlung. Ein selbstverständlicher Bestandteil des Lebens auf der Straße. Der tagtägliche Kontakt zu Prostituierten hatte zu Eves Kindheit gehört und natürlich war es für Jane nicht anders gewesen. »Nein, Logan ist mein Freund. Freunde wollen keine Bezahlung. Er ist ein guter Kerl.« Und mit einem Lächeln fügte sie hinzu: »Und er ist kein Gauner.«

»Hab ich auch nicht wirklich geglaubt. Ich wollte nur wissen, wie ich ihm auf die Eier gehen kann.«

»Jane.«

»Er hat sich nicht geärgert. Er ist ziemlich abgebrüht. Wo ist die Bibliothek?«

»Keine Ahnung.«

Sie ging zur Tür. »Ich finde sie schon.«

»Wenn du nichts dagegen hast, nimm deine Bücher bitte mit in ein anderes Zimmer. Ich muss am Computer arbeiten.«

»Warum?«

»Ich will nachsehen, ob ich Zugang zu früheren Ausgaben der örtlichen Tageszeitung bekomme.«

»Aha, um diese ermordete Frau zu finden?«

Sie nickte. »Ich habe nicht sehr viele Anhaltspunkte. Dom ist vorsichtig, er hat mir nicht allzu viele Informationen gegeben. Ich weiß nur, dass der Mord vor fünf oder sechs Monaten geschehen ist, dass sie Sängerin war und dass ihre Leiche nicht gefunden wurde. Also muss ich nach jemandem suchen, der vermisst wird, nicht nach einem Mord.«

»Ich werd Sie in Ruhe lassen.« Jane verschwand im Flur.

Zumindest musste sie sich keine Gedanken machen, wie sie das Mädchen bei Laune halten konnte. Offensichtlich war Jane eine begeisterte Leserin und wild entschlossen, die Bibliothek aufzusuchen. Eve hingegen wollte erst einmal duschen, frische Jeans und ein neues T-Shirt anziehen und dann endlich den Computer anwerfen.

»Möchten Sie Kaffee?« Jane stellte eine Kanne und eine Tasse auf den Schreibtisch neben Eve. »Er ist ziemlich stark. Ich weiß nicht, wie man ihn anders macht.«

»Ganz prima.« Eve lehnte sich im Stuhl zurück und rieb sich die Augen. »Das hättest du aber nicht machen müssen.«

»Wenn ich gemusst hätte, hätte ich's auch nicht gemacht.« Jane lümmelte sich in einen Ledersessel. »Sie haben nichts gefunden, oder?«

Eve schüttelte den Kopf. »Ich habe in den letzten sieben Monaten nachgeforscht. Vielleicht hat er mich belogen.« Sie goss sich Kaffee ein. »Es ist schon nach Mitternacht. Du solltest längst im Bett liegen.«

»Warum?«

»Bist du nicht müde?«

Jane reckte das Kinn vor. »Und Sie?«

Sie war zu müde, um sich zu streiten, und zog eine Grimasse. »Ich schon. Warum machst du nicht hier weiter und ich gehe ins Bett?«

»Ich kann's versuchen. Aber in der Schule arbeiten wir mit Macs. Was für einer ist das?«

»Ein Logan.« Heutzutage waren die Kinder so viel weiter als Eve in dem Alter.

»Logan?«

»John Logan baut Computer.«

»Wie Bill Gates?«

»So ähnlich. Aber er ist ganz anders als Bill Gates. Hast du was zu lesen gefunden?«

Sie nickte. »Ein Buch über Forscher, die versuchen, Troja zu finden. Ganz schön cool.« Sie schwieg einen Augenblick. »Und ein Buch über Gesichtsrekonstruktionen. Sie haben doch gesagt, dass Sie damit Ihren Lebensunterhalt verdienen. Gehört es Ihnen?«

»Nein, Logan hatte mir einen Auftrag gegeben und er weiß gern, wovon er redet.«

»Die Fotos sind gruselig.«

Eve nickte.

»Können Sie so was wirklich?«

»Ja. Kann ich wirklich.«

»Warum?«

»Das ist meine Arbeit. Und manchmal kann ich Eltern helfen, besser darüber wegzukommen, wenn sie jemanden verloren haben.«

»Die sollten lieber weiterleben und nicht drüber nachdenken.«

»So wie du?«`

»Klar. Warum nicht?« Jane sah sie trotzig an. »Ich habe nicht mehr an Fay gedacht, seit sie umgebracht wurde. Sie ist tot. Warum drüber nachdenken?«

Eve betrachtete sie skeptisch.

»Das ist wahr. Ich hab an das Schwein gedacht, das es getan hat, aber nicht an sie.« Sie erhob sich. »Ich gehe ins Bett.« Sie stapfte aus dem Zimmer.

So von Schmerzen gezeichnet. Wie sollte man ein derart beschädigtes Kind dazu bringen, die Mauern, die es um sich herum errichtet hatte, abzutragen? Eve durfte auf keinen Fall versuchen, diese Barriere von sich aus einzureißen. Es wäre das Schlimmste, was sie tun könnte.

Sie musste sich darauf konzentrieren, die vermisste Frau zu finden. Vorausgesetzt, Dom hatte diese Frau tatsächlich getötet. Vielleicht hatte er gelogen, um sie aus Atlanta fortzulocken.

Aber warum Phoenix?

Er hatte gesagt, ihm gefalle die Stadt. Vielleicht hatte es mit der Atmosphäre hier zu tun, die ihn anstachelte …

Zerbrich dir nicht den Kopf und geh an die Arbeit. In der Zeitung hatte sie für den Zeitraum, den Dom genannt hatte, nichts gefunden. Vielleicht sollte sie noch weiter zurück gehen. Vielleicht aber auch nicht. Sieh dir die neueren Ausgaben an …

30. Januar. Es war nicht einmal einen Monat her.

Debby Jordan war Anfang dreißig gewesen, verheiratet, Mutter von zwei Söhnen. Sie war auf dem Weg zur Chorprobe verschwunden.

Sie hatte eine wunderschöne Stimme. Sopran.

Eve überflog den ersten Bericht über ihr Verschwinden und mehrere Folgeberichte.

Debby Jordans Mann hatte ihren Wagen auf dem Parkplatz der Kirche gefunden, nachdem sie nicht nach Hause gekommen war.

Die Ermittlungen waren erfolglos gewesen.

Die Kirche hatte eine Belohnung in Höhe von zweitausend Dollar für Hinweise ausgesetzt.

Die Chormitglieder waren befragt worden und hatten ihre Liebenswürdigkeit und die Schönheit ihrer Stimme beschrieben. »Ein Sopran, lieblich wie die Stimme eines Engels.«

Einige herzzerreißende Fotos von ihrem Mann und den zwei kleinen Jungen …

Debby Jordan.

Eve lehnte sich auf ihrem Stuhl zurück und schloss die Augen. Wie Dom es genossen haben musste, ihr Lügen zu erzählen und falsche Hinweise zu streuen. Du hast es mir schwer genug gemacht, aber ich habe sie gefunden, Dom.

Aber sie war zu erschüttert, als dass sie sich an ihrem Erfolg hätte erfreuen können. Eine Frau, die alles hatte, wofür es sich zu leben lohnte, war ermordet worden. Eve konnte ihren Tod nicht rückgängig machen. Aber sie konnte den Mann finden, der sie getötet hatte. Der erste Schritt bestand darin, Debby Jordans Leiche aufzuspüren.

Okay. Da Dom genau das wollte, hatte er ihr sicher noch weitere Hinweise gegeben. Sie musste nachdenken. Sich jedes Wort in Erinnerung rufen, das er über Debby Jordan gesagt hatte.

Sie hat mir das Licht gezeigt und dann habe ich ihr das Licht gezeigt.

Sie hat mir den Weg erleuchtet. Wir sind darauf angewiesen, dass man uns den Weg erleuchtet, nicht wahr?

Sie richtete sich langsam auf.

Vielleicht … wenn Dom sie nicht zum Narren hielt.

Die Indianer nannten die Wasserfälle den »Ort des fallenden Mondlichts«.

Die Talladega-Fälle.

Was hatte Charlie über die beiden Opfer in Phoenix gesagt?

Vor drei Monaten wurden in San Luz zwei Skelette gefunden.

Sie sprang auf und trat an die Bücherregale. Ein Wörterbuch. Sie konnte nur beten, dass Logan ein spanisch-englisches Wörterbuch besaß. Sie fand eins und blätterte hastig.

San – heilig.

Ihre Hände zitterten, als sie weiterblätterte.

Luz – Licht.

Das war's!

Licht. Sie holte tief Luft.

Ich hab's, du Scheißkerl. Ich hab's gefunden. Jetzt lass mir nur noch ein bisschen Zeit und ich werde auch Debby Jordan finden.

Sie beugte sich vor und rief eine Internet-Suchmaschine auf. Dann tippte sie ein Wort ein.

Leiche.

»Wo fahren wir eigentlich hin?«, fragte Jane, während sie aus dem Auto das mit Kakteen bewachsene Gelände betrachtete. »Wir sind mitten in der Wüste.«

»Wir sind bald da.«

»Und wo?«

»Ich hab dir doch erzählt, dass ich Hilfe brauche, um Debby Jordan zu finden. Hier draußen gibt es jemanden, der mir vielleicht helfen kann.«

Jane warf einen Blick nach hinten. »Wir werden verfolgt.«

»Ich weiß. Einer von Logans Wachleuten.«

»Aha. Ich find die Gegend total hässlich. Flach und trocken. Zu Hause gefällt es mir besser.«

»Mir auch. Aber es wird immer grüner, je näher wir den Bergen kommen.«

»Ein bisschen.«

Wo blieb bloß die Abzweigung? Die Wegbeschreibung im Internet war präzise gewesen, aber bisher hatte sie lediglich ... Da war es!

Ein hölzernes Hinweisschild mit einem Pfeil und einem aufgemalten Namen.

PATRICK.

Sie bog nach links in einen Feldweg ein. Bis zur Ranch war es noch eine Meile.

»Patrick?«

»So heißt die Frau, die uns helfen wird. Sarah Patrick. Sie verdient ihren Lebensunterhalt mit dem Abrichten von Hunden.«

Jane strahlte. »Hunde?«

Zum ersten Mal, seit sie ihren Freund Mike zurückgelassen hatte, lächelte sie.

»Es sind Arbeitshunde, Jane. Keine Haustiere.«

»Was für eine Arbeit?«

»Sie werden abgerichtet, um zu gehorchen. Bei meiner Suche habe ich einige Geschichten über sie in der örtlichen Presse gefunden. Sie ist Mitglied eines freiwilligen Such- und Rettungstrupps, der in Tucson stationiert ist, und manchmal arbeitet sie mit dem Drogendezernat zusammen.

Außerdem war sie mit ihrem Hund nach dem Bombenattentat in Oklahoma City, nach dem Hurrikan Mitch in Tegucigalpa und letztes Jahr nach dem Erdbeben im Iran.«

»Und was hat sie da gemacht?«

»Sie haben versucht, Überlebende zu bergen, die unter den Trümmern verschüttet waren.« Sie schwieg eine Weile. »Und danach haben sie die Leichen von Verschütteten aufgespürt. Offensichtlich hat der Hund von Miss Patrick eine gute Nase.«

»Kann er Leichen riechen?«

»Dafür werden solche Spürhunde abgerichtet. Sie sind sehr intelligent. Die Kriminalpolizei in Atlanta setzt gelegentlich Hunde ein, die speziell auf das Aufspüren von Leichen abgerichtet sind.«

»Und das soll er auch für uns machen? Die Frau suchen, die Dom getötet hat?«

Eve nickte. »Guck mal, da ist die Ranch.«

Soweit man es eine Ranch nennen konnte. Eine Blockhütte, mehrere weitläufige Koppeln und ein riesiger Pferch mit Gerätschaften, der an einen Spielplatz für Kinder erinnerte. Ein alter Jeep, dessen grüne Farbe verblichen und stellenweise abgeplatzt war, stand neben der Hütte.

»Kein Hund weit und breit«, bemerkte Jane enttäuscht. »Alle Koppeln sind leer. Sie scheint keine gute Abrichterin zu sein, wenn niemand sie anheuert.«

Eve parkte vor der Hütte. »Nicht so voreilig. Vielleicht ist im Moment einfach nicht viel los. In jedem Geschäft gibt es ...«

Die Tür wurde geöffnet und eine Frau in Shorts und kariertem Hemd trat aus der Hütte. »Haben Sie sich verfahren?«

»Sind Sie Sarah Patrick?«

Die Frau nickte. »Lassen Sie mich raten, Sie kommen von der Lotterie. Wo sind die Blumen und mein sechsstelliger Scheck?«

Eve blinzelte.

»Wohl doch nicht.« Sarah Patrick seufzte. »Zu schade. Das Geld hätte mich wahrscheinlich verdorben, aber die Blumen hätte ich gebrauchen können. Hier draußen wächst einfach nichts. Der Boden ist zu sandig.« Lächelnd trat sie näher und betrachtete Jane durch die Autoscheibe. »Aber Kinder sind mir genauso lieb wie Blumen. Ich heiße Sarah, und du?«

»Jane.«

»Es ist heiß heute. Komm rein und du kriegst eine Limonade, Jane.« Sie wandte sich an Eve. »Ich nehme an, Sie wollen auch reinkommen. Es sei denn, Sie sind von der Finanzbehörde, dann hetze ich meinen Hund auf Sie.«

Eve musste lächeln. »Ich bin Eve Duncan. Kein Grund zur Sorge, ich bin nur gekommen, um Ihnen einen Job anzubieten.«

»Vor dem Finanzamt ist man niemals sicher. Ich verdiene gerade genug, um mich und Monty durchzubringen, aber ich bin selbständig, deshalb nehmen sie meine Steuererklärung immer genau unter die Lupe. Und sie wollen einfach nicht akzeptieren, dass ich Monty als Angestellten deklariere.«

Eve folgte Sarah Patrick ins Haus. »Monty?«

»Das ist Monty.« Sie nickte Richtung Kamin. Ein Golden Retriever lag ausgestreckt auf dem Fußboden, hob den Kopf, gähnte und wedelte mit dem Schwanz.

»Faules Viech.« Sarah trat an den Kühlschrank. »Wir sind gerade zusammen fünf Meilen gelaufen, aber *ich* stehe nicht kurz vorm Kollaps.«

»Sie haben ja auch nicht so viele Haare«, sagte Jane entrüstet und kniete sich neben den Hund. »Ihm ist ganz heiß.«

Monty blickte sie mit traurigen Augen an und leckte ihr die Hand.

Eve stellte überrascht fest, dass Jane nur so dahinschmolz. Sie wandte sich an Sarah. »Er ist wunderschön, aber ich kann mir vorstellen, dass das Finanzamt Zicken macht.«

Sarah lächelte. »Ich wollte nur mal ausprobieren, wie lange ich damit durchkomme. Alles lief prächtig, bis sie eine Buchprüfung gemacht haben.« Sie füllte zwei Gläser mit Limonade. »Ich glaube, Jane möchte im Moment nicht gestört werden. Nehmen Sie Platz.« Sie trat an die Spüle und lehnte sich dagegen. »Ich halte lieber ein wenig Abstand zu Ihrer Nase. Ich bin noch nicht dazu gekommen, zu duschen.«

Auf ihrem braun gebrannten Gesicht und ihren Beinen glänzte der Schweiß. Sarah Patrick war ungefähr Ende zwanzig, mittelgroß, hatte kurzes braunes Haar und einen drahtigen, schlanken Körper. Sie war keine schöne Frau, aber ihre großen, leuchtenden Augen und der wohlgeformte Mund wirkten sehr ansprechend, vor allem jedoch die kraftvolle Energie, die sie ausstrahlte.

»Ihre Tochter?« Sarahs Blick ruhte auf Jane. »Sie ist sehr liebevoll. Eine gute Eigenschaft.«

Jane wirkte tatsächlich liebevoll, stellte Eve fest. Wer hätte geahnt, dass Jane einem Retriever erliegen würde? »Nein, sie ist nicht meine Tochter.«

»Ich mag Kinder.«

»Haben Sie keine eigenen?«

Sie schüttelte den Kopf. »Ich habe nicht einmal einen Mann.« Sie zwinkerte. »Gott sei Dank. Ich habe auch so genug Probleme.«

»Sie leben allein hier?« Eve runzelte die Stirn. »Sie sollten nicht unbedingt publik machen, wo Sie wohnen.«

»Ich bin zwar hin und wieder einsam, aber ich kann ganz gut auf mich aufpassen.« Sie schaute den Retriever an. »Und ich habe einen großartigen Wachhund. Sieht man das nicht?«

Der Wachhund hatte sich mittlerweile auf den Rücken in die unterwürfigste Position gerollt und umklammerte Janes Hand mit den Vorderpfoten. Er gab ein jaulendes Geräusch von sich und streckte den Hals, um an Janes Handgelenk zu knabbern.

»Aber sicher«, erwiderte Eve mit leisem Zweifel.

Sarah musste lachen. »Ich sehe schon, Sie haben kein großes Vertrauen in mein Trainingsprogramm. Monty ist allerdings kein besonders gutes Beispiel. Er hat einige psychische Macken. Er weiß nicht immer genau, wer von uns beiden der Hund ist.«

»Er ist hinreißend.«

Sarahs Gesicht bekam einen verträumten Ausdruck. »Das können Sie laut sagen.« Sie setzte ihr Glas ab. »Wer hat mich Ihnen empfohlen?«

»Ich habe Sie im Internet gefunden.«

»Stimmt, ich hatte ganz vergessen, dass ich Werbung ins Netz gestellt hatte. Das ist schon Jahre her und nie hat jemand darauf reagiert. Vermutlich ist die Fahrt hier heraus ziemlich abschreckend.« Sie musterte Eve. »Warum haben Sie sich nicht abschrecken lassen?«

»Ich brauche Sie.«

»Es muss doch einen Hundeabrichter in Ihrer Nähe geben.«

»Ich brauche einen Hund, der Leichen aufspüren kann.«

Sarah erstarrte. »Das hätte ich mir denken können. Sind Sie vom Drogendezernat? Hat Madden Sie geschickt?«

»Weder Drogendezernat noch Finanzbehörde. Ich kenne keinen Madden.«

»Seien Sie froh. Das ist schon mal ein Pluspunkt für Sie.« Sie schüttelte den Kopf. »Ich bin nicht interessiert. Arbeiten Sie bei der Kripo? Ich kann Ihnen die Namen einiger Abrichter geben, die für die Polizei arbeiten.«

»Ich will Sie. Die Zeitungen sagen, dass Sie auf Ihrem Gebiet die Beste sind.«

»Ich bin nicht die Beste. Monty ist der Beste.«

»Nun, ich glaube nicht, dass er sich auf Verhandlungen mit mir einlässt.«

»Ich auch nicht.«

»Bitte. Es wird nur wenige Tage in Anspruch nehmen.«

Sarah schüttelte den Kopf.

»Ich habe nicht den Eindruck, dass Sie übermäßig beschäftigt sind. Ich zahle mehr als das übliche Honorar.«

»Ich habe nein gesagt.«

»Warum?«

»Ich habe keine Lust, Leichen zu suchen.«

»Aber Sie tun es doch sonst auch.«

Sie wandte sich ab. »Ja, das stimmt.«

»Dann tun Sie es auch für mich.«

»Ich denke, Sie sollten jetzt gehen.«

Eve erhob sich. »Lassen Sie es sich bitte noch einmal durch den Kopf gehen. Ich brauche Sie.«

»Aber ich brauche diesen Job nicht.« Sie wandte sich zu Jane und dem Hund um. »Komm, Monty. Es wird Zeit, dass du aufhörst, dich zum Idioten zu machen.« Sie schnippte mit den Fingern.

Montys Reaktion war erstaunlich. Er rollte sich herum, sprang auf die Füße und war blitzschnell neben Sarah. Sein ganzes Verhalten war verändert. Er war wachsam, energiegeladen und blickte Sarah völlig konzentriert an.

»Er gehorcht aufs Wort«, bemerkte Eve. »Ich glaube nicht, dass es irgendeinen Zweifel gibt, wer hier der Hund und wer der Boss ist.«

»Ich bin nicht sein Boss. Wir sind Partner. Monty gehorcht, weil er genau weiß, dass es Situationen gibt, in denen wir beide umkommen können, wenn er mir nicht vertraut.« Sie ging zur Tür, Monty folgte ihr auf dem Fuß. »Bitte gehen Sie. Es gibt nichts mehr zu bereden.«

»Tut mir Leid, dass Sie es so sehen. Komm, Jane.«

Jane sah Sarah stirnrunzelnd an. »Sie sollten ihn nicht rennen lassen, wenn es so heiß ist. Das ist nicht gut für ihn.«

»Es ist gut für ihn. Wir laufen zweimal am Tag fünf Meilen, ob es regnet oder die Sonne scheint. Wir müssen in Form bleiben und jedem Wetter trotzen. Das ist wichtig.«

»Er ist müde.« Jane streckte die Hand aus, um ihn zu tätscheln. »Sie sollten nicht …« Monty wich ihrer Berührung aus. »Warum macht er das? Ich dachte, er mag mich.«

»Er mag dich, aber er ist jetzt bei der Arbeit.«

»Komm, Jane, lass uns gehen.« Eve ging zum Wagen.

Jane folgte ihr widerstrebend und schaute über die Schulter nach Monty und Sarah Patrick. »So gefällt er mir aber gar nicht. Vorher war er anders.«

Beide waren anders gewesen bis zu dem Augenblick, als Eve von der Leichensuche gesprochen hatte. Die Frau und der Hund, die dort im Türrahmen standen, waren nicht die Gleichen, die sie in die Hütte gebeten hatten. Kein Anzeichen von Humor oder Wärme war auf Sarahs Gesicht zu sehen. Sie wirkte hart und kalt und Monty erinnerte Eve an den Gefährten einer bösen Hexe, unnahbar und nur Sarah ergeben.

»Es ist sehr wichtig«, rief Eve zu Sarah hinüber. »Denken Sie darüber nach.«

Sarah schüttelte den Kopf.

»Darf ich Sie anrufen und nachfragen, ob Sie Ihre Meinung geändert haben?«

»Ich werde meine Meinung nicht ändern.«

Eve ließ den Motor an.

»Warten Sie.« Sarah blickte in Janes enttäuschtes Gesicht, dann sah sie den Hund an. »Sag auf Wiedersehen, Monty.« Sie schnippte mit den Fingern.

Völlige Verwandlung. Monty sprang aus der Tür heraus, stemmte die Vorderpfoten an die Beifahrertür und versuchte, durch das offene Fenster an Jane heranzukommen.

Jane öffnete die Tür und schon saß Monty ihr auf dem Schoß, winselte und kuschelte sich an sie. Sie begrub ihr Gesicht an seinem Hals und schlang die Arme fest um ihn.

»Genug«, schaltete Sarah sich ein.

Monty schleckte Jane noch einmal durchs Gesicht und sprang aus dem Wagen. Er setzte sich hin und sein langer Schwanz klopfte einen Trommelwirbel auf den Boden.

»Danke«, sagte Eve.

Sarah zuckte die Achseln. »Was soll ich sagen? Ich habe eine Schwäche für Kinder und Hunde.«

»Dann hören Sie sich doch an, was ich zu sagen habe. Sie könnten helfen …«

Sarah verschwand in der Hütte und schloss die Tür hinter sich.

Eve biss verzweifelt die Zähne zusammen. Stures Weibsbild.

»Sie hat Monty draußen gelassen«, sagte Jane. »Und wenn er wegläuft und sich verirrt?«

»Er wird sich nicht verirren.« Sie fuhr los und warf im Rückspiegel einen Blick auf Monty. Er war nicht mehr der Gefährte einer bösen Hexe, sondern wieder

der hinreißende Hund, der Janes Eis zum Schmelzen gebracht hatte. Er drehte sich um, trottete zur Tür und tapste mit einer Pfote dagegen. Es wurde sofort geöffnet, um ihn einzulassen. »Sie kümmert sich sehr gut um ihn.«

»Aber sie lässt ihn rennen.« Jane machte ein verdrießliches Gesicht. »Ich glaube, sie gefällt mir nicht.«

»Mir gefällt sie. Manchmal verursacht es mehr Schlechtes als Gutes, wenn man zu nachsichtig ist.«

»Aber er ist ein Hund. Er versteht es doch nicht.«

Wirklich nicht? Eve musste an das merkwürdige Gefühl denken, das sie beschlichen hatte, als Sarah Monty in die Augen geschaut und ihm erlaubt hatte, auf Wiedersehen zu sagen. Es war, als könnten sie ihre Gedanken lesen.

Gefährte einer bösen Hexe ...

Verrückt. Der Golden Retriever hatte nichts Unheimliches an sich. Selbst in Arbeitshaltung war er eher unnahbar als Furcht erregend gewesen.

»Sie gefällt Ihnen, auch wenn sie nicht das tut, was Sie wollen?«, fragte Jane erstaunt.

»Vielleicht ändert sie ja noch ihre Meinung.«

Jane betrachtete sie skeptisch.

Auch Eve war skeptisch. »Ich werde sie später anrufen.«

In der Zwischenzeit würde sie im Internet nach einer anderen Möglichkeit suchen. Sie hatte das Gefühl, dass es nahezu unmöglich war, Sarah Patrick von ihrem Nein abzubringen. Das Telefon klingelte, als Eve das Haus betrat.

»Macht sie mit?«, fragte Logan, sobald sie den Hörer abgenommen hatte.

»Du hast mich verfolgen lassen.«

»Du wolltest Schutz für das Mädchen.«

»Verstehe ich das recht, sie haben dich angerufen, um dir mitzuteilen, wo wir waren?«

»Sarah Patrick. Leichenhund. Gar nicht dumm.«

»Sie hat mich abgewiesen.«

»Hast du ihr genug Geld geboten?«

»So weit sind wir gar nicht gekommen. Sobald ich sagte, dass ich Monty als Leichenhund brauche, fiel bei ihr die Klappe. Sie unterstellte mir, Mitarbeiterin der Drogenbehörde und von einem Mann namens Madden geschickt worden zu sein, den sie offensichtlich nicht ausstehen kann.«

»Möchtest du, dass ich dir helfe?«

»Nein, ich möchte, dass du dich raushältst. Wenn ich Sarah nicht gewinnen kann, werde ich jemand anderen finden, der mir hilft.«

»Aber du willst Sarah Patrick.«

»Natürlich. Sie ist die Beste in ihrem Fach und sie ist Einzelkämpferin. Ich denke nicht, dass sie mich bei der Polizei verpfeifen würde.« Und trocken fügte sie hinzu: »Und sie liegt mit dem Finanzamt im Clinch, was auch dir beweisen müsste, dass sie die Richtige ist.«

»Eindeutig.«

»Aber wenn ich sie nicht haben kann, werde ich jemand finden, der fast so gut ist.«

»Ich könnte versuchen ...«

»Nein. Halt dich raus, Logan.« Sie legte auf.

»Werden wir Monty nicht mehr wiedersehen?«, fragte Jane. Herrgott, sie klang fast wehmütig. »Hast du schon mal einen Hund gehabt?«

Jane schüttelte den Kopf.

Eve hatte Mitleid mit ihr. Sie hatte sich Knall auf Fall in Monty verliebt. Aber wer würde das nicht tun? Er war einfach hinreißend. »Morgen versuche ich es noch mal.«

»Wenn Sie wollen. Er ist ja so was von niedlich, aber letztlich ist es mir egal.« Jane ging den Flur hinunter. »Ich lese jetzt weiter in meinem Buch.«

Natürlich war es ihr egal. Sie baute wieder ihre Mauern um sich herum auf. Die völlig natürliche Reaktion eines Kindes, das in seinem kurzen Leben schon zu oft enttäuscht worden war. Eve durfte sich die Chance, Jane Wärme und Zuneigung zu schenken, nicht so einfach entgehen lassen.

Sie würde sich bemühen, Sarah Patrick und Monty zu gewinnen. Und wenn sie damit keinen Erfolg hatte, würde sie einen anderen Abrichter finden, der einen ebenso klugen und anziehenden Hund besaß wie Monty.

Nichts leichter als das.

Verdammt.

Sie langte nach dem Telefon und rief die Auskunft an, um die Nummer des Camelback Inn zu erfragen.

Kapitel 11

Die Nächte in der Wüste waren kühl, der Wind blies Sarah beim Laufen scharf ins Gesicht. Monty rannte neben ihr her, trieb sie an. Sie fühlte, wie das Blut durch ihre Adern pulsierte und ihre Wadenmuskeln sich bei jedem Schritt spannten.

Monty wurde langsam ungeduldig. Sie konnte es spüren. Er würde nie ohne Erlaubnis loslaufen, aber er wollte sich austoben.

Auf halbem Weg die Anhöhe hinauf wurde sie langsamer. Monty sah sich nach ihr um.

Sie lachte in sich hinein. »Lauf nur. Lass mich miserabel aussehen. Nur zu.«

Monty flog.

Sein goldenes Fell schimmerte im Mondlicht, als er die Steigung hinaufrannte. Wunderschön ... Auch wenn Hunde wissenschaftlich betrachtet von Wölfen abstammten, brachte sie Monty nie mit wilden Tieren in Zusammenhang – außer in Augenblicken wie diesem.

Auf der Anhöhe wartete er auf sie.

Sie konnte seine Genugtuung förmlich riechen.

Weichei.

»Ich habe schließlich nur zwei Beine, nicht vier.« Sie

blieb stehen, um wieder zu Atem zu kommen. »Außerdem glaube ich, dass in dir auch noch eine Bergziege steckt.«

Faule Ausreden.

Monty sprang auf sie zu und lehnte sich an sie.

Stille. Wind. Nacht.

Sie schloss die Augen, um all dies in sich aufzunehmen. Wie gut das tat.

Monty winselte.

Sie öffnete die Augen und sah zu ihm hinab. »Was ist los?«

Er starrte hinunter zur Hütte, die einige Meilen entfernt lag.

»Monty?«

Sie trat näher an den Abhang und in diesem Moment sah sie es auch. Scheinwerfer. Ein Auto näherte sich der Hütte.

Sie erstarrte. Eve Duncan? Sie hatte angenommen, dass sie sich gestern mehr als deutlich ausgedrückt hatte. Aber Eve hatte einen sehr entschlossenen Eindruck gemacht, vielleicht war sie zurückgekommen, um einen erneuten Versuch zu starten.

Sie war versucht, einfach hier zu warten, bis die Frau die Lust verlor und wieder nach Hause fuhr.

Monty hatte etwas anderes im Sinn.

Er war schon auf dem Weg nach unten.

»Habe ich gesagt, dass wir losgehen?«

Kind.

Monty liebte Kinder und er erinnerte sich an die kleine Jane.

Okay. Sie würde Eve Duncan gegenübertreten, kurz angebunden sein und sie wieder in die Wüste schicken.

Sarah folgte Monty im Laufschritt den Hügel hinunter. »Warte auf mich.«

Kind ...

Es war nicht Eve Duncans Wagen.

Madden?

Sie blieb abrupt stehen, ihr Herz raste. »Monty.«

Monty blieb ebenfalls stehen, er spürte den Anflug von Panik in ihrer Stimme und spannte sich an. Er drehte sich nach ihr um. *Angst?*

Und was für eine Angst sie hatte.

Kein Kind.

»Ich glaube nicht.«

Was sollte sie tun? Weglaufen? Madden gegenübertreten?

Selbst wenn sie mit Monty tagelang von der Hütte wegbliebe, würde Madden noch immer auf sie warten, wenn sie zurückkam. Aus Erfahrung wusste sie, dass er erbarmungslos war.

Also gut, stell dich ihm. Zur Not konnte sie später immer noch verschwinden.

Mit ausholenden Schritten ging sie weiter, Monty trottete besorgt neben ihr her.

Hilfe?

»Nein, ist schon in Ordnung.«

Monty winselte.

»Ich sagte, es ist in Ordnung, verdammt.«

»Miss Patrick?« Ein Mann wartete an der Haustür. »Könnte ich einen Moment mit Ihnen sprechen? Mein Name ist John Logan.«

Es war nicht Madden.

Monty begann, mit dem Schwanz zu wedeln, als er ihre Erleichterung spürte.

»Optimist«, murmelte sie. »Was ist, wenn der Typ Gerichtsvollzieher ist?«

»Miss Patrick?«

Mit energischen Schritten ging sie auf ihn zu. »Es ist

schon nach neun und Monty und ich stehen gewöhnlich früh auf. Rufen Sie mich morgen früh an.«

»Ich bin den weiten Weg hierher gefahren, weil ich dringend mit Ihnen sprechen muss.« Er lächelte. »Ich versichere Ihnen, ich bin ein ehrenwerter Mann.«

Seine Kleidung und seine Schuhe waren tadellos, aber auch Drogenhändler konnten sich teure Klamotten kaufen. »Ich mag es nicht, wenn Leute am späten Abend hier einfallen.«

»Eve sagte bereits, dass Sie eine schwierige Person sind.«

Das hätte sie sich denken können. »Eve Duncan? Sie hat Sie hergeschickt?«

»Nicht direkt. Es war meine Idee, aber sie bat mich, ihr ein wenig unter die Arme zu greifen.« Er warf Monty einen bewundernden Blick zu. »Ein schönes Tier.«

Er wirkte selbst wie ein schönes Tier. Geschmeidig wie ein Puma. Pumas konnten gefährlich werden. »Da haben Sie Recht.« Sie öffnete die Tür. »Und er ist müde. Gute Nacht, Mr Logan.«

»Warten Sie.« Sein Lächeln schwand. »Dürfte ich eintreten? Ich erwarte einen Anruf.«

»Auf meinem Telefon?«

»Ich war so frei. Er kommt von jemandem, den Sie kennen. Todd Madden.«

Sie erstarrte.

»Darf ich eintreten?«

Sie ging in die Hütte und warf die Tür hinter sich zu.

Er klopfte. »Es wäre sicherlich besser, wenn ich mit Ihnen spreche, bevor er es tut. Er scheint mir kein besonders angenehmer Zeitgenosse zu sein.«

Madden und alles, was mit ihm zu tun hatte, war alles andere als angenehm. Sie musste sich beruhigen. Sich dem Problem stellen.

Sie öffnete die Tür. »Kommen Sie zur Sache und dann verschwinden Sie.«

»Ich werde mich kurz fassen. Eve braucht Ihre Hilfe, um eine Leiche zu finden, die irgendwo hier in der Gegend vergraben ist.«

»Richten Sie ihr aus, sie soll sich jemand anderen suchen.«

Er schüttelte den Kopf. »Sie will Sie. Ich kann es ihr nicht verübeln. Ich habe meine Leute beauftragt, Nachforschungen über Sie anzustellen. Sie sind eine bemerkenswerte Frau.«

»Ach ja?«

»Was Sie in Oklahoma City geleistet haben, war unglaublich. Und bei diesem Erdbeben im Iran, dem im vergangenen Jahr zweitausend Menschen zum Opfer gefallen sind, haben Sie siebenundzwanzig Menschen gerettet, die unter den Trümmern begraben waren.«

»Und achtundsechzig Tote gefunden.«

»So genau erinnern Sie sich an die Zahl?«

»Ich habe nur noch wenige Zahlen im Kopf. Aber ich erinnere mich an alle Gesichter.«

»Sie müssen sich das Gesicht dieser Leiche nicht ansehen.«

»Das Wort *Leiche* konnte ich noch nie ausstehen. Es entmenschlicht.«

»Eve will nicht mehr, als dass Sie und Monty die Leiche ausfindig machen. Danach können Sie sich wieder in Ihr kleines Zuhause in der Wüste zurückziehen.«

»So einfach ist das nicht.«

»Sie haben schon mit der Polizei bei der Suche nach Lei… Toten zusammengearbeitet. Die Polizei in Salt Lake City hält große Stücke auf Sie.«

»Na toll.«

Er lächelte. »Sergeant Levitz glaubt, Sie könnten die

Gedanken Ihres Hundes lesen. Er meint, es sei unheimlich, wie Sie einander verstünden.«

»Levitz ist nicht gerade der Hellste. Jeder Hundebesitzer wird Ihnen erzählen, dass sein Liebling ihn versteht. Wenn man so lange mit jemandem zusammen ist wie Monty und ich, dann lernt man, sich zu verstehen.«

»Und dennoch werden Sie zugeben müssen, dass zwischen Ihnen eine ungewöhnlich tiefe Bindung besteht.« Er betrachtete Monty, der zu ihren Füßen lag. »Selbst ich spüre das.«

Sie antwortete nicht.

»Und Sie haben gemeinsam eine Menge durchgemacht.«

»Stimmt. Deshalb auch keine Leichensuche mehr.«

Er seufzte. »Wir brauchen Sie wirklich. Ich fürchte, ich muss darauf bestehen.«

»Sie können mich mal.«

Er sah auf die Uhr. »Ist Madden ein pünktlicher Mensch? Wenn ja, dann müsste er ...«

Das Telefon klingelte.

Sie nahm den Hörer ab.

»Ist er bei Ihnen?«, fragte Madden.

»Ja.«

»Er ist ein sehr wichtiger Mann, Sarah. Er hat Beziehungen zu zahlreichen Politikern. Ich möchte ihn nicht vor den Kopf stoßen, zumal es um eine so einfache Angelegenheit geht, mit der Sie ihm helfen können.«

»Einfach für Sie.«

»Ich habe das bereits mit ihm besprochen. Logan hat mir versichert, dass der Auftrag nicht mehr als ein bis zwei Tage in Anspruch nehmen wird.«

»Das ist zu lang. Eine Stunde ist zu lang, wenn es nicht um Leben und Tod geht.«

»Ich weiß, dass Ihnen die Aufgabe nicht gefällt, aber es muss sein.«

»Und können Sie mir versichern, dass die Sache nicht illegal ist?«

Schweigen. »Logan ist ein angesehener Geschäftsmann.«

Mit Beziehungen zu Politikern. Sarahs Hand umklammerte den Hörer. »Ich will nicht, Madden.«

»Aber Sie werden.« Dann senkte er die Stimme zu einem einschmeichelnden Flüstern: »Weil Sie wissen, was passiert, wenn Sie es nicht tun, Sarah.«

Scheißkerl. »Zwei Tage. Mehr nicht.«

»Mehr habe ich Logan auch nicht versprochen. Auf Wiedersehen, Sarah. Waidmannsheil.« Er legte auf.

Sie wandte sich an Logan. »Zwei Tage.«

»Eve wird hocherfreut sein.«

»Es ist mir egal, ob sie erfreut ist. Am liebsten wäre es mir, sie hätte nie von mir gehört. Ich hatte ihr nein gesagt und sie geht los und lässt Sie die Drecksarbeit für sie machen.«

»Zu Madden Kontakt aufzunehmen war nicht ihre Idee. Ich habe ihr nicht einmal erzählt, dass es über Madden läuft, sie hätte diesen Weg nicht eingeschlagen. Sie hat mich lediglich gebeten herauszufinden, ob es ein Angebot gibt, das Sie dazu bewegen könnte, diesen Auftrag anzunehmen.«

»Aber Sie haben diesen Weg eingeschlagen.«

»Ich habe weniger Skrupel als Eve. Sie wollte Sie haben, ich hab's arrangiert.« Er ließ den Blick durch die Hütte schweifen. »Sie besitzen weder Fernseher noch Radio?«

»Brauche ich nicht.«

»Da sind Sie wohl nicht besonders gut informiert.«

»Ist mir ganz recht so.«

»Eve erwähnte bereits, dass sie keinen Fernseher entdeckt hat.« Er hielt ihr einen Briefumschlag hin. »Ich glaube, Sie sollten wissen, mit wem sie es zu tun haben. Hier sind ein Dossier über Eve Duncan und Zeitungsausschnitte über Talladega und den Mord an einem Wachmann. Das Material ist zwar nicht umfassend, aber es reicht, um sich ein Bild zu machen.«

»Ich bin an Informationen über Eve Duncan nicht interessiert, es sei denn, ich werde damit diesen Job wieder los.«

Er schüttelte den Kopf. »Aber wenn Sie es gelesen haben, werden Sie eher bereit sein, ihn auszuführen. Eve versucht das Leben eines Kindes zu retten.«

»Indem man mich dazu zwingt, eine Tote zu suchen?«

»Leider ja.« Er ging zur Tür. »Übrigens, an Ihrer Stelle würde ich nicht die Polizei rufen, um denen mitzuteilen, wo Eve zu finden ist. Das würde mich sehr wütend machen und ich müsste Madden anrufen. Ich habe den Eindruck, dass ihm alles andere egal ist, wenn es um seine Karriere geht. Habe ich Recht?«

»Die Polizei?«

»Lesen Sie die Akte.« Er öffnete die Tür. »Ich werde Eve sagen, dass Sie entzückt sind, ihr behilflich sein zu können.«

Sie stieß einen leisen Fluch aus.

»Eve wird sich bei Ihnen melden.« Er presste die Lippen zusammen. »Tun Sie Ihre Arbeit. Es interessiert mich nicht, ob es Ihnen gefällt oder nicht.«

Sarah sah ihm nach, als er die Tür hinter sich schloss. Sie ballte die Fäuste auf den Lehnen ihres Schaukelstuhls. Sie musste sich beherrschen. Nur nicht die Nerven verlieren. Bloß zwei Tage. Vielleicht gab es nicht einmal eine Tote.

Aber wenn es eine gab, würde Monty sie finden.

Er winselte, stand auf und sah sie an.

Sie beugte sich zu ihm hinunter, legte die Arme um ihn und verbarg ihr Gesicht in seinem Fell. »Tut mir Leid, alter Junge«, flüsterte sie. Sie fühlte, wie ihr Tränen in die Augen traten. »Wir haben keine Wahl.«

Am selben Abend erhielt Eve zu später Stunde einen Anruf von Sarah Patrick.

»Logan hat mir erzählt, dass Sie mir helfen werden. Das ist sehr nett von Ihnen.«

»Ich möchte es so schnell wie möglich hinter mich bringen«, erwiderte Sarah. »Wir beginnen morgen mit der Suche. Haben Sie ein bestimmtes Gebiet ins Auge gefasst?«

»Noch nicht so richtig. Wir müssten vielleicht an mehreren ...«

»Sie haben nur zwei Tage Zeit«, wandte Sarah ein. »Versuchen Sie ein Kleidungsstück des Opfers zu besorgen. Manchmal reagiert Monty mehr auf den Geruch in den Kleidern als auf einen Toten.«

»Das kann eine Weile dauern. Ich weiß nicht, ob ...«

»Das ist Ihr Problem. Ich sage Ihnen lediglich, was ich benötige. Mir ist egal, ob wir sie finden oder nicht. Mir ist es sogar lieber, wenn nicht. Sobald Sie ein Kleidungsstück haben, rufen Sie mich an und wir treffen uns dort, wo die Suche beginnen soll.« Sie legte auf.

Eve saß einen Augenblick da. Schließlich wählte sie Logans Nummer. »Sag mal, was hast du mit Sarah Patrick angestellt?«

»Ich habe sie überredet, für dich zu arbeiten.«

»Ja, aber wie? Sie ist total abweisend.«

»Hauptsache, sie tut's. Du hast sie zwei Tage lang. Bedien dich ihrer.«

Sie hätte wissen müssen, dass Logan alles tun würde, um sein Ziel zu erreichen. Als er Eves Dienste in Anspruch nehmen wollte, war er auch verdammt rücksichtslos vorgegangen. »Ich wollte sie nicht zwingen.«

»Ihr ist nichts passiert. Dir ist nichts passiert und Jane ist auch nichts passiert. Und wenn du einfach Sarahs Dienste in Anspruch nehmen würdest, statt Skrupel zu hegen, werdet ihr alle am Leben und wohlauf bleiben. Nur das zählt, oder?«

Er hatte Recht, dachte sie müde. Nur das zählte. »Sie braucht ein Kleidungsstück von Debby Jordan. Meinst du, du kannst eins auftreiben, ohne in ihre Wohnung einzubrechen und ihre Familie in Angst und Schrecken zu versetzen?«

»Ich kümmere mich darum. Und für meine Hilfe bei Sarah brauchst du dich nicht zu bedanken.«

Sein Tadel war berechtigt. Warum machte sie ihm Vorwürfe? Schließlich hatte sie ihn angerufen und ihn gebeten, etwas zu unternehmen. Möglicherweise hatte sie im Stillen gehofft, dass er über das, was sie im Sinn gehabt haben mochte, hinausgehen würde. »Tut mir Leid. Ich glaube, mich verlässt allmählich der Mut. Ich bin mir nicht sicher, ob Sarah die Leiche finden wird. Ich habe keine Ahnung, wo sie begraben sein könnte. Ich rate einfach ins Blaue hinein.«

»Ich würde dich morgen gern begleiten. Was dagegen?«

»Du hast schon so viel für mich getan. Ich möchte nicht, dass du mit mir gesehen wirst.«

»Zu viel kann man gar nicht tun.«

»Sag das Sarah Patrick. Sie gibt mir gerade mal zwei Tage.«

»Versuch, dich auf ihre Bedingungen einzulassen. Ich

möchte nicht noch mehr Druck ausüben, ich habe tatsächlich festgestellt, dass sie mir sympathisch war.«

»Ich bezweifle, dass das auf Gegenseitigkeit beruht. Ich hatte den Eindruck, dass sie lieber uns beide unter die Erde bringen würde, als Debby Jordan zu suchen.«

»Da du mich nicht dabeihaben willst, wirst du dich wohl allein mit ihr herumschlagen müssen. Morgen früh hast du das Kleidungsstück.«

Es war ein weißes Baseballtrikot mit dem aufgedruckten Logo der Arizona Diamondbacks.

Sarah Patrick nahm das Hemd entgegen, ohne einen Blick darauf zu werfen. »Ist es gewaschen worden, nachdem sie es getragen hat?«

»Nein, Logan sagte, sie habe in der Nacht, bevor sie verschwand, darin geschlafen.«

»Und wie ist er daran gekommen?«

»Ich habe ihn nicht gefragt.«

»Wahrscheinlich hat er's aus der Kleidersammlung für Obdachlose gestohlen.«

»Er ist nicht so schlimm, wie Sie denken.«

»Nein, wahrscheinlich noch schlimmer.«

»Ich war überrascht, dass Sie ein Kleidungsstück von ihr wollten. Sie ist doch schon seit fast einem Monat begraben. Der Geruch kann doch ...«

»Ich könnte ein Mittel benutzen, das den Verwesungsgeruch imitiert, aber das bekommt Monty nicht besonders. Vielleicht brauchen wir's trotzdem, wenn das Hemd allein nicht reicht.« Sie zuckte die Achseln. »Aber wir können es versuchen.« Sie ließ ihren Blick über das offene Gelände schweifen. »Warum sind wir hier?«

»Dieses Gelände liegt hinterm Desert-Light-Vergnügungspark.«

»Und?«

»An zwei anderen Orten, die mit Licht in Zusammenhang stehen, wurden Leichen gefunden und Dom hat in unserem letzten Gespräch mehrfach von Licht gesprochen. Ich glaube, er wollte mir einen Hinweis geben.«

»Warum kommt er nicht her und erklärt uns, wo er sie begraben hat?«

»Das würde ihm wohl nicht so viel Spaß bereiten. Er will mich arbeiten lassen.«

»Soll heißen, er will Monty und mich arbeiten lassen.«

»Von Ihnen weiß er nichts.« Sie war sich nicht sicher, ob das stimmte. Er hatte sich nicht mehr gemeldet, seit sie in Phoenix angekommen war, aber das bedeutete noch lange nicht, dass er nicht in der Nähe war und sie beobachtete.

»Und nur weil dieser Park Desert Light heißt, soll ich mich hier auf die Suche machen?«

»Wir sind ganz in der Nähe der Kirche, wo Debby Jordan verschwand.«

Sarah sah sie zweifelnd an.

»Ich gebe zu, das ist nicht viel.« Sie presste die Lippen zusammen. »Aber mehr habe ich nicht.«

»Wie Sie wollen. Ich werde also zwei Tage lang ein Phantom suchen und dann gehe ich.« Sie nahm einen Seesack aus dem Jeep und warf Jane, die neben Monty kniete, einen Blick zu. »Warum haben Sie das Kind mitgebracht?«

»Dom will, dass sie bei mir ist, und ich habe Angst, sie allein zu lassen. Sie wird nicht stören.«

»Das habe ich auch nicht gemeint. Sie ist ein intelligentes Mädchen. Aber Monty wird ihr nicht dauernd Gesellschaft leisten können.« Sie ging zu Jane hinüber und lächelte sie an. »Tut mir Leid, Monty muss jetzt an die Arbeit.«

Jane stand auf. »Kann ich mitkommen?«

Sarah sah Eve an.

Da Jane nun einmal hier war, konnte es die Sache nicht verschlimmern, wenn sie aktiv mitsuchte, statt im Auto zu sitzen und zu warten. Wenigstens war sie dann beschäftigt. Eve nickte langsam.

Sarah wandte sich wieder zu Jane und sagte: »Wir gehen ziemlich schnell, aber meistens lasse ich ihn zweimal über das Gelände schnüffeln, damit wir nichts übersehen.«

»Ich werd schon Schritt halten.«

»Tu, was du nicht lassen kannst.« Sarah kniete sich hin und öffnete den Seesack. Sie holte eine Leine hervor und befestigte sie an Montys Halsband.

Er saß ganz ruhig da.

»Weiß er, dass jetzt etwas geschieht?«, fragte Jane.

Sie nickte. »Aber er weiß noch nicht, was. Ich leine ihn an, damit ich das Tempo vorgeben kann. Normalerweise geht er nie an der Leine, außer wir sind in unbekannter Umgebung oder unter Leuten, die sich dann sicherer fühlen.«

»Sicherer?«

»Er ist ein großer Hund. Manche Menschen mögen keine großen Hunde.«

»Die spinnen ja«, erwiderte Jane.

Sarah lächelte. »Ganz deiner Meinung, Kleines.« Sie griff wieder in den Seesack und zog einen Stoffgürtel mit zahlreichen Taschen hervor. Monty straffte sich.

»Jetzt weiß er, dass wir zu arbeiten haben.« Sarah legte sich den Gürtel um. »Das ist sein Signal.«

Monty hob den Kopf, seine Augen leuchteten unternehmungslustig.

Sarah ließ ihn an dem Trikot schnüffeln. »Such sie, Monty.«

Eve lehnte sich gegen den Kotflügel ihres Wagens und beobachtete, wie Sarah, Jane und Monty über das Gelände gingen. Sie legten ein flottes Tempo vor, wie Sarah angekündigt hatte, aber das Gelände war sehr groß und es gründlich abzusuchen dauerte seine Zeit.

Monty hielt den Kopf gesenkt, jeder Muskel war angespannt. Zweimal blieb er stehen, zögerte und lief weiter. Am frühen Nachmittag führte Sarah Monty zum Auto zurück. »Nichts.«

»Sind Sie sicher?«, fragte Eve enttäuscht.

»Monty ist sicher. Das reicht mir.«

»Wie gut ist er?«

»Er ist der Beste.«

»Warum hat er zweimal angehalten?«

»Er hat etwas Totes gerochen.«

Eve erstarrte. »Was?«

»Nichts Menschliches. Monty kennt den Unterschied.« Sie nahm ihm die Leine ab, dann löste sie ihren Gürtel und drehte sich zu Jane. »Er hat seine Pflicht erfüllt. Wenn du Lust hast, kannst du jetzt mit ihm spielen. Das gefällt ihm bestimmt.«

»Prima.« Jane ließ sich nicht zweimal bitten.

Sarah sah zu, wie sie mit Monty auf den Fersen über das Gelände rannte. »Monty hat sie schon ins Herz geschlossen.«

»Und sie liebt ihn.«

»Dann hat sie einen guten Geschmack.«

»Danke, dass Sie sie haben mitlaufen lassen. Sie hat es ziemlich schwer im Leben. Montys Gesellschaft tut ihr gut.«

»Es ist ja nicht ihre Schuld, dass ich zu dieser Sache

genötigt worden bin.« Sie sah Eve scharf an. »Sondern Ihre.«

Eve zuckte zusammen. »Sie haben Recht. Deshalb kann ich Sie auch so beanspruchen, wie es nötig ist. Sie haben ohnehin keine hohe Meinung von mir.«

»Haben Sie noch andere Gebiete im Sinn?«

»Ungefähr elf. Bei allen kommt das Wort ›Licht‹ im Namen vor.«

»Elf?«

Eve holte eine Landkarte hervor und wies auf die Gebiete, die sie eingekringelt hatte. »Eventuell zwölf.«

»Das ist in zwei Tagen nicht zu schaffen.«

»Wie nehmen uns zuerst die Gebiete vor, die in der Nähe von Debbys Kirche liegen. Gibt es eine Belastbarkeitsgrenze für Monty?«

»Nein, in Tegucigalpa haben wir zweiundsiebzig Stunden am Stück gearbeitet. Aber Sie haben ja gesehen, wie lange es gedauert hat, nur dieses eine Gelände abzusuchen.«

»Dann sollten wir uns besser beeilen.« Eve faltete den Plan wieder zusammen. »Moonlight Creek liegt nur eine Viertelstunde von hier. Wir müssen beide Seiten des Ufers absuchen.«

»Das wird aber länger dauern als dieses Feld hier.«

Eve stieg in ihren Wagen. »Rufen Sie Monty und Jane.«

Sarah starrte sie einen Augenblick lang an, dann lächelte sie widerwillig. »Sie wissen nicht, wann Sie sich geschlagen geben müssen, stimmt's?«

»Und Sie?«

Sarah wandte sich um und rief: »Jane, bring meinen Hund zurück. Wir haben zu arbeiten.«

Kurz vor Mitternacht hatten sie erst vier Gelände abgesucht. Sieben waren noch übrig.

»Das war's für heute.« Sarah nahm Monty die Leine ab. »Feierabend. Ich bin so müde, ich kann kaum noch was sehen.«

»Sie müssen ja auch nichts sehen, Monty muss riechen.«

Sarah schüttelte den Kopf. »Gott, was sind Sie für ein knallhartes Miststück.«

»Mir bleibt nichts anderes übrig.« Eve blickte zu Jane, die auf dem Rücksitz schlief.

Sarahs Blick folgte ihrem. »Er tötet tatsächlich kleine Kinder?«

»Das tut er tatsächlich.«

»So ein Schwein.«

»Noch eine Stunde.«

Sarah schüttelte den Kopf. »Wir können nichts mehr sehen. Monty könnte sich verletzen, das darf ich ihm nicht antun.«

»Aber Sie sagten, in Honduras hätten Sie noch länger gearbeitet.«

»Da haben wir versucht, Leben zu retten, und nicht, Tote zu finden.« Sie machte eine Handbewegung zu Monty und er sprang in den Jeep. »Für heute ist Schluss.«

»Aber so werden wir nicht alle Gebiete schaffen.«

»Ich habe Ihnen ja gleich gesagt, dass das nicht zu machen ist.«

»Ich weiß. Ich wollte nur ... Sie geben mir einfach nicht genug Zeit.«

»Ihr Problem.«

»Das stimmt allerdings.«

Sarah stieg in den Jeep. »Wir machen bei Morgengrauen weiter«, sagte sie zu Eve.

»Im Morgengrauen?«

»Wollen Sie nicht den ganzen Tag nutzen?«

»Doch, natürlich. Aber ich dachte, Sie ...«

»Monty und ich haben keine Arbeitszeiten wie im Büro. Ich habe Ihnen zwei Tage versprochen, die werden Sie bekommen.«

Bevor Eve antworten konnte, brauste Sarahs Jeep schon die Straße hinunter.

Sie stieg in ihren Wagen und fuhr nach Hause.

Sarah war stur, aber nicht so stur, wie Eve anfänglich befürchtet hatte. Sie arbeitete bis zum Umfallen und würde nur wenige Stunden schlafen können, bevor es am Morgen weiterging. Offensichtlich hatte sie ein Herz für Kinder. Vielleicht konnte Eve Sie ja überreden, noch länger zu suchen und ...

Ihr Handy klingelte.

»Sie sind ja noch spät unterwegs«, sagte Dom. »Kann es sein, dass Sie allmählich in Panik geraten, Eve?«

»Herrgott, Sie haben mich geweckt.«

»Doch wohl nur, wenn Sie am Steuer eingeschlafen sind.«

Keine Panik. Vielleicht hatte er einfach geraten. »Sie haben ja schon eine ganze Weile nicht mehr angerufen. Ich hatte gehofft, ich wäre Sie los.«

»Es ist doch erst ein paar Tage her. Ich habe meinen Spaß gehabt zu verfolgen, wie Sie sich mühen, die schöne Sängerin zu finden.«

»Sie bluffen. Sie haben keine Ahnung, wo ich stecke.«

»Eine Zeit lang wusste ich es tatsächlich nicht. Sie haben sich still und heimlich aus Atlanta abgesetzt. Aber es war nur eine Frage der Zeit, bis Sie meine Sängerin finden würden, und ich musste nur noch Debby Jordans Wohnung überwachen.«

»Ich war nicht bei ihr zu Hause.«

»Aber einer von John Logans Leuten war dort. Es war einfach, von ihm zu Logan und von Logan zu Ihnen zu gelangen. Hat er Ihnen geholfen, Atlanta zu verlassen?«

»Ich weiß nicht, wovon Sie reden.«

Er lachte in sich hinein. »Sie versuchen, ihn zu schützen. Dabei bin ich ihm gar nicht böse. Er hat die Situation nur noch interessanter gestaltet. Obwohl ich zugeben muss, dass ich etwas irritiert war, als Sie sich nicht bei dem trauernden Witwer sehen ließen, um ihn selbst zu befragen. Aber ich hätte wissen müssen, dass Sie nicht die nahe liegenden Wege einschlagen. Sarah Patrick zu engagieren, war ein wahrer Geniestreich. Jammerschade, dass Sie an den falschen Orten gesucht haben.«

»Ich werde sie finden.«

»Hoffentlich nicht so bald. Ich genieße die Jagd.«

»Verdammt, sagen Sie mir endlich, wo sie ist. Sie wollen doch, dass ich sie finde.«

»Aber noch nicht jetzt. Sie werden mit jedem Tag müder, angespannter und wütender. Von mir aus kann das noch eine Weile so weitergehen.«

»Morgen werde ich sie finden.«

»Das wäre eine große Enttäuschung für mich. Ich hätte meinen Spaß daran, wenn die Suche noch mindestens eine Woche dauerte.«

»Warum graben Sie sie dann nicht aus und vergraben sie woanders?«

»Das wäre der größte Fehler, der einem Mörder unterlaufen kann. Ich könnte entdeckt werden oder Spuren hinterlassen. Alles Mögliche. Nein, ich halte es für besser, Sie ein bisschen zu bremsen. Habe ich eigentlich erwähnt, wie sehr mir die Vorstellung gefällt, dass Sie Jane überallhin mitnehmen? Sie ist auch jetzt bei Ihnen, nicht wahr?«

Eve antwortete nicht.

»Sie kommen sich näher, stimmt's? Ältere Kinder sind intelligenter. Man kann mit ihnen reden. Bonnie war noch zu jung, um ...«

»Halten Sie die Klappe.«

»Merken Sie, wie angespannt Sie sind? Diese Jagd ist unglaublich aufregend. Ich frage mich mittlerweile, ob die kleine Jane nicht überflüssig ist. Es würde sich lähmend auf Ihre Arbeit auswirken, wenn ich sie jetzt töten würde, nicht wahr?«

»Ich würde die Suche sofort abbrechen.«

»Nein, ich glaube eher, dass Sie wütend genug auf mich wären, um weiterzumachen.«

Verfluchter Blutsauger. »Ich lege jetzt auf.«

»Vielleicht hole ich mir das Mädchen noch heute Nacht.«

Ihre Hand umklammerte den Hörer.

»Ja, das würde Ihre Arbeit beeinträchtigen. Sehen Sie in den Rückspiegel.«

Scheinwerfer.

»Sehen Sie mich?«

»Das sind nicht Sie. Einer von Logans Sicherheitsleuten ist ständig hinter mir.«

»Er hat an dem letzten Gelände, das Sie abgesucht haben, Ihre Spur verloren.«

»Sie lügen.«

»Wie weit sind Sie noch von zu Hause weg?«

Sie antwortete nicht.

»Sie sollten sich lieber beeilen.«

Sie trat das Gaspedal durch.

»Ich glaube, es ist wirklich an der Zeit, dass ich mir die kleine Jane hole.«

Er bluffte nur.

O Gott, der Wagen hinter ihr fuhr schneller.

Ihr Herz klopfte so heftig, dass es schmerzte.

Schneller.

Noch zehn Blocks bis nach Hause.

Kamen die Scheinwerfer näher?

Ja.

Sie kurvte auf zwei Rädern um die Ecke.

Jane murmelte verschlafen, als der Wagen einen Satz machte.

»Habe ich Ihnen eigentlich schon erzählt, wie ich Kinder töte? Ich mache es ganz langsam, da ihre Gefühle rein sind, voller Musik. Sie sind die Einzigen, die die Farbe Weiß verdienen. Angst und Schmerz sind bei ihnen noch ursprünglicher als bei Erwachsenen. Glauben Sie, Jane wird so tapfer sein wie Bonnie?«

Sie hatte das unbändige Verlangen, ihn eigenhändig umzubringen.

Noch vier Blocks.

»Ich kann hören, wie Sie atmen. Wie verängstigt Sie sind.«

Die Scheinwerfer blendeten sie im Rückspiegel.

Sie warf das Telefon auf den Beifahrersitz.

Und gab Vollgas.

Das Tor war jetzt vor ihr.

Die Fernbedienung. Schnell das Tor öffnen.

Es bewegte sich zu langsam. Der Wagen war direkt hinter ihr.

Sie raste durch das Tor.

Die Einfahrt hinauf.

Die Scheinwerfer waren noch immer hinter ihr. Fuhren auch durch das Tor.

Mit quietschenden Reifen kam sie vor dem Haus zum Stehen und drückte auf die Hupe.

Komm schon. Jemand musste kommen, bevor …

Es klopfte am Fenster. Ein Gesicht drückte sich gegen die Scheibe.

»Miss Duncan, alles in Ordnung?«

Herb Brooker.

Sie kurbelte das Fenster herunter.

Immer noch leuchteten in ihrem Rückspiegel die Scheinwerfer des Wagens hinter ihr. Die Fahrertür stand offen.

»Eve?« Jane setzte sich verschlafen auf.

»Es ist alles in Ordnung.« Ihre Hand hielt das Lenkrad umklammert. »Ist das Ihr Wagen, Herb?«

»Natürlich. Ich folge Ihnen schon den ganzen Tag. Stimmt was nicht? Ich habe mir Sorgen gemacht, als Sie plötzlich schneller fuhren.«

Sie hob langsam das Telefon ans Ohr. »Hol Sie der Teufel.«

»War nur ein Scherz.« Er legte auf.

»Sie sehen total geschafft aus.« Sarah musterte Eves Gesicht. »Alles in Ordnung?«

»Ich habe schlecht geschlafen. Wie geht's Ihnen?«

»Gut. Monty und ich sind es gewöhnt, mit wenigen Stunden Schlaf auszukommen.«

Eve holte die Landkarte hervor. »Gestern haben wir die Gebiete südlich der Kirche abgesucht. Heute sollten wir uns westlich halten.« Sie deutete auf die Karte. »Hier fangen wir an. Woodlight Reservoir.«

»Sind Sie sicher? Das ist ein ziemlich großes Gebiet. Überlegen Sie sich lieber, wo Sie die Tote am ehesten vermuten«, wandte Sarah ein. »Ich stehe nur noch bis Mitternacht zur Verfügung.«

»Sie werden Ihre Meinung nicht ändern?«

»Nein.« Sarah drehte sich um und warf Jane Montys Leine zu. »So, Kleine, wir müssen wieder an die Arbeit.«

Eve blickte ihr verzweifelt nach. Nach der vergangenen Nacht kam ihr die Suche sinnlos vor. Warum tat sie das alles? Nur um dieses Scheusal bei Laune zu halten?

Nein, sie tat es aus demselben Grund wie zu Anfang. Weil die Möglichkeit bestand, dass Dom einen Fehler gemacht hatte.

Gott, sie konnte nur hoffen, dass er einen Fehler gemacht hatte.

»Wir müssen jetzt aufhören«, sagte Sarah ruhig. »Tut mir Leid.«

Eve ballte die Hände zu Fäusten. »Es kann doch unmöglich schon Mitternacht sein.«

»Es ist halb zwei.« Sie machte eine Handbewegung und Monty sprang in den Jeep.

»Eigentlich müsste ich Ihnen für die Überstunden danken«, sagte Eve niedergeschlagen.

»Aber viel lieber würden Sie mir ins Gesicht spucken.«

»Das ist nicht wahr.« Eve war frustriert, aber an Sarah hatte sie nichts auszusetzen. Die Frau hatte seit dem Morgengrauen bis auf kurze Pausen für Monty, in denen er getrunken und sich ausgeruht hatte, ununterbrochen gearbeitet. »Aber ich wünschte, Sie würden nachgeben und mir noch einen Tag gewähren.«

»Das geht nicht.« Sarah wich ihrem Blick aus. »Ich weiß, dass Sie einen guten Grund haben für Ihre Suche, aber das ist Ihre Sache. Meine Aufgabe ist es, Monty zu schützen. Ich wollte diesen Job nicht und ich habe Ihnen zwei Tage zugestanden.«

»Aber das reicht nicht.«

»Mehr kann ich nicht für Sie tun. Und die ganze Zeit über habe ich gehofft, dass wir die Frau nicht finden.« Sie schüttelte den Kopf. »Insofern ist es wohl gut, dass ich aufhöre. Vielleicht habe ich mir nicht genug Mühe gegeben.«

»Blödsinn. Dafür sind Sie zu ehrlich.«

»Suchen Sie sich jemand anderen.«

»Sie wissen, dass ich mir keine Verzögerungen erlauben kann.«

»Ich kann Ihnen nicht helfen.« Sie ließ den Jeep an. »Tut mir Leid.«

»Wenn es Ihnen Leid täte, würden Sie mir helfen. Leichen zu suchen ist keine angenehme Aufgabe, aber ich könnte mir vorstellen, dass Sie …«

»Angenehm?« Ihre Stimme klang gehetzt. »Mein Gott, Sie haben keine Ahnung, wovon Sie reden.«

»Ich weiß nur, dass Dom zu ergreifen und Jane zu beschützen wichtiger ist als alle Einwände, die Sie dagegen haben, noch einen oder zwei weitere Tage für mich zu arbeiten.«

»Das ist Ihre Meinung. Denken Sie, was Sie wollen. Ich weiß nur, dass ich meine Welt genauso beschützen muss wie Sie Ihre.« Sie schwieg einen Moment lang. »Es tut mir wirklich Leid.«

Eves Augen brannten, als sie den Rücklichtern nachsah. Bald würde es ihr wieder besser gehen. Sie war einfach nur müde und entmutigt. Sie würde nach Hause fahren, ins Internet gehen und versuchen, eine andere Sarah Patrick zu finden.

Kapitel 12

Monty winselte.

»Sei still.« Sarah trat auf das Gaspedal. »Du weißt nicht, was gut für dich ist.«

Traurig.

»Ich kann es nicht ändern, wenn sie traurig ist. Ich muss auf uns beide aufpassen.«

Allein.

»Wir sind immer allein.«

Wir nicht.

Sie langte zu ihm hinüber und kraulte seine Ohren. »Nein, wir nicht«, flüsterte sie.

Er winselte noch einmal.

»Ich habe nein gesagt.«

Kind.

Dieser Gedanke machte auch Sarah zu schaffen.

»Das geht uns nichts an. Eve wird sich darum kümmern.«

Traurig.

»Schlaf jetzt. Ich habe keine Lust mehr auf dein Gejammere. Es ist vorbei. Wir haben noch einmal Glück gehabt und ich riskiere nicht noch einen Tag.«

Monty rollte sich auf dem Sitz ein und legte den Kopf auf die Pfoten. *Kind* …

»Wo ist sie, Mark?«, fragte Joe.

Am anderen Ende der Leitung herrschte Schweigen. »Wie haben Sie mich aufgespürt?«

»Das war nicht ganz einfach. Die Telefongesellschaft wollte Ihre neue Handynummer erst nicht herausrücken. Sie haben sie vor zwei Tagen geändert. Warum, Mark?«

»Ich bekomme eine Menge lästiger Anrufe. Das geht allen Journalisten so.«

»Außerdem haben Sie zwei Wochen Urlaub genommen.«

»Ich war erschöpft. Ich habe beschlossen, zwei Wochen hier nach Florida zu fahren und in der Sonne zu braten.«

»Und es hat nicht vielleicht damit zu tun, dass ich Sie suche?«

»Ich bitte Sie, Joe, ich würde mir nicht solche Mühe geben, Ihnen aus dem Weg zu gehen.«

»Da bin ich mir nicht so sicher. Wo ist sie, Mark?«

»Woher soll ich das wissen?«

»Sie kannte die Adresse des Fürsorgeheims nicht. Es hat mich eine Viertelstunde gekostet, die Information aus Eisley herauszuquetschen. Und Eve fährt einfach hin und holt das Mädchen heraus. Ich habe zwei und zwei zusammengezählt und bin auf Sie gekommen.«

»Glauben Sie etwa, Eisley würde mir sagen, wo das Heim ist?«

»Ich glaube, Sie wissen, wo welche Leiche in der Stadt begraben liegt.«

»Die Bemerkung erscheint mir etwas unpassend.«

»Wo ist sie, Mark?«

»Ich habe eine Menge Zeit und Mühe in diese Geschichte investiert. Eve will nicht, dass Sie erfahren, wo sie sich aufhält.«

»Ich werde sie finden.«

»Aber nicht mit meiner Hilfe.«

»Wenn Sie sich da mal nicht irren. Entweder ich finde Eve oder ich finde Sie. Und glauben Sie mir, Sie werden sich wünschen, ich hätte Eve zuerst gefunden.«

»Soll das eine Drohung sein, Joe?«

»Allerdings. Wo ist sie?«

»Ich will es mal so ausdrücken: Sie folgt den Anweisungen von Dom.«

»Was für Anweisungen?«

»Das müssen Sie schon selbst herausfinden«, erwiderte Mark sanft. »Ich mag es nicht, wenn man mir droht, Joe.« Er legte auf.

Joe lehnte sich in seinem Sessel zurück. Ihm lief es kalt den Rücken hinunter.

O Gott.

Er durfte sich nicht von seiner Angst lähmen lassen. Er musste sie finden. Er würde sich an Mark halten, bis er jede Information aus ihm herausgepresst hatte.

Er wählte noch einmal Marks Nummer.

Er musste sie finden.

Monty heulte.

Sarah fuhr aus dem Schlaf.

Monty heulte fast nie.

Sie schaltete die Nachttischlampe an und schwang sich aus dem Bett.

Er heulte noch einmal, dann war es plötzlich still.

O Gott.

In Windeseile war sie zur Eingangstür hinaus. »Monty?«

Keine Antwort.

Sie schaltete das Licht im Wohnzimmer an, dann ging sie wieder hinaus und hielt die Tür offen.

»Monty?«

Nichts. Ihre Hände krampften sich zusammen.

»Monty, wo bist ...«

Da lag etwas neben seinem Wassernapf.

Ein großes Steak, von dem gefressen worden war.

Sie gab Monty nie rohes Fleisch.

»Nein!«

Sie rannte in die dunkle Nacht hinaus. »Monty!«

Sie stolperte über etwas Pelziges. Etwas Schlaffes, das ...

Bitte. Bitte. Nicht.

»Monty!«

Ein lang anhaltendes Hupen zerriss die Nacht.

Was zum Teufel sollte das?

Eve sprang vom Computer auf.

Das Telefon auf dem Schreibtisch klingelte.

»Wir haben einen Eindringling am Tor«, sagte Herb Brooker. »Bitte bleiben Sie im Haus, bis wir Klarheit haben.«

»Herrgott noch mal, das muss ein Betrunkener sein. Jemand, der das ganze Viertel aufweckt, wird ja wohl kaum Böses im Schilde führen.«

»Bitte bleiben Sie drinnen.«

»Am Ende weckt er noch Jane auf, verdammt.« Sie rannte zur Haustür.

Die Hupe dröhnte noch immer, als sie die Einfahrt hinab zum Tor ging. Juan Lopez war vor ihr da.

Sarah Patricks Jeep stand vor dem Tor. »Lassen Sie mich rein, verdammt.«

»Machen Sie das Tor auf«, wies Eve Lopez an.

Er betätigte die Fernbedienung und das Tor öffnete sich.

Sarah fuhr an Eve vorbei bis zur Haustür.

»Das geht in Ordnung«, sagte Eve dem Wachmann. Sarah kletterte aus dem Jeep, als Eve beim Wagen ankam. Eve warf einen Blick auf ihr Gesicht und fragte: »Stimmt was nicht?«

»Verfluchter Mist«, erwiderte Sarah. »Dieser Scheißkerl. Verdammter Dreckskerl. Ich bringe ihn um.«

»Dom?«

»Wen sonst? Niemand sonst …«

Eve wurde plötzlich von Angst gepackt. »Sarah, wo ist Monty?«

»Verfluchter Scheißkerl.«

»Sarah.«

»Er hat versucht, ihn umzubringen.« Tränen liefen ihr über das Gesicht. »Er hat versucht, Monty umzubringen.«

»Versucht?«

»Er hat mich zu Tode erschreckt. Ich dachte, er …«

»Sarah, was ist passiert?«

»Er hat ein Stück Fleisch neben Montys Wassernapf geworfen. Es war vergiftet.«

»Sind Sie sicher?«

»Ein Kojote hat sich drüber hergemacht. Er war schon tot, als ich ihn fand.«

»Zum Glück hat Monty es nicht gefressen.«

»Ich glaube auch nicht, dass er es getan hätte. Ich habe ihm beigebracht, nur zu fressen, was ich ihm gebe. Aber ich wusste nicht … er hat nicht reagiert, als ich ihn rief.« Sie wischte sich mit dem Handrücken die Tränen von den Wangen. »Scheiße.«

Eve nickte. »Allerdings.« Sie öffnete die Tür. »Kommen Sie rein.«

»Einen Moment noch. Ich hole nur noch schnell Monty aus dem Wagen.«

Eve konnte den Hund nicht sehen. »Wo ist er denn?«

»Liegt auf dem Boden.«

»Warum? Hat er wirklich nichts von dem Gift gefressen?«

»Nein.« Sie hockte sich neben den Jeep und redete sanft und liebevoll auf Monty ein. »Komm schon, mein Kleiner. Du musst jetzt aussteigen.«

Monty winselte.

»Ich weiß. Aber wir steigen jetzt aus und gehen ins Haus.« Sie legte ihm die Leine an. »Komm, Monty.«

Schließlich stand er auf und sprang aus dem Jeep. Er hatte den Schwanz eingezogen und trottete langsam zur Haustür.

»Sind Sie sicher, dass er nichts von dem Gift abbekommen hat?«

»Völlig sicher.«

»Und was ist dann los mit ihm?«

»Was glauben Sie wohl, was los ist? Er ist traurig. Ich habe verdammt lange gebraucht, um ihn von dem toten Kojoten wegzukriegen. Er muss noch gelebt haben, als Monty ihn gefunden hat. Monty hat Probleme, mit dem Tod umzugehen.« Sie zuckte die Achseln. »Haben wir doch alle, oder?«

»Wollen Sie sagen, er hat psychische Probleme?«

Sarah sah sie durchdringend an. »Was ist daran so verwunderlich?«

Eve machte eine abwehrende Handbewegung. »Gar nichts.« Es war Monty deutlich anzusehen, dass irgendetwas absolut nicht stimmte. Er hatte die Ohren angelegt und sein Gesichtsausdruck war mehr als jämmerlich. »Was können wir denn tun?«

»Er wird sich wieder erholen. Er braucht einfach Zeit.« Sie führte Monty in den Flur. »Ist es in Ordnung, wenn ich ihn in Janes Zimmer bringe?«

»Sie schläft.«

»Er wird sie nicht wecken.«

»Aber wozu soll das gut sein?«

»Es gibt nichts Lebendigeres als ein Kind. Es wird Monty gut tun, in ihrer Nähe zu sein.«

»Therapie?«

Sarah reckte das Kinn vor. »Jane hat bestimmt nichts dagegen. Sie ist verrückt nach Monty.«

Wer wäre nicht verrückt nach Monty, dachte Eve. Diese großen sanften Augen blickten so traurig, dass es Eve fast das Herz brach. »Die Treppe hinauf. Erste Tür.«

»Danke.«

Eve sah zu, wie Sarah Monty die Treppe hinaufbegleitete, dann ging sie in die Küche, um Kaffee aufzubrühen.

Der Kaffee war fast fertig, als Sarah im Türrahmen auftauchte.

»Hat er sich beruhigt?«

Sie nickte. »Leider ist Jane aufgewacht.«

»Sie schläft schon wieder ein.«

Sarah sagte zögernd: »Er liegt bei ihr im Bett. Aber er ist sauber. Ich habe ihn gewaschen, als wir heute Nacht zu Hause waren.«

»Sahne, Zucker?«

Sarah schüttelte den Kopf.

Eve hielt ihr eine Tasse Kaffee hin. »Machen Sie nicht so ein schuldbewusstes Gesicht. Es ist schon in Ordnung.«

»Nein, ist es nicht. Monty und ich mögen es nicht, anderen irgendwelche Umstände zu machen.«

»Wahrscheinlich macht Monty sich darüber nicht halb so viele Gedanken wie Sie.«

»Sie haben Recht.«

»Warum sind Sie hergekommen, Sarah? Doch nicht nur, weil Monty eine Therapie brauchte.«

»Ich war außer mir.« Sie presste die Lippen zusammen. »Ich wollte dieses Schwein nur noch umbringen. Ich will es immer noch.«

»Sind Sie sicher, dass es Dom war?«

»Sie etwa nicht? Ich habe keine Nachbarn, die sich durch Monty gestört fühlen könnten. Er ist immer in meiner Nähe. Bevor er angefangen hat, nach Debby Jordan zu suchen, hat ihm noch nie jemand etwas angetan. Irgendjemand will, dass Sie mit der Suche aufhören.«

Eve schüttelte den Kopf. »Er will mich nur bremsen. Dom findet zu viel Vergnügen daran, als dass er möchte, dass ich die Suche aufgebe. Er wusste nicht, dass Sie sich geweigert haben, mir noch länger zu helfen.«

»Also hat er versucht, Monty zu töten.«

Eve nickte.

Sarahs Hand umklammerte die Tasse. »Das lasse ich mir nicht bieten. Er hat versucht, meinen Hund zu töten. Ich werde diesen Scheißkerl schnappen und ihn am nächsten Baum aufhängen.«

»Ich dachte, die Sache wäre für Sie erledigt?«

»Reden Sie kein dummes Zeug. Er hat versucht, meinen Hund zu töten. Er wird es vielleicht noch einmal versuchen. Monty ist erst wieder sicher, wenn wir das Schwein gefasst haben.« Sie trank noch einen Schluck Kaffee und setzte die Tasse ab. »Es ist Zeit, ins Bett zu gehen. Es bleiben uns nur noch wenige Stunden zum Schlafen. Wir brechen im Morgengrauen auf.«

»Wirklich?«

»Ich bleibe. Hier ist Monty vorerst in Sicherheit. Ich bräuchte ein Zimmer. Wenn das nicht möglich ist, hole ich meinen Schlafsack. Ich brauche keinen großen Komfort.«

»Ich kann Ihnen das Schlafzimmer gegenüber meinem anbieten.«

»Danke. Ich hole nur meine Tasche und Montys Sachen aus dem Wagen.« Sarah verließ die Küche. »Gehen Sie schlafen. Ich werde abschließen.«

Eve sah ihr nach. Eine wütende, fürsorgliche Sarah Patrick war eindeutig jemand, den man nicht unterschätzen sollte.

Sie schaltete das Licht aus und ging die Treppe hinauf. Nun, das war es, was sie gewollt hatte. Sie hatte Sarah gebeten, ihr weiterhin zu helfen. Aber sie hatte nicht damit gerechnet, dass die Frau bei ihr hereinplatzen und auf der Stelle das Kommando übernehmen würde.

Eve blieb an Janes Tür stehen und öffnete sie leise. Jane war wieder eingeschlafen. Monty lag neben ihr im Bett und sie hatte einen Arm um den großen Hund gelegt.

Sei's drum. Sie würde sich schon gegen Sarah Patrick behaupten können. Der Hund war gut für Jane und der Anschlag auf ihn bewies, wie nahe Dom war. Er hatte keine Lust mehr, im Hintergrund zu bleiben, nur zuzusehen und zu warten.

Sie schauderte, als sie die Tür zu Janes Zimmer schloss. Es war gar nicht schlecht, Sarah und Monty im Haus zu haben. Sie fühlte sich gerade jetzt sehr verlassen.

»Gehen Sie ins Bett.« Das war Sarah, die auf dem Korridor an ihr vorbeiging.

»Scheren Sie sich zum Teufel.«

Sarah blieb an der Tür zu ihrem Zimmer stehen. »Tut mir Leid. Ich bin es gewohnt, die Dinge in der Hand zu haben, und ich fühle mich ziemlich hilflos im Moment. Ich werde versuchen, mich zu beherrschen.«

Eve rang sich ein Lächeln ab. »Tun Sie das.«

Es würde schon gut gehen. Sie und Sarah würden sich aufeinander einstellen. Immerhin hatten sie ein gemeinsames Ziel.

Du hast einen Fehler gemacht, Dom. Du bist nicht perfekt. Hättest du Sarah in Ruhe gelassen, hätte sie mir nicht mehr geholfen. Jetzt habe ich eine Verbündete.

Hast du bei Debby Jordan auch einen Fehler gemacht?

»Nichts?«, fragte Eve enttäuscht.

Sarah schüttelte den Kopf. »Nichts.« Sie gab Monty ein Zeichen und er sprang in den Wagen. »Er dachte erst, dass unter dem umgefallenen Baum etwas wäre, aber dann hat er seine Meinung geändert.«

»Sollen wir es da noch einmal versuchen? Monty ist bestimmt genauso müde wie wir, vielleicht hat er sich geirrt.«

»Er irrt sich nie. Er weiß, wenn er auf etwas stößt.«

»Wir suchen jetzt schon seit drei Tagen.«

»Hier ist sie jedenfalls nicht.« Sarah schwieg einen Moment und sprach dann ruhiger weiter. »Tut mir Leid. Es war ein langer Tag.«

All die Tage waren lang gewesen. Vom Morgengrauen bis Mitternacht und manchmal noch länger. Es war verständlich, dass Sarah genervt war. Während Eve im Wagen gesessen oder herumgestanden und zugeschaut hatte, hatten Sarah und Monty gearbeitet. Es war ein Wunder, dass sie so lange durchhielten.

Sarah schwieg, bis sie das Haus fast erreicht hatten. »Wie viele Stellen sind noch übrig?«

»Vier.«

»Das ist nicht viel. Kann es sein, dass er Sie angelogen hat?«

»Er ist zu allem fähig. Aber warum sollte er versuchen, Monty zu töten, wenn wir nicht auf der richtigen Spur sind?«

»Vielleicht, um die ganze Sache glaubwürdiger zu gestalten?«

»Wäre denkbar«, erwiderte Eve. »Es kann auch sein, dass es ihm gefällt, wenn ich mich im Kreis drehe.«

»Aber das glauben Sie nicht.«

»Nein, ich glaube, es muss sich für ihn auszahlen. Er liebt die Erregung, das Auf und Ab. Erst Hoffnung, dann Enttäuschung. Spannung und Entladung. Wenn wir Debby Jordan finden, wird das für ihn eine unglaubliche Entladung sein.«

»Hört sich an, als würden Sie dieses Scheusal ganz gut kennen.«

Manchmal kam es ihr tatsächlich so vor, als würde sie ihn kennen. Ihre Gedanken kreisten ununterbrochen um ihn. Und manchmal hatte sie das Gefühl, dass sie sich nur schnell genug umzudrehen bräuchte, um ihn zu Gesicht zu bekommen.

Einbildung. Seit jener Nacht, als er sie im Wagen angerufen hatte, waren Juan Lopez und Herb Brooker noch wachsamer gewesen und hatten ihr versichert, dass niemand ihr gefolgt sei.

Vielleicht.

Sie bog um die Ecke und sah das vertraute Tor zur Einfahrt. »Morgen finden wir sie«, sagte sie zu Sarah. »Er hat nicht gelogen. Ich weiß …«

»Vorsicht!«

Eve machte eine Vollbremsung, als sie den Mann auf der Straße sah. »O Gott.«

Lopez hatte seinen Wagen hinter ihr zum Stehen gebracht und rannte mit gezogener Pistole auf den Mann zu.

»Nein!«

Plötzlich lag Lopez mitten auf der Straße am Boden.

Mein Gott, er würde Lopez töten.

Sie sprang aus dem Wagen.

»Sind Sie verrückt geworden, Eve?«, schrie Sarah.

»Aufhören. Hast du mich gehört? Verdammt noch mal, hör auf. Du tust ihm weh.«

»Mir ist danach, jemandem wehzutun.« Joe löste seinen Griff von Lopez' Hals und stand auf. »Er war so dumm, auf mich loszugehen.«

»Er hat versucht, mich zu schützen.«

»Er ist ein verdammter Stümper. Logan verschwendet sein Geld.«

»Nein, er macht seine Sache sehr gut.«

Das Tor wurde geöffnet und Herb Brooker kam auf die Straße gerannt.

Joe wirbelte herum und ging sofort in Angriffsposition. Eve stellte sich ihm in den Weg. »Nein, es ist in Ordnung. Ich kenne ihn, Herb.«

Herb warf einen Blick auf seinen Partner, der am Boden lag und sich langsam aufrichtete, und dann auf Joe. »Für mich ist es nicht in Ordnung.«

»Er ist Polizist.«

»Seit wann wenden Polizisten Rambotechniken an?«

»Joe ist eben ein bisschen anders.« Sie wandte sich zu ihm um. »Geh schon rein.«

Er setzte ein schiefes Lächeln auf. »Du lässt mich tatsächlich rein?«

»Halt die Klappe. Ich bin stinksauer auf dich. Du hattest keinen Grund, Juan anzugreifen.«

»Er hatte eine Waffe.«

»Und du hättest ihn beinahe umgebracht.«

Er zuckte die Achseln. »Ich sagte doch bereits, ich war genervt.«

»Das bin ich auch.« Sie stieg wieder in den Wagen. »Niemand hat dich hergebeten.«

»Oh, das ist mir sehr wohl bewusst.« Er drehte sich um und marschierte durchs Tor.

»Wer ist das denn?«, fragte Sarah. »Herb hatte Recht. Mich hat er auch sehr an Rambo erinnert.«

»Joe Quinn.« Sie fuhr die Einfahrt hinauf. »Ein alter Freund.«

»Ach, tatsächlich? Von Freundschaft war da aber wenig zu spüren.«

»Er ist sauer auf mich.« Sie presste die Lippen zusammen. »Ungefähr so sauer wie ich auf ihn.«

»Der war doch auch bei Fay«, schaltete sich Jane vom Rücksitz aus ein. »Er hat sich auf mich gestürzt.«

»Du hast dich zuerst auf ihn gestürzt. Und zwar mit einem Baseballschläger.«

»Sie verteidigen ihn ja«, bemerkte Sarah.

»Reine Gewohnheit.« Sie parkte den Wagen und stieg aus. »Ihr geht alle ins Bett. Ich werde ihn mir vorknöpfen.«

»Leicht wird das nicht«, murmelte Sarah. »Aber Monty und ich sind zu müde, um Schützenhilfe zu leisten, und Jane hat ihren Baseballschläger nicht hier.«

Jane lachte in sich hinein. »Darf Monty heute Nacht bei mir schlafen, Sarah?«

»Heute Nacht nicht. Das darf er nur bei besonderen Anlässen.« Sarah nickte Joe zu, der an der Tür wartete. »Seien Sie freundlich zu Eve, sonst hetze ich meinen Hund auf Sie.«

Ohne eine Antwort abzuwarten, führte sie Jane und Monty ins Haus.

»Wer ist sie?«, wollte Joe von Eve wissen.

»Sarah Patrick. Monty ist ihr Hund. Es überrascht mich, dass du rausgefunden hast, wo ich stecke, aber nichts von Sarah Patrick weißt. Hat Logan dir nicht alles berichtet?«

»Du beliebst zu scherzen.« Er folgte ihr ins Haus. »Logan hat mir nur das Allernötigste erzählt, nämlich dass du in Sicherheit bist, er zwei Leute zu deiner Bewachung abgestellt hat und ich mich ansonsten zum Teufel scheren soll.«

»Und wie hast du mich dann gefunden?«

»Mark sagte mir, du seist unterwegs nach Phoenix, und er glaubte, du hättest einen Trumpf im Ärmel. Ich dachte sofort an Logan. Also machte ich mich auf die Suche nach ihm und fand heraus, dass er Monterey verlassen und sich im Camelback Inn einquartiert hat. Außerdem habe ich erfahren, dass ihm dieses Haus gehört, und hielt es für folgerichtig, dass er dir und Jane hier Unterschlupf gewährt.«

»Wie scharfsinnig.«

»Deinen Sarkasmus kannst du dir sparen«, sagte er gereizt. »Auf der Suche nach dir wäre ich fast durchgedreht, ich hatte Angst, Dom könnte dich vor mir finden. Ich habe keine Ahnung, wie weit ich die Geschichte noch in der Hand habe.«

»Nach der Vorstellung zu urteilen, die du draußen abgeliefert hast, wohl nicht sehr.«

»Habe ich dich verärgert? Das tut mir aber Leid. Mir ist bekannt, wie sehr dich Gewalttätigkeit aus dem Gleichgewicht bringt, du hast schon genug gesehen in deinem Leben. Deshalb habe ich diese Seite von mir bisher unterdrückt, aber ich habe keine Lust mehr, Eve. Akzeptier mich, wie ich bin.« Er sah sich in der Diele um. »Sehr nett. Sehr gemütlich. Logan meint es gut mit dir.«

»Er ist mir eine große Hilfe.«

Er zog die Augenbrauen zusammen. »Ach ja? Wie

groß ist denn die Hilfe? Jede Menge Freundlichkeiten und intime kleine Pläuschchen?«

»Natürlich spreche ich mit ihm. Sobald ich die Möglichkeit habe, rufe ich ihn an, um ihn auf dem Laufenden zu halten. Hätte ich ihn einfach fallen lassen sollen, nachdem er mir bei Sarah geholfen hat, und bei … Warum rechtfertige ich mich überhaupt? Es geht dich überhaupt nichts …«

»Ich will nur eins wissen. Hat Dom Kontakt zu dir aufgenommen, seit du hier bist?«

»Ja.«

Er fluchte leise vor sich hin. »Wie macht der Scheißkerl das? Er muss wie Sirup an dir kleben.«

»Wieso überrascht dich das? Er hat jahrzehntelange Übung, er weiß, wie man Leute beschattet; er beherrscht es wie im Lehrbuch. Und es würde ihm keinen Spaß machen, wenn er nicht in Tuchfühlung mit mir sein könnte.« Sie ging ins Wohnzimmer und wandte sich zu ihm um. »Ich bin müde, Joe. Sag, was du zu sagen hast, und dann lass mich schlafen. Wir müssen im Morgengrauen aufstehen und weitersuchen.«

»Das ist alles?«

»Das ist alles.« Sie verlor die Geduld. »Verdammt, Joe, du erwartest doch wohl nicht, dass ich mich dafür entschuldige, dass ich deinen Job nicht aufs Spiel setzen wollte? Ich würde es wieder tun. Diese Sache betrifft nur mich, nicht dich.«

»Seit wir uns kennen, habe ich mir deine Probleme zu Eigen gemacht. Und das werde ich tun bis zu dem Tag, an dem ich …« Er schüttelte den Kopf. »Du ziehst dich zurück, du schließt mich aus. Ich spüre es, verdammt. Was glaubst du wohl, wie lange ich das noch …« Er trat zwei Schritte vor und packte sie an den Schultern. »Sieh mich an. Herrgott noch mal, sieh mich an und nimm mich endlich wahr, wie ich bin, und nicht, wie du mich sehen willst.«

Seine Augen …

Es schnürte ihr die Kehle zusammen, sie konnte kaum atmen.

»*Ja.*« Seine Stimme zitterte vor Erregung.

»Lass mich los.« Selbst in ihren eigenen Ohren klang ihre Stimme schwach.

Er verstärkte den Griff und ließ sie dann langsam wieder los. »Ich bin nicht blöd, nach all diesen Jahren werde ich jetzt nichts erzwingen. Aber du hast mich viel zu lang mit Mitleid an dich gekettet. Ich halte das nicht länger aus.«

»Mitleid? Ich habe dein Mitleid nie gewollt.«

»Wie hätte ich kein Mitleid empfinden sollen? Es hat mich gequält. Beim Essen, beim Schlafen. Es war trocken wie totes Laub, aber es war alles, was ich hatte. Und jedes Mal, wenn ich dachte, ich würde es keine Minute länger ertragen, hast du erneut an mein Mitgefühl appelliert und schon hing ich wieder drin.« Er hielt ihrem Blick stand. »Kein Mitleid mehr, Eve.«

»Ich gehe ins Bett.« Sie wich vor ihm zurück. »Wir können morgen früh darüber sprechen.«

Er schüttelte den Kopf. »Nein, das ist nicht nötig. Jetzt kann ich warten.« Er warf einen Blick auf die Couch. »Ich pack mich hier hin.«

»Ein Schlafzimmer ist noch frei.«

»Das kannst du mir morgen zeigen. Jetzt ergreif die Flucht.«

Die Flucht ergreifen, ja. Sie war verwirrt und in Panik, und da war dieses merkwürdige Gefühl im Bauch. Und Joe, der Mistkerl, kannte sie so gut, dass er wahrscheinlich genau wusste, was in ihr vorging. »Wir sehen uns morgen früh.«

»Alles wird gut, Eve«, sagte er ruhig. Zum ersten Mal erschien der Anflug eines Lächelns auf seinem Gesicht. »Denk nicht darüber nach, lass es auf dich zukommen und eine Weile auf dich wirken. Ich bin derselbe Mann, den du seit zehn Jahren kennst.«

Doch als er eben auf sie hinabgesehen hatte, hatte sie sich gefühlt, als sehe sie ihn zum ersten Mal.

Wenn er sie berührte …

Wie oft hatte er sie in den letzten zehn Jahren in den Armen gehalten? Voller Freundschaft und Zuneigung hatte er sie in ihrem Schmerz beruhigt und ihr geholfen, all die Nächte der Qualen und der Einsamkeit zu überstehen.

Aber noch nie wie jetzt.

»Gute Nacht«, murmelte sie und machte, dass sie aus dem Zimmer kam.

Verrückt, dachte sie, als sie sich auszog und ins Bett schlüpfte. Es durfte nicht passieren. Verdammt, Joe. Du solltest nicht solche Gefühle haben.

Sie sollte solche Gefühle nicht haben.

Ihre Brüste spannten sich, reckten sich dem kühlen Bettlaken entgegen, und zwischen ihren Schenkeln empfand sie ein unmissverständliches Prickeln.

Mist.

Doch nicht Joe. Sie wollte diese animalische Begierde nicht für Joe empfinden. Dafür war an dem Platz, den sie ihm in ihrem Leben zugewiesen hatte, kein Raum.

Sein Platz. Wo kam dieser Gedanke jetzt her? Konnte es sein, dass sie Joe vor lauter Angst, ihn zu verlieren, an den einzigen Ort in ihrem Herzen verbannt hatte, wo sie Nähe zulassen konnte? Wie unglaublich selbstsüchtig von ihr.

Es konnte nicht wahr sein. Sie musste sich irren. Doch hatte sie nicht schon in jener Nacht im Motel in

Elijay gewusst, dass es noch etwas anderes zwischen ihnen gab, etwas, das sie nicht an die Oberfläche gelangen lassen wollte?

Vielleicht hatte Joe heute Abend nur einen vorübergehenden Aussetzer gehabt. Sicher würde er morgen wieder normal sein.

Aber was war mit ihr? Würde sie Joe jemals wieder so ansehen können wie zuvor? Als er sie festgehalten und mit solcher Intensität angesehen hatte, schien vor ihren Augen eine Verwandlung stattzufinden. Plötzlich war sie sich seiner *bewusst* geworden, seines Körpers, seiner sexuellen Ausstrahlung. Diese breiten Schultern, die schlanke Taille, dieser Mund …

Sie hätte am liebsten die Hand ausgestreckt und diesen Mund berührt.

Hitze. Prickeln. Begierde.

Sie musste aufhören, in dieser Weise an ihn zu denken. Sie musste ihr Gleichgewicht wiederfinden und Joe klar machen, wie zerstörerisch es sein konnte, Bestehendes über den Haufen zu werfen. Sie musste logisch vorgehen, einen kühlen Kopf bewahren …

Sie war zu durcheinander, um logisch oder gelassen zu sein.

Verdammt, Joe.

Am folgenden Morgen lief ihr Joe frisch geduscht, in Jeans und Sweatshirt, die Haare noch nass, im Flur über den Weg. »Der Kaffee ist fertig. Sarah, Jane und Monty sind schon in der Küche. Du bist spät dran.« Er lächelte. »Schlecht geschlafen?«

Sie erstarrte. »Ganz und gar nicht.«

»Lügnerin.« Er ging in die Küche. »Sarah hat mir von deinen Fortschritten berichtet, besser gesagt von den Rückschlägen.«

Erleichtert stellte sie fest, dass er ruhig und entspannt war. Das war der Joe, den sie kannte. Es kam ihr vor, als hätte es die letzte Nacht nicht gegeben. »Wir haben immer noch eine Chance.«

»Wenn Dom dich nicht belogen hat. Du solltest dir nicht zu große Hoffnungen machen, dass es noch Spuren gibt, selbst wenn wir Debby Jordan aufspüren. Spiro sagte, bei den Gräbern von Talladega sei nichts Brauchbares gefunden worden.«

»Was ist mit dem Karton in der Gasse?«

»Das Gleiche. Das Blut stammte vom Wachposten des Heims.«

»Und die beiden Gräber in Phoenix?«

»Spiro hat Charlie hergeschickt, um sich die Sache anzusehen. Bisher gibt es da nichts Neues.«

»Das bedeutet nicht, dass wir nichts finden werden.«

»Er hätte dich nicht auf Debby Jordan gebracht, wenn damit das Risiko verbunden wäre, dass er gefasst wird.«

»Doch, das hätte er. Die Sicherheit langweilt ihn. Er braucht ... ich weiß nicht, was er braucht, aber es hat mit mir zu tun. Und er hat mindestens einen Fehler gemacht, seit ich hier bin.«

»Sarahs Hund.«

Sie nickte. »Wenn er einen Fehler gemacht hat, hat er vielleicht noch andere gemacht.«

»Und wenn nicht?«

»Dann finden wir eine andere Möglichkeit, ihn zu kriegen. Das kann nicht ewig so weitergehen. Ich werde mich nicht vor dem Scheißkerl verstecken und genauso wenig lasse ich mich von ihm zum Narren halten.« Sie verzog das Gesicht. »Der Typ kotzt mich an. Er saugt mich aus, Joe.«

»Vielleicht hast du Recht. Vielleicht ist Debby Jordan wirklich der Schlüssel.« Er schwieg einen Augenblick. Dann lass uns frühstücken, damit wir loskommen.«

»Willst du mit?«

»Das Kind darf doch auch mit.«

»Jane muss bei mir bleiben.«

Er war schon an der Küchentür, aber sie hielt ihn auf. »Ich möchte nicht, dass du mitkommst, Joe.«

»Das werde ich aber. Ich lasse mich nicht wieder abwimmeln.«

»Hör zu, ich bin vorsichtig und habe mich nirgendwo blicken lassen. Sarah spricht mit den Leuten, die vorbeikommen und Fragen stellen, wenn wir die Gegend absuchen, aber es besteht trotzdem die Möglichkeit, dass die Polizei mich aufgreift. Ich möchte einfach nicht, dass du dabei bist, falls das passiert.«

Er grinste. »In dem Fall würde ich selbst dich festnehmen. Hatte ich nicht erwähnt, dass ich unseren Polizeichef überreden konnte, mich als Vertreter der Kripo Atlanta zur hiesigen Einsatzgruppe zu schicken? Mein Job, um den du dir so große Sorgen machst, ist also gerettet.«

»Von wegen. Das ist ein Drahtseilakt und ich möchte nicht, dass du ...«

»Und du hörst nicht zu. Ich bin nicht auf deine Hilfe angewiesen.«

Er warf ihr einen scharfen Blick zu. »Aber Logans Hilfe nimmst du an.«

»Ich wollte seine Hilfe nicht.«

»Und trotzdem hast du sie angenommen.«

»Das ist was anderes.«

»Natürlich ist das was anderes. Ich hätte dich erwürgen können, als du mich verlassen und dich an ihn gewandt hast.« Er lächelte. »Aber inzwischen glaube ich, das ist ein ermutigendes Zeichen. Denk mal darüber nach.«

Sie wollte nicht darüber nachdenken. Plötzlich spürte sie den gleichen Knoten im Hals, die gleiche Erregung, die sie schon in der Nacht empfunden hatte. Verflixt und zugenäht, sie wollte diese Gefühle für Joe nicht. Er war ihr bester Freund, beinahe ihr Bruder. »Alles geht schief. Du machst alles kaputt.«

Er folgte ihr in die Küche. »Gewöhn dich dran.«

»Ruhig, Junge. Du bist zu schnell.« Sarah nahm die Leine etwas kürzer. Seit er auf dem Gelände hinter der Dawn's-Light-Grundschule angekommen war, wirkte Monty angespannt und legte ein hohes Tempo vor.

Instinkt oder Ungeduld? Er hatte viele Tage der Suche hinter sich und nichts vorzuweisen. Sarah für ihren Teil war ausgepumpt und ungeduldig.

Es musste schon fast sechs Uhr sein. Die Dunkelheit brach herein und die Bäume warfen lange Schatten auf das spärlich bewachsene Gelände.

»Wie lange noch?«, rief Joe vom Wagen her, der am Feldrand geparkt war.

»Noch eine Viertelstunde.« Sie gönnte sich und Monty eine kleine Verschnaufpause, während der sie Eve und Joe beobachtete. Es war eigenartig, die beiden zusammen zu erleben. Offensichtlich waren sie alte Freunde; sie waren einander so vertraut, dass sie fast schon die Sätze des anderen beenden konnten. Andererseits hatte die Spannung zwischen ihnen etwas Beunruhigendes. Menschen waren einfach zu kompliziert. Hunde waren viel einfacher ... meistens.

»Sind wir bald fertig?«, fragte Jane.

»Bald.« Sie gingen wieder los. »Warum gehst du

nicht zum Wagen und holst dir ein Sandwich? Du hast bestimmt Hunger.«

Jane schüttelte den Kopf. »Ich warte, bis Sie fertig sind.« Sie lächelte freudig. »Monty ist heute besonders eifrig. Was glauben Sie, woran das liegt?«

»Woher soll ich das wissen? Ich laufe nur hinter ihm her.«

Jane runzelte die Stirn. »Was ist los?«

»Nichts.« Sie ging schneller. »Geh zum Wagen. Du kannst nicht mehr mithalten.«

»Klar kann ich.«

»Ich habe gesagt, du sollst zurückgehen«, sagte sie schroff. »Wir können dich jetzt nicht gebrauchen.«

Jane blieb stehen und starrte sie an, dann machte sie auf dem Absatz kehrt und ging davon.

Sie hatte die Gefühle des Mädchens verletzt. Aber sie konnte es nicht ändern, sie musste sich jetzt allein auf Monty konzentrieren.

Schneller.

Nach links.

Schneller.

Monty zerrte an der Leine.

Nah dran.

Eifer.

Hoffnung.

Gefunden!

Monty begann zu buddeln.

»Nein, Monty!«

Gefunden!

Sie versuchte nicht noch einmal, ihn zu bremsen. Er würde es bald selbst herausfinden. Er erstarrte.

Tot?

Er zog sich zurück. *Tot.*

Er winselte.

O Gott, wie ihm das wehtat.

Sie ließ sich auf die Knie fallen und legte ihm die Arme um den Hals.

Kind?

»Ich glaube nicht.«

Aber tot.

Sie spürte, wie ihr die Tränen kamen, während sie ihn sanft wiegte. »Schsch.«

»Was ist los? Ist Monty verletzt?« Eve stand neben ihr.

»Ja.« Und es war ihre Schuld. Sie hatte jeden Gedanken an diesen Moment verdrängt, aber sie hatte gewusst, dass er kommen würde. »Er ist verletzt.«

»Sollen wir ihn zum Tierarzt bringen?«

Sarah schüttelte den Kopf. »Das würde nichts nützen.« Wenn er doch nur aufhören würde zu winseln. Es brach ihr das Herz.

Tot.

»Was ist passiert?« Joe kniete neben dem Hund. »Braucht er Hilfe? Ich habe gelernt ...«

»Er hat sie gefunden.«

»Hier? Debby Jordan?«

»Ich nehme an, dass sie es ist«, sagte Sarah müde. »Es ist ein Mensch und er ist tot.« Sie erhob sich. »Ich bringe Monty zum Wagen. Er hat seine Aufgabe erfüllt.« Sie zog sanft an der Leine. »Komm, Kleiner.«

Monty rührte sich nicht von der Stelle.

»Du kannst es nicht ändern, Monty. Es ist jetzt Zeit zu gehen.«

Der Hund lag da und winselte.

»Kann ich helfen?«, fragte Joe ruhig.

»Er will sie nicht verlassen. Er weiß, dass sie tot ist, aber er akzeptiert es nicht.« Sie rang um Fassung. »Der Idiot will es niemals akzeptieren.«

»Dann sollten wir ihn von hier wegschaffen.« Joe hob den Retriever auf die Arme. »Ruhig, Junge. Ich tu dir nichts. Sarah möchte, dass du mit zum Wagen kommst.«

»Soll ich mitkommen?«, fragte Eve.

»Bleiben Sie hier.« Sarah folgte Joe. »Wir dürfen die genaue Stelle nicht verlieren, ich kriege Monty nie wieder hierher.«

Jane kam angerannt, als sie Joe mit Monty auf den Armen sah. »Was ist los? Was ist mit Monty passiert?«

»Es geht ihm gut.« Joe setzte Monty behutsam auf dem Rücksitz ab. »Er wollte nicht mehr zum Auto zurück.«

»Warum denn nicht?«

Joe wandte sich zu Sarah um. »Ich muss zu Eve, um den Fundort zu markieren. Kommen Sie allein klar?«

Sarah nickte, kletterte auf den Rücksitz und legte Montys Kopf in ihren Schoß.

Jane beobachtete sie. »Sieht aus, als wäre er krank.«

»Er ist nicht krank, nur traurig.«

»Warum?« Ihr Blick schweifte zu der Stelle, wo Eve stand. »Hat er sie gefunden?«

»Er hat jemanden gefunden.«

Jane erschauerte. »Ich habe nicht wirklich geglaubt, dass es passieren würde. Ich fand es richtig, sie zu suchen, aber ich …«

»Ich weiß.« Sarah rang sich ein Lächeln ab. »Ich hatte auch gemischte Gefühle dabei.«

»Weil Sie Angst hatten, dass Monty traurig wird?«

»Ich wusste, dass es ihm wehtun würde.«

»War das denn schon mal so?«

»Jedes Mal. Als wir von Tegucigalpa zurückgekehrt sind, hat er einen Monat lang keinen Fuß vor die Tür gesetzt und sieben Pfund abgenommen. Ich musste ihn zum Fressen überreden.«

»Und wird es diesmal genauso?«

»Ich hoffe nicht.« Sie streichelte Montys Kopf.

»Sie hätten ihn da nicht hinbringen dürfen.«

»Er hat sehr vielen Menschen das Leben gerettet. Hätte ich das verhindern sollen?«

Jane runzelte die Stirn. »Wahrscheinlich nicht. Aber es gefällt mir nicht.«

»Mir auch nicht.«

»Sind alle Hunde so wie er?«

»Golden Retriever sind wundervolle Haustiere und gute Begleiter für Behinderte, weil sie so sanft sind. Sie haben ein großes Herz und Monty scheint ein besonders großes abbekommen zu haben.«

Janes Hände krampften sich zu Fäusten. »Ich finde es schrecklich, dass er so leidet. Kann ich ihm irgendwie helfen?«

Sarah wusste aus der Vergangenheit, dass es keine schnelle Hilfe gab. Aber das Kind litt fast genauso wie der Hund, deshalb musste sie sich etwas einfallen lassen. »Steig ein und setz dich zu uns. Kraul ihn ein bisschen. Er soll merken, dass du da bist.«

»Ob ihm das gefällt?«

»Monty hat Kinder gern, und dich ganz besonders, Jane. Vielleicht hilft es ja.«

Jane kletterte auf den Rücksitz und begann Monty zu streicheln. »Er winselt immer noch. Sind Sie sicher, dass es hilft?«

Wenn Sarah sich einer Sache sicher war, dann war es die Überzeugung, dass Liebe und der Lebensmut eines Kindes Wunder vollbringen konnten. Sie könnte selbst ein wenig von diesem Lebensmut gebrauchen. »Es kann nicht schaden. Mach ruhig weiter.«

Einige Minuten herrschte Schweigen im Wagen. »Warum tun Sie das?«, flüsterte Jane. »Sie lieben Monty. Es muss schrecklich sein für Sie.«

»Nicht viele Menschen sind zu dem fähig, was wir tun.« Sie räusperte sich. »Aber ich darf Monty nur ganz behutsam einsetzen. Ich bin für ihn verantwortlich. Ich bin diejenige, die auf uns aufpassen muss.«

»Warum?«

»Weil Monty ist, wie er ist, und mich liebt.« Sie streichelte dem Hund zärtlich über den Kopf. Komm schon, Junge. Bitte, hör endlich auf zu leiden. Es macht mich fertig. Wir werden das schon durchstehen. Und sie flüsterte: »Und er würde nie, niemals nein sagen.«

Debby Jordan war hier vergraben. Eve starrte auf den Flecken Erde, den Sarah ihr gezeigt hatte. Es sah nicht aus wie ein Grab.

»Ist es hier?« Joe stand neben ihr. In der Hand hielt er eine rote Notfallfahne, die er aus dem Kofferraum geholt haben musste.

Sie wies auf die Stelle. »Ich kann es gar nicht glauben, dass Monty sie gefunden hat. Ich hatte die Hoffnung schon aufgegeben.«

»Du doch nicht.« Er rammte die Fahne in den Boden und stand auf. »Das müsste reichen. Hast du eine Idee, was wir jetzt tun sollen?«

»Wir können die Leiche nicht selbst exhumieren, wahrscheinlich würden wir alle möglichen Beweismittel zerstören. Die örtliche Polizei?«

»Zum Beispiel.« Er schwieg einen Moment lang. »Oder wir holen Spiro.«

»Ich werde wegen Entführung gesucht. Und ich werde nicht zulassen, dass er Jane mitnimmt.«

»Dann müssen wir uns wohl auf einen Handel mit ihm einlassen.« Er presste die Lippen zusammen. »Ohne dass du als Köder herhalten musst.«

»Wir können nicht einmal sicher sein, dass es sich hier um Debby Jordan handelt.«

»Aber dein Gefühl sagt dir, dass sie es ist, stimmt's?«

»Ich glaube, dass sie es ist. Er wollte, dass ich sie finde, und wir haben sie gefunden. Aber er wollte die Suche länger hinauszögern, wahrscheinlich ist es ihm zu schnell gegangen. Warten wir ab, was er als Nächstes tut.«

Kapitel 13

»Wie geht's Monty?«, fragte Joe, als Eve später am Abend die Treppe herunterkam.

»Sarah macht sich Sorgen, er will nichts fressen. Jane bemüht sich sehr um ihn.« Sie schüttelte den Kopf. »Ich dachte, er würde ihr gut tun, aber jetzt ist sie todtraurig.«

»Es tut ihr wahrscheinlich auch gut. Zuneigung hat noch niemandem geschadet. Davon gibt es viel zu wenig auf der Welt.«

Joe hatte seine Zuneigung gezeigt. Sie hatte noch das Bild vor Augen, wie er den Retriever voller Zärtlichkeit aufgehoben und zum Wagen getragen hatte. Merkwürdig, wie anrührend die Sanftheit eines abgebrühten Mannes wirken konnte. »Hast du Spiro erreicht?«

»Ja, er ist unterwegs. Er wollte ohnehin kommen. Charlie ist bei den anderen beiden Fällen auf etwas sehr Interessantes gestoßen.«

»Worauf?«

»Er wollte nicht darüber sprechen.«

»So viel zum Thema Informationsfluss.«

»Wir werden es schon noch erfahren. Im Moment denkt er noch, er tut uns einen Gefallen, wir müssen ihn einfach davon überzeugen, dass wir auf einer Höhe stehen.«

Das Telefon klingelte. Sie versteifte sich.

Joe betrachtete sie. »Soll ich?«

Das war nicht Dom. Dom rief auf ihrem Handy an.

»Nein, ich geh ran.« Sie hob den Hörer ab.

»Freut mich, Ihre Stimme zu hören, Eve«, sagte Mark Grunard. »Obwohl ich mir gewünscht hätte, sie früher zu vernehmen. Sie hatten mir versprochen, sich bei mir zu melden.«

»Es gab keinen Grund. Ich wusste einfach nichts Neues! Wie haben Sie herausgefunden, wo ich mich aufhalte?«

»Joe und ich haben eine Vereinbarung getroffen und *er* hält sein Wort. Ist er da?«

»Ja.« Sie reichte Joe den Hörer. »Mark Grunard.«

Sie setzte sich und beobachtete sein Gesicht, während er mit Mark telefonierte. Völlig ausdruckslos. Argwohn und Selbstbeherrschung hatten wieder ihren Platz eingenommen.

»Er kommt her.« Joe legte auf. »Er will dabei sein, falls was Interessantes passiert.«

»Er sagte, ihr hättet eine Vereinbarung getroffen.«

»Nur so habe ich ihn dazu bewegen können, mir zu sagen, wo du steckst. Ich habe ihm Bescheid gegeben, nachdem ich das Haus hier gefunden hatte.«

»Ohne mich zu fragen.«

»Hast du mich etwa gefragt, bevor du ausgeflogen bist?« Und sanft setzte er hinzu: »Ich hätte einen Pakt mit dem Teufel geschlossen, um dich zu finden, Eve. Möchtest du hören, was ich tun würde, um dich nicht zu verlieren?«

Seine Worte erwischten sie kalt, sie war überrascht, verwirrt. »Ich möchte nicht …«

»Ich hatte auch nicht erwartet, dass du es wissen willst.« Er drehte sich um und ging zur Haustür. »Lassen wir es fürs Erste dabei.«

»Wo gehst du hin?«

»Zur Grabstätte. Mir gefällt die Vorstellung nicht, sie unbewacht zu lassen.«

Sie sah ihn entsetzt an. »Glaubst du, er würde dorthin zurückkehren?«

»Wenn er dich beobachtet, weiß er, dass wir das Grab gefunden haben.«

»Er wird nicht versuchen, die Leiche wegzuschaffen. Er hat mir einmal gesagt, dass das dumm wäre.«

»Dann werde ich es eben vergeblich bewachen. Schaden kann es auf jeden Fall nicht.«

»Wie lange wirst du dort bleiben?«

»Bis morgen früh, wenn Spiro kommt. Erwarte mich nicht vor …«

»Ich komme mit dir.«

»Nichts da, du gehst schlafen.« Er öffnete die Tür. »Das ist meine Arbeit, Eve. Du und Sarah, ihr habt euren Teil geleistet.«

»Es ist idiotisch, da heute Nacht hinzugehen, wenn du glaubst, dass er …«

Sie sprach mit den Wänden. Er war schon weg.

Wie kam er dazu, sie erst zu verwirren und dann in Angst und Schrecken zu versetzen, indem er zu Debby Jordans Grab ging? Und was glaubte er, wie sie schlafen sollte? Sie würde die ganze Nacht wach liegen und sich vorstellen, wie er allein da draußen war.

Sie *würde* schlafen. Sie würde einfach nicht an ihn denken. Sollte er doch das Risiko eingehen, Dom in die Arme zu laufen. Verdient hatte er's. Wahrscheinlich würde es ihm sogar Spaß machen, dem Scheißkerl gegenüberzutreten. Er würde ihm ein paar Karate-Hiebe verpassen, wie er es mit Lopez gemacht hatte, und seines Weges ziehen.

Ihr Herz schlug heftig. Ganz ruhig. Nicht an ihn denken.

Geh ins Bett und schlaf.

Joe saß einige Meter vom Grab entfernt und sie konnte seinen Blick spüren, als sie auf ihn zuging, doch sein Gesicht konnte sie nicht erkennen. Wahrscheinlich war es völlig ausdruckslos. Man musste auf jedes leise Zucken seiner Lider und jede winzige Bewegung seines Mundes achten, um zu wissen, was er fühlte.

Doch in letzter Zeit hatte er seine Gefühle mehr als deutlich gemacht.

»Ich habe dich erwartet.« Joe klopfte neben sich auf den Boden. »Setz dich.«

»Ich habe nicht damit gerechnet, jetzt hier zu sein.« Sie setzte sich und schlang die Arme um ihre Knie. »Ich habe dir ja gesagt, dass er nicht kommen würde.«

»Aber du wolltest nicht, dass ich mich allein in Gefahr bringe.«

»Du bist mein Freund … manchmal.«

»Immer. Du hättest nicht allein herkommen sollen.«

»Ich bin nie allein. Einer der Sicherheitsleute ist mir gefolgt.«

»Was der einzige Grund ist, dass ich ein klein wenig Dankbarkeit gegenüber Logan empfinde.«

»Er ist ein guter Mensch.«

»Kein Kommentar.«

Schweigend betrachtete sie die rote Fahne, die die Lage des Grabes markierte. Bist du da begraben, Debby Jordan? Ich hoffe es. Ich hoffe so sehr, dass wir dich nach Hause bringen können.

»Sie hatte zwei Kinder?«

»Zwei kleine Jungs. Den Zeitungen zufolge hat es ihr an nichts gefehlt. Eine glückliche Ehe, eine Familie, Freunde. Sie war ein guter Mensch, der sich bemühte, ein anständiges Leben zu führen. Eines Tages ist sie von zu Hause weggefahren und nie wiedergekommen. Ohne Vorwarnung. Ohne Grund. Dom hat sie gesehen und wollte ihren Tod.« Sie schüttelte den Kopf. »Das macht mir am meisten Angst. Man kann noch so ein gutes Leben führen, so anständig wie möglich, es spielt keine Rolle. Ein Verrückter wählt dich nach dem Zufallsprinzip aus und nimmt dir alles. Das ist nicht fair.«

»Deshalb ist es so wichtig, dass wir jeden Tag so leben, als wäre es unser letzter, dass wir uns nicht verschließen.«

Offensichtlich ging es nicht mehr um Debby Jordan. »Ich verschließe mich nicht. Aber ich entscheide selbst, was ich von meinem Leben erwarte«, gab Eve zurück.

»Dann solltest du deine Ansprüche endlich hochschrauben. Du führst ein reichlich armseliges Leben.«

»Ich bin zufrieden, wie die Dinge sind.«

»Schwachsinn.«

»Himmel Herrgott, warum willst du alles verändern?«

»Ich bin egoistisch. Ich will mehr.«

»Ich kann nicht ... ich will nicht ...«

»Sex?«

Eve erstarrte. Das war genau das Thema, über das sie nicht mit ihm sprechen wollte. Sie hatte es unzählige Male von sich weggeschoben, als sie vergangene Nacht im Bett gelegen hatte.

»Ich glaube, du willst es.« Er sah sie nicht an. »Du hattest nur wenige sexuelle Beziehungen, seit Bonnie gestorben ist. Nichts Ernstes. Du hast nicht zugelassen, dass es ernst wird. Es hätte deiner Arbeit geschadet.«

Joe hatte nie zuvor mit ihr über diese flüchtigen Beziehungen gesprochen. Sie hatte nicht einmal gewusst, dass er sie überhaupt registriert hatte. »Es würde auch jetzt meiner Arbeit schaden.«

»Dann wirst du einen Weg finden müssen, es zu vereinbaren.« Er sprach mit ruhiger Stimme. »Weil ich nämlich hier bin und es mir verdammt ernst ist. Ich habe dich beobachtet und abgewartet. Ich habe gelernt, meine Eifersucht zu beherrschen, meine Wut und meine Verzweiflung. Ich habe dich nie davon abgehalten, zu anderen Männern zu gehen, weil ich wusste, dass das zu deinem Heilungsprozess gehörte. Von mir brauchtest du etwas anderes. Und du hast es bekommen.«

»Joe …«

»Mein ganzes Leben dreht sich um dich, seit ich dich kenne. Du bist mein Mittelpunkt geworden. Ich weiß nicht, warum. Ich habe es mir nicht ausgesucht.« Schließlich sah er sie an. »Aber wenn du einmal über Bonnie und alle anderen verlorenen Kindern hinausdenkst, dann wirst du feststellen, dass ich für dich genauso zum Lebensmittelpunkt geworden bin.«

»Du bist mein Freund, Joe.«

»Für alle Zeiten. Aber ich kann mehr sein. Ich kann deinem Körper gut tun.« Er schwieg einen Augenblick. »Und ich kann dir ein Kind schenken.«

»*Nein.*«

»Habe ich dir einen Schrecken eingejagt? Schon der Gedanke macht dir Angst, dabei wäre es genau das, was dich wieder gesund machen würde. Und es wäre doch weiß Gott kein Verrat an Bonnie.«

»Nein.«

Er zuckte die Achseln. »Ich werde dich nicht bedrängen. Wir haben noch einen weiten Weg vor uns, bis wir so weit sind.«

Gequält und verwirrt starrte sie ihn an. »Joe, es würde nicht funktionieren.«

»Es wird funktionieren. Ich werde dafür sorgen, dass es funktioniert.« Er lächelte. »Zuallererst werde ich dich dazu bringen, mich als Sexobjekt zu betrachten statt als Bruder. Möchtest du hören, wie gut ich im Bett bin?«

Ein Scherz. Oder etwa nicht? Sie war derart verwirrt, dass sie nicht mehr wusste, was sie von ihm halten sollte.

»Nein, lieber würde ich es dir zeigen.« Sein Lächeln schwand. »Mir ist klar, dass es weder die richtige Zeit noch der passende Ort ist. Obwohl es mir vorkommt, als hätten wir den Großteil unserer gemeinsamen Jahre damit verbracht, am Rande irgendwelcher Gräber zu balancieren.« Er streckte die Hand aus und berührte ihre Wange. »Du solltest wissen, dass ich dich die meiste Zeit nicht so sehr als gute Freundin betrachte. Wenn ich dich ansehe, stelle ich mir uns beide im Bett vor, wie du auf mir liegst oder deine Hände auf ...« Er warf seinen Kopf in den Nacken und lachte. »Wie weit du die Augen aufreißen kannst.«

»Herrgott noch mal, Joe.« Sie hatte das Gefühl, knallrot geworden zu sein. »Ich will nicht daran denken.« Aber sie würde es tun. Sie würde gar nicht verhindern können, sich an seine Worte zu erinnern.

Und er wusste das.

»Schon gut.« Lächelnd legte er den Arm um sie. »Entspann dich. Ich habe nichts dagegen, dir hin und wieder als Schulter zum Anlehnen zu dienen. Ich eröffne unserer Beziehung lediglich interessantere Perspektiven.«

Sie sollte keinen Trost bei ihm suchen. Es war nicht fair. Außerdem lenkte es nur vom Wesentlichen ab.

Aber was genau war das Wesentliche? Sex? Liebe? Freundschaft? Was immer es war, sie blieb besser auf Distanz, bis sie wieder klar denken konnte.

Und dennoch hatten sie schon unzählige Male genau wie jetzt beisammengesessen, einander berührt, ihre Gedanken ausgetauscht und auch miteinander geschwiegen. Warum sollte sie ihn jetzt zurückweisen? Es wäre zu schmerzhaft, gerade so, als müsste sie einen Teil von sich selbst herausreißen.

»Hör auf zu grübeln«, flüsterte Joe. »Diesen Teil wird es immer geben. Ich habe nicht vor, dir etwas zu nehmen. Ich will uns beiden etwas geben.«

»Du musst mich für ein egoistisches Miststück halten«, sagte sie mit zitternder Stimme. »Du hast mir bereits so viel gegeben. Du hast mir das Leben gerettet und mich davor bewahrt, den Verstand zu verlieren. Ich würde alles für dich tun, wenn ich nicht solche Angst hätte, dir am Ende wehzutun. Sex bedeutet gar nichts. Du würdest mehr wollen, ich habe aber keine Ahnung von der Beziehung zwischen Mann und Frau. Der Kerl, von dem ich mit Bonnie schwanger geworden bin, hat sich auf der Stelle aus dem Staub gemacht, als ich ihm sagte, dass ich nicht abtreiben würde. Das war nicht gerade ein gutes Training. Ich weiß nicht, ob ich einer so großen Verantwortung gewachsen wäre.«

»Das bist du. Du wirst mit allem fertig.«

»Von wegen. Seit damals habe ich keine einzige sexuelle Beziehung mehr auf die Reihe gekriegt.«

»Weil es nicht mit mir war.«

Plötzlich fing sie an zu lachen. »Du arroganter Scheißkerl.«

Er lächelte. »Da ist was dran.« Er drückte ihren Kopf gegen seine Schulter. »Schlaf jetzt. Vielleicht hast du Glück und träumst von mir.«

»Zu dieser Genugtuung möchte ich dir nicht verhelfen. Dein Ego ist auch so schon aufgeblasen genug.« Nach und nach wurde sie ruhiger. Merkwürdig, dachte sie schläfrig, sie fühlte sich bei ihm genauso wohl wie in all den Jahren zuvor. Joe schien in der Lage zu sein, mühelos zwischen den verschiedenen Ebenen zu wechseln und sie einfach mitzunehmen. »Schlafen ist keine so gute Idee. Schließlich wollte ich hier sein, falls Dom …«

»Ich weiß. In dem Moment, als du aufgetaucht bist, wusste ich, dass mir nichts passieren kann.«

»Quatschkopf.«

»Wie du meinst.«

»Schon gut, schon gut. Du wirst es nicht noch einmal erleben, dass ich angerannt komme, um deinen Hals zu retten.«

»Du würdest es wieder tun.«

Er hatte Recht, das würde sie. Ohne zu fragen und ohne nachzudenken. Weil die Vorstellung, Joe könnte etwas zustoßen, zu beängstigend war, als dass sie einen Gedanken daran verschwenden wollte.

Ohne Joe zu leben …

Spiro traf am folgenden Morgen um viertel nach zehn auf dem Gelände ein.

»Hallo, Eve. Sie sind ja ganz schön emsig gewesen seit unserer letzten Begegnung.« Sein Blick wanderte zu der roten Fahne. »Ist es das?«

Joe nickte. »Das ist es.«

»Wir können nur hoffen, dass dieser Leichenhund eine gute Nase hat. Ich stehe da wie ein Trottel, wenn da bloß eine tote Ratte liegt.«

»Er hat eine außergewöhnliche Spürnase«, erwiderte Eve. »Sarah behauptet, er kennt den Unterschied.«

»Sarah?«

»Sarah Patrick, seine Ausbilderin.«

»Ach ja, stimmt, Joe hat mir von ihr erzählt.« Spiro wandte sich an Joe. »Und wenn es nicht Debby Jordan ist?«

»Dann suchen wir weiter.«

»Und ich soll die Tatsache ignorieren, dass Eve und das Mädchen hier sind? Sie verlangen ziemlich viel von mir. Ich könnte meinen Job verlieren. Darüber hinaus riskiere ich eine Anklage, wenn ich eine Schwerverbrecherin nicht festsetze.«

»Ziehen Sie nicht so eine Schau ab, Spiro. Wenn Sie sich nicht auf den Handel einlassen wollten, wären Sie nicht hier. Dann hätten Sie uns ein paar freundliche Polizisten vorbeigeschickt, um uns abholen zu lassen.«

»Und warum sollte ich das nicht tun?«

»Wir führen Sie auf eine wichtige Spur. Vielleicht können wir Ihnen noch weitere liefern.«

Er schwieg eine Weile. »Das Mädchen. Übergeben Sie sie der Fürsorge, dann können wir ...«

»Nein«, sagte Eve rundheraus. »Das steht nicht zur Diskussion.«

Spiro wandte sich zu ihr. »Alles steht zur Diskussion.«

»Jane bleibt bei mir.« Sie dachte einen Augenblick nach. »Aber ich werde es Ihnen einfach machen. Ich werde Ihnen geben, was Sie haben wollen.«

»Nein«, schnauzte Joe.

»Sei friedlich, Joe. Es war doch klar, dass es darauf hinauslaufen würde.« Sie sah Spiro in die Augen. »Ich gebe Ihnen mein Wort, dass Sie mich als Köder benutzen können. Aber nur, wenn es keine andere Lösung gibt.«

»Und wer entscheidet, ob es keine andere Lösung gibt?«

»Ich.«

»Dann haben Sie es in der Hand. Das gefällt mir nicht.«

»Aber Sie werden sich darauf einlassen.« Sie setzte ein schiefes Lächeln auf. »Weil Sie besessen sind, Spiro. Sie wollen Dom genauso sehr wie ich.«

»Noch dringender. Weil ich weiß, wie er ist und wozu er fähig ist. Sie sehen ihn nur von Ihrem persönlichen Standpunkt aus.«

»Sie haben Recht, mein Interesse an ihm könnte persönlicher nicht sein. Also einverstanden?«

Spiro zögerte. »Einverstanden.«

»Darf ich jetzt auch mal was sagen?«, fragte Joe bärbeißig. »Man hat mich ja wohl mal wieder ausgebootet.«

»Wir brauchen ihn, Joe. Nur so kriegen wir Dom.«

»Du hättest ja nicht gleich in die Vollen gehen müssen.« Er wandte sich an Spiro. »Und Sie geben sich gefälligst alle Mühe, diesen Hurensohn zu schnappen, sonst erkläre ich Ihre kleine Abmachung für null und nichtig. Und zwar unter so viel Gewaltanwendung wie möglich.«

Spiro überhörte ihn geflissentlich. Er hatte seinen Blick wieder auf das Grab gerichtet. »Ich werde die Polizei von Phoenix verständigen, damit sie die Leiche exhumieren. Das bedeutet, dass ich keinen von Ihnen hier sehen will. Ich werde denen sagen, ich hätte den Hinweis von einem Informanten.« Er sah Eve an. »Ich schicke Ihnen jemanden mit der nötigen Ausrüstung ins Haus, um Doms Anrufe abzuhören und aufzuzeichnen. Ich mache mir da zwar keine großen Hoffnungen, aber wir müssen es versuchen.« Er ging zum Wagen. »Ich rufe jetzt die hiesige Polizei. Machen Sie, dass Sie wegkommen.«

»Wann erfahren wir, was Sie gefunden haben?«, wollte Eve wissen.

»Ich rufe Sie heute Abend an und gebe Ihnen einen vorläufigen Bericht.« Er lächelte spöttisch. »Nur damit Sie wissen, dass ich mir auch wirklich den Arsch aufreiße. Zufrieden?«

»Okay.« Sie warf Joe einen Blick zu. »Wir sehen uns im Haus, Joe.«

»Es wird ein bisschen dauern«, antwortete er. »Ich werde dem Polizeirevier einen Besuch abstatten, sehe mir die Akten an und spreche mit Charlie Cather. Ich muss etwas *tun*, sonst drehe ich durch.«

Spiro rief am Abend um viertel vor neun an. »Es ist Debby Jordan.«

»Eindeutig?«

»Es ist noch zu früh für die DNA-Analyse, aber der Zahnabdruck stimmt.«

»Er hat die Zähne nicht herausgebrochen?«

»Das hat mich auch überrascht. Andererseits auch wieder nicht. Soweit wir das bisher beurteilen können, hat er sie mehr oder weniger zerstückelt. Er muss regelrecht im Blutrausch gewesen sein.«

»So sehr, dass er etwas so Wichtiges vergisst wie die Zähne?«

»Ich erzähle Ihnen lediglich, was wir gefunden haben.«

»Sonst noch was?«

»Ja, in der rechten Hand hielt sie eine Kerze. Wachs. Blassrosa.«

Sie zeigte mir das Licht und dann zeigte ich ihr *das Licht.*

»Lässt sich ermitteln, woher die Kerze stammt?«

»Wir werden es versuchen. Das Problem ist nur, dass

Kerzen so verbreitet sind, dass es tausende von Herstellern gibt.«

Das stimmte. Sogar ihre Mutter liebte es, sich Kerzen anzuzünden, wenn sie sich in die Wanne legte. »Wann werden Sie den Autopsiebericht haben?«

»Frühestens morgen.«

»Dann also bis morgen. Rufen Sie mich an, wenn Sie etwas Neues erfahren.«

»Aha, ich habe meine Schuldigkeit getan und Sie würgen mich ab. Wie charmant. Ich rufe Sie morgen an.« Er legte auf.

Kerzen.

Licht.

Ich habe ihr das Licht gezeigt.

Welche Bedeutung hatte das für ihn?

Rausch. Es war schwierig, sich Dom im Rausch vorzustellen. Er war zu abgebrüht und zielgerichtet. Aber er hatte ja gesagt, dass Debby für ihn einen Wendepunkt dargestellt hatte.

»Eve.«

Sie sah Jane im Türrahmen stehen. »Hallo. Wie geht's Monty?«

»Ich weiß nicht.« Sie zuckte die Achseln. »Gut, glaube ich. Ich hab Hunger. Soll ich Ihnen auch ein Sandwich machen?«

Irgendetwas stimmte nicht. Sie war zu gleichgültig. Warum hatte sie Monty allein gelassen? »Ja, gern.«

»Sie brauchen nicht mitzukommen. Ich bringe es Ihnen hier ins Büro.« Sie verschwand im Korridor.

Machte sie sich Sorgen um Monty? Hatte sie Angst? Es war immer schwierig einzuschätzen, was in Jane vorging. Aber sie suchte Kontakt und es war wichtig, dass Eve für sie da war.

Sie ließ sich auf die Couch fallen und rieb sich die

Augen. Es gab zu vieles, über das sie nachdenken musste. Zu viele Bedürfnisse, denen sie gerecht werden musste. Hör auf, dich zu bemitleiden. Zumindest war Bewegung in die Sache gekommen.

»Schlafen Sie schon?«

Sie öffnete die Augen. Jane stand mit einem Tablett in der Hand vor ihr. »Nein, ich ruhe nur meine Augen aus. Ich habe letzte Nacht nicht viel geschlafen.«

Jane stellte das Tablett auf den Couchtisch. »Ich habe mein Sandwich auch mitgebracht, aber vielleicht wollen Sie lieber allein sein.«

Eigentlich war es Jane, die ihr Bedürfnis nach Gesellschaft niemals eingestand. »Gerade fing ich an, mich ein wenig einsam zu fühlen. Setz dich.«

Jane kauerte sich in die andere Ecke der Couch.

»Isst du nichts?«, fragte Eve.

»Doch, doch.« Sie nahm ihr Sandwich und mümmelte daran herum. »Sie sind oft einsam, stimmt's?«

»Hin und wieder.«

»Aber Sie haben Ihre Mutter und Joe und Mr Logan.«

»Das stimmt.« Sie biss von ihrem Sandwich ab. »Bist du manchmal einsam, Jane?«

Sie reckte das Kinn vor. »Nein, natürlich nicht.«

»Ist mir nur so in den Sinn gekommen. Du hast dich in letzter Zeit gar nicht mehr nach Mike erkundigt.«

»Sie haben doch gesagt, dass Ihre Mutter dafür sorgen will, dass er von seinem Vater wegkommt. Wenn das klappt, wird's ihm auch gut gehen.« Plötzlich wirkte sie besorgt. »Warum? Stimmt was nicht? Hat dieser Anwalt ihn rausgeschmissen und …«

»Nein, Mom erzählt sogar, dass sie sich anfreunden. Alles in Ordnung.« Zumindest mit Mike, aber sie hatte zunehmend den Eindruck, dass irgendetwas mit

Jane nicht stimmte. »Es ist hart, von seinen Freunden getrennt zu sein, und ich weiß, dass du Mike gern hast. Ich habe schon oft gedacht, dass du dich auch manchmal einsam fühlen musst.«

»Ich doch nicht.«

Sie musste einen anderen Weg versuchen. »Ich wundere mich, dass du nicht bei Monty bist. Er braucht dich.«

Schweigen. »Er braucht mich nicht. Sarah meint zwar, es tut ihm gut, wenn ich da bin, aber er braucht nur sie. Er merkt kaum, dass ich da bin.«

Aha, da lag der Hase im Pfeffer. »Das glaube ich aber schon.«

Jane schüttelte den Kopf. »Es ist ihr Hund. Er gehört zu ihr.« Sie wich Eves Blick aus. »Ich wollte, dass er zu mir gehört. Ich habe gedacht, wenn ich ihn nur genug lieb habe, wird er mich mehr mögen als Sarah.« Und mit trotziger Miene fügte sie hinzu: »Am liebsten würde ich ihn ihr wegnehmen.«

»Ich verstehe.«

»Wollen Sie mir jetzt nicht sagen, wie böse das ist?«

»Nein.«

»Es ist böse. Ich ... mag Sarah. Aber ich liebe Monty. Ich wünschte, er würde zu mir gehören.« Sie ballte ihre Hände zu Fäusten. »Ich wünschte, irgendetwas würde zu mir gehören.«

»Aber er gehört doch zu dir. Er gehört einfach noch mehr zu Sarah. Das ist nur natürlich. Sie war zuerst in seinem Leben.«

»So wie Bonnie zuerst in Ihrem war?«

Diese Frage erwischte Eve eiskalt. »Ich dachte, wir reden über Monty. Was hat das jetzt mit Bonnie zu tun?«

»Sie hat zu Ihnen gehört. Deshalb helfen Sie mir

doch, oder? Das ist alles wegen Bonnie, nicht wegen mir.«

»Bonnie ist tot, Jane.«

»Aber sie gehört immer noch zu Ihnen. Sie nimmt immer noch die erste Stelle ein.« Sie biss ein Stück von Ihrem Sandwich ab. »Nicht, dass es mir was ausmacht. Warum auch? Es geht mich nichts an. Ich finde es nur merkwürdig.«

O Gott, jetzt fing sie auch noch an zu weinen. »Jane.«

»Es macht mir nichts aus. Es macht mir überhaupt nichts aus.«

»Mir schon.« Sie rutschte auf der Couch zu Jane hinüber und nahm sie in die Arme. »Ich helfe dir, weil du ein ganz besonderer Mensch bist, nur aus diesem Grund.«

Jane war steif wie ein Brett in Eves Armen. »Und Sie mögen mich?«

»Ja.« Gott, sie hatte schon fast vergessen, wie klein und zierlich sich der Körper eines Kindes anfühlte. »Ich mag dich sehr.«

»Ich ... mag Sie auch.« Langsam entspannte sich Jane wieder. »Ist schon in Ordnung. Ich weiß, dass ich bei Ihnen nicht an erster Stelle stehen kann, aber vielleicht können wir ja Freunde sein. Sie gehören zu niemand so, wie Monty zu jemand gehört. Ich würde gerne ...« Sie beendete den Satz nicht.

»Klar geht das«, erwiderte Eve. Jane brach ihr das Herz. Sie war so abweisend, so widerspenstig und doch so hilflos. »Ich wüsste nicht, warum es nicht gehen sollte, du etwa?«

»Nein.« Jane lag eine Weile still an sie geschmiegt, dann schob sie Eve weg. »Okay. Abgemacht.« Sie stand auf und lief eilig zur Tür. »Ich bringe Monty jetzt was zu fressen und dann gehe ich schlafen.« Der Moment der Schwäche war vorüber. Jetzt hatte Jane es eilig, einer Situation zu entfliehen, die ihr Unbehagen bereiten musste.

War Eve nicht ähnlich unbehaglich zumute? In den vergangenen Minuten war sie ebenso verlegen gewesen wie Jane. Sie waren schon ein eigenartiges Pärchen, dachte Eve. »Hast du nicht eben erst behauptet, Monty bräuchte dich gar nicht?«

»Er muss ja was fressen. Sarah müsste ihn allein lassen, um Futter zu holen, und dann wäre er traurig.« Bevor sie das Zimmer verließ, fügte sie noch hinzu: »Er ist selbst schuld, wenn er mich nicht so liebt.«

Sich anpassen, Kompromisse eingehen, die Dinge akzeptieren, wie sie waren. Janes Leben war nie anders verlaufen und sie hatte Angst, um mehr zu bitten, dachte Eve, als sie aufstand. Aber heute Abend hatte ein Durchbruch stattgefunden. Jane fing langsam an, sich einzugestehen, dass sie jemanden brauchte, und Eve war ausgewählt worden, dieses Vakuum zu füllen.

Eve lächelte belustigt, als sie die Treppe hinaufstieg. Jane war nicht die Einzige, die Kompromisse eingehen musste. Eve spielte auch nur die zweite Geige, und zwar hinter einem Golden Retriever.

Erst im Bett, nachdem sie das Licht ausgeschaltet hatte, wurde ihr die volle Bedeutung dessen, was geschehen war, bewusst.

Dom hatte bekommen, was er wollte.

Jane war es gelungen, Eves Abwehrmechanismen zu unterlaufen, und sie wurde ihr zunehmend wichtig.

Ganz ruhig. Alles in Ordnung. Jane hatte nicht Bonnies Rolle eingenommen. Ihre Gefühle für Jane waren völlig anderer Natur; Jane war eher eine Freundin als eine Tochter.

Aber das könnte Dom schon reichen, um seinen Plan auszuführen. Dieser Gedanke ließ sie in Panik erstarren. Aber es war noch nicht zu spät. Sie musste Jane wieder von sich wegschieben. Sie würde so tun, als habe es diese Momente im Arbeitszimmer nie gegeben.

Von wegen. Das könnte sie Jane niemals antun.

Dom konnte nicht wissen, dass eine Veränderung stattgefunden hatte. Sie brauchte es ihm nicht auf die Nase zu binden. Außerhalb des Hauses würde sie darauf achten, Distanz zu Jane zu halten.

Dom musste die Wahrheit ja nicht erfahren.

»Hallo.« Joe betrat die Küche und ließ sich auf den Stuhl fallen. »Ich könnte einen Kaffee gebrauchen.«

»Schon fertig. Steht auf der Anrichte.« Eve hob ihre Tasse an den Mund. »Du warst vergangene Nacht nicht zu Hause.«

»Woher weißt du das?« Er stand auf und goss sich eine Tasse Kaffee ein. »Hast du nachgesehen? Gut so.«

»Ich habe an deine Tür geklopft und einen Blick hineingeworfen, als du nicht geantwortet hast. Du hättest mich anrufen können.«

»Ich hatte die Hoffnung, du würdest schlafen.« Er grinste. »Wir reden schon wie ein altes Ehepaar.«

»Und warum bist du nicht nach Hause gekommen?«

»Ich war bei Charlie im Hotel und habe ein bisschen was getrunken.« Er verzog das Gesicht. »Na ja, war wohl ein bisschen mehr.«

»Hast du versucht, ihn betrunken zu machen?«

»Nur angetrunken. Er war erst nicht sehr gesprächig. Spiro hält ihn an der kurzen Leine, seit Charlie sich neulich über ihn hinweggesetzt hat.«

»Ich möchte nicht, dass er Probleme bekommt. Du hättest es zuerst bei der Polizei versuchen sollen.«

»Hab ich getan, aber die haben mich auflaufen lassen. Die sind stinksauer auf Spiro, weil er den Namen des Informanten nicht rausgerückt hat, der ihm den Hinweis auf Debby Jordans Grab gegeben hat.«

»Und was hat das mit dir zu tun?«

»Die finden, ich bin zu nett zu Spiro und Charlie. Also hänge ich in der Luft, solange ich nicht einen von beiden zum Reden kriege.«

»Und warst du erfolgreich?«

»Es hat eine Weile gedauert, bis ich ihn so weit hatte, mir zuzuflüstern, was die Polizei in Phoenix über die Morde weiß.«

»Was ist mit dem Wachs?«

»Die Wachsspuren stammen von Kerzen, aber das ist gar nicht das Wichtigste. Die Leichen waren schon viel länger vergraben als die in Talladega.«

»Seit wann?«

»Zwischen fünfundzwanzig und dreißig Jahren.«

»Mein Gott.« Die Zeitspanne machte sie ganz schwindlig. Wie viele Tote, wie viele Gräber, Dom? »Und er ist nie gefasst worden. Das ist ja unglaublich.«

»Wie Spiro gesagt hat: Anfangs hat er Glück gehabt und mit der Zeit wurde er clever.« Er dachte einen Augenblick nach. »Aber vielleicht haben auch wir Glück gehabt. Diese beiden Morde gehören vermutlich zu den ersten, die er begangen hat.«

»Und wenn schon. Nach so langer Zeit sind alle Spuren verwischt.«

»Die Leichen sind identifiziert.«

»Wie das? Die Zähne waren doch entfernt.«

»DNA. Wie du dich vielleicht erinnerst, wurden die Leichen vor fast drei Monaten gefunden. Die Laborberichte sind vor zwei Wochen eingetroffen.« Er trank einen Schluck Kaffee.

»Die Polizei hat alte Unterlagen durchforstet und ist auf vier Fälle von Vermissten gestoßen. Sie haben überlebende Verwandte ausfindig gemacht und die Ermittlungen schließlich auf Jason und Eliza Harding konzentriert. Fünfzehn und sechzehn Jahre alt, Bruder und Schwester. Sie verschwanden am vierten September 1970. Nette Kinder. Vielleicht ein bisschen wild. Jason spielte Gitarre und sprach immer davon, eines Tages nach San Francisco zu gehen. Als sie verschwunden waren, legte der Vater der Polizei nahe, in Haight-Ashbury oder Los Angeles zu suchen. Da war ein Junge gewesen, der mit Jason und Eliza befreundet war, ein liebenswerter Bursche, aber Mr Harding hatte ihn im Verdacht, einen schlechten Einfluss auszuüben. Ihn und seine zwei Brüder hatte es einige Wochen zuvor in die Stadt verschlagen. Seine Brüder waren stille Burschen, fast schon griesgrämig, aber Kevin war redselig, ein Energiebündel. Er redete unaufhörlich von irgendwelchen Bands und Musikern, die sich in den Cafés an der Westküste eine goldene Nase verdienten, und alle hingen ihm an den Lippen.«

»Dom?«

»Sein Name war Kevin Baldridge. Er und seine Brüder verschwanden zur selben Zeit wie Jason und Eliza.«

»Hat man herausgefunden, was aus ihm geworden ist?«

Joe schüttelte den Kopf. »Aber möglicherweise gibt es ein Foto von ihm.«

»O mein Gott.«

»Freu dich nicht zu früh. Mrs Harding hatte es der Polizei angeboten, aber es ist nicht in den Akten.« Er lächelte. »Charlie hat die Hardings in Azora ausfindig gemacht, einer kleinen Stadt nördlich von hier. Ich denke nicht, dass eine Mutter so ein Foto einfach wegwirft, oder?«

»Nein.« Joe hatte Recht. Sie durfte sich nicht zu früh freuen, aber es war ein unglaublicher Durchbruch. »Wissen die Eltern schon, dass die Leichen ihrer Kinder gefunden wurden?«

»Noch nicht. Charlie hat sie gerade erst ausfindig gemacht. Er will sie morgen aufsuchen.«

»Ich möchte ihn begleiten.«

»Das habe ich mir schon gedacht. Tut mir Leid, aber es wäre nicht besonders klug, wenn er sich mit einer Entführerin sehen ließe. Aber ich habe ihm die Zusage abgeluchst, dir das Foto zu zeigen, sobald es als Beweismittel sichergestellt ist.«

»Ein Foto.«

»Es muss nicht Dom sein.«

»Er könnte es aber sein.«

Vielleicht würde sie schon bald sein Gesicht sehen.

Joe setzte seine Kaffeetasse ab. »Ich gehe jetzt duschen und lege mich aufs Ohr.« Er stand auf. »Und dann führe ich dich zum Essen aus.«

»Wie bitte?«

»Du drehst mir noch durch, wenn du die ganze Zeit tatenlos herumsitzt, bis wir mehr von Spiro oder Charlie erfahren.« Er ging zur Tür. »Um zwölf geht's los.«

Joe und seine Chefallüren. »Vielleicht habe ich keine Lust, essen zu gehen. Und vielleicht solltest du dich nicht mit einer Entführerin sehen lassen.«

»Wenn du mich versetzt, nehme ich Monty mit. Er wird meine Gesellschaft wahrscheinlich besser zu schätzen wissen. Obwohl Sarah nicht erfreut sein dürfte, wenn ich ihm scharf gewürztes mexikanisches Essen gebe.« Er verließ das Zimmer.

Sehr witzig. Schon zum zweiten Mal in zwölf Stunden belegte sie Platz zwei hinter diesem Hund. Das reichte, um eine Frau mit Komplexen zu beladen.

Aber immerhin hatte Joe sich fröhlich gegeben, also musste sie sich nicht mit komplizierten persönlichen Angelegenheiten auseinander setzen. Nicht, dass ihr eine Wahl geblieben wäre, hätte Joe beschlossen zu ... Sie würde sich darüber jetzt nicht den Kopf zerbrechen. Joe hatte Recht. Sie würde durchdrehen, wenn sie sich nicht ablenkte.

»Könnte ich einen Kaffee bekommen?« Sarah stand im Türrahmen, Monty neben sich. Die Frau wirkte genauso müde und zittrig wie der Hund.

»Klar.« Eve sprang auf. »Setzen Sie sich. Möchten Sie etwas essen? Seit Monty Debby Jordan aufgespürt hat, haben Sie keinen Bissen mehr zu sich genommen.«

»War sie es wirklich?« Sarah setzte sich an den Tisch, während Monty sich zu ihren Füßen legte. »Man hat sie identifiziert?«

Eve nickte.

»Gott sei Dank.« Sie tätschelte Monty den Kopf. »Es ist vorbei, Junge. Wir müssen nicht mehr los.«

»Eier?»

»Nur Cornflakes. Bitte.«

Eve brachte ihr Cornflakes, Milch und eine Schale. »Hat Monty schon gefressen?«

»Gestern Abend ein bisschen. Er wird allmählich wieder.« Sarah goss Milch auf die Cornflakes. »Und nützt es was? Werden Sie ihn finden?«

»Es gibt eine vielversprechende Spur.« Sie berichtete von der Fotografie. »Wir sind ein ganzes Stück weitergekommen.«

»Ja.« Sarah schwieg. »Ich denke, morgen fahre ich wieder nach Hause. Die Suche ist vorbei. Dom hat keinen Grund mehr, Monty ins Visier zu nehmen.«

Er muss im Blutrausch gewesen sein.

»Dom braucht keinen Grund. Sie haben die Leiche schneller gefunden, als er wollte. Sie sollten hier bleiben.«

»Wir können auf uns aufpassen. Beim ersten Mal hat er uns noch ohne Vorwarnung erwischt.« Sarah rieb Montys Ohren. »Und uns gefällt es zu Hause.«

»Bitte. Bleiben Sie. Nur noch ein paar Tage. Vielleicht werden wir bald den entscheidenden Durchbruch erzielen.« Sie schwieg einen Augenblick. »Und Jane wird sich Sorgen machen um Monty. Das wissen Sie genau.«

»Ich weiß.« Sarah zuckte mit den Schultern. »Also gut, ein paar Tage noch. Aber zu Hause würde Monty sich schneller erholen.«

Und Montys Wohlbefinden war offensichtlich das Wichtigste in Sarahs Leben. »Danke.«

Sarah aß die restlichen Cornflakes, dann stand sie auf. »Ich gehe mit Monty eine Runde durch die Gemeinde drehen. Er braucht Bewegung.« Sie verzog das Gesicht. »Und ich auch. Wir halten es beide nicht aus, eingesperrt zu sein.«

Da hatten sie was gemeinsam. Immer in Bewegung bleiben. Nur nicht an Dom denken. Zeit totschlagen. »Ich gehe heute Mittag mit Joe essen. Können Sie und Monty Jane im Auge behalten?«

»Klar. Aber sie wird wahrscheinlich eher uns im Auge behalten.« Sarah grinste. »Sie ist ein nettes Mädchen. Sie wird mir fehlen.« Dann wurde sie wieder ernst. »Es kommt einem einfach undenkbar vor, dass dieses Ungeheuer sie töten will.«

»Aber es ist so.«

»Ja, ich weiß.« Sie ging zur Tür, Monty auf ihren

Fersen. »Ich habe viel über Ungeheuer gelernt, als ich in Oklahoma City war.«

»Ich kann mir nicht vorstellen, wie man mit so etwas fertig wird.«

»Man wird damit fertig. Jeden Tag ein bisschen. Jede Minute ein bisschen. Und dazwischen versucht man, den Wahnsinn im Zaum zu halten.«

»Man nimmt seinen Hund und läuft eine Runde.«

Sarah deutete ein Lächeln an. »Oder man geht mit Joe essen. Was sich gerade anbietet.«

Eve nickte. »Richtig. Was sich gerade anbietet.«

Kapitel 14

Logan rief Eve auf ihrem Handy an, als sie gerade mit Joe auf dem Weg zum Mittagessen war. »Ihr habt Debby Jordan gefunden.«

»Stimmt.«

»Du hättest mich anrufen und es mir erzählen können, stattdessen musste ich es aus den Zeitungen erfahren.«

»Ich habe dir doch gesagt, ich möchte dich da raushalten.« Am liebsten würde sie alle aus dem Fall heraushalten, aber dieser Wunsch schien nicht in Erfüllung zu gehen, dachte sie resigniert.

»Ist Quinn immer noch im Haus?«

»Ja.«

»Herb hat es mir erzählt. Ich habe dich nicht angerufen, weil ich hoffte, du würdest ihm den Laufpass geben, aber im Moment sieht es eher so aus, dass ich außen vor bin.«

»Ich versuche ja, Joe so bald wie möglich loszuwerden.« Sie warf Joe einen Blick zu. »Aber er macht es mir sehr schwer.«

»Das kann ich mir lebhaft vorstellen. Ich hätte mir denken können, dass er das mit dem Haus herausfindet. Ist er jetzt bei dir?«

»Ja.«

»Verdammt. Soll ich kommen und dir helfen?«

»Nein, Logan.«

Schweigen. »Du schließt mich aus deinem Leben aus. Ich spüre es.«

»Ich muss es tun.«

Erneutes Schweigen. »Das kann vieles bedeuten, nicht wahr?«

»Es bedeutet genau das, was ich gesagt habe.«

Er stieß einen Fluch aus und legte auf.

Sie schaltete ihr Handy aus.

»Ist er sauer?«

»Ja.«

»Gut so.«

»Halt die Klappe.« Tränen traten ihr in die Augen. Vielleicht war es das Beste, wenn Logan wütend auf sie war. Vielleicht hatte sie ihn nicht angerufen, weil sie insgeheim wollte, dass er derjenige war, der die Beziehung beendete. Logan hatte seinen Stolz und sie wollte diesen Stolz nicht verletzen.

Du schließt mich aus deinem Leben aus.

Da war etwas Wahres dran. Mein Gott, wie sehr sie sich zurückgezogen hatte, auf Distanz gegangen war. Wann hatte das begonnen? Joe war wieder in ihr Leben getreten und hatte alles auf den Kopf gestellt.

»Logan hat alles getan, um mir das Leben zu erleichtern, und sich dennoch niemals eingemischt. Im Gegensatz zu anderen, die ich kenne.«

»Sein Fehler. Er ist bei dir einfach zu vorsichtig und zivilisiert vorgegangen.«

»Und intelligent.«

Joe lächelte nur.

Sie hätte ihn am liebsten geohrfeigt.

»Tut mir Leid. Ich sollte Logan gegenüber gnädiger

sein. Schließlich habe ich jahrelang denselben Fehler gemacht. Es gibt da allerdings einen entscheidenden Unterschied.« Sein Tonfall war plötzlich nicht mehr locker und entspannt. »Er will dich nicht genug. Du bist nicht sein Mittelpunkt. Er würde nicht alles tun, um dich zu bekommen. Und deshalb wird er verlieren.« Mit einer Drehung des Steuers lenkte Joe den Wagen in die Toreinfahrt zu einem hübschen kleinen Park. »Und ich werde gewinnen.« Er parkte den Wagen am Straßenrand. »Jetzt hör auf zu grübeln und entspann dich. Wir sind da.«

Sie sah ihn verwirrt an. »Wo?«

»Mittagessen.« Er deutete mit dem Kinn auf einen Imbisswagen, der einige Meter entfernt neben einem Spielplatz stand. »Galindo's. Herb hat mir erzählt, hier gibt's die besten Fajitas in ganz Phoenix.« Er kramte seine Sonnenbrille aus dem Handschuhfach und langte nach einem schwarzen Strohhut, der auf dem Rücksitz lag. »Hier. Du wirst aussehen wie Madonna inkognito.«

»Bist du jetzt völlig übergeschnappt?«

»Nur hungrig. Ich dachte mir, es wäre doch nett, auf einer Parkbank zu sitzen, zu essen und Leute zu beobachten.« Er stieg aus. »Der Tag ist zu schön, um drinnen eingesperrt zu sein.«

Der Tag war wirklich schön und sie hatte keine Lust, sich mit ihm anzulegen. Sie wollte abschalten und weder an Logan noch an Dom denken. Das konnte bis zum nächsten Tag warten. Bis sie das Foto in Händen halten würde.

Eve und Joe saßen auf einer Parkbank und futterten mexikanische Snacks, als hätten sie keine Sorgen im Leben. Sie beugte sich lächelnd vor und wischte Quinn mit der Serviette über den Mundwinkel.

Sie wirkt vollkommen verändert, dachte Dom.

Hoffnung?

Vielleicht. Sie hatte Debby Jordan gefunden.

Konnte ihm nur recht sein. Er hätte die Suche gern noch ein wenig länger hinausgezogen, damit sich mehr Spannung aufbaute und ihre Beziehung zu Jane MacGuire sich verfestigte, aber dieser Optimismus gefiel ihm. Vielleicht war es sogar besser, dass sie die Frau so bald gefunden hatte. Von ganz oben war der Fall umso tiefer. Ab jetzt würde alles ziemlich schnell gehen, für ihn würde es ein Drahtseilakt werden. Erregung durchflutete ihn bei diesem Gedanken.

Aber sich mit Eve Duncan zu messen, war noch immer sehr viel anregender. Sie machte Fortschritte, wurde zäher. Sie veränderte sich ebenso, wie er sich verändert hatte. Es war interessant, diese Entwicklung zu beobachten und zu wissen, dass er dafür verantwortlich war.

Insofern war ihre Hoffnung sehr gut.

Aber da war noch etwas ...

Genau beobachten. Die Körpersprache verriet fast immer, was vor sich ging. Wenn er sie genau studierte, würde er dahinter kommen. Er kannte sie sehr gut mittlerweile.

Er würde es herausfinden.

Sarah und Jane standen in der Einfahrt, als Eve und Joe zurückkamen.

Monty lief zu Eve und wedelte mit dem Schwanz, als sie die Wagentür öffnete.

Sie tätschelte ihm sanft den Kopf. »Es scheint ihm besser zu gehen.«

»Ja. Gott sei Dank.« Sarah machte eine Handbewegung, worauf Monty gleich zu ihr rannte. »Wie war das Essen?«

»Gut. Fajitas mit Chili«, antwortete Joe. »Ich glaube, Eve hat es mehr genossen, als Monty es gekonnt hätte. Ich war in Versuchung, ihm etwas einpacken zu lassen, aber Eve hat mich eines Besseren belehrt.«

»Ich hätte Sie umgebracht. Monty bekommt von so was Blähungen.«

»Sind Sie die ganze Zeit gelaufen?«

»Nein, Jane und ich haben ein Picknick gemacht.« Sie lächelte das Mädchen an. »Jane sagte, sie kann sich nicht erinnern, wann sie das letzte Mal bei einem Picknick gewesen ist.«

Jane zuckte die Achseln. »Nichts Besonderes. Nur jede Menge Ameisen und Sand im Sandwich.«

Sarah schüttelte den Kopf. »Du bist ja ganz schön hart drauf.«

»Aber ich glaube, Monty hat's gefallen.«

»Weil du ihm dein Roastbeef gegeben hast.«

»Sie haben ihm gesagt, er soll es fressen, außerdem konnte er es gebrauchen. Er hat in der letzten Zeit kaum was gefressen.« Jane ging zur Haustür. »Komm, Monty, ich gebe dir Wasser.«

Monty rührte sich nicht. Erst nach einer Geste von Sarah sprang er hinter Jane ins Haus.

»Danke, dass Sie ihr Gesellschaft geleistet haben«, sagte Eve.

»Ich habe Spaß mit ihr.« Sarah runzelte die Stirn. »Ich wünschte, ich könnte … Es fällt ihr nicht leicht.«

»Was denn?«

»Ich kann Monty nicht mit jemandem teilen. Sie wünscht sich, er würde zu ihr gehören, aber das geht nicht. Es wäre nicht gut für ihn, zwei Herren zu dienen.« Sie verzog das Gesicht. »Außerdem sind wir schon viel zu lange zusammen. Das schließt alle anderen aus.«

»Sie versteht, dass man Kompromisse machen muss. Sie hat sich daran gewöhnt.«

»Kompromisse sind *das Letzte.*«

»Dem kann ich mich nur anschließen«, murmelte Joe auf dem Weg zur Haustür. »Ich werde Charlie Cather anrufen und anschließend aufs Revier fahren. Wir sehen uns heute Abend.«

»Warum willst du ihn anrufen? Ich dachte, es steht fest, dass er uns nicht mitnimmt.«

»Ein Versuch kann nicht schaden.«

Sarahs Blick folgte Joe. »Sie waren ziemlich lange weg. Ich hatte schon überlegt, mir Monty zu schnappen und Sie suchen zu gehen.«

Eve lächelte. »Vor Joe muss man mich nicht beschützen.«

»Wirklich nicht?«

»Wir haben einfach die Zeit vergessen.« Sie neigte den Kopf. »Mögen Sie Joe nicht?«

»Das habe ich nicht gesagt. Ich mag ihn. Er war nett zu Monty. Ich mag die meisten Leute, die nett zu Monty sind. Aber er ist ein Powertyp und Sie müssen aufpassen, nicht von so einem überrannt zu werden. Ich kenne solche Powertypen aus eigener Erfahrung.«

»Himmel, nein, wir waren bloß Mittag essen. Ich lasse mich schon nicht überrennen.«

Sarah musterte sie nachdenklich. »Es sei denn, Sie wollen es.« Sie hob abwehrend die Hände und strebte dem Eingang zu. »Geht mich ja nichts an. Ich werd mal nachsehen, was Jane und Monty so treiben.«

Eve folgte ihr langsam ins Haus. Aus der Küche hörte sie Gelächter von Jane und Sarah. Joe war im Arbeitszimmer und telefonierte.

Joe …

Es sei denn, Sie wollen es.

Natürlich wollte sie es nicht. Sie wollte alles wieder so haben, wie es gewesen war. Es war zu gefährlich, sich einzulassen auf … Das Haustelefon klingelte.

»Hier ist ein Mr Grunard am Tor«, sagte Herb Brooker. »Er behauptet, Sie würden ihn erwarten.«

»Lassen Sie ihn herein, Herb.« Sie empfand Erleichterung. Die Ankunft von Mark Grunard lenkte ihre Gedanken wieder auf das, was wirklich wichtig war.

Sie öffnete die Haustür, bevor er klingeln konnte.

»Mein Gott, diese Begrüßung ist ja freundlicher, als ich es mir erhofft hatte.« Mark stieg aus seinem Wagen. »Ich war darauf eingestellt, das Tor stürmen zu müssen.«

Sie lächelte. »Ich hatte nie die Absicht, Sie außen vor zu lassen. Es gab nur nichts Wichtiges, das ich Ihnen hätte mitteilen können.«

»Ich bin Journalist. Ich mache selbst aus dem Gang zum Lebensmittelladen eine Story.«

»Genau das ist meine Befürchtung«, sagte sie trocken. »Kommen Sie rein, dann bringe ich Sie auf den neuesten Stand. Streng vertraulich natürlich.«

»Natürlich.« Er folgte ihr ins Wohnzimmer. »Wo ist Quinn?«

»Im Arbeitszimmer, nehme ich an. Er will später noch aufs Revier.«

»Ja, ich habe schon gehört, wie er es gedeichselt hat, hierher geschickt zu werden. Kluges Köpfchen. Und mir passt es in den Kram.«

Sie sah ihn an. »Ich bin bereit, mit Ihnen zusammenzuarbeiten, Mark, aber ich möchte nicht, dass Sie Joe in Schwierigkeiten bringen.«

»Quinn kann sehr gut auf sich selbst aufpassen.«

Mark würde nicht auf sie hören. Er hatte sich seinen Platz im Zentrum des Geschehens erkämpft und er würde so lange Druck ausüben, bis er bekam, was er wollte. »Ich hatte Ihnen gegenüber ein schlechtes Gewissen, Mark. Es widerstrebt mir, mein Wort nicht zu halten. Aber sobald Sie anfangen, Joe in seiner Arbeit zu behindern, sind Sie raus aus der Geschichte.«

Grunard lächelte. »Warum sollte ich das tun? Wir sind alle hinter derselben Sache her. Ich werde aufs Revier fahren, sobald ich mir ein Hotelzimmer gesucht habe, aber ich werde Joe nicht in die Quere kommen.« Er sah sich im Zimmer um. »Nett hier. Quinn hat mir schon gesagt, dass Logan Sie komfortabel untergebracht hat.«

Sie sah ihn ausdruckslos an. »Ich weiß nicht, wovon Sie reden.«

Er lachte in sich hinein. »Er hat auch gesagt, Sie würden es leugnen.«

»Logan hat nichts damit zu tun. Lassen Sie ihn aus dem Spiel.«

»Hier ist ein Glas Milch für Sie, Eve.« Jane stand im Türrahmen. »Mrs Carboni hat nach einem scharfen Essen immer Milch getrunken.«

»Sehr nett, dass du mich mit Mrs Carboni vergleichst.« Sie lächelte und nahm die Milch. »Trotzdem danke.«

»War nicht so gemeint.« Jane erwiderte das Lächeln. »Ich habe heimlich Tabasco-Soße in jedes Essen gemischt. Bei Spaghetti schmeckt man es kaum raus. Und manchmal hat die Milch nicht geholfen und dann hat sie die ganze Nacht gekotzt.«

Eve lachte. »Gut gemacht.«

»In der Milch ist nichts drin. Bei Ihnen würde ich das nicht machen.«

»Na so was«, murmelte Mark. »Unser Herzchen ist ja richtig zahm geworden.«

Jane warf ihm einen herablassenden Blick zu.

»Oder auch nicht.« Mark lächelte. »Wie geht's dir, Jane?«

»Ich bin kein Herzchen.« Sie verließ das Zimmer.

»Autsch.« Mark zog die Nase kraus. »Anscheinend sind Sie die Einzige, die sie akzeptiert.«

»Ich würde auch zurückschlagen, wenn Sie mir so von oben herab kommen. Sie hält sich besser, als zu erwarten war. Sie ist fantastisch.«

»Okay, okay.« Er hob abwehrend die Hände. »Ich sehe schon, Sie beide bilden eine geschlossene Front. Ich gehe dann wohl lieber zu Quinn und lasse mich von ihm auf den neuesten Stand bringen. Das ist sicherer. Wo ist das Arbeitszimmer?«

»Zweite Tür links«, entgegnete sie knapp.

Er warf ihr von der Tür aus einen Blick zu. »Dom hat's geschafft, stimmt's? Sie haben das Mädchen ins Herz geschlossen.«

»Unsinn. Wir haben uns einfach aneinander gewöhnt, das ist alles. Wir wohnen zusammen.«

Er schüttelte den Kopf. »Sie sollten darauf achten, dass Dom Sie niemals zusammen sieht. Sonst erliegt er noch demselben Trugschluss wie ich.«

Es lief ihr eiskalt über den Rücken. War ihre wachsende Verbundenheit so offensichtlich? »Er wird uns nicht zusammen sehen.«

»Dann ist es ja gut.« Mark verließ das Zimmer.

Nichts war gut. Wenn Mark ihre Verbundenheit so leicht bemerkt hatte, würde sie auch anderen nicht verborgen bleiben. Das durfte sie nicht zulassen. Sie würde Jane nicht mehr mitnehmen, wenn sie aus dem Haus ging. Trotzdem war sie verunsichert, sie fühlte sich ängstlich und schwach. Sie brauchte Wärme und Trost und …

Joe.

Nein, sie konnte nicht immer zu Joe rennen.

Jane und Sarah waren in der Küche. Sie würde sich zu ihnen gesellen, sich mit an den Tisch setzen und teilhaben an ihrem Gespräch und ihrem Lachen. Sie würde Monty tätscheln und dann ihre Mutter anrufen. Sie würde sich ablenken und nicht an das Foto oder Dom denken, sondern an die wertvollen Dinge im Leben.

Und dann würden auch diese eisigen Schauer aufhören.

Die rothaarige Puppe starrte Eve aus gläsernen braunen Augen an. Ihr porzellanfarbener Hals war von einem Ohr zum anderen durchgeschnitten.

»Sie lag in der Einfahrt. Irgendjemand muss sie über das Tor geworfen haben«, sagte Herb Brooker ruhig. »Die Videokamera am Tor ist ausgefallen, und als Juan nachsehen wollte, fand er die Puppe. Die Kameralinse ist zertrümmert. Wahrscheinlich ein Schuss aus einem Scharfschützengewehr, da die Kamera vorher nichts Auffälliges aufgezeichnet hat. Ich werde jetzt Mr Logan anrufen, aber ich dachte, Sie sollten es zuerst sehen.«

»Ja«, erwiderte sie benommen.

»Sie war noch nicht da, als Mr Quinn und Mr Grunard weggefahren sind. Ich hatte das Tor überprüft.« Er zögerte. »Es ist eine Puppe für kleine Mädchen.«

»Das sehe ich selbst.«

Bonnie.

Jane.

»Es ist scheußlich. Ich denke, wir sollten die Polizei verständigen.«

»Ich werde mich darum kümmern.«

»Ich will Ihnen nicht zu nahe treten, aber es könnte bedeuten, dass das Mädchen ...«

»Ich werde mich darum kümmern, Herb.« Ihre Hand umklammerte die Puppe. »Danke für Ihre Besorgnis.«

»Ich glaube, Sie sollten in Erwägung ziehen ...«

»Lassen Sie mich in Ruhe.« Sie hielt inne und mäßigte ihren scharfen Tonfall. »Es tut mir Leid. Ich bin aufgebracht. Ich muss in Ruhe darüber nachdenken. Ich möchte nicht, dass Sie irgendjemanden anrufen, nicht einmal Mr Logan. Haben Sie verstanden?«

»Ich habe verstanden.«

Was nicht bedeuten musste, dass er sich daran halten würde. Warum sollte er auch? Schließlich zahlte Logan sein Gehalt.

»Nicht einmal Mr Logan«, wiederholte sie und bot ihm einen Ausweg: »Zumindest nicht vor morgen. Okay?«

Er zuckte die Achseln. »Von mir aus. Juan und ich werden heute Nacht auf dem Grundstück Streife gehen. Sie brauchen sich keine Sorgen zu machen.«

»Danke.«

Keine Sorgen machen? Dom war so nah gewesen, dass er ihr diese misshandelte Puppe praktisch auf die Schwelle hatte legen können.

Brooker rührte sich nicht vom Fleck.

»Auf Wiedersehen, Herb.« Sie ging ins Wohnzimmer und hörte kurz darauf, wie die Haustür ins Schloss fiel.

Sie setzte sich auf die Couch, holte ihr Handy hervor und legte es vor sich auf den Couchtisch.

Und wartete, dass er anrief.

Es war fast Mitternacht, als das Telefon klingelte.

»Ich wollte nur Ihre Erinnerung ein wenig auffrischen«, sagte Dom.

»Was ist los? Haben Sie keine Lust mehr, mir Knochen zu schicken?«

Überraschtes Schweigen in der Leitung. »Sie sind wütend.«

»Darauf können Sie Gift nehmen.«

»Welch interessante Entwicklung.«

»Haben Sie vielleicht erwartet, ich würde zitternd in der Dunkelheit sitzen, Sie Scheißkerl?«

»Darüber habe ich mir, ehrlich gesagt, keine Gedanken gemacht. Wie ich schon sagte, ich wollte Sie nur daran erinnern, was wichtig ist in Ihrem Leben. Sie scheinen es zu vergessen.«

»Wichtig? Sie?«

»Selbstverständlich. Im Augenblick gibt es niemand Wichtigeren in Ihrem Leben als mich.«

»Scheren Sie sich zum Teufel.« Sie schaltete das Handy ab.

Fünf Minuten später klingelte das Telefon erneut.

Sie ignorierte es. In der nächsten Stunde klingelte es noch vier Mal. Sie ging nicht ran.

Es war schon nach zwei Uhr nachts, als Joe nach Hause kam. Sie saß immer noch mit der Puppe in den Händen auf der Couch, als er im Wohnzimmer erschien.

Er warf einen Blick auf die Puppe und sah ihr ins Gesicht. »Scheiße. Was zum Teufel ist passiert?«

»Dom hat sie auf die Einfahrt geworfen. Hat Herb es dir nicht erzählt?«

Er schüttelte den Kopf. »Ich habe mich schon gewundert, warum die beiden am Tor standen, als ich reingefahren bin. Hat er angerufen?«

»Ja.«

Er ließ sich vor ihr auf die Knie fallen. »War's schlimm?«

»Es ist immer schlimm. Deshalb mach er's ja.« Ihre Stimme zitterte. »Er sagte, ich würde ihm nicht genügend Aufmerksamkeit zukommen lassen, und er wollte mich daran erinnern, dass er immer noch da ist.«

Joe strich ihr sanft die Haare aus dem Gesicht. »Wie solltest du das vergessen.«

»Das reicht ihm wohl nicht. Er möchte mein Leben beherrschen. Er will mein Lebensinhalt sein.« Sie schaute die Puppe an. »Er hat mir diese Scheußlichkeit vor die Füße geworfen, weil er mich an Bonnie und Jane und all die anderen ...«

»Schsch.«

»Hör auf, mich zu beschwichtigen, das geht mir auf die Nerven.« Sie sprang auf. »Du behandelst mich schon genau wie das Opfer, das er aus mir machen möchte. Aber ich will diese Rolle nicht. Ich lasse mir nicht von ihm mein Leben bestimmen.«

»Immer mit der Ruhe.« Er erhob sich ebenfalls. »Ich bin hier nicht der Feind, Eve.«

»Ich weiß.« Sie trat einen Schritt näher und barg ihren Kopf an seiner Schulter. »Nimm mich in den Arm.«

Behutsam legte er die Arme um sie.

»Nein, verdammt.« Sie drückte sich an ihn. »Nimm mich richtig in den Arm.«

Er erstarrte. »Meinst du, was ich glaube, was du meinst?«

»Ich will nicht an ihn denken. Ich will nicht an den Tod denken. Das ist genau das, was er will. Ich will *leben.*«

»Und mit leben meinst du Sex?«

»Ist das nicht dasselbe? Wenn nicht, weiß ich nicht, warum so viel Gewese darum gemacht wird.«

»Sex kann ein wichtiger Teil des Lebens sein.«

»Ich werde nicht zulassen, dass er mir das antut. Ich

werde nicht herumsitzen und warten, dass er an meine Tür klopft und mein Leben bestimmt. Ich werde genau das tun, was ich will.«

»Deine Zuneigungsbekundung ist äußerst schmeichelhaft.«

»Glaubst du, ich wüsste nicht, dass es dir gegenüber nicht fair ist? Aber du willst es doch auch. Du hast mir gesagt, dass du es willst. Oder hast du deine Meinung geändert?«

»Keineswegs.« Er presste die Lippen aufeinander. »Aber so hatte ich es mir nicht vorgestellt.«

»Ich genauso wenig. Aber ich will nicht, dass er ...« Gott, was war bloß in sie gefahren? Das war *Joe*. Wo waren all ihre guten Vorsätze geblieben? Plötzlich liefen ihr Tränen über die Wangen. »Es tut mir Leid. Vergiss es. Ich weiß nicht, was ich mir dabei gedacht habe. Ich habe überhaupt nicht gedacht. Ich habe nur noch gefühlt. Kannst du mir verzeihen? Ich muss den Verstand verloren haben. Er hat mich so verdammt ...«

Das Handy klingelte.

»Geh nicht ran. Es ist Dom. Ich habe vorhin einfach aufgelegt, seitdem ruft er dauernd an.«

»Du kannst das Handy doch ausschalten.«

»Dann weiß er, dass er gewonnen hat.«

»Bist du sicher, dass er das ist?«

»Er ist es. Ich habe ihn geärgert. Er hat nicht bekommen, was er wollte.« Sie nahm das Handy vom Tisch und verstaute es in ihrer Handtasche. »Er wollte aus der Geschichte mit der Puppe mehr herausholen. Gib sie Spiro«, sagte sie und reichte sie Joe. »Soll er zusehen, ob er irgendwas findet oder feststellen kann, woher sie stammt.«

»Ich kümmere mich darum.« Er musterte ihr Gesicht. »Alles in Ordnung?«

»Wenn ich nicht gerade kurzfristig durchdrehe, geht's mir bestens«, sagte sie mit unsicherer Stimme und drehte sich auf dem Absatz um. »Ich gehe ins Bett. Wir sehen uns morgen früh.«

»Ja.«

Das Telefon hatte aufgehört zu klingeln, nachdem sie geduscht hatte und zu Bett gegangen war. Vielleicht hatte er aufgegeben. Gott sei Dank wusste er nicht, welchen Schaden er beinahe angerichtet hätte. Nein, welchen Schaden *sie* beinahe angerichtet hätte. Sie musste die Verantwortung für ihr Verhalten schon selbst übernehmen. Wut und Frustrationen halfen da nicht weiter.

Sie langte über das Bett und schaltete die Nachttischlampe aus.

Joe stand im Türrahmen, eine dunkle Silhouette gegen das Flurlicht.

Unverkennbar nackt.

»Nein«, flüsterte sie.

»Zu spät.« Er kam zu ihr. »Ich habe eine Einladung erhalten.«

»Ich habe dir doch gesagt, dass es ein Fehler war und dass es mir Leid tut.«

»Mir nicht. Du hast mich eben ohne Vorwarnung erwischt und mein Ego verletzt. Aber nachdem ich ein bisschen Zeit hatte, mich zu sortieren, ist mir klar geworden, dass die Gelegenheit günstig ist.«

»Ich wollte dein Ego nicht verletzen«, sagte sie leise. »Ich will dich überhaupt nicht verletzen, Joe. Deswegen dürfen wir das jetzt nicht tun.«

»Aber du willst es.«

»Nein.«

»Vielleicht war Dom der Auslöser, aber du musst schon vorher daran gedacht haben, sonst wäre es dir nicht in den Sinn gekommen.«

»Natürlich habe ich daran gedacht. Dafür hast du doch gesorgt. Ich bin auch nur ein Mensch, verflixt.«

»Und ich habe vor, es wahr werden zu lassen. Das ist heute die Nacht der Erkenntnis. Du hast doch tatsächlich gesagt, du wolltest leben. Das habe ich heute zum ersten Mal von dir gehört.« Er hob die Bettdecke an. »Rutsch mal ein Stück. Ich komme.«

Sein nackter Oberschenkel berührte ihren.

Sie rückte zur Seite. »Es ist ein Fehler, Joe.«

Seine Hand umfasste ihre Brust. »Unmöglich.«

Sie hielt den Atem an. »Bitte.«

Seine Hand war zwischen ihren Schenkeln. »Weißt du eigentlich, dass ich dich noch nie wirklich geküsst habe?«

Sie bäumte sich auf, als er sie mit dem Daumen berührte. »Du küsst mich auch jetzt nicht.«

»Das kommt noch. Überhaupt haben wir so einiges nachzu... Lieber Himmel, du bist ja schon bereit. Und ich dachte, ich müsste ...«

Ihr Handy klingelte. Joe stieß einen Fluch aus.

»Schalt es aus«, flüsterte sie.

Er wollte gerade aufstehen, hielt aber inne. »Nein.« Er legte sich auf sie. »Ich verspreche dir, dass du es bald nicht mehr hören wirst.«

Sie stieß einen spitzen Schrei aus, als er tief in sie eindrang.

Immer noch klingelte das Telefon.

Er bewegte sich schnell und heftig.

Das Telefon ...

Er packte sie, presste sie an sich, während er sich immer schneller bewegte und immer tiefer in sie eindrang. Klingelte das Telefon noch?

Sie hörte nichts mehr außer seinem Herzschlag an ihrem Ohr.

»Warum hast du das Telefon nicht abgestellt?«, fragte sie schläfrig.

»Was glaubst du wohl?« Er küsste ihre Brust. »Ich war beschäftigt, da wollte ich mir die Zeit nicht nehmen.«

»Sag schon.«

»Mein Ego. Ich wollte wichtiger sein als Dom. Ich wollte ihn besiegen.« Er küsste sie auf die Nase. »Du hattest meine Gefühle ein wenig verletzt.«

»Aber nicht genug, um dich aufzuhalten.«

»Um mich aufzuhalten, hätte es einer größeren Katastrophe bedurft. Dom kann da nicht mithalten.«

»Er hat das Zeug dazu.«

»Aber er hat nicht gewonnen, stimmt's? Das heißt, er ist aus dem Rennen.«

Zumindest im Augenblick.

»Hör auf, an ihn zu denken.« Er knipste das Licht an und schaltete ihr Handy ab. »Ich möchte dich ansehen.«

Sie lief rot an. »Um Himmels willen, gib mir eine Decke, Joe.«

Er schüttelte den Kopf. »Ich warte schon so lange darauf, dich so zu sehen. Gönn mir den Spaß.«

Nicht, solange sie das Gefühl hatte, sich unter seinem Blick aufzulösen. »Mach das Licht aus. Bitte.«

»Nicht bevor ...« Doch als er ihren Gesichtsausdruck sah, schaltete er das Licht aus. »Später vielleicht?«

»Vielleicht.«

»Ich hatte ganz vergessen, dass du in dieser Disziplin nicht so geübt bist.« Er zog sie an sich. »Aber hat es dir gefallen? Gefalle ich dir?«

Sie antwortete nicht.

Er schwieg eine Weile. »Nach zehn Jahren habe ich eigentlich eine Antwort verdient.«

Zehn Jahre. Sie spürte, wie ihr die Tränen in die Augen traten. »Wenn ich nicht befürchten müsste, dass du total durchdrehst, würde ich dir sagen, dass du ziemlich gut warst.«

»*Ziemlich* gut?«

»Sehr gut.«

»Mehr.«

»Ein Hengst. Ein echter Zuchthengst. Brad Pitt, Keanu Reeves und Casanova in einem. Ich verstehe nicht, wie Diane dich gehen lassen konnte.«

»Sie war eine intelligente Frau. Sie wusste, dass sie mehr verdient hatte, als ich ihr geben konnte. Es war von Anfang an ein Irrtum.«

Sie stützte sich auf einen Ellbogen und schaute auf ihn hinunter. »Warum hast du sie geheiratet, Joe?«

»Wenn ich es dir sage, jagt es dir nur Angst ein.«

»Blödsinn.«

Schweigen.

»Warum, Joe?«

»Wegen dir. Ich habe sie deinetwegen geheiratet.«

»Wie bitte?«

»Du warst so einsam. Ich dachte, du bräuchtest eine Freundin.«

»Du machst Witze.«

»Ich habe dir gesagt, es würde dir Angst einjagen.«

»Männer heiraten doch nicht, weil ...«

»Ich schon«, sagte er einfach.

Sie starrte ihn an.

»Du warst mein Mittelpunkt. Alles drehte sich um dich. Es war eine Zeit in meinem Leben, in der ich schon fast die Hoffnung aufgegeben hatte, jemals etwas anderes für dich zu sein als ein Freund. Ich glaubte, jemanden gefunden zu haben, der dir die Gesellschaft bieten konnte, die du brauchtest. Diane mochte all die netten Dinge, die ich ihr geben konnte, und ich habe ehrlich versucht, eine gute Ehe zu führen.« Er zuckte die Achseln. »Es hat nicht so geklappt, wie ich es mir erhofft hatte.«

»Das ist wirklich beängstigend.«

»Obsessionen sind immer beängstigend.« Er legte einen Finger an die Lippen. »Das solltest du doch wissen, mein Liebling.«

Sie erstarrte.

»Liebling«, wiederholte er demonstrativ. »Gewöhn dich dran.«

»Ich muss mich an gar nichts gewöhnen.«

»Nein, aber du solltest es. Das macht es uns beiden leichter.« Er ließ einen Moment verstreichen. »Hab keine Angst, mich zu lieben, Eve. Ich bin kein hilfloses Kind, das man dir nehmen kann. Ich bin zäh und gemein genug, noch weitere fünfzig Jahre oder mehr zu leben.«

»Ich habe keine Angst.«

»Von wegen.« Er hob den Kopf und berührte ihren Mund ganz leicht mit den Lippen. »Aber das ist schon okay. Du musst mir nicht sagen, dass du mich liebst. Ich kann warten.«

»Ich liebe dich nicht. Nicht so, wie du möchtest, dass ich dich liebe.«

»Das glaube ich aber doch.« Er strich zärtlich mit den Lippen über ihre. »Und wenn nicht, ist es auch in Ordnung.«

»Es ist nicht in Ordnung. Das ist alles nicht richtig. Ich bin total gestört. Das weiß niemand besser als du. Du solltest jemanden haben, der ...«

»*Du* bist gestört? Ich bin derjenige, der seit zehn Jahren besessen ist.«

»Das ist nicht dasselbe. Ich kann nicht ...«

»Schsch.« Er legte sich wieder auf sie. »Nicht nachdenken. Versuch, nicht alles auseinander zu nehmen. Lass es einfach geschehen. Genieß es ...«

Er war nicht mehr da, als sie aufwachte.

Leere.

Einsamkeit.

Herrgott, sie benahm sich, als hätte sie in ihrem ganzen Leben noch nie mit einem Mann geschlafen. Sex, Vergnügen, Abgang – so hatte sie ihre Beziehungen immer gewollt. Kein langes Herumtrödeln, das sie in ihrer Arbeit gestört hätte.

»Zeit, aufzustehen.« Joe öffnete die Tür und trat ans Bett. »Es ist schon fast Mittag. Ich habe gerade mit Charlie gesprochen, er kommt von Azora her. Er hat das Foto.«

Sie fuhr hoch. »Bist du sicher, dass ich es zu sehen bekomme?«

»Du kannst Spiro selbst fragen. Er ist auf dem Weg hierher.«

»Warum?«

»Um die Puppe abzuholen.«

Ja, natürlich. »Hast du ihn heute Morgen angerufen?«

»Gleich nach dem Aufstehen. Ich habe unseren Beschützern gesagt, sie sollen ihn reinlassen.« Er ging zum Wandschrank. »Los, ab unter die Dusche. Ich bringe dir was zum Anziehen. Was darf's denn sein?«

»Irgendwas. Jeans ... eine Bluse.« Sie flitzte ins Bad und unter die Dusche. Joe hätte nicht abgeklärter und geschäftsmäßiger sein können. Es war, als hätte es die vergangene Nacht nicht gegeben. Sie war ihm dankbar dafür, es wäre ihr peinlich gewesen, wenn er sich anders verhalten hätte als gewöhnlich. Die Nacht war zu ... Sie schüttelte den Kopf. Sie wollte nicht daran denken, wie erotisch diese Stunden mit Joe gewesen waren.

»Komm jetzt. Du musst was essen, bevor Spiro auftaucht.« Joe stand vor der gläsernen Duschtür. »Beeil dich.«

»Ich beeil mich doch schon.«

Sie öffnete die Tür und er wickelte sie in ein riesiges Badetuch und begann, sie abzutrocknen.

Sie langte nach dem Handtuch. »Meine Güte, das kann ich auch allein.«

Sein Blick fiel auf ihre Brüste. »Ich genieße es.«

Genuss.

Sie fühlte, wie die Hitze sich in ihr ausbreitete.

»Ich hab dir die blaue Bluse mitgebracht. Blau gefällt mir an dir. Einverstanden?«

»Von mir aus.« Sie musste ihn stoppen. Die langsamen Bewegungen seiner Hände unter dem weichen Handtuch waren unglaublich erregend. Seltsamerweise kam ihr das genauso intim vor wie Sex. Sie befeuchtete ihre Lippen. »Du hast mir nie erzählt, dass Blau dir gefällt.«

»Ich habe dir so vieles nicht erzählt.« Er beugte den Kopf zu ihr hinunter und küsste sie in die Halsbeuge. »Aber ich habe vor, die verlorene Zeit nachzuholen. Möchtest du wieder zu mir ins Bett kommen und die Geschichte meines Lebens hören?«

Ja, am liebsten wäre sie wieder ins Bett gegangen. »Du musst schwören, auch wirklich was zu erzählen. Bisher habe ich dich nie dazu bewegen können, dich mir anzuvertrauen.«

Er lachte in sich hinein. »Das würde dir auch jetzt nicht gelingen. Wir haben nämlich keine Zeit.« Er trat einen Schritt zurück und gab ihr das Handtuch. »Zieh dich an. Ich warte draußen auf dich.«

»Ach nein, jetzt soll ich mich auf einmal anziehen. Warum zum Teufel platzt du dann erst hier rein und machst mich …«

»Ich wollte dir nur klar machen, dass ich mich von dir nicht zum One-Night-Stand degradieren lasse.« Er lächelte. »Du wirst in nächster Zeit nicht in der Lage sein, dich auf mich zu konzentrieren, aber ich werde jede Minute des Tages in deiner Nähe sein. Vergiss das nicht.«

Sie starrte ihm noch immer nach, als sich die Tür schon längst geschlossen hatte. Wie sollte sie sich auf irgendetwas anderes als ihn konzentrieren? Er hatte ihr die Sinnlichkeit zurückgegeben.

Himmel, sie führte sich auf wie eine Nymphomanin. Aber sie würde sich weder von ihrem Körper noch von Joe Quinn steuern lassen. Sie war durchaus in der Lage, alles, was nicht wichtig war, auszublenden. Es brauchte nur einen festen Willen und eiserne Entschlossenheit.

Sie legte das Handtuch zur Seite und begann, sich anzuziehen.

Joe saß im Sessel neben dem Bett, als sie aus dem Bad kam. Er musterte ihren Gesichtsausdruck und nickte langsam. »Mit dieser Reaktion habe ich gerechnet. Kein Problem.« Er stand auf. »Lass uns nach unten gehen und frühstücken.«

Sie hatte sich innerlich für eine Auseinandersetzung gewappnet und fand es frustrierend, dass er auswich, bevor sie überhaupt ein Wort hatte sagen können. »Ich habe keinen Hunger.«

»Okay, dann kannst du mir beim Essen zusehen.« Er streckte ihr die Hand entgegen und sie bemerkte nicht auf Anhieb, dass er ihr das Handy hinhielt. »Aber zuerst schaltest du dein Telefon wieder ein. Vielleicht ruft Dom an und will mit dir sprechen.«

Sie sah ihn erschrocken an.

»Es ist Zeit, sich ihm wieder zu stellen«, sagte er ruhig. »Ich will dich beschützen, aber ich kann dich nicht vor jemandem schützen, den ich nicht sehe. Wir müssen ihn aus seinem Versteck hervorlocken.«

»Das sage ich dir schon die ganze Zeit.«

»Ich hatte zu viel Angst, um auf dich zu hören. Jetzt habe ich zu viel Angst, um nicht auf dich zu hören. Es kann nicht ewig so weitergehen, wir müssen es zu einem Ende bringen. Schalt das Telefon ein.«

Sie nahm das Telefon und schaltete es ein.

Nichts passierte.

Joe lächelte. »Ein echter Anti-Höhepunkt. Ich glaube, wir haben beide einen gewaltigen Paukenschlag erwartet.« Er schob sie sanft zur Tür. »Komm, packen wir's an.«

Spiro wartete schon im Wohnzimmer, als sie die Treppe herunterkamen. »Wo ist die Puppe?«

»Ich habe sie in eine Schachtel gepackt und hinter den Büchern im Regal verstaut.« Joe ging zum Bücherschrank. »Ich wollte nicht, dass Jane darüber stolpert.«

»Sie hätte wahrscheinlich nicht mit der Wimper gezuckt«, erwiderte Spiro trocken. »Ihre Jane hat mich reingelassen und mich gleich einem Verhör unterzogen. Sie hat sogar die Wachleute kommen lassen, um sich zu vergewissern, dass ich nicht etwa über den elektrischen Zaun gesprungen bin.«

»Wo ist sie?«

»Nachdem sie mir widerwillig erlaubt hat, Platz zu nehmen, ist sie in die Küche abgedampft, um Ihnen was zu essen zu machen.« Er nahm die Schachtel und betrachtete die Puppe. »Scheußlich. Muss Ihnen einen ordentlichen Schrecken eingejagt haben.«

»Nein. Ich war wütend.«

»Hat er danach angerufen?«

»Ja, aber ich habe aufgelegt.«

Spiro sah zu ihr auf. »Das war vielleicht nicht besonders klug.«

»Ich habe keine Lust mehr, klug und vorsichtig zu sein. Was ist mit dem Foto? Kann ich es sehen?«

»Erst wenn es in die Datenbank aufgenommen ist.«

»Kann ich einen Abzug bekommen?«

»Erst wenn es in die Datenbank aufgenommen ist.«

Eve verlor allmählich die Geduld. »Was ist mit diesem Kevin Baldridge?«

Spiro lächelte. »Nach Charlies Aussagen erinnert sich Mrs Harding sehr gut an Kevin Baldridge und seine Brüder. Kevin schwieg sich darüber aus, wo sie herkamen, aber einer seiner Brüder hat von Dillard gesprochen.«

»Wo liegt das?«

»Es ist eine Kleinstadt in Nordarizona.«

»So klein, dass sich die Spur von Kevin Baldridge zurückverfolgen lässt?«

»Vielleicht. Wir können nur hoffen, dass die Leute dort ein gutes Erinnerungsvermögen haben.«

»Und was ist mit seinen Brüdern? Selbst wenn Kevin weitergezogen ist, könnten sie doch nach Hause zurückgekehrt sein.«

»Möglich.« Spiro stand auf. »Wir werden bald mehr wissen. Charlie wird dort anrufen und die Geburtsurkunden und Schulzeugnisse überprüfen lassen, sobald er mit dem Foto zurück ist. Und ich fahre heute noch rauf nach Dillard.«

»Können wir mitkommen?«

Er zuckte die Achseln. »Schaden kann's nicht. Und wenn Dom tatsächlich Kevin Baldridge ist, wird er sich womöglich zum Handeln gezwungen sehen, wenn Sie in sein Revier eindringen.« Er sah zu Joe hinüber. »Ich bin überrascht, dass Sie keine Reaktion zeigen. Keine Einwände? Keine Vorwürfe, ich würde sie benutzen?«

Joe überhörte den Spott in seiner Stimme. »Wann können wir aufbrechen?«

»Am späten Nachmittag. Ich muss wieder aufs Revier, auf Charlie warten und dafür sorgen, dass das Foto erfasst wird.« Er schwieg einen Augenblick. »Mark Grunard hat mich heute Morgen in meinem Hotel aufgesucht. Er sagte mir, dass Sie noch immer mit ihm zusammenarbeiten.« Er presste die Lippen zusammen. »Ich habe ihm erklärt, dass diese Vereinbarung nicht für mich gilt. Ich habe es nie für gut befunden, dass Sie ihn einbezogen haben.«

»Er hat mir geholfen«, erwiderte Eve. »Ich bin ihm was schuldig.«

»Aber ich bin ihm überhaupt nichts schuldig und es gefällt mir nicht, dass er dauernd um Charlie herumscharwenzelt.«

»Er hätte Jane und mich bereits ein Dutzend Mal der Polizei ausliefern können, aber er hat nichts dergleichen getan.«

»Und warum nicht?«

»Weil ich ihm die Exklusivstory versprochen habe, wenn wir Dom schnappen.«

»Tatsächlich?« Er ging zur Tür. »Was auch immer Sie mit ihm vereinbart haben, nach Dillard werden wir ihn nicht mitnehmen.«

»Ich habe Ihnen ein Sandwich mit Ei und Speck gemacht, Eve.« Jane stand in der Tür. »Kommen Sie.«

»Ich komme gleich.«

Jane warf Spiro einen unterkühlten Blick zu. »Sie können sich auch beim Essen mit ihm unterhalten. Sonst wird es noch kalt.«

»Da sei der Himmel vor, dass ich Sie beim Essen störe.« Mit gespielter Höflichkeit verbeugte er sich vor Jane. »Du wirst erleichtert sein zu erfahren, dass ich gerade vorhatte zu gehen, junge Lady.«

»Warten Sie.«

Spiro sah Eve fragend an.

»Wie lange werden wir weg sein?«

»Einige Stunden, einen Tag. Das hängt davon ab, wie viel Vorarbeit Charlie leisten kann.«

»Wir nehmen Jane mit.«

Spiro schüttelte den Kopf. »Meine Güte, ich hänge mich schon weit genug aus dem Fenster, da möchte ich mich nicht auch noch mit einem Entführungsopfer in der Öffentlichkeit blicken lassen.«

»Sie muss mit uns kommen.«

»Sie ist hier sehr sicher aufgehoben.«

»Ich hätte weiß Gott nichts dagegen, ohne sie zu fahren, wenn es wirklich nur für ein paar Stunden wäre. Aber Sie wissen doch auch nicht, wann wir zurückkommen.«

»Ist es denn klug, sie mitzunehmen?«

»Dom will, dass sie bei mir ist.«

Spiro sah von Eve zu Jane. »Aber wollen Sie, dass er Sie zusammen sieht? Es ist offensichtlich, dass Sie sich sehr nahe stehen.«

»Wenn Eve will, dass ich mitkomme, dann gehe ich auch mit.« Jane trat einen Schritt näher. »Und ich bin überhaupt nicht entführt worden. Wie bescheuert kann man eigentlich sein?«

»Dem sind wohl keine Grenzen gesetzt«, gab Spiro zurück. »Also, ich kann es nicht empfehlen, Eve.«

»Ich werde auf Eve und Jane aufpassen«, schaltete Joe sich ein. »Sie sorgen dafür, Kevin Baldridge ausfindig zu machen.«

Spiro schüttelte den Kopf. »Es ist ein Fehler.« Er öffnete die Tür. »Ich hole Sie heute Nachmittag um vier Uhr ab.«

War es ein Fehler? Eve wusste es nicht. Sie wollte nicht, dass Dom sie beide zusammen sah, aber was blieb ihr übrig? Sie war für Jane verantwortlich. Sie konnte sie nicht stunden- oder tagelang allein lassen; sie würde sich nie verzeihen, wenn ihr etwas zustieße. Das hatte sie schon einmal durchgemacht.

Sie wandte sich an Joe. »Ich muss sie mitnehmen.«

»Ich weiß.« Joe lächelte.

»Natürlich komme ich mit«, sagte Jane. »Als ob der uns zu sagen hätte, was wir zu tun haben. Jetzt kommen Sie endlich und frühstücken.« Sie ging den Flur hinunter. »Und dann können Sie mir erzählen, wohin ich eigentlich fahre.«

Kapitel 15

Das kleine Flugzeug landete um halb neun an jenem Abend auf einem winzigen Flugplatz nördlich von Dillard, Arizona. In der kleinen Bergstadt hatte es vor kurzem noch geschneit und die Luft war eisig kalt. Es gab nur eine Start- und eine Landebahn und die Piste war holperig. Ein Taxi stand vor dem Gebäude.

Auf dem Weg in die Stadt erhielt Spiro im Taxi einen Anruf von Charlie. Als er auflegte, wirkte er nicht sonderlich erfreut.

»Das Gerichtsgebäude ist vor sechs Jahren abgebrannt«, sagte Spiro. »Und in der örtlichen Schule gibt es keine Unterlagen über irgendwelche Kinder namens Baldridge.«

»Vielleicht sind sie in einer nahe gelegenen Stadt in die Schule gegangen.«

»Wir werden in Jamison nachfragen. Das liegt dreißig Meilen von hier.« Er sah aus dem Fenster. »Aber die Schulen sind erst morgen früh wieder geöffnet. Wir werden in einem Hotel übernachten müssen ... nur Charlie sagt, es gibt hier gar keins. Ich glaube, Dillard hat kaum mehr als viertausend Einwohner.«

»Sechstausendfünfhundert«, mischte sich der Taxifahrer ein.

Spiro langte in seine Tasche und holte ein Notizbuch hervor. »Charlie hat die Pension einer Mrs Tolvey in der Pine Street erwähnt.«

»Gute Wahl«, bemerkte der Taxifahrer. »Mrs Tolvey serviert ein reichhaltiges Frühstück.«

»Dann ist das genau das Richtige«, Eve warf einen Blick auf den Fahrerausweis am Armaturenbrett, »Mr Brendle.« Sie legte den Arm um Jane, die sich an sie schmiegte. »Hauptsache ein Bett.«

»Ich heiße Bob. Sie hat gute Betten. Mrs Tolvey betreibt ihr Haus schon seit mehr als zwanzig Jahren und sie wechselt alle fünf Jahre die Matratzen.«

»Unglaublich«, sagte Spiro.

»Stimmt, so was gibt's nicht oft.«

»Zwanzig Jahre«, bemerkte Joe und warf Spiro einen Blick zu. »Was für ein Zufall.«

»Charlie ist ein hervorragender Mann. Es wäre zwar ein Riesenglück, aber vielleicht erfahren wir ja etwas von Mrs Tolvey.«

»Hat sie denn genügend Zimmer?«, fragte Joe den Fahrer.

»Sechs. Und alle blitzsauber.« Er nickte. »Es ist gleich da vorn. Nur noch zwei Blocks.«

Mrs Tolveys Pension war in einem großen grauen Haus mit einer hölzernen Schaukel auf der breiten Veranda untergebracht. Neben der Windfangtür leuchtete eine Lampe.

»Gehen Sie schon hoch und klopfen.« Bob stieg aus dem Wagen. »Ich bringe Ihnen Ihr Gepäck.«

»Warten Sie«, sagte Spiro. »Gibt's hier in der Stadt eine Kneipe?«

»Soll das ein Witz sein? Vier an der Zahl.« Bob hob die Reisetaschen aus dem Kofferraum. »Wollen Sie noch einen trinken?«

»Wo gehen die Einheimischen hin?«

»Carl Simm's auf der Third Street.«

»Fahren Sie mich hin.« Er drehte sich zu Eve um. »Vielleicht kann ich heute Abend noch was in Erfahrung bringen. Mieten Sie mir ein Zimmer und sagen Sie Mrs Tolvey, dass ich in ein paar Stunden nachkomme.«

Eve nickte. Zu Joe gewandt sagte Spiro: »Und Sie sprechen mit Mrs Tolvey?«

»Darauf können Sie sich verlassen.«

Das Taxi fuhr gerade ab, als Mrs Tolvey die Haustür öffnete. Sie trug einen blassgrünen Morgenmantel aus Chenille, eine Frau Ende fünfzig mit kurzem braunem Haar und einem breiten Lächeln.

»Ich habe gesehen, dass Bob Sie abgesetzt hat. Ich bin Nancy Tolvey. Sie brauchen ein Zimmer?«

»Drei.« Joe nahm die Taschen und betrat die Diele. »Ein Doppelzimmer für Miss Duncan und das Mädchen, ein Einzelzimmer für mich direkt daneben. Und dann ist da noch ein Freund, der später kommt. Für ihn bitte auch ein Zimmer.«

»Sehr schön. Leider haben wir keine Doppelzimmer mit getrennten Betten. Sie müssten mit einem Ehebett vorlieb nehmen.«

Eve nickte.

»Sie könnten Eve und Jane schon ihr Zimmer zeigen, während ich die Anmeldeformulare ausfülle«, schlug Joe vor.

Eve nahm ihre und Janes Tasche und Nancy Tolvey wies ihnen den Weg in die erste Etage.

Das Zimmer, in das sie Eve führte, war sauber und hell und blassgrüne Efeupflanzen rangten die beigefarbenen Wände entlang. »Alle Zimmer sind ohne Bad. Sie finden es am Ende des Flurs.«

»Du hast es gehört, Jane«, sagte Eve. »Dusch du zuerst. Ich bringe dir deinen Schlafanzug, sobald ich ihn ausgepackt habe.«

»Okay.« Jane gähnte. »Ich weiß gar nicht, warum ich so schläfrig bin.«

»Das ist die Höhenluft«, erwiderte Nancy Tolvey. »Sie kommen offensichtlich nicht aus der Gegend.«

»Wir sind aus Phoenix.«

Sie nickte. »Da war ich auch mal. Viel zu heiß. Ich könnte mich an das Klima dort niemals gewöhnen. Ich habe mein ganzes Leben hier verbracht.«

Ihr ganzes Leben ...

Joe hatte Spiro gesagt, er werde mit Nancy Tolvey reden, aber das konnte sie genauso gut selbst tun. »Wir versuchen eine Familie ausfindig zu machen, die hier möglicherweise vor langer Zeit gelebt hat. Die Leute hießen Baldridge.«

»Baldridge?« Nancy Tolvey schwieg einen Augenblick und schüttelte dann den Kopf. »Ich glaube nicht. Ich kann mich an niemanden dieses Namens erinnern.« Sie ging zur Treppe.

»Ich bringe Ihnen noch ein paar Badehandtücher.«

Einen Versuch war es wert, dachte Eve. Vielleicht würden sie am folgenden Tag etwas herausfinden.

Nancy Tolvey runzelte die Stirn, als sie die Treppe hinunterging.

»Stimmt was nicht?«, fragte Joe.

Sie setzte sich an den altmodischen Schreibtisch in der Diele. »Es ist nichts.« Sie schlug das Gästebuch auf. »Bitte unterschreiben Sie hier. Name, Adresse, Führerschein.« Sie runzelte immer noch die Stirn, während sie ihm beim Schreiben zusah. »Sie müssen dasselbe Bad benutzen wie Ihre Begleiterinnen. Wir haben keine ...« Sie schloss die Augen. »Die Kerzen ...«

»Ich hatte gehofft, Sie hätten Strom«, erwiderte Joe trocken.

Sie schlug die Augen auf. »Nein, das habe ich nicht gemeint. Miss Duncan hat mich nach der Familie Baldridge gefragt und ich habe ihr gesagt, ich könne mich an niemanden aus dieser Gegend mit dem Namen erinnern.«

Joe erstarrte. »Aber Sie erinnern sich doch?«

»Ich wollte nicht darüber sprechen, aber es stimmt, ich erinnere mich.« Sie lächelte bitter. »Ich werde es nie vergessen. Und es totzuschweigen macht es auch nicht ungeschehen, stimmt's? Das tue ich schon seit Jahren.«

»Haben die Leute hier in der Stadt gewohnt?«

Mrs Tolvey schüttelte den Kopf. »Oben im Norden von Dillard.«

»In der Nähe von Jamison?«

»Nein, das Zelt stand weiter oben in den Bergen.«

»Das Zelt?«

»Der alte Baldridge war Prediger. Ein fanatischer Prediger. Er hatte ein großes Zelt auf der Hochebene mitten in den Bergen und da hielt er seine Predigten.« Sie verzog das Gesicht. »Als junges Mädchen war ich kein Kind von Traurigkeit. Na ja, vielleicht habe ich übertrieben. Mein Daddy meinte, er müsste meine Seele retten. Als er von Reverend Baldridge und seinem Zelt hörte, fuhr er eines Abends mit mir hin. Sie können mir glauben, das war vielleicht eine Show. Der Reverend hat mich zu Tode geängstigt.«

»Womit?«

»Er sah aus wie der Tod höchstpersönlich. Weißes Gesicht, verfilzte graue Haare, und seine Augen …«

»Wie alt war er?«

»So an die sechzig. Mir kam er uralt vor. Ich war gerade fünfzehn.«

Dann konnte der Evangelist unmöglich Dom sein, dachte Joe.

»Er brüllte mich an«, fuhr Nancy Tolvey fort. »Er stand vor mir, fuchtelte mit dieser roten Kerze vor meiner Nase herum und schrie, was für ein Flittchen ich sei.«

»Was für eine rote Kerze?«

»Das ganze Zelt war voller Kerzen. Es gab kein elektrisches Licht. Nur Kerzen in großen, schmiedeeisernen Leuchtern. Am Eingang wurde jedem eine Kerze in die Hand gedrückt. Kinder bekamen weiße, die anderen rote oder rosafarbene.« Sie schüttelte den Kopf. »Ich habe meinem Vater nie verziehen, dass er mich dorthin gebracht und zugelassen hat, dass Baldridge mich hinauf zum Altar zerrte und vor versammelter Mannschaft erklärte, was für eine Sünderin ich sei.«

»Ich kann mir vorstellen, dass man so etwas nicht so schnell vergisst.«

»Ich weiß noch genau, wie ich geschrien habe und mich von ihm losriss. Ich rannte aus dem Zelt und den Hügel runter zu unserem Wagen. Mein Vater folgte mir und wollte mich überreden, wieder reinzugehen, aber ich weigerte mich. Er hat mich schließlich nach Hause gebracht. Sechs Wochen später habe ich geheiratet und bin ausgezogen.«

»Wer war in jener Nacht noch alles in dem Zelt?«

»Es waren so viele Leute da. Warum suchen Sie ihn? Sind Sie mit ihm verwandt?«

»Nein. Eigentlich suchen wir seine Familie.«

Sie schüttelte den Kopf. »Darüber weiß ich nichts. Da müssen Sie jemand anderen fragen.«

»Fällt Ihnen jemand ein, der sich vielleicht an den Reverend erinnert?«

»Mein Vater hatte in der Bloom Street Baptist

Church von ihm gehört. Einige Gemeindemitglieder fuhren an den Wochenenden regelmäßig hinauf zu den Erweckungsversammlungen. Einer von denen könnte vielleicht noch was wissen.« Sie lächelte schief. »In dieser Kirche wurde ich getauft, aber nach dem Vorfall in dem Zelt bin ich nie wieder hingegangen. Ich hatte eine Höllenangst, dass jemand aus der Kirche dabei gewesen war, als dieser alte Teufel mich als Sünderin beschimpft hat.«

»Haben Sie danach nie wieder von dem Reverend gehört?«

»Glauben Sie, ich hätte jemals wieder von ihm hören oder an ihn denken wollen? Ich war kein schlechtes Kind. Und was ist so schlimm an Sex? Er hätte mir das nicht antun dürfen.« Sie atmete tief durch. »Aber das ist lange her. Seitdem führe ich ein glückliches Leben. Komisch, dass die Sachen, die einem als Kind passieren, immer die tiefsten Narben hinterlassen.«

»Und die sind alles andere als komisch.«

Sie stand auf. »Ich wollte Ihnen noch ein paar Handtücher bringen. Ihr Zimmer ist gleich an der Treppe, neben Miss Duncan und dem Mädchen.«

Joe sah ihr nach, als sie den Flur hinunterging. Er hatte einen Volltreffer gelandet.

»Ein Prediger«, wiederholte Eve. »Doms Vater?«

Joe zuckte die Achseln. »Vielleicht auch sein Großvater. Sie meinte, er sei an die sechzig gewesen.«

»Einem fünfzehnjährigen Mädchen kommt jeder über dreißig altersschwach vor.«

»Stimmt.«

»Kerzen hatten irgendeine Bedeutung für ihn. Vielleicht symbolisierten sie den Zustand der Erlösung seiner Anhänger.«

»Wohl eher den Stand ihrer Sündhaftigkeit.«

»Und Dom ist der Vollstrecker des Jüngsten Gerichts?« Sie schüttelte den Kopf. »Er ist sehr intelligent. Er weiß, warum er tötet. Es macht ihm Spaß.«

»Aber, wie Nancy Tolvey so schön sagte, die Erlebnisse der Kindheit hinterlassen die tiefsten Narben und man wird sie nicht mehr los.«

»Was könnte also geschehen sein, das ihn zum Massenmörder gemacht hat?«

Joe zuckte die Achseln. »Wer weiß? Morgen gehen wir zur Baptist Church und versuchen, mehr herauszufinden.«

»Ob Doms Vater noch lebt?«

»Möglich. Aber er müsste schon ziemlich alt sein.« Er beugte den Kopf und hauchte ihr einen Kuss auf die Nase. »Geh jetzt schlafen. Ich warte noch auf Spiro und erzähle ihm, was wir in Erfahrung gebracht haben.«

»Es ist mehr, als ich erwartet hatte.« Ein Schauer lief ihr über den Rücken. Sie kamen der Sache näher. Dom war nicht länger ein völlig Unbekannter. »Und morgen werden wir noch mehr wissen.«

»Mach dir nicht zu große Hoffnungen.«

»Red keinen Unsinn. Natürlich mache ich mir Hoffnungen.«

Joe lächelte. »Ich darf mich nicht beschweren. Hoffnung ist sehr heilsam für dich.«

»Tu nicht so, als hätte ich nicht alle Tassen im Schrank und du wärst mein Psychiater.«

»Tut mir Leid. Ich bin es gewöhnt, jeden deiner Schritte zu analysieren. Das liegt daran, dass ich so lange melancholisch am Spielfeldrand gestanden habe.«

»*Melancholisch* kommt doch in deinem Wortschatz

gar nicht vor.« Schnell wandte sie den Blick von ihm ab. »Jane liegt schon im Bett. Kannst du ein Auge auf sie haben, solange ich dusche?«

»Ich werde mich keinen Zentimeter von deiner Tür entfernen.«

Als sie den Flur entlangging, spürte sie seinen Blick und bekam weiche Knie. Seit sie zu dieser Fahrt aufgebrochen waren, war Joe in die Rolle des alten Freundes zurückgefallen. Bis zu diesem Gespräch hatte er nichts Persönliches von sich gegeben und seine Worte brachten ihr die Erinnerung an die vergangene Nacht urplötzlich zurück.

Es bereitete ihr Unbehagen, dass ihre Gefühle für Joe beinahe die Aufregung, die durch die Erkenntnisse über Dom ausgelöst wurde, in den Hintergrund drängten.

Joe wartete schon, als Eve und Jane am nächsten Morgen die Treppe herunterkamen. »Ich befürchte, wir müssen Mrs Tolveys Frühstück sausen lassen. Ich habe ein Taxi bestellt. Spiro erwartet uns.«

»Ist er nicht hier?«

»Nein, er hat mich heute Nacht gegen drei Uhr angerufen. In der Kneipe hat er einen Hinweis auf Reverend Baldridge erhalten und ist die ganze Nacht auf gewesen.«

»Hast du ihm gesagt, dass wir zur Baptist Church gehen sollten?«

Joe nickte. »Ist nicht mehr nötig. Nachdem er das mit dem Erweckungszelt in Erfahrung gebracht hatte, hat er Reverend Piper ausfindig gemacht, den Pastor der Bloom Street Church, und ihn aufgeweckt.« Joe zuckte die Schultern, als sie ihn überrascht anblickte. »Niemand hat behauptet, Spiro sei rücksichtsvoll, wenn er eine Spur verfolgt.«

»Und hat er etwas herausgefunden?«

»Er hat den Ort gefunden, an dem der Reverend seine Predigten gehalten hat. Es ist ziemlich weit von hier. Wir treffen Spiro dort.«

Spiro stand allein oben auf einem Hügel. Hier und da war die Erde noch schneebedeckt und über den Bergen in der Ferne hingen graue Wolken.

Der Fahrer hielt am Fuß des Hügels.

»Bezahlen Sie das Taxi, Joe«, rief Spiro herunter. »Ich fahre Sie zurück. Ich habe den Wagen von Reverend Piper requiriert.« Mit einem schiefen Grinsen nickte Spiro zu dem braunen Ford hinüber, der in einiger Entfernung geparkt war. »Es gibt Zeiten, da hat es seine Vorteile, beim FBI zu sein.«

Jane rannte den Hügel hinauf und blickte sich um. Der Boden war kahl, an zahlreichen verkohlten Pfählen, die im Boden steckten, hingen Fetzen verbrannten Stoffes. »Ein Feuer?«

»Ja«, antwortete Spiro.

Eve wurde plötzlich eiskalt. »Was ist hier passiert?«

»Vielleicht sollten Sie das Mädchen lieber zum Wagen schicken«, meinte Spiro.

Jane stand in einiger Entfernung.

»Nein, ich möchte sie nicht ausschließen. Sie soll alles wissen, was wir auch wissen.«

»Und was wissen wir?« Mit dieser Frage gesellte sich Joe zu ihnen. »Wann ist das passiert?«

»Vor neunundzwanzig Jahren.«

»Ein Unfall?«

»Man nahm an, dass es ein Unfall war. Jeder wusste von den Kerzen. Es war zu erwarten, dass es irgendwann abbrennen würde.«

»Gab es Tote?«

»Es sind keine Leichen gefunden worden. Jeden Freitag, Samstag und Sonntag fanden hier Gottesdienste statt. Das Feuer muss irgendwann im Laufe der Woche ausgebrochen sein, denn die ersten Leute, die an jenem Wochenende hier eintrafen, haben den Ort so vorgefunden, wie wir ihn jetzt sehen.«

»Hat es eine Untersuchung gegeben?«

»Natürlich. Aber Reverend Baldridge ist nicht gefunden worden. Man nahm an, dass er weitergezogen war. Prediger gehen häufig auf Wanderschaft und außerdem war er nicht beliebt bei den Behörden. Man hatte ihn darauf hingewiesen, dass die Feuergefahr wegen der Kerzen sehr hoch war.«

»Und ist er *tatsächlich* weitergezogen?«

»Das werden wir wohl herausfinden müssen.« Spiro ließ seinen Blick über das Gelände schweifen. »Herrgott, ist das ein unheimlicher Ort.«

Eve empfand das Gleiche. »Ist doch eigenartig, dass das Gras nicht nachgewachsen ist, obwohl das Feuer schon so lange her ist.«

»Was wissen Sie noch?«, fragte Joe. »Was war mit seiner Familie? Was hat Reverend Piper Ihnen über Kevin Baldridge erzählt?«

»Er kann sich nicht an einen Kevin erinnern. Sein Vater war zu der Zeit, als Reverend Baldridge hier predigte, Pastor der Bloom Street Baptist Church. Er war noch ein Junge, als sein Vater ihn zu den Gottesdiensten hier mitnahm. Er ist Mrs Baldridge einmal begegnet, aber die einzigen Söhne, an die er sich erinnert, hießen Ezekiel und Jacob. Kevin hat er nie kennen gelernt.«

»Aber wir wissen, dass es einen Kevin gab. Mrs Harding kannte ihn.«

»Wenn er hier war, wurde er versteckt gehalten.«

Spiro schüttelte den Kopf. »Nur warum, das ist das Geheimnis. Der alte Baldridge hat die ganze Familie für die Gottesdienste eingespannt, sie verteilten die Kerzen, ließen die Klingelbeutel herumgehen …«

»Mir gefällt's hier nicht.« Jane stand neben Eve. »Wann fahren wir wieder?«

Selbst Jane empfand die düstere Atmosphäre, dachte Eve. »Bald. Willst du im Wagen auf uns warten?«

»Wir können auch wieder gehen«, sagte Spiro. »Hier können wir ohnehin nichts tun. Wir fliegen zurück nach Phoenix und ich schicke ein Team her, das das Gelände gründlich unter die Lupe nimmt.«

»Nach zwei Jahrzehnten und einem Feuer?«

»Niemand hat hier nach Gräbern gesucht.«

»Sie glauben nicht, dass Reverend Baldridge weitergezogen ist?«

»Ich muss jede Möglichkeit in Betracht ziehen. Der alte Herr scheint ein ziemlich unangenehmer Zeitgenosse gewesen zu sein.«

»Ja.« Joe ließ seinen Blick über das Gelände schweifen. »Fanatismus verursacht fast immer eine Menge Elend.«

»Nun, wenn Kevin Baldridge wirklich Dom ist, hat er mehr als genug Elend verursacht.«

»Vielleicht ist es gar nicht Kevin. Vielleicht ist es einer der Brüder.« Eve folgte Spiro.

»Aber wo war Kevin während der Gottesdienste?«, fragte Spiro. »Das riecht mir nach Rebellion gegen den Alten.« Er blickte über die Schulter zurück. »Was machen Sie, Quinn?«

Joe hatte sich hingekniet und buddelte mit einer Hand in dem weichen Boden. »Ich hab da so eine Idee.« Er hob eine Hand voll Erde an den Mund und schmeckte daran. »Salz.«

Eve blieb unvermittelt stehen. »Was?«

»Wie du habe ich mich auch gefragt, warum hier nichts wächst.« Joe klopfte sich die Hände ab und stand auf. »Jemand hat hier Salz untergepflügt, entweder vor oder nach dem Feuer. Er wollte, dass an dieser Stelle nie wieder Leben heranwächst.«

Am frühen Abend trafen sie wieder in Phoenix ein. Spiro trennte sich am Flughafen von ihnen und Joe, Eve und Jane kamen nach neun in Logans Haus an.

Zu Eves Überraschung saß Logan auf der Couch und spielte Karten mit Sarah, als sie ins Wohnzimmer kamen. »Wird aber auch Zeit.« Er warf die Karten auf den Tisch und stand auf. »Warum zum Teufel hast du mir nicht gesagt, dass du die Stadt verlässt?«

»Schön, dass Sie wieder da sind«, sagte Sarah. »Er nervt mich und Monty schon seit Stunden. Er ließ sich nicht abwimmeln und dann hat er auch noch verlangt, dass ich ihn unterhalte.«

»Sie haben falsch gespielt«, knurrte Logan.

»Ich kann einfach besser pokern als Sie. Was glauben Sie, womit die Rettungsteams sich die Zeit zwischen den Einsätzen vertreiben?« Sie erhob sich. »Jetzt können Sie sich mit ihm beschäftigen, Eve. Monty und ich sind es leid, ihm beim Grübeln zuzusehen.«

»Ich grüble nicht.«

Sarah hatte keine Lust zu widersprechen. »Komm, Jane. Du siehst genauso müde aus, wie ich mich fühle. War es eine anstrengende Reise?«

»Es war unheimlich dort.« Jane bückte sich, um Monty zu tätscheln. »Komm, Junge. Wir gehen schlafen.«

Der Retriever streckte sich und folgte Sarah und Jane aus dem Zimmer.

Logan schaute Sarah nach. »Sie ist immer noch wütend auf mich.«

»Immerhin hat sie mit Ihnen Karten gespielt«, bemerkte Joe.

»Um mich zu schädigen.« Er wandte sich Eve zu und ging zum Angriff über. »Ist es dir nicht in den Sinn gekommen, dass ich mir Sorgen machen könnte, wenn ich von Brooker erfahre, dass du das Haus verlassen hast?«

»Ich hatte es eilig. Spiro hatte eine Spur. Ehrlich gesagt habe ich nicht daran gedacht.« Er hatte Recht, sie hätte ihn anrufen sollen, dachte sie müde. »Es tut mir Leid, Logan.«

»Lassen Sie sie in Ruhe.« Joe stand hinter ihr, er hatte die Hände auf ihre Schultern gelegt. »Sie hat schon genug Probleme, ohne sich den Kopf zerbrechen zu müssen, wie Sie zu besänftigen sind.«

»Lass es gut sein, Joe. Er versucht doch bloß, mir zu helfen. Ich hätte daran denken müssen, dass er sich Sorgen macht.«

»Es bringt mich nicht um, mir Sorgen zu machen, wenn ich weiß, was los ist. Aber ich kann es nicht leiden, ausgeschlossen zu werden von …« Logan unterbrach sich, starrte erst Eve an und dann Joe, der hinter ihr stand. »Es ist vorbei, nicht wahr? Er hat es getan.«

»Was?«

»Er hat gewonnen. Er hat bekommen, was er wollte.« Er lächelte freudlos. »Ich hätte wissen müssen, dass ich eine aussichtslose Schlacht schlage. Gegen Quinn hätte ich kämpfen können, aber nicht gegen dich, Eve. Seit er auf der Insel eingetroffen war, wolltest du mit ihm nach Hause gehen.«

»Wegen Bonnie.«

»Vielleicht.« Logan betrachtete die beiden eine ganze Weile. »Passen Sie auf sie auf, Quinn.«

»Das müssen Sie mir nicht sagen.«

»Doch, das muss ich. Es ist eine Warnung, keine Bitte. Wenn du mich brauchst, Eve, ruf mich.«

»Sie wird Ihre Hilfe nicht brauchen«, sagte Joe.

»Man kann nie wissen.«

Sie konnte es nicht ertragen, sie wollte ihn nicht auf diese Weise gehen lassen. »Joe, ich möchte mit Logan allein sprechen.«

Joe rührte sich nicht von der Stelle.

»Joe.«

»Okay.« Er ging aus dem Zimmer.

»Wieso habe ich das Gefühl, dass er im Flur steht und lauscht?«, fragte Logan.

»Weil er das wahrscheinlich tut.« Sie zwang sich zu einem Lächeln. »Du solltest es als Kompliment auffassen.«

»Ach nee.«

»Er weiß, wie viel du mir bedeutest. Wie viel du mir immer bedeuten wirst.«

»Offensichtlich nicht genug.«

»Was heißt genug? Es tut mir weh, wenn du verletzt bist. Es macht mich froh, wenn du glücklich bist. Wenn du mich jemals brauchen solltest, werde ich für dich da sein. Ist das nicht genug?«

»Es ist sehr viel. Nicht ganz das, was ich mir wünsche, aber ich nehme es an.« Er schwieg einen Augenblick. »Nur aus Neugier – wie hat Quinn es geschafft?«

»Ich weiß es nicht«, sagte sie geradeheraus. »Ich wollte es nicht. Es beunruhigt mich. Es ist, als würde man in einen Strudel geraten. Es ist einfach passiert.«

»Bei Quinn passiert nichts einfach so. Er ist ein Macher. Ich wusste schon immer, dass er auf seine Chance bei dir gelauert hat.«

»Ich habe es nicht gewusst.«

»Das war mir klar. Ich hatte gehofft, dich für mich zu gewinnen, bevor er den ersten Schritt machen würde. Es ist mir nicht gelungen, es zu verhindern.« Er sah sie eine Weile an und gab ihr einen flüchtigen Kuss. »Aber es war ein gutes Jahr, oder?«

Ihr traten die Tränen in die Augen. »Das beste.«

»Das beste wohl nicht, sonst wären wir nicht an diesem Punkt angelangt, aber ein verdammt gutes.« Er nahm ihren Arm und führte sie in die Diele, wo Joe an der Treppe wartete. »Hallo, Quinn, was für eine Überraschung.« Joe trat auf Eve zu.

»Nun tun Sie nicht so, als wollte ich sie entführen. Das ist nicht mein Stil.« Logan biss sich auf die Lippen. »Obwohl ich Ihnen den Hals umdrehen könnte.«

Joe schüttelte den Kopf. »Aber Sie werden es nicht tun. Das ist der Unterschied zwischen uns beiden. Sie sind zäh, aber Sie haben mit Eve nie den Punkt erreicht, an dem es kein Zurück mehr gibt. Ich frage mich, ob Sie den jemals erreichen.«

Logan machte einen Schritt auf ihn zu und sagte leise: »Ich bin versucht, Sie eines Besseren zu belehren.«

»Logan«, sagte Eve.

Sie erwartete nicht, dass er auf sie hörte, doch er wandte sich von Joe ab und öffnete die Tür. »Alles Gute, Eve. Wir sehen uns. Schließ mich nicht völlig aus. Okay?«

»Das wird nicht passieren.« Sie waren sich zu nahe gewesen. Sie küsste ihn auf die Wange. »Niemals.«

»Ich werde dich an deine Worte erinnern.« Die Tür schloss sich hinter ihm.

Joe stieß einen leisen Pfiff aus. »Das schmeckt mir

aber gar nicht. Soll das heißen, ich muss mich mit ihm anfreunden?«

»Du musst überhaupt nichts. Aber er ist mein Freund, Herrgott noch mal. Und er wird es immer sein.«

»Genau das habe ich befürchtet. Ich muss mir überlegen, wie ich …« Er unterbrach sich. »Du bist aufgebracht. Ich halte jetzt besser den Mund und lass dich allein.«

»Das wäre eine echte Premiere.«

»Du bist ja richtig sauer.« Er legte die Stirn in Falten. »Und ich bin tierisch eifersüchtig.«

Sie benutzte die Worte, die er vor einiger Zeit verwandt hatte. »Gewöhn dich dran.«

Er lächelte. »Das werde ich.«

»Ich habe dir nie Versprechungen gemacht, Joe. Ich glaube immer noch, dass …«

»Zeit für mich zu gehen«, unterbrach er sie. »Wenn du anfängst, über dich selbst nachzugrübeln, wird's gefährlich. Ich fahre aufs Revier und kümmere mich um das Foto.« Er schwieg einen Moment lang. »Ich komme heute Nacht vielleicht nicht zurück. Ich denke, du brauchst Zeit, um allein zu sein.«

Sie empfand eine Mischung aus Erleichterung und Enttäuschung. »Du brauchst nicht wegzubleiben. Wenn ich dich nicht in meinem Bett haben will, werde ich es dich schon wissen lassen.«

»Ich wollte mich lediglich von meiner sensiblen Seite zeigen.« Er beugte sich vor und küsste sie kurz und heftig. »Schlaf gut. Wir sehen uns morgen früh.«

Als sie die Treppe hinaufging, hatte sie ihre Zweifel, dass sie gut schlafen würde. Auf dem ganzen Weg zurück von Dillard hatte sie den Anblick dieser verbrannten und unfruchtbaren Hügelkuppe vor Augen gehabt. Was hatte Dom so verbittert, dass er den Platz derartig heimgesucht hatte? Er hatte die Erde aufgerissen und verwüstet, genau wie die Leichen seiner Opfer.

Und dann war sie Logan gegenübergetreten und hatte ihm wehgetan. Zum zweiten Mal.

Sie hatte nicht damit gerechnet, dass sich ihre Gefühle für Joe so verändern würden. Wenn sie klug wäre, würde sie sich von ihm abwenden und sich nur noch ihrer Arbeit widmen. Bei der Arbeit war sie nie sentimental oder unsicher. Da hatte sie ein klares Ziel vor Augen und die Befriedigung, den Verschwundenen zu helfen.

Ja, das war die Lösung. Sich an die Arbeit zu halten. Und Joe verdrängen …

»Das klappt doch nicht, Mama.« Bonnie saß in dem Sessel hinter ihrem Bett. »Joe wird es nicht zulassen. Außerdem ist es sowieso zu spät.«

»Ich kann tun, was ich will.« Eve stopfte sich das Kissen unter den Kopf. »Er mischt sich in mein Leben ein.«

»Ich auch, aber mich schließt du nicht aus.«

»Man kann seine Träume nicht ausschließen.«

Bonnie kicherte. »Du bist nie um eine Antwort verlegen. Du schließt mich nicht aus, weil du mich liebst.«

»O ja«, flüsterte sie.

»Und deshalb kannst du auch Joe nicht ausschließen.«

»Das ist was ganz anderes.«

»Da hast du Recht. Joe lebt.«

»Ich würde ihm nur wehtun.«

»Du bist einfach traurig wegen Logan, aber das musst du nicht. Es war klar, dass es so kommen wür-

de. Ich habe dir doch einmal erzählt, dass Liebe manchmal auf irgendeine Weise beginnt und dann zu etwas ganz anderem wird. Du musst Logan nicht verlieren und Joe wirst du auch nicht verlieren.«

»Blödsinn. Man kann immer jemanden verlieren. Dich habe ich auch verloren.«

»Dummkopf. Warum rede ich dann noch mit dir?«

»Weil ich nicht alle Tassen im Schrank habe. Noch ein Grund, warum ich mich von Joe abwenden sollte.«

»Ich will mich nicht mit dir streiten. Du bist schlau, du wirst das Richtige tun.« Bonnie lehnte sich im Sessel zurück. »Ich will einfach nur hier sitzen und es genießen, in deiner Nähe zu sein. Das letzte Mal ist schon lange her.«

»Warum bist du nicht schon eher gekommen?«

»Ich kam nicht an dich heran. Auch jetzt war es verflixt schwierig. So viel Dunkelheit ... Nichts als Dunkelheit um ihn herum, Mama.«

»Er ist ein schrecklicher Mann.« Sie befeuchtete ihre Lippen. »Ist er es gewesen, Bonnie?«

»Ich kann nicht durch die Dunkelheit sehen. Vielleicht will ich es auch nicht.«

»Ich will sehen. Ich muss sehen.«

Bonnie nickte. »Um Jane zu schützen. Ich mag sie.«

»Ich auch. Aber es ist auch wegen dir, Kleines.«

»Ich weiß. Aber du wendest dich immer mehr den Lebenden zu. Genau, wie es sein sollte.«

Eve schwieg einen Augenblick. »Er wollte mir weismachen, dass du in Jane wiedergeboren bist. So ein Blödsinn.«

»Das glaube ich auch. Wie sollte ich wiedergeboren sein, wenn ich hier mit dir rede?« Sie lächelte. »Und du weißt genau, dass sie mir überhaupt nicht ähnelt.«

»Allerdings.«

»Du würdest auch nicht wollen, dass sie ist wie ich, Mama. Jeder hat seine eigene Seele. Deshalb ist jeder etwas ganz Besonderes und Wundervolles.«

»Dom ist nicht wundervoll.«

»Nein. Er ist pervers und scheußlich.« Bonnie runzelte die Stirn. »Ich habe Angst um dich. Er kommt immer näher und näher ...«

»Soll er nur kommen. Ich warte schon auf ihn.«

»Schsch. Reg dich nicht auf. Heute Nacht wollen wir nicht mehr an Dom denken. Erzähl mir von Monty. Ich liebe Hunde.«

»Ich weiß. Ich hatte vor, dir einen Basset zu Weihnachten zu schenken in jenem Jahr, als du ...«

»Und seitdem machst du dir Vorwürfe, dass du ihn mir nicht schon vorher geschenkt hast. Hör auf damit. Ich war glücklich. Aber du solltest etwas daraus lernen. Lebe jeden Augenblick. Verschiebe nichts auf morgen.«

»Hör auf, mir Predigten zu halten.«

Bonnie kicherte. »Entschuldigung. Also erzähl mir von Monty.«

»Ich weiß eigentlich gar nicht viel über ihn. Er gehört Sarah und ist ein Rettungshund. Jane liebt ihn und läuft ihm den ganzen Tag auf Schritt und Tritt nach ...«

Mark Grunard wartete in der Lobby des Hotels von Charlie Cathers, als Joe eintrat. »Aha, schon wieder zurück aus den Bergen?«

»Was machen Sie denn hier?«

»Cather hat mir versprochen, sich auf einen Drink mit mir zu treffen. Er müsste jeden Moment hier sein. Haben Sie irgendwas erreicht in Dillard?«

»Es gibt keine Schulunterlagen über die Baldridges,

deshalb versuchen wir es in einer benachbarten Stadt. Der Vater war anscheinend Wanderprediger.«

»Und ich hatte gehofft, man könnte die Schulfotos mit Mrs Hardings Schnappschuss vergleichen.«

»Das dachten wir auch.« Joe setzte sich. »Spiro ist alles andere als erfreut, dass Sie sich an Cathers Fersen heften.«

»Pech für ihn. Von ihm habe ich nichts erfahren, also musste ich mich an Cather hängen. Der ist nicht so eine harte Nuss.«

»Er ist zäher, als Sie denken.«

»Aber er hat nicht Spiros Erfahrung und vielleicht rutscht ihm was raus. Hat er Ihnen von dem Foto erzählt? Sind Sie deswegen hier?«

Warum war er eigentlich hier? Er war zuvor auf dem Revier gewesen, aber man hatte ihm mitgeteilt, die Abzüge seien noch nicht fertig. Wieder diese Mauer. *Sie sind stinksauer auf mich, weil ich ihnen nicht gesagt habe, wer mir den Hinweis auf Debby Jordans Grab gegeben hat. Und das zahlen sie mir jetzt heim. Wie du mir, so ich dir,* das waren Spiros Worte gewesen.

Selbst wenn Joe Charlie überreden könnte, ihm das Foto zu beschreiben, würde es ihm kaum weiterhelfen. Ehrlicherweise musste er zugeben, dass er hier war, weil er Distanz zu Eve brauchte. Sein erster Impuls war es gewesen, keine Zeit zu verlieren und sie zu einer Entscheidung zu drängen, statt geduldig abzuwarten. Aber das wäre ein Fehler gewesen. Logan hatte ihr nahe gestanden und Joe konnte froh sein, dass es sie nicht noch mehr aus dem Gleichgewicht geworfen hatte. Aber er war nicht froh und er hatte die Nase voll davon, geduldig abzuwarten. Er war schon zu weit gekommen, um wieder einen Schritt zurück zu gehen.

»Mir hat niemand was gesagt«, antwortete Joe. »Haben Sie Charlie gesehen, seit er wieder hier ist?«

»Gestern Abend auf dem Revier.« Mark überlegte. »Irgendwas beschäftigt ihn. Er versucht, es zu verbergen, aber er ist ein schlechter Schauspieler.«

»Vielleicht hat Spiro ihn zur Schnecke gemacht, weil er mit Ihnen gesprochen hat.«

»Möglich.« Er zuckte die Achseln. »Aber es ist mir erst aufgefallen, seit er mit diesem Foto von den Hardings zurückgekommen ist. Ich bin froh, dass Sie hier sind. Vielleicht können wir ihm mit vereinten Kräften entlocken, was ihm Kopfschmerzen bereitet.« Grunard stand auf. »Da kommt er.«

Lächelnd kam Cather auf sie zu. »Mit Ihnen habe ich gar nicht gerechnet, Joe. Spiro sagte, Sie seien eben erst aus Dillard zurückgekommen. Was soll das hier eigentlich werden? Eine Verschwörung?«

Von wegen vereinte Kräfte. Wenn Charlie etwas verlauten ließe, würde Joe es für sich nutzen. Aber er durfte keinen Druck ausüben. Er erhob sich. »Klar, und Sie sind das Opfer.«

Cathers Lächeln schwand. »Ich darf über das Foto nicht sprechen, bevor ich die Genehmigung von Spiro habe. Ich werde ihm nicht noch einmal auf die Füße treten.«

Grunard hatte Recht, irgendetwas beunruhigte Cather. Aber vielleicht war es auch nur der Stress. »Was nicht geht, geht nicht. Und wenn wir Sie nicht bestechen können, müssen Sie eben die Rechnung zahlen.« Er marschierte los Richtung Hotelbar. »Wie geht's Ihrer Frau?«

Eve schlief tief und fest, als Dom sie in den frühen Morgenstunden anrief. Der Klang seiner Stimme war entsetzlich scheppernd und zerriss die Leichtigkeit, die sie regelmäßig nach ihren Träumen von Bonnie verspürte.

»Sie waren sehr fleißig. Wie haben Ihnen die Orte meiner Kindheit gefallen?«

»Woher wissen Sie, dass ich dort war?«

»Ich höre. Ich beobachte. Spüren Sie nicht, dass ich Sie beobachte, Eve?«

»Nein, ich ignoriere Sie ... Kevin.«

Er lachte in sich hinein. »Dom ziehe ich vor. Kevin existiert nicht mehr. Seit damals habe ich so viele Verwandlungen durchgemacht. Und mir ist nicht entgangen, dass Sie versuchen, mich auszugrenzen. Anfänglich hat mich das wütend gemacht, aber das Stadium habe ich überwunden. Letztendlich hat es nur meinen Appetit angeregt.«

»Kevin muss ein ziemlich ekliges kleines Scheusal gewesen sein. Was ist mit Ihren Eltern passiert?«

»Was glauben Sie wohl?«

»Sie haben sie umgebracht.«

»Es war unumgänglich. Mein Vater hat den Satan in mir gesehen, seit ich ein kleines Kind war. Ich musste mich hinstellen und in jeder Hand eine schwarze Kerze halten und er prügelte auf mich ein, bis ich in die Knie ging. Wenn er damit fertig war, hat er mir Salz in die Wunden gerieben. Vielleicht hatte er Recht, in mir das Böse zu sehen. Glauben Sie, dass wir die Saat des Bösen von Geburt an in uns tragen?«

»Sie bestimmt.«

»Aber gleichzeitig halten Sie mich für verrückt. Mein Vater war verrückt und man nannte ihn einen Heiligen. Es ist ein schmaler Grat, nicht wahr?«

»Haben Ezekiel und Jacob ihn auch für verrückt gehalten?«

»Nein, sie ließen sich wie alle anderen von ihm ängstigen und zum Narren halten. Ich habe versucht, ihnen die Augen zu öffnen. Ich habe sie mitgenommen, als ich weggelaufen bin. Damals war ich noch einsam und brauchte Menschen um mich.«

»Und Sie haben sie hier nach Phoenix gebracht.«

»Wir wollten nach Kalifornien. Ich hatte auch die Harding-Kinder überredet mitzukommen. Aber da bekamen Ezekiel und Jacob es mit der Angst zu tun, eines Abends packten sie ihren Kram und rannten zu meinem Vater zurück. Da bin ich ausgerastet.«

»Und haben die Hardings getötet.«

»Es war anders als alles, was ich je erlebt hatte. Es war die ultimative Erfahrung meines Lebens. Endlich wusste ich, wer ich war und wozu ich bestimmt war. Ich bin zu dem Zelt auf dem Hügel zurück und habe sie alle abgeschlachtet.«

»Ihre Mutter auch?«

»Sie hat immer daneben gestanden, wenn mein Vater mich züchtigte. Ist Grausamkeit weniger verwerflich, wenn sie passiv ist?«

»Und Ihre Brüder?«

»Sie hatten ihre Entscheidung getroffen, indem sie wieder zu ihm zurückgingen. Ich wollte einen völligen Neuanfang.«

»Wo sind die Leichen?«

»Sie werden sie nicht finden. Ich habe sie über halb Arizona und New Mexico verteilt und ich habe jeden Augenblick genossen.«

»Und dann haben Sie den Boden mit Salz unfruchtbar gemacht.«

»Eine melodramatische Symbolik, aber ich war ja noch ein Kind.«

»Und was ist mit den Kerzen, die Sie den Opfern in

die Hand drücken? Sie sind schon lange kein Kind mehr.«

»Es ist schwer, die Muster der Kindheit auszulöschen. Oder vielleicht ziehe ich auch einen Teil meiner Befriedigung daraus, meinem Vater zu zeigen, was ich mit seinen wertvollen Kerzen anstelle.«

»Ihr Vater ist tot.«

»Er hat fest daran geglaubt, in den Himmel zu kommen, also sieht er wohl zu mir herab. Oder glauben Sie, dass ich mit seinem Körper auch seine Seele zerstückelt habe? Diese Frage habe ich mir oft gestellt.« Er wartete einen Augenblick. »Glauben Sie, dass Bonnies Seele zerstört wurde?«

Sie musste sich auf die Lippe beißen. »Nein.«

»Nun, Sie werden es bald wissen. Ich habe mich noch nicht entschieden, welche Kerze ich für Sie nehmen werde. Es ist eine fürchterlich schwierige Entscheidung. Weiß für Jane, aber Ihre Farbe muss …«

Sie legte auf. Er war in Plauderstimmung und vielleicht hätte sie durchhalten sollen, aber sie konnte es nicht länger ertragen. Er begann, sie in die Dunkelheit hineinzuzerren, die ihn umgab. Das war umso schlimmer, als sie gerade noch diesen wundervollen Traum von Bonnie geträumt hatte. Nun schien das Böse übermächtig und sie war unfähig, sich dagegen zur Wehr zu setzen. Es kam näher und näher …

Du solltest etwas daraus lernen. Lebe jeden Augenblick. Verschiebe nichts auf morgen.

Bonnies Worte.

Lebe jeden Augenblick …

Zwei Stunden später hörte Eve, wie Joe nach Hause kam. Sie trat aus dem Schlafzimmer und erwartete ihn oben an der Treppe.

Er stutzte, als er sie sah. »Alles in Ordnung?«

»Nein, Dom hat angerufen. Nichts ist mehr in Ordnung, wenn ich mit ihm reden musste.«

»Was hat er gesagt?«

»Gift und Galle. Ich erzähle es dir später.« Sie streckte ihm die Hand entgegen. »Komm ins Bett.«

Er stieg langsam die Stufen hinauf und blieb vor ihr stehen. »Hast du mir verziehen, dass ich mit Logan kein Mitleid hatte?«

»Es war keine Frage des Verzeihens.«

Er nahm ihre Hand. »Hast du festgestellt, dass du in deinem Bett nicht ohne mich sein kannst?«

»Hör auf, Witze zu machen.«

»Wer macht hier Witze?« Er streichelte ihr zärtlich über die Wange. »Ich versuche herauszufinden, was los ist. Ich habe das Gefühl, dass zwischen uns etwas sehr Wichtiges geschieht. Warum, Eve?«

Sie musste schlucken, um ihre Beklemmung zu vertreiben. »Ich habe Bonnie nie einen Hund geschenkt. Sie wollte so gern einen und ich habe sie hingehalten. Und dann war es zu spät.«

Er hob die Augenbrauen. »Und wo ist der Zusammenhang? Willst du mir einen Hund schenken?«

Sie schüttelte den Kopf. »Der Hund ist nicht für dich, Joe. Er ist für mich. Ich bin da vollkommen egoistisch. Ich will dir nah sein. Ich will mit dir sprechen. Ich will mit dir schlafen.« Sie lächelte unsicher. »Und ich will es nicht aufschieben. Ich will nicht wieder warten, bis es zu spät ist. Willst du zu mir ins Bett kommen und bei mir sein, Joe Quinn?«

»O ja.« Er legte den Arm um ihre Taille, seine Stimme klang genauso unsicher wie ihre. »Und ob ich das will.«

Kapitel 16

Als Spiro Eve am Nachmittag anrief, teilte sie ihm mit, was Dom ihr über seine Kindheit erzählt hatte. »Konnte der Techniker den Anruf zurückverfolgen?«

»Nein, das war ein verdammter Reinfall. Aber was Dom Ihnen gesagt hat, entspricht dem Wenigen, das wir bisher über ihn wissen«, erwiderte Spiro. »Wir haben Kontakt zu den Schulen in Jamison aufgenommen. Es gibt keinerlei Unterlagen über die Baldridge-Jungs. Wir sind auf die Berichte eines Beamten der Schulbehörde gestoßen, der Reverend Baldridge aufgesucht und befragt hat, warum die Jungs nicht zur Schule gingen. Der Reverend behauptete, seine Söhne würden zu Hause unterrichtet. Er glaubte nicht, dass sie in öffentlichen Schulen eine gottesfürchtige Erziehung erhalten würden.«

»Sonst noch was?«

»Noch eins. Die Berichte bezogen sich auf Ezekiel und Jacob. Kevin wird nicht erwähnt.«

»Wenn er nie bei den Gottesdiensten anwesend war, wusste vielleicht niemand, dass er überhaupt existierte.«

»Nach dem Bild der Verwüstung oben auf dem Hügel zu urteilen, wollte er seine Anwesenheit wohl in Erinnerung bringen.«

»Nicht notwendigerweise. Er hat jahrelang gemordet und es nie auf öffentliche Aufmerksamkeit angelegt. Erst in jüngster Zeit hat sich das geändert.«

»Damals stand er erst am Anfang. Er hatte noch nicht gelernt, sich noch nicht entwickelt.« Spiro ließ einen Moment verstreichen. »Aber selbst wenn er sich geändert hat, passt er vermutlich immer noch in das gängige Muster des planvollen Täters.«

»Überdurchschnittliche Intelligenz zum Beispiel«, sagte Eve. »Aber all das führt zu nichts. Wir müssen wissen, wie er aussieht. Wo ist dieses Foto?«

»Versprechen Sie sich nicht zu viel davon. Das Foto liefert vielleicht nicht die Antwort.«

»Was soll das heißen?«

»Genau das, was ich gesagt habe.«

»Wir müssen zusammenarbeiten. Was sollen die Ausflüchte? Erzählen Sie es mir.«

Spiro schwieg.

Verdammt, in seiner Sturheit war er ein typischer FBI-Vertreter. Sie war es leid, ihm die Informationen aus der Nase ziehen zu müssen. Er hatte sich auf einen Handel mit ihnen eingelassen, aber es war offensichtlich, dass er in diesem Punkt nicht nachgeben würde. Na gut, wenigstens auf einen Termin könnte sie ihn festnageln. »Wann?«

»Bald.«

»Wann genau?«

»Mein Gott, sind Sie hartnäckig. Morgen vielleicht.« Er legte auf.

Sie bekamen den Abzug des Fotos erst zwei Tage später. Spiro kam zum Haus und überreichte Eve einen Briefumschlag. »Hier ist es. Sie werden enttäuscht sein.«

»Warum?«

»Werfen Sie einen Blick drauf.«

Joe kam hinzu, als sie den Umschlag öffnete und das Foto herausnahm.

Es war in einem riesigen Garten aufgenommen worden. Zwei Jungen saßen im Vordergrund an einem Gartenteich; ein dritter stieg weit entfernt im Hintergrund die Verandastufen hinab.

»Nach Aussage von Mrs Harding ist der Junge auf den Stufen Kevin Baldridge«, sagte Spiro. »Die zwei am Gartenteich sind Ezekiel und Jacob.«

Verdammt, Kevin Baldridge war nicht nur weit weg, noch dazu war das Foto überbelichtet, und da sich Kevin im Moment der Aufnahme bewegt hatte, war seine Gestalt verschwommen und absolut nicht zu erkennen.

»Kein Wunder, dass die Polizei das Foto seinerzeit nicht angenommen hat«, sagte Eve. »Er ist nur ein Schemen, es könnte sonst wer sein. Joe sagte mir, dass Charlie wegen des Fotos beunruhigt war, jetzt wissen wir, warum.« Sie sah Spiro an. »Die Fototechnologie hat in den vergangenen fünfundzwanzig Jahren enorme Fortschritte gemacht. Damals war man vielleicht noch nicht in der Lage, sein Gesicht klarer herauszuholen, aber heute müsste es doch möglich sein.«

»Wahrscheinlich. Ich habe einen zweiten Abzug nach Quantico geschickt.« Er überlegte einen Moment. »Aber vielleicht wollen Sie es selbst versuchen. Sie arbeiten doch auch mit Fotos.«

»Mein Spezialgebiet sind Altersbestimmungen, das ist etwas ganz anderes.«

»Oh.« Spiro war enttäuscht. »Schade.«

Ja, das war es, dachte sie frustriert.

»Können Sie gar nichts tun?«

Sie dachte eine Weile nach. »Vielleicht doch.« Sie stand auf und holte ein Telefonbuch. »Wenn es in der Stadt ein Entwicklungslabor gibt, das sich mit Bildbearbeitung beschäftigt.«

»Bildbearbeitung?«

»Air Brush und andere Arten von ... Aha, hier ist eins. Pixmore. Jetzt müssen wir nur noch fragen, ob sie die entsprechende Ausrüstung und die Fachleute für diese Aufgabe haben.«

»Starporträts?« Joe betrachtete über ihre Schulter hinweg die Anzeige, in der die Nahaufnahme einer schönen Frau abgebildet war. »Nicht gerade sehr wissenschaftlich.«

»Was glaubst du, womit diese Firmen ihr Geld verdienen? Sie können alles wegretuschieren – von Pickeln über Falten bis zum Damenbart.« Sie betrachtete das Foto noch einmal. »Möglich, dass sie es hinkriegen. Sie arbeiten am liebsten mit Dias, aber ich werde das Foto mitnehmen und fragen, ob sie jemanden dafür haben.« Sie steckte das Foto zurück in den Briefumschlag. »Diese Leute sind meist auf Wochen ausgebucht, vielleicht sollten Sie ein wenig FBI-Einfluss geltend machen.«

»Ich werde Charlie zu Pixmore schicken«, sagte Spiro. »Wie lange kann das dauern?«

Sie zuckte die Achseln. »Keine Ahnung. Vielleicht vierundzwanzig Stunden. Hängt davon ab, wie gut der Techniker ist und wie viele Überstunden er zu machen bereit ist.«

»Ich werde Charlie bitten, dabei zu bleiben, bis er fertig ist.«

»Gut.« Sie ging zur Tür. »Vielleicht hilft's.«

»Ich fahre dich hin«, sagte Joe.

»Nicht nötig.«

Er verzog das Gesicht. »Sonst kann ich im Moment nichts machen. Ich habe das Bedürfnis, gebraucht zu werden.«

Pixmore lag dreißig Autominuten nördlich von Phoenix auf einem Berggipfel am Ende einer kurvigen Straße. Es war ein einstöckiges Gebäude aus Glas und Stein, das in der Sonne leuchtete. Charlie Cather fuhr fast gleichzeitig mit Joe und Eve auf den Parkplatz.

»Ich bin froh, dass man mit dem Foto vielleicht doch noch etwas anfangen kann.« Er schüttelte den Kopf. »Ich war enttäuscht. Dabei hatte ich wirklich gedacht, endlich etwas in der Hand zu haben.«

»Haben Sie auch«, sagte Eve. »Möglicherweise lässt es sich retten.«

»Das sagte Spiro schon.« Er deutete auf einen Toyota, der gerade auf den Parkplatz bog. »Da kommt Grunard.«

»Was will der denn hier?«, fragte Eve.

»Er war bei mir im Hotel, als Spiro anrief. Er hat mich ausgehorcht.« Charlie verzog das Gesicht. »Aber er ist kein schlechter Bursche.«

»Das wird Spiro nicht gefallen.«

»Habe ich schon mit ihm geklärt. Er meinte, wir sollten ihm einen Aperitif servieren, aber nicht das Hauptgericht. Er wird wieder verschwinden, bevor die Arbeit an dem Foto beginnt.«

Mark kam mit einem breiten Lächeln auf sie zu.

»Sieht eher aus, als freute er sich schon auf den Nachtisch«, bemerkte Joe trocken.

»Haben Sie kein Negativ?« Der Spezialist hieß Billy Sung. Er war knapp fünfundzwanzig und kein bisschen optimistisch. »Ich kann schließlich nicht zaubern.«

»Es gibt kein Negativ«, erwiderte Eve. »Ihr Chef sagte, Sie seien sein bester Mann. So was kann doch kein Problem für Sie sein.«

»Sie brauchen mir keinen Honig um den Bart zu schmieren. Natürlich ist das ein Problem. Dieses Foto hat mehrere Fehler, einen könnte man leicht ausbügeln, aber nicht alle. Sie müssten damit eigentlich zu einer dieser digitalen Bildbearbeitungsfirmen in Los Angeles gehen oder zu einem entsprechenden Fachbereich einer Uni, wo sie die Pixel verstärken können. Hier bei Pixmore gibt es die notwendige Ausrüstung nicht.«

»Sie sehen keine Möglichkeit?«

Er zuckte die Achseln. »Vielleicht doch. Einer meiner College-Professoren hat ein Forschungsstipendium der Regierung und seine Ausrüstung ist das Neueste vom Neuesten. Er lässt mich manchmal daran arbeiten.«

»Sie sind Student?«

»Ja, ich brauche einen Hochschulabschluss, um bei den Firmen an der Westküste arbeiten zu können. Da muss man mit den Leuten von Unis wie UCLA und USC mithalten. Diese Firmen sind immer auf dem allerneuesten Stand der Technik. Es ist unglaublich, was die mit digitaler Computer- und Softwareausrüstung so alles anstellen.« Er betrachtete noch einmal das Foto. »Aber in Anbetracht dessen, womit ich hier arbeiten kann, bin ich verdammt gut.«

»Da bin ich mir sicher«, sagte Eve. »Wer ist dieser Professor und wo hat er sein Studio?«

»Professor Dunkeil. Ralph Dunkeil. Sein Studio liegt fünf Minuten von hier am Blue Mountain Drive.«

»Können Sie es bis morgen fertig haben?«

Er schüttelte den Kopf.

»Bitte, es ist sehr wichtig für mich.«

Er musterte ihren Gesichtsausdruck, dann nickte er

langsam. »Wenn Sie das mit Grisby klären. Es wird ihm nicht gefallen, wenn ich hier den Betrieb aufhalte.«

»Ihr Chef hat seine Zustimmung schon gegeben«, sagte Charlie. »Er sagte, für die nächsten sechsunddreißig Stunden gehören Sie uns.«

»Klingt ja wie Sklavenarbeit.« Er verzog das Gesicht. »Grisby hat durchaus was von einem Sklaventreiber. Vor drei Monaten musste ich ihm mit Kündigung drohen, damit er mir für die Prüfungen freigab.«

»Ich wäre Ihnen sehr dankbar, wenn Sie sich beeilen würden«, sagte Eve. »Rufen Sie mich an?«

»Ich werde Sie anrufen, Eve«, sagte Charlie. »Ich werde Mr Sung begleiten und ihm helfen.«

»Ich brauche Ihre Hilfe nicht.« Sung warf Charlie einen kühlen Blick zu. »Die Regierung mischt sich jetzt schon zu sehr in unser Geschäft ein. FBI, CIA, Finanzamt. Jetzt kommen Sie hier an und versuchen Druck auf mich auszuüben.«

»Kommen Sie, Mann, ich tue auch nur meine Arbeit.«

»Ja, klar«, erwiderte Sung und setzte sich an seinen Arbeitsplatz. »Das habe ich schon mal gehört. Danach kommt meistens das Peitschenknallen.«

»Vielleicht könnte ich Sie begleiten.« Mark Grunard lächelte Sung an. »Oder haben Sie gegen Publicity etwas einzuwenden? Vielleicht hilft es Ihnen bei der Suche nach einem Job in Kalifornien.«

Sung blickte interessiert auf.

»Kommt nicht in Frage«, sagte Charlie entschieden. »Ich habe Ihnen doch gesagt, dass Sie nicht bleiben können.«

»Aber unser Freund hier mag mich viel lieber als Sie.«

Charlie deutete zur Tür. »Raus.«

Grunard seufzte. »Vielleicht könnte ich noch mal reinschauen, wenn Sie Ihre Arbeit beendet haben, Mr Sung.« Er überreichte ihm seine Karte. »Rufen Sie mich an.« Er verließ das Labor.

»Die Ergebnisse sind streng vertraulich, Mr Sung«, sagte Charlie.

»Jaja.« Sung betrachtete nachdenklich die Visitenkarte, bevor er sie in die Tasche steckte. »Genau wie die Atomversuche in Nevada, nach denen Hunderte an Krebs erkrankt sind.«

»Bitte rufen Sie mich so bald wie möglich an, Mr Sung«, sagte Eve. »Es ist sehr wichtig für mich.«

»Ich werde Ihnen Bescheid geben.«

»Was glaubst du? Kriegt er es hin?«, fragte Joe, als sie beide ins Auto stiegen.

»Vielleicht. Er macht einen ehrgeizigen Eindruck.« Sie lehnte sich im Sitz zurück. »Und ich glaube, er liebt solche Herausforderungen. Charlie wird es nicht leicht haben, Sung kann Beamte nicht ausstehen.«

»Vielleicht solltest du ihn mit Sarah bekannt machen. Und was tun wir jetzt?«

»Nach Hause fahren und warten.«

»Das wird lustig.«

»Was bleibt uns übrig?« Es kam ihr vor, als hätten sie in der letzten Zeit nichts anderes getan, als herumzusitzen und zu warten.

»Aber wenigstens hat Spiro uns die Möglichkeit geboten, die Sache zu beschleunigen.«

»Er geht ein großes Risiko ein, indem er mit uns zusammenarbeitet. Er brennt darauf, die Geschichte hinter sich zu bringen.«

»Genau wie ich, Joe.« Sie schloss die Augen und versuchte sich zu entspannen. »Genau wie ich.«

Um drei Uhr morgens brannten die Lichter im Studio am Blue Mountain Drive immer noch.

Eve konnte froh sein, jemanden gefunden zu haben, der mit Leidenschaft an dem Foto arbeitete, dachte Dom. Aber Leidenschaft konnte gefährlich sein.

Und erregend. Alles, was Eve tat, erhöhte sein Risiko.

Er hätte schon vor Jahren versuchen sollen, das Foto loszuwerden, aber er war vorwärts gegangen und hatte es nicht für wichtig gehalten. Doch was in dem Studio passierte, war wichtig.

Der Lauf der Zeit veränderte alles. Technologie, Moral, Gut und Böse. Wer hätte geahnt, wie sehr sich seine Bedürfnisse ändern würden? Seine Prioritäten waren ganz andere als früher, sonst würde er nicht hier vor dem Labor sitzen.

Was geschah dort drinnen? Kamen sie ihm schon auf die Spur?

Er spürte, wie die Erregung seine Muskeln anspannte. Mach weiter, Eve. Komm näher. Versuch mich zu finden.

»Noch Kaffee?«, fragte Charlie.

Billy Sung saß am Computer. »Im Moment nicht.«

»Sie haben nicht zu Abend gegessen. Soll ich losgehen und irgendwas holen?«

»Nein.» Er war kurz vorm Ziel. Scheiß auf die Fuzzys in Los Angeles mit ihrer superteuren Ausrüstung. Er war genauso gut wie sie, locker. Noch ein paar Einstellungen und vielleicht …

»Klappt's?«

»Aber hallo.« Er rieb sich die Augen und beugte sich wieder über das Foto. »Ich war nicht sicher, ob es klappen würde, aber ich kann …« Er erstarrte. »Mein Gott.«

»Haben Sie's?«

»Halten Sie den Mund. Ich muss die Verschiebung noch mal kontrollieren.« Er holte das Foto näher heran.

Die Verschiebung war immer deutlicher zu erkennen, unverwechselbar.

Ein Irrtum war ausgeschlossen.

Das Telefon auf Eves Nachttisch klingelte.

»Wir sind unterwegs zu Ihnen«, sagte Charlie.

»Wie bitte?«

»Sung möchte Sie sehen. Er ist völlig aus dem Häuschen.«

Sie setzte sich im Bett auf. »Hat er es geschafft?«

»Noch nicht. Aber er meint, dass er jeden Moment fertig ist. Er hat irgendwas von Verschiebungen und Spektren gemurmelt und dass er Ihnen das Foto bringen wird. Ich darf es nicht sehen, solange er daran arbeitet, aber ich werde es an mich nehmen, sobald er es fertig gestellt hat.«

»Warum die Geheimnistuerei?«

»Fragen Sie mich was Leichteres«, erwiderte Charlie vergrätzt. »Er hält mich offenbar für den verlängerten Arm von Big Brother. Er hat telefoniert und dann gemeint, er müsse Sie sofort sehen. Er scheint zu glauben, dass diese Angelegenheit nur Sie und ihn etwas angeht, aber das hier ist Sache des FBI und er kann nicht solche Mätzchen machen mit ... Wohin zum Teufel gehen Sie?« Er war wieder am Apparat. »Ich muss los. Sung scheint fertig zu sein, er ist gerade zur Haustür gerannt. Wir müssten in einer halben Stunde bei Ihnen sein.« Er legte auf.

»Hat Sung es geschafft?«, fragte Joe.

»Charlie meint ja, aber Sung will nur mit mir reden.« Sie legt den Hörer auf die Gabel und schwang sich aus dem Bett. »Er wird in einer halben Stunde mit dem Foto hier sein. Ich zieh mich an.«

Joe setzte sich im Bett auf. »Warum sollte er mit dir reden wollen?«

»Wie gesagt, er hat für die Regierung nichts übrig.«

»So wenig, dass er dich mitten in der Nacht aus dem Bett klingelt?«

Sie ging ins Bad. »Meinetwegen kann er herkommen und zu uns ins Bett kriechen, wenn er mir dieses Foto bringt.«

»Da hätte ich was dagegen«, erwiderte Joe. »Lass uns bitte unten auf ihn warten.«

»Wo bleibt er bloß?« Eve warf erneut einen Blick auf die Uhr. »Er hat vor vierzig Minuten angerufen.«

»Vielleicht mussten sie aus irgendwelchen Gründen zurück ins Labor.«

»Charlie hätte uns angerufen.«

»Vielleicht Probleme mit dem Wagen?«

»Hör auf, mich zu beschwichtigen. Hast du Charlies Handynummer?«

Joe nickte und langte nach seinem Telefon. »Er geht nicht ran.« Er legte auf. »Zeit, nachzusehen.«

»Ich komme mit.«

»Du bleibst hier. Vielleicht kreuzen sie hier auf, wenn ich gerade weg bin. Wenn ja, ruf mich an und ich bin wie der Blitz hier.«

Er hatte Recht, sie musste bleiben. Aber es würde sie in den Wahnsinn treiben, hier zu sitzen und abzuwarten.

Eine dreiviertel Stunde später klingelte Eves Telefon.

»Es hat einen Unfall gegeben«, sagte Joe. »Ein Wagen ist von der Straße abgekommen und in die Schlucht gestürzt.«

Sie umklammerte den Hörer. »Ist es ihr Wagen?«

»Ich weiß es nicht.« Er schwieg einen Moment. »Der Wagen ist ziemlich hinüber. Er ist dreißig Meter tief gestürzt.«

Sie schloss die Augen. »O Gott.«

»Die Sanitäter und Rettungsleute steigen hinunter, um nachzusehen, ob jemand überlebt hat. Es wird nicht einfach. Die Böschung ist sehr steil.«

»Wie soll jemand einen solchen Absturz überleben?«

»Möglich wäre es. Der Wagen ist bisher noch nicht explodiert. Ich muss jetzt los. Ich ruf dich wieder an. Ich begleite die Rettungsmannschaft.«

Der Wagen ist noch nicht explodiert.

Angst kroch in ihr hoch. »Lass die das machen, Joe. Bleib da weg.«

»Ich mag Charlie Cather, Eve.« Er legte auf.

Sie mochte Charlie auch, aber der Gedanke, Joe könnte sich dem Wagen nähern, machte ihr Angst.

Sie wählte Joes Nummer.

Keine Antwort. Er war schon unterwegs.

Sie lief zur Haustür.

Die blitzenden Lichter der Krankenfahrzeuge, Feuerwehrwagen und eines halben Dutzends Streifenwagen säumten den Highway. Ein Suchscheinwerfer leuchtete hinab in die Schlucht. Die rechte Fahrbahnseite war mit gelbem Signalband abgesperrt.

Joe.

Sie parkte am Straßenrand und sprang aus dem Wagen. Sie kämpfte sich durch die Menge, aber sie konnte nicht das Geringste sehen.

»Eve.« Spiro kam auf sie zu. Er nickte einem Polizisten zu. »Das geht in Ordnung. Lassen Sie sie durch.«

Sie bückte sich unter dem Band hindurch und rannte zum Rand der Böschung.

Spiro folgte ihr. »Sie dürften gar nicht hier sein, Eve. Was haben Sie sich dabei gedacht? Hier wimmelt es von Highway-Patrol und …«

»Das ist mir egal. Wo ist die Rettungsmannschaft?«

Spiro wies auf eine Reihe sich bewegender Lichter am Grund der Schlucht. »Sie haben den Wagen fast erreicht.«

Welchen Wagen? Es sah eher nach einem formlosen Metallknäuel aus. »Joe ist da unten.«

»Ich weiß, er hat mich angerufen. Aber er war schon unterwegs nach unten, als ich hier ankam.«

»Weiß jemand, was passiert ist?«

Spiro schüttelte den Kopf. »Es gibt keine Augenzeugen. Wir wissen nicht, ob sie von der Straße gedrängt worden sind oder ob die Bremsen manipuliert waren. Wir wissen noch nicht einmal, ob es Charlies Mietwagen ist. Die Rettungsmannschaft will mir die Autonummer über Funk durchgeben.«

»Aber Sie gehen davon aus, dass er es ist?«

»Sie nicht?«

»Doch.« Die Lichter waren jetzt fast bei dem Wagen angekommen. »Weiß man, wie lange das dauern wird?«

»Das hängt davon ab, was sie da unten vorfinden.« Er schwieg einen Moment. »Aber ich muss Sie warnen. Die Rettungsmannschaft riecht bereits Benzin, über dem Wagen schwebt eine Benzinwolke. Ein einziger Funke genügt.«

Sie erstarrte. »Dann sagen Sie ihnen, sie sollen von da verschwinden.«

»Sie müssen versuchen, die Insassen zu retten.«

»Aber sie müssen sich nicht in die Luft jagen lassen. Ich habe Leute mit Verbrennungen gesehen und ...«

»Ich weiß«, sagte Spiro ruhig. »Niemand will, dass das passiert. Der Einsatzleiter wird die Aktion abbrechen, wenn es zu gefährlich wird.«

»Aber Joe wird nicht auf ihn hören. Er wird von niemandem Befehle annehmen. Er wird alles daransetzen, sie aus dem Wagen herauszuholen.« Gott, wäre sie bloß dort unten, dann könnte sie etwas unternehmen.

»Beruhigen Sie sich, Eve. Die Rettungsmannschaft wird nichts tun, was irgendjemanden gefährden könnte. Sie werden die Batterie abklemmen und den Wagen sichern. Und sie haben Spezialwerkzeug, das keine Funken erzeugt, um das Blech zu durchtrennen.«

Die Lichter bewegten sich um das Fahrzeug herum.

Zehn Minuten vergingen.

Eine Viertelstunde.

»Warum kommen sie nicht zurück? Können Sie herausfinden, was da unten vor sich geht?«, fragte sie Spiro.

»Ich kann's versuchen.« Spiro marschierte zur Einsatzleitung und kam nach wenigen Minuten zurück. »Sie haben einen Mann herausgeholt. Es gibt noch keine Bestätigung, aber sie gehen davon aus, dass der andere tot ist. Der Leiter der Rettungsmannschaft hat beschlossen, seine Leute abzuziehen.«

»Warum?«

Er zögerte. »Die Motorhaube ist zertrümmert, so dass sie die Batterie nicht abklemmen konnten. Sie haben zwar die Zündung ausgeschaltet, aber der Wagen kann jeden Moment explodieren.«

»Und alle kommen wieder rauf?«

»Sehen Sie selbst.«

Die Lichter unten bewegten sich jetzt schneller, weg vom Autowrack, wieder den Hang hinauf.

Hoffentlich war Joe unter den Leuten, die sich in Sicherheit brachten.

Ihr Blick wanderte zurück zum Autowrack.

Inmitten der zerborstenen Metallteile brannte noch eine Lampe.

»Joe.«

Sie hatte es gewusst. Verdammt.

»Mein Gott, er ist verrückt«, sagte Spiro.

Joe, geh da weg. Bitte.

Eine Minute verstrich. Zwei Minuten.

Bleib nicht. Bleib nicht. Bleib nicht.

Das Wrack explodierte in einem Feuerball.

Sie schrie auf.

Joe.

Sie rannte zum Rand der Schlucht.

Spiro packte sie.

Sie schlug nach ihm. »Lassen Sie mich los.«

»Sie können ihm nicht helfen. Vielleicht ist ihm ja gar nichts passiert.«

Nichts passiert? Die Lampe war in dem Wagen gewesen, als er explodierte. »Ich gehe da runter.«

»Kommt nicht in Frage.« Sein Griff wurde fester. »Es ist schon genug passiert heute Nacht. Ich werde nicht zusehen, wie Sie sich hier den Hals brechen.«

Sie trat ihm mit dem Knie in die Weichteile und er ließ sie los. Sie rannte los, aber zwei Polizisten packten sie und warfen sie zu Boden.

Sie schlug und trat verzweifelt um sich.

Joe!

Dunkelheit.

»Sie Dreckskerl. Haben Sie sie geschlagen?«

»Ich nicht«, erwiderte Spiro. »Es war einer der hiesigen Polizisten. Sie wollten sie davon abhalten, den Berg herunterzupurzeln und sich das Genick zu brechen. Sie ist nicht ernsthaft verletzt, nur benommen.«

»Sie hätten dazwischengehen müssen.«

Joe. Das war Joes Stimme. Sie schlug die Augen auf. Joe kniete neben ihr. Joes Gesicht, ölverschmiert, einen Schnitt in der Wange – aber er lebte. O Gott, er lebte.

»Wie fühlst du dich?« Joe runzelte die Stirn. »Haben sie dir wehgetan?«

Er lebte.

Sie schüttelte den Kopf.

»Du lügst. Warum weinst du, wenn dir nichts wehtut?«

Sie hatte nicht bemerkt, dass sie weinte. »Ich weiß nicht.« Sie setzte sich hin und wischte sich die Tränen ab. »Alles okay.«

»Was heißt hier okay? Leg dich wieder hin.«

»Halt den Mund, Joe«, sagte sie mit zittriger Stimme. »Ich habe gesagt, es ist alles okay. Dir habe ich das nicht zu verdanken, du verdammter Idiot. Ich dachte, du wärst tot. Ich habe das Licht in dem Wagen gesehen, kurz bevor er in die Luft flog.«

»Ich musste die Lampe liegen lassen, sonst wäre ich nicht wieder aus dem Wagen gekommen.«

Warum hörte sie nicht auf zu zittern? Er lebte. »Du hattest da nichts zu suchen.«

»Ich weiß«, erwiderte er erschöpft. »Der Einsatzleiter ist stinksauer auf mich, aber ich brauchte Klarheit.« Er sah Spiro an. »Tut mir Leid, in dem Wagen, das war Charlie. Ich habe mir schon gedacht, dass er tot ist, aber ich wollte sichergehen.«

»Und er war tot.«

Joe nickte.

Spiro straffte die Schultern.

»Billy Sung lebte noch, als wir ihn aus dem Wagen holten, aber als wir hier oben ankamen, war er tot.«

Tot. Beide tot. Der freundliche Charlie Cather und Billy Sung, der die Welt im Sturm erobern wollte. Joe hätte ebenfalls sterben können. Joe …

»Eve?« Joe betrachtete sie besorgt.

»Ich habe dich verstanden. Sie sind tot. Sie sind beide tot.« Sie schlang die Arme um ihren Körper, aber das Zittern hörte nicht auf.

»Du frierst.« Er streckte die Hand nach ihr aus.

»Fass mich nicht an. Mir geht's gut.« Ihre Stimme war lauter geworden und sie musste innehalten, um sich zu beherrschen. »Ich bin nicht da unten gewesen. Ich würde nie so dumm sein …«

»Komm.« Joe ergriff ihre Hand, um ihr auf die Füße zu helfen. »Ich bringe dich nach Hause.«

Sie zog ihre Hand weg und stand allein auf.

»Ja, bringen Sie sie nach Hause«, sagte Spiro. »Die Polizisten hier sind im Moment noch mit dem Wrack beschäftigt, aber es gibt da immer noch diesen Fahndungsbefehl.« Er verzog das Gesicht. »Ich muss noch einen Anruf tätigen – Gott, das Ganze geht mir langsam an die Nieren.«

Charlies Frau, dachte Eve benommen. Charlie hatte nicht überlebt und um ein Haar hätte auch Joe nicht überlebt. Sie war kurz davor, sich zu übergeben. »Sie ist schwanger. Können Sie nicht jemanden schicken, der es ihr persönlich mitteilt?«

»Ich werde einen unserer Außendienstleute hinschicken, damit er sich um sie kümmert, aber die Drecksarbeit bleibt an mir hängen.«

»Kommen Sie zu uns, wenn Sie das hinter sich haben«, sagte Joe. »Wir haben was zu besprechen.« Er öffnete die Jacke.

Ein halber Briefumschlag steckte im Bund seiner Jeans.

»Das Foto?«, fragte Spiro.

»Ich hatte noch keine Gelegenheit, einen Blick darauf zu werfen, aber es lag auf dem Boden neben Charlie. Es war unter der Handbremse eingeklemmt und ich musste es abreißen, um so schnell wie möglich aus dem Wagen zu kommen.«

Spiro streckte die Hand aus. »Geben Sie es mir.«

Joe schüttelte den Kopf. »Sie bekommen es, nachdem wir einen Blick darauf geworfen haben, und das werde ich hier und jetzt nicht tun. Ich muss Eve nach Hause bringen. Es geht ihr nicht gut.«

»Was soll der Quatsch? Ich müsste schon tot sein, wenn ich noch warten wollte, endlich das Gesicht dieses Mörders zu sehen.« Sie versuchte, ihre Hände ruhig zu halten, während sie den Briefumschlag nahm. Als sie das Foto aus dem Umschlag zog, machte sich Enttäuschung auf ihrem Gesicht breit. »*Nein.*«

Ein Drittel des Fotos fehlte. Der Ausschnitt mit Kevin Baldridge auf den Verandastufen.

Zwei Tote. Umsonst gestorben.

Spiro fluchte. »Warum konnte nicht die andere Hälfte verloren gehen?«

»Murphys Gesetz«, sagte Joe. »Das ist nur ein Ausdruck, Eve. Kannst du irgendetwas tun?«

Sie versuchte nachzudenken. »Vielleicht. Sung hat vielleicht Kopien gemacht. Oder er hat es auf seinem Computer gespeichert.«

Joe sah Spiro an. »Besorgen Sie uns die Genehmigung, das Studio zu betreten.«

Spiro nickte. »Wir treffen uns in zwei Stunden dort.«

»Wir werden da sein«, sagte Eve.

»Komm jetzt.« Joe versuchte, Eve einen Arm um die Taille zu legen. »Lass uns nach Hause gehen.«

»Ich brauche deine Hilfe nicht.« Sie schob seine Hand weg und machte sich auf den Weg zum Wagen. Setz einen Fuß vor den anderen. Sieh ihn nicht an. Reiß dich zusammen oder du zerfällst in tausend Stücke. »Wir sehen uns zu Hause.«

»Ich fahre mit dir. Du hast schließlich gerade einen Schlag auf den Kopf bekommen.«

»Das heißt noch lange nicht, dass ich nicht in der Lage bin zu ...«

»Ich lasse dich nicht fahren.«

»Und was willst du mit deinem Wagen machen? Ihn hier lassen?«

»Scheiß auf den Wagen.« Er hielt ihr die Beifahrertür auf.

»Nein, ich will ...«

»Meine Hilfe nicht«, beendete er ihren Satz. »Aber du wirst trotzdem nicht fahren. Jetzt steig ein.«

Im Wohnzimmer angelangt, wandte er sich abrupt zu ihr um. »Was zum Teufel ist los mit dir?«

»Nichts ist los mit mir.« Außer, dass sie kurz davor war, jeden Augenblick zu explodieren. Sie hätte am liebsten losgeschrien und ihn mit den Fäusten bearbeitet. Verdammter Kerl. Verdammter Kerl. Verdammter Kerl.

»Von wegen. Du zitterst, als hättest du einen Malaria-Anfall.«

»Mir geht's gut.« Sie konnte kaum noch an sich halten. »Wasch dir erst mal das Gesicht«, fauchte sie ihn an. »Du bist voller Öl. Sogar die Hände und ...«

»Tut mir Leid, wenn es dich stört.«

»Es stört mich.« Zuerst die Lampe in dem Autowrack, dann war die ganze Welt explodiert. »Es kotzt mich an.«

»Du musst mir ja nicht gleich den Kopf abreißen.«

»Mir ist aber danach.« Völlig starr wandte sie sich ab. »Geh schon.«

»Dreh dich um. Ich will dir ins Gesicht sehen.«

Sie rührte sich nicht. »Geh dich waschen. Wir müssen zu diesem Studio und uns einen neuen Ausdruck besorgen.«

»In deinem Zustand solltest du nirgendwo hingehen.«

»Es geht mir gut.«

»Dann sieh mich an.«

»Ich will dich nicht ansehen. Ich will dahin und das Foto ansehen. Es ist wichtig, verdammt.«

»Glaubst du, ich wüsste das nicht? Aber hier ist etwas ganz anderes im Gange und das ist mir wichtiger als jedes Foto.«

Das Zimmer schien zusammenzustürzen, unter ihren Füßen zu explodieren.

Genau wie der Wagen explodiert war.

Ganz ruhig. Nicht durchdrehen. Worüber hatten sie gerade gesprochen? Über das Foto. »Es gibt nichts Wichtigeres. Zwei Menschen sind wegen dieses Fotos gestorben.«

»Ja, und es tut mir verdammt Leid, aber ich kann nichts dafür.« Er drehte sie zu sich um. »Ich habe alles versucht, um ihnen zu …«

»Das weiß ich auch. Da reinzukriechen … Total bescheuert, idiotisch …« Alle Dämme brachen und die Tränen strömten ihr über das Gesicht. »Charlie war schon tot, verdammt noch mal.«

»Das wusste ich aber nicht.«

»Du hättest sterben können.«

»Ich bin nicht gestorben.«

»Du warst aber nah dran.«

»Kannst du bitte aufhören zu weinen?«

»Nein.«

»Dann darf ich dich darauf hinweisen, dass du unvernünftig bist.«

»Scher dich zum Teufel.« Sie trat ans Fenster und starrte hinaus in die Dunkelheit.

»Eve.«

Sie spürte seinen Blick im Rücken. »Geh weg.«

»Kannst du mir vielleicht erklären, weshalb du so sauer auf mich bist?«

Sie antwortete nicht.

»Sag's mir.«

Sie wirbelte herum und sah ihn mit zornig funkelnden Augen an. »Du bist ja einfach zu zäh, um getötet zu werden. Du wirst noch die nächsten fünfzig Jahre quicklebendig herumlaufen. Ich kann völlig unbesorgt sein, nicht wahr?«

Er wurde nachdenklich. »Verdammter Mist.«

»Du hättest heute Nacht sterben können.« Die Worte sprudelten aus ihr heraus. »Du hattest kein Recht dazu. Du hast mein Leben durcheinander gebracht, hast mich dazu gebracht, dass ich Gefühle entwickle, die ich nie haben wollte. Du erzählst mir, du willst die nächsten fünfzig Jahre mit mir verbringen ... und dann gibst du dir alle Mühe ... Fass mich nicht an.« Sie wich einen Schritt zurück. »Charlie Cather und Billy Sung sind heute Nacht gestorben und ich habe kaum einen Gedanken an sie verschwendet. Ich habe mich nicht um das Foto geschert und auch nicht um Dom. Weißt du, was das mit mir macht?«

»Ich weiß, was es mit *mir* macht.«

»Bist du stolz auf dich? Du hast mich angelogen.«

Er nahm sie in die Arme und drückte ihren Kopf an seine Schulter. »Hör auf zu zittern. Es ist vorbei.«

»Es ist nicht vorbei. Es geht immer weiter. Weil du dich nie ändern wirst. Du wirst weiterhin bescheuerte, verrückte Dinge tun, weil du ein Ego hast, das dir sagt, du wirst ewig leben, selbst wenn du …« Sie zitterte am ganzen Körper. »Ich kann es nicht ertragen.«

»Ich auch nicht. Du bringst mich total durcheinander.«

»Du hättest es nicht tun dürfen. Du hättest es nicht tun dürfen.«

Er hob sie hoch und trug sie zur Couch. »Schsch, ich tue alles, was du willst, wenn du nur aufhörst zu zittern.« Er wiegte sie in seinem Schoß hin und her. »Ich dachte, ich wäre auf alles vorbereitet, aber ich habe mich geirrt. Darauf war ich nicht vorbereitet. Es war immer Bonnie, die bei dir an erster Stelle stand. Ich hätte nie gedacht …«

»Weil dein Horizont an deiner Nasenspitze endet.«

Er schwieg einen Augenblick. »Willst du mir damit sagen, dass du mich liebst?«

»Ich will dir überhaupt nichts sagen, du Scheißkerl.«

»Bei dieser Schimpftirade ist es schwer zu beurteilen, aber ich glaube, das ist es, was du mir sagen willst. Das … macht mir Mut.«

»Mir macht es überhaupt keinen Mut.«

»Ich weiß. Dir macht es Angst.« Er wiegte sie sanft. »Wenn du nur aufhörst zu zittern, verspreche ich dir, dass ich ewig leben werde.«

Niemand lebte ewig. Sie hörte sein Herz kraftvoll und regelmäßig schlagen, aber heute Nacht wäre es beinahe zum Stillstand gebracht worden. Sie umfasste seine Schultern. »Idiot.«

»Schsch.«

»Du wirst es wieder tun. Ich weiß es. Du bist durch und durch Polizist.«

Er schwieg.

Sie schwieg ebenfalls. Die Zeit verstrich und sie saß da und hörte auf seinen Herzschlag. Liebster. Bester Freund. Mittelpunkt.

Langsam hörte sie auf zu zittern.

Er drücke ihr sanft die Lippen auf die Schläfe. »Wirst du mir irgendwann sagen, dass du mich liebst?«

»Wahrscheinlich nicht.« Sie schlang die Arme um ihn. »Du hast es nicht verdient.«

»Das stimmt.« Er schwieg wieder. »Ich werde keine Risiken mehr eingehen, wenn es nicht unbedingt sein muss. Ich habe noch nie mehr an meinem Leben gehangen als in diesem Moment. Okay?«

»Es muss ja wohl okay sein, oder? Ich muss es akzeptieren. So ist das Leben.«

»Ja, so ist das Leben. Willkommen in der Realität.« Er strich ihr das Haar aus dem Gesicht. »Du siehst fürchterlich aus. Ich habe dich komplett mit Öl beschmiert.«

»Das lässt sich abwaschen.« Aber was heute Nacht passiert war, konnte nie mehr ausgelöscht werden. Joe hatte all ihre Schutzmauern eingerissen und sie gezwungen, sich ihren wahren Gefühlen zu stellen. Aber sie waren zu intensiv, fast schon unerträglich. Sie schob ihn von sich weg und stand langsam auf. »Wir müssen jetzt zu Professor Dunkeils Studio. Ich gehe hier unten ins Bad, du kannst das Bad oben benutzen und dich umziehen. Deine Sachen sind hinüber.«

»Bin schon unterwegs.«

Sie sah ihm nach, als er das Zimmer verließ, und hätte ihn am liebsten nicht aus den Augen gelassen. Reiß dich zusammen. Es gab noch andere Dinge im Leben als Joe Quinn. Zwei Männer waren heute Nacht gestorben. Wahrscheinlich getötet von Dom. Er kam immer näher.

Aber sie ebenfalls.

Du hast uns noch nicht besiegt, Dom. Ich werde einen Weg finden, dein Gesicht zu sehen.

Kapitel 17

Eve und Joe warteten gegenüber des Studios auf dem Blue Mountain Drive, als Spiro angefahren kam.

»Professor Dunkeil erwartet uns schon. Er war sehr aufgebracht wegen Sung.«

Spiro musterte Eves Gesicht. »Sie sehen schon wieder besser aus.«

»Es geht mir gut. Haben Sie Mrs Cather erreicht?«

»Ja.« Er presste die Lippen zusammen. »Ich habe nicht lange mit ihr gesprochen. Sie ist zusammengebrochen. Sie ist selbst noch fast ein Kind.«

»Ich weiß, dass Sie Charlie nahe gestanden haben.«

»Nicht so nahe, wie es hätte sein können. Ich glaubte immer, ich müsste ihn abhärten.« Er schüttelte den Kopf. »Dom festzunageln, wird mir immer mehr zu einem persönlichen Anliegen.«

Eve ging über die Straße. »Willkommen im Club.« Ihre Anspannung wuchs, als Joe die Klingel des Studios betätigte.

Bitte, lass diese beiden jungen Männer nicht grundlos gestorben sein. Lass Dom nicht gewinnen.

Das Foto von Kevin Baldridge war noch immer verschwommen. Auf dem Computerbildschirm wirkte er beinahe wie ein Gespenst, undeutliche Umrisse vor einem hellen Hintergrund.

Doch sein Gesicht war deutlich zu erkennen.

Ihr stockte der Atem. »Eve?«

»Sag mir, dass ich verrückt bin, Joe.«

Joe starrte auf den Monitor und fluchte leise.

Spiro sog lautstark Luft ein. »Grunard.«

Jünger, schlanker, aber das gleiche charmante, leicht überhebliche Lächeln.

Eve ließ sich in einen Sessel sinken, in ihrem Kopf drehte sich alles. »Nein.«

»Das Alter passt. Und er war von Anfang an nah an Ihnen dran«, sagte Spiro langsam.

So nah. »Dieser Wachmann am Fürsorgeheim ...« Sie erschauerte. »Ich habe ihn gebeten, den Mann abzulenken, falls er ihm in die Arme laufen sollte.«

Joe wandte sich zu Spiro um. »Er wähnt sich in Sicherheit. Schnappen Sie ihn, bevor er erfährt, was wir heute Nacht herausgefunden haben.«

»Womöglich weiß er es schon.« Spiro holte sein Handy hervor und wählte eine Nummer. »Er hat sich in den vergangenen Tagen mit einigen Leuten vom Revier angefreundet.«

Eve musste an das Profil eines Serienmörders denken, dass Spiro ihr in Joes Hütte beschrieben hatte.

Kenntnisse über das Vorgehen der Polizei, arbeitet eventuell sogar mit der Polizei zusammen.

Joe hatte ihr erzählt, dass Grunard sich oft in einer Kneipe aufhielt, die von fast allen Detectives Atlantas frequentiert wurde.

Und ein Reporter konnte von Ort zu Ort reisen, ohne sich verdächtig zu machen. Er verfügte über Kontakte und Quellen, um Informationen zu bekommen, zu denen andere keinen Zugang hatten.

Mark hatte darauf bestanden, erst nach dreiundzwanzig Uhr zum Fürsorgeheim zu fahren, so dass ihm genügend Zeit blieb, den Wachmann zu töten und zu der Gasse zu fahren, in der Mike sich versteckt gehalten hatte. Und vor Jahren war er sicherlich ohne Probleme an Fraser herangekommen.

»In Grunards Hotel nimmt niemand ab.« Spiro wählte eine andere Nummer. »Ich werde jemanden hinschicken.«

Grunard. Dom.

Er hatte vergangene Nacht im Labor bleiben wollen. Er hatte Sung seine Telefonnummer gegeben.

Spiro hatte seinen Anruf beendet und ging zur Eingangstür. »Ich werde Grunard überprüfen lassen. Keine Ahnung, ob das was nützt, niemand weiß, wie oft er sich neu erfunden hat. Fahren Sie nach Hause und gehen Sie nicht aus dem Haus.«

Grunard. Der Gedanke, dass Grunard und Dom eine Person waren, ließ sie auf dem ganzen Rückweg nicht los. Es war verrückt und dennoch passte es perfekt. Er war die ganze Zeit dabei gewesen und sie hatte nicht den geringsten Verdacht geschöpft. Herrgott, sie hatte sogar Schuldgefühle gehabt, weil sie ihn nicht besser auf dem Laufenden gehalten hatte. Und er hatte sie davor gewarnt, sich mit Jane in der Öffentlichkeit sehen zu lassen.

Es war wie ein Schlag in den Magen. »Jane.«

Sie hatte Jane allein gelassen.

»Wie weit ist es noch ...«

»Scheiße.« Joe trat das Gaspedal durch. »Immer mit der Ruhe. Wir sind gleich da.«

Sie schossen durch das Tor, Eve sprang aus dem Wagen und rannte ins Haus.

»Eve.« Joe rannte hinter ihr her.

Jane war in Sicherheit. Jane hatte zwei Sicherheitsleute an ihrer Seite, außerdem Sarah und Monty.

Aber Dom war es auch gelungen, ein Paket auf der Veranda von Joes Hütte zu deponieren.

Sie nahm zwei Stufen auf einmal.

Sie riss Janes Tür auf. Das Bett war zerwühlt, die Decken und Laken zurückgeschlagen.

Jane war nicht da.

»Sehen wir bei Sarah nach«, sagte Joe hinter ihr.

Sarah setzte sich verschlafen auf, als sie in ihr Zimmer stürmten. »Was ist los?«

»Jane. Wir können sie nicht finden …« Eve ließ sich erleichtert aufs Bett fallen. »Gott sei Dank.«

Jane lag zusammengerollt neben Monty auf einer Decke auf dem Fußboden.

»Sie ist vor ein paar Stunden hereingekommen«, sagte Sarah. »Sie hatte schlecht von Monty geträumt und wollte hier bleiben. Ist doch in Ordnung, oder?«

Eve nickte und versuchte wieder zu Atem zu kommen. »Alles bestens. Ich habe mir nur Sorgen gemacht. Tut mir Leid, dass ich Sie geweckt habe.«

»Kein Problem.«

Eve und Joe verließen das Zimmer. »Gott, hatte ich eine Angst.«

»Ich auch.« Joe legte fürsorglich einen Arm um sie. »Komm, ich koche uns Kaffee. Ich kann einen Koffeinschub gebrauchen.«

Ungefähr eine Stunde später kam Sarah in die Küche. »Also gut. Was ist los?« Sie gähnte. »Ich habe versucht, wieder einzuschlafen, aber mir ist zu viel durch den Kopf gegangen.«

»Tut mir Leid, dass wir Sie geweckt haben.« Joe goss ihr eine Tasse Kaffee ein.

»Nun, Jane und Monty haben Sie nicht geweckt. Die schlafen tief und fest.« Sie nippte an ihrem Kaffee. »Den Schlaf der Gerechten, ist doch was Wunderbares. Und warum haben Sie sich um Jane Sorgen gemacht?«

Sarah trank zwei Tassen Kaffee, während sie sich berichten ließ. Dann lehnte sie sich auf ihrem Stuhl zurück. »Dann ist es also fast vorbei.«

»Es ist erst vorbei, wenn er tot ist oder hinter Gittern.«

»Aber Sie haben immerhin ein Gesicht und einen Namen. Wenn er dem FBI entwischt, bringen wir ihn in *Amerikas Meistgesuchte* oder einer ähnlichen Fernsehshow. Irgendwie kriegt man sie immer.«

»Sie stellen sich das ja ziemlich einfach vor«, bemerkte Joe trocken.

»Ich habe ein schlichtes Gemüt.« Sarah lächelte. »Das kommt vom Leben mit Hunden. Alles ist schwarz oder weiß und man erreicht sein Ziel am besten auf direktem Weg. Deshalb arbeite ich im Rettungsdienst statt wie Sie bei der Polizei, Joe. Ich könnte es nicht ertragen ...«

Das Telefon klingelte. Eve nahm den Wandhörer ab.

»Sie müssen verschwinden«, sagte Spiro. »Sagen Sie Joe, er soll Sie und Jane aus dem Haus bringen.«

»Warum? Dom?«

»Nein. Von Dom gibt's keine Spur. Aber die Kriminalpolizei Phoenix wird jeden Moment vor Ihrer Tür stehen.«

»Wieso? Hat mich am Unfallort jemand erkannt?«

»Es ist ein anonymer Hinweis eingegangen, wo Sie zu finden sind. Jetzt raten Sie mal, von wem der Tipp stammen könnte.«

»Grunard.«

»Richtig. Er möchte Sie offensichtlich aus Ihrer Festung vertreiben.«

»Und das gelingt ihm auch.« Sie versuchte nachzudenken. »Aber wenn man mich ins Gefängnis steckt, hat er keine Möglichkeit mehr …«

»Jane wird nicht ins Gefängnis kommen. Man wird sie direkt in die Obhut der Fürsorge in Atlanta geben.« Wenn Jane zur Fürsorge gebracht würde, würde das Spiel von vorn losgehen.

»Wie viel Zeit bleibt uns noch?«

»Gar keine. Verschwinden Sie sofort.«

Sie legte auf. »Die Kriminalpolizei Phoenix ist auf dem Weg hierher. Sie haben einen Hinweis auf mich und Jane erhalten.« Sie wandte sich an Sarah. »Sie und Monty müssen von hier verschwinden. Rufen Sie Logan an und erzählen Sie ihm, was passiert ist.«

Sarah ging zur Tür. »Bin schon unterwegs.«

Eve nickte. »Ich hole Jane. Pack du in der Zwischenzeit ein paar Sachen zusammen, Joe.«

Sie kamen bis zur Straße. Als das Tor sich öffnete, sahen sie die Blaulichter der Streifenwagen um die Ecke kommen. Joe stieß einen unterdrückten Fluch aus.

»Steig aus«, fauchte Eve ihn an.

»Was?«

»Steig aus und versteck dich in den Büschen. Sie wollen mich und Jane.«

»Und ich soll dich allein lassen?«

»Ich geh ins Gefängnis und du kümmerst dich um Jane.«

Joe stieß einen weiteren leisen Fluch aus, duckte sich jedoch zur Tür hinaus und tauchte in die Büsche neben der Einfahrt ab. Eve rutschte auf den Fahrersitz hinüber und fuhr durch das Tor.

Die Scheinwerfer des Streifenwagens blendeten sie, als er ihr den Weg abschnitt.

»Da hast du uns ja einen schönen Schlamassel beschert«, sagte Logan. »Und die Gefängniskleidung steht dir überhaupt nicht.«

»Du hättest nicht herkommen sollen.« Eve beugte sich vor, um ihn durch die Scheibe anzusehen. »Und außerdem ist es mein Schlamassel, nicht deiner.«

»Das stimmt nicht. Behandeln sie dich anständig?«

»So wie sie alle Häftlinge behandeln. Ich bin gerade mal vierundzwanzig Stunden hier, aber das reicht schon, dass ich in Zukunft nie wieder bei Rot über die Ampel gehen werde. Aber man hat eine Menge Zeit zum Nachdenken.« Sie ballte die Fäuste. »Ich denke, das genau ist es, was Grunard wollte. Er wollte mir zeigen, dass er auch auf der Flucht noch Einfluss auf mich hat. Er will, dass ich mich hilflos fühle und mir Sorgen um Jane mache. Es hat funktioniert. Ich bin letzte Nacht beinah durchgedreht. Hat Sarah dich angerufen?«

Er nickte. »Sie hat mir befohlen, mich nützlich zu machen und dich gegen Kaution rauszuholen.«

»Es geht um Entführung, Logan. Niemand wird mich gegen Kaution rauslassen.«

»Vielleicht doch. Mildernde Umstände. Barbara Eisley hegt keine Rachegelüste und für gewöhnlich bist du kein gewalttätiges Subjekt.« Er überlegte einen Moment. »Aber es wäre besser, wenn du ihnen sagen würdest, wo Quinn steckt. Sie wollen ihn verhören, sie wüssten gern, inwieweit er an der Geschichte beteiligt ist.«

»Ich habe keine Ahnung, wo er ist.«

»Und wenn du es wüsstest, würdest du es nicht sagen.« Er stand auf. »Also werde ich mich darum kümmern, hier oder in Atlanta einen Richter zu finden, der sich beeinflussen lässt.«

»Logan, wo ist Jane?«

»Im örtlichen Zentrum der Familienfürsorge. Dort bleibt sie, bis ein Sozialarbeiter aus Atlanta kommt und sie abholt. Ich soll dir von Spiro ausrichten, dass er sie von seinen Leuten bewachen lässt.«

»Das wird nicht reichen.«

»Grunard ist auf der Flucht.«

»Er wird nicht weit fliehen. Er hat sein Spiel fast zu Ende gespielt. Wenn er jetzt verschwindet, hieße das, er hat verloren. Das wird er niemals zulassen.« Sie zögerte. »Wenn er mich nicht kriegen kann, wird er Jane töten. Das ist für ihn der logische Schritt. Er will uns beide, aber er wird sich Jane holen, weil er mich damit treffen kann.«

»Und er weiß, dass er dich treffen würde?«

»Natürlich.« Sie lächelte verbittert. »Der Scheißkerl hat mich sogar davor gewarnt, mich zusammen mit ihr vor Dom zu zeigen.«

»Nett.« Er musterte sie. »Ich bin in Versuchung, dich eine Weile hier drin zu lassen. Zumindest bist du hier in Sicherheit.«

»Dann nimmt er Jane ins Visier.«

»Ich kann sie schützen lassen.«

»Angeblich wurde sie auch im Fürsorgeheim beschützt und dennoch hätte Dom sie kriegen können.« Ihre Stimme bebte vor Verzweiflung. »Wenn es dir irgendwie gelingt, mich hier rauszuholen, Logan, dann tu es. Ich habe keine Ahnung, wie schnell er zuschlagen wird.«

Er schüttelte den Kopf. »Mir gefällt das nicht ...«

»*Bitte.*«

Er stieß einen Fluch aus und stand abrupt auf. »Ich werde sehe, was ich tun kann. Aber vielleicht klappt es heute nicht mehr. Es könnte noch einmal vierundzwanzig Stunden dauern.«

Sie stand ebenfalls auf und die Wärterin trat vor, um sie zurück in die Zelle zu bringen. »Beeil dich.«

Noch einmal vierundzwanzig Stunden.

Die Worte hallten in ihrem Kopf nach, als sie den langen Flur entlang zu ihrer Zelle ging. Die Vorstellung ängstigte sie zu Tode. Wie lange würde Grunard warten?

Es war alles in Ordnung. Joe würde über Jane wachen. Er würde auf sie aufpassen.

Und Grunard würde Joe beobachten. Er würde wissen, dass Joe das Mädchen bewachte. Was bedeutete, dass Grunard zuallererst versuchen würde, Joe auszuschalten.

Dieser Gedanke versetzte sie in Panik.

Ich gehe kein Risiko ein, wenn es nicht unbedingt sein muss. Ich habe noch nie mehr an meinem Leben gehangen als in diesem Moment.

Aber sie hatte ihm einen Auftrag gegeben, der ihn in allerhöchste Gefahr brachte. Sie hatte Joe zur Zielscheibe gemacht.

Als die Zellentür hinter ihr ins Schloss fiel, stieg Panik in ihr auf. Sie saß in der Falle, völlig hilflos.

Ganz ruhig. Sie schloss die Augen und holte tief Luft. Wenn sie sich der Panik auslieferte, würde sie Grunard in die Hände spielen. Wahrscheinlich hockte er irgendwo, malte sich ihre Gefühle in der Zelle aus und weidete sich an ihrer Angst und ihrer Verzweiflung.

Sie durfte ihm nicht geben, was er wollte. Er wollte Panik, also musste sie ihm Beherrschung bieten. Er wollte besinnungsloses Gefühl, sie musste ihm ihren Verstand entgegensetzen.

Vierundzwanzig Stunden.

Nutz die Zeit, um über Grunard nachzudenken, führ dir jede Minute vor Augen, jedes Gespräch der letzten Wochen. Finde eine Spur zu ihm, den schwachen Punkt, an dem er verwundbar ist. Betrachte ihn wie einen deiner Schädel, der vermessen und rekonstruiert werden muss. Nutz deinen Verstand, deine Instinkte und deine Fähigkeiten.

Sie setzte sich auf die Pritsche und lehnte sich an die Wand.

Halte dich von den Menschen fern, die ich liebe, Dom. Stell dir vor, wie ich zitternd und ängstlich in der Zelle hocke. Genieß es.

Dann vielleicht, aber auch nur vielleicht, hätte sie genügend Zeit, um einen Weg zu finden, Dom in seinem verdammten Spiel zu besiegen.

Am folgenden Nachmittag um viertel vor zwei wurde sie gegen Kaution auf freien Fuß gesetzt. Logan wartete auf den Stufen vor dem Gefängnis auf sie. »Gute Nachrichten: Wenn du Glück hast, werden alle Anklagepunkte fallen gelassen. Spiro hat diskreten Druck auf Eisley ausgeübt.« Er zögerte einen Augenblick. »Aber solange das nicht geklärt ist, musst du dich von Jane fern halten. Eine der Bedingungen für deine Entlassung war, dass du dich nicht in einem Umkreis von fünfzig Häuserblocks von ihr blicken lässt. Wenn du dagegen verstößt, wanderst du sofort zurück in den Knast.«

»Damit war zu rechnen. Wie geht es ihr?«

»Gut. Einer meiner Leute beobachtet das Heim.« Er nahm ihren Arm, als sie die Stufen hinabgingen. »Der

Sozialarbeiter aus Atlanta wird heute hier eintreffen, um sie abzuholen.«

»Wann?«

»Gegen Abend.«

»Dann werden sie morgen früh aufbrechen.«

Mit hochgezogenen Augenbrauen hielt er ihr die Wagentür auf. »Du machst einen sehr ruhigen Eindruck.«

»Das täuscht.« Sie stieg ein. »Ich mache mir vor Angst in die Hose.«

»Auf jeden Fall wirkst du anders als gestern.« Er ging um den Wagen herum, um auf dem Fahrersitz Platz zu nehmen.

Sie nahm ihr Handy heraus und wählte Joes Nummer. Seine Stimme klang wunderbar.

»Ich bin draußen«, sagte sie.

»Gott sei Dank.«

»Es wird was passieren. Bald.«

»Jetzt, wo du draußen bist, natürlich.«

»Ich rufe dich wieder an.« Sie legte auf.

»Quinn?«

Sie nickte.

Er setzte ein schiefes Lächeln auf. »Du wusstest doch nicht, wo er steckt.«

»Weiß ich immer noch nicht. Ich weiß nur, dass er Jane bewacht.«

Er wechselte das Thema. »Wo willst du hin?«

»Ins Haus. Ich muss einiges erledigen.«

»Zum Beispiel?«

»Telefonieren. Und dann muss ich an den Computer.«

»Du hast nicht vor, einen Killer zu engagieren, der Grunard umlegt, oder?«

»Verlockende Idee.« Sie schüttelte den Kopf. »Aber das ist es nicht.«

»Und darf ich dir helfen?«
»Unbedingt.«

Sarah Patrick erwartete Eve bereits, als sie die Diele betrat. »Willkommen daheim.« Sie blickte zu Logan. »Offensichtlich haben Sie etwas Richtiges getan.«

»Nichts anderes würde ich wagen. Ich habe viel zu viel Angst vor Monty.« Er wandte sich zu Eve um. »In ein paar Stunden hast du, was du brauchst. Okay?«

Sie nickte. »Danke, Logan. Ich stehe in deiner Schuld.«

»Ich bin dein Freund, da geht das gar nicht.« Er lächelte. »Denk immer daran.«

»Ist denn wenigstens Dankbarkeit erlaubt?«

»Dieselbe Antwort.« Er ging zur Haustür.

Und dennoch stand sie tief in seiner Schuld, dachte sie auf dem Weg ins Arbeitszimmer. Umso mehr, wenn er ihr die Information, die sie brauchte, besorgen konnte.

Sarah begleitete sie. »Sie wirken ziemlich nervös. Kann ich irgendetwas tun?«

»Sie könnten bei der Fürsorge anrufen und nachfragen, ob es Jane gut geht.«

Sarah nickte. »Ich rufe schon den ganzen Tag dort an. Ich bin hingefahren, um sie zu sehen, aber sie haben Monty und mich nicht reingelassen.«

»Schade. Monty zu sehen, würde ihre Stimmung sicherlich heben.«

»Genau das dachte ich auch. Haben Sie schon zu Abend gegessen?«

Eve schüttelte den Kopf. »Ich bin nicht hungrig. Ich muss arbeiten.«

»Tatsächlich?« Sarah musterte ihren Gesichtsausdruck. »Sie sind aufgeregt.«

»Logan meinte, ich sei sehr ruhig.«

»Oberflächlich gesehen ja. Aber darunter brodeln Sie wie ein Geysir. Möchten Sie darüber sprechen?«

Eve schüttelte den Kopf. »Aber ich glaube, ich habe einen Weg gefunden, ihn zu schnappen.«

Geschafft.

Eve schob ihren Stuhl nach hinten und bedeckte ihre Augen mit zitternder Hand.

Ich habe dich, Dom. Endlich habe ich dich.

Ihr Telefon klingelte.

»Jane und der Sozialarbeiter aus Atlanta, James Parkinson, sind eben in einen Streifenwagen mit zwei Polizisten gestiegen und fahren zum Flughafen«, sagte Joe. »Ich folge ihnen.«

»Ich hätte nicht gedacht, dass sie noch heute Nacht fahren würden.«

»Ich auch nicht. Dieser Parkinson war nur fünfzehn Minuten im Heim. Ich rufe dich an, wenn wir am Flughafen sind.«

Eve versuchte nachzudenken. Es war verständlich, dass der Sozialarbeiter Jane aus Phoenix wegschaffen wollte, nachdem Eve entlassen worden war. Aber außerhalb des Hauses, auf der Straße, war Jane verwundbarer.

Ein formloser Metallklumpen auf dem Grund einer Schlucht.

Das durfte nicht noch einmal passieren. Aber Joe war in ihrer Nähe.

Und Dom ebenso.

James Parkinson.

Sie rief Joe an. »Woher weißt du, dass Parkinson der Sozialarbeiter ist?«

»Der Streifenwagen hat per Funk beim Revier Meldung gemacht, dass Jane abgeholt wird, und ich habe den Funkspruch abgefangen.«

»Wie sieht Parkinson aus?«

»Er ist schwarz, stämmig, rundes Gesicht. Er musste sich sowohl bei der Leitung des Heims als auch gegenüber der Streifenwagenbesatzung ausweisen.«

»Ausweise sind leicht zu beschaffen und Grunard hatte reichlich Zeit zu planen.« Aber seine Worte hatten sie beruhigt. »Bleib dicht an ihr dran, Joe.«

»Du weißt, dass ich das tue.«

»Na, freust du dich, nach Hause zu kommen, Kleine?« Officer Rivera warf Jane über die Schulter hinweg einen aufmunternden Blick zu.

Jane antwortete nicht.

»Ich habe auch eine Tochter in deinem Alter. Sie spielt im Softball-Team.«

Jane starrte aus dem Fenster. Sie blendete Parkinson und die beiden Polizisten aus. Sie hatte kein Wort gesprochen, seit sie in den Streifenwagen gestiegen war. Armes Kind, dachte Rivera. Er schaute Parkinson an. »Und, geht es ihr gut?«

Parkinson nickte und seine weißen Zähne leuchteten in dem dunklen Gesicht, als er lächelte. »Sehr gut.«

Plötzlich erstarrte Jane und heftete ihren Blick auf Parkinsons Gesicht.

»Keine Angst, mein Kleines«, sagte er und tätschelte ihr die Schulter.

Jane wurde vollkommen starr, dann kippte sie zur Seite.

»Was ist los mit ihr?«, fragte Rivera. »Fahr mal rechts ran, Ken.«

»O nein, tun Sie das nicht«, sagte Parkinson leise.

Dann schoss er Rivera in den Kopf.

Scheiße. Joes Hand umklammerte das Lenkrad.

Irgendetwas stimmte nicht.

Der Streifenwagen fuhr kreuz und quer durch die Stadt, einige Stellen hatten sie bereits zweimal passiert.

Was zum Teufel ging da vor?

Ohne auf das Signal zu achten, bretterte der Streifenwagen über Eisenbahnschienen, obwohl der Zug schon herankam. Joe musste stehen bleiben.

Über Funk forderte er beim Revier Verstärkung an, während er wartete, dass der Zug vorbeifuhr. »Es ist mir egal, wer kommt. Schickt irgendjemanden. Ganz egal, wen.«

Sie nahmen ihn nicht für voll. Er schloss die Augen. »Okay, wenn Sie den Streifenwagen nicht aufhalten wollen, dann verfolgen Sie mich. Hier spricht Joe Quinn.«

Sobald der Zug vorüber war, gab Joe Vollgas.

Er brauchte zehn Minuten, bis er den Streifenwagen wieder entdeckte.

Aber in der Nähe des Stadions verlor er ihn erneut aus den Augen.

Da war er. Zwei Blocks weiter vorn, er bog links ab.

Wieder verloren.

Diesmal brauchte er fünf Minuten, den Streifenwagen ausfindig zu machen.

Er stand am Rand einer verlassenen Straße.

»Ich habe sie, Eve.«

Dom.

»Sie lügen. Sie ist auf dem Weg zum Flughafen.«

»Nein, Sie werden in Kürze den Anruf bekommen. Ich wollte Sie nur wissen lassen, dass das Spiel bald vorbei ist. Es ist an der Zeit, dass ich bekomme, was mir zusteht.«

»Ich glaube Ihnen nicht.«

»Sie glauben mir. Ich höre es an Ihrer Stimme.«

»Ich will mit ihr sprechen.«

»Nein, sie ist nicht in der Lage zu sprechen. Ich habe den kleinen Engel betäubt. Nur ein harmloser Nadelstich. Ein ziemlich langweiliger alter Trick, aber effektiv. Es war eine so wundervolle Verkleidung, aber ich glaube, sie hat meine Stimme erkannt. Außerdem haben wir einen weiten Weg vor uns, da musste ich sie ein wenig ruhig stellen.« Er ließ einen Moment verstreichen. »Soll ich Ihnen erzählen, was ich mit ihr machen werde, bevor ich sie töte, Eve?«

»Nein.« Sie schloss die Augen. »Tun Sie ihr nicht weh.«

»Noch nicht. Im Moment wäre es kein Vergnügen. Sie empfindet nichts.«

Wut stieg in ihr auf.

»Das macht Sie wütend, stimmt's? Ich kann die Wogen der Empörung regelrecht durchs Telefon spüren. Es ist ganz wundervoll, aber Sie sollten es mir wirklich nicht so leicht machen.«

»Sie wollen doch nicht sie. Sie wollen doch mich.«

»Das ist richtig. Ich möchte, dass Sie zuerst sterben, im Bewusstsein dessen, was auf die Kleine wartet. Kommen Sie und holen Sie sie.«

»Wohin fahren Sie?«

»An einen Ort, den Sie kennen. Erde zu Erde. Salz zu Salz. Erscheint mir angemessen. Ich habe dort meine befriedigendsten Morde verübt. Aber keine Sorge, ich werde Sie nicht in Stücke hacken, wie ich es mit den anderen getan habe. Ich habe zu viel Achtung vor Ihnen.«

»Wird sie dort sein?«

»Ich bin doch kein Narr. Sie könnten mir eine Falle stellen.«

»Ich werde nicht dorthin kommen, solange ich nicht weiß, dass sie noch lebt. Erst wenn ich ihre Stimme höre.«

»Das werden Sie. Seien Sie morgen Abend um neun dort.« Er legte auf.

O Gott.

Sie hatte geglaubt, ihm dicht auf den Fersen zu sein, aber Dom hatte es dennoch geschafft, ihr wieder den Boden unter den Füßen wegzuziehen.

Joe rief an.

»Er hat sie. Ich habe beide Polizisten tot im Streifenwagen gefunden, Jane war weg.«

»Ich weiß, Dom hat mich angerufen.«

»Scheiße. Ich hab's vermasselt.«

»Es ist nicht deine Schuld«, sagte sie benommen. »Er war verkleidet. Selbst Jane hat ihn nicht auf Anhieb erkannt.«

»Lebt sie?«

»Er sagt ja. Noch.«

»Rühr dich nicht vom Fleck. Ich bin unterwegs zu dir.« Er legte auf.

Joe würde kommen und ihr ein wenig von ihrer Angst nehmen. Sie musste sich dem Horror nicht allein stellen.

Doch, das musste sie. Von Anfang an hatte sie gewusst, dass sie sich Dom allein stellen musste. Er wollte sie in die Falle locken, damit er sie und Jane töten konnte. Er würde Joe kaltblütig abschlachten, wenn er in der Nähe wäre.

Sie musste seine Pläne durchkreuzen. Sie musste den Jäger fangen, bevor die Falle zuschnappte.

»Sarah? Können Sie mal kommen?«

Sarah erschien in der Tür. »Was gibt's?«

Eve hielt einen Finger hoch. »Nur eine Minute.« Sie

wählte Spiros Handynummer. Er meldete sich nach dem dritten Klingeln.

»Dom hat Jane und ich weiß, wo er hinwill. Ich möchte, dass wir uns dort treffen.« Sie musste sich unterbrechen, um ihre Stimme zu beruhigen. »Sie wollten mich doch als Köder. Also lassen Sie uns überlegen, wie wir es anstellen.«

Kapitel 18

20:45 Uhr

Kerzen.

Überall.

Kandelaber mit Wachsstöcken, deren Flammen im Wind flackerten. Laternen. Öllampen.

Eve parkte den Wagen am Fuß des Hügels und blickte hinaus zur Kuppe, wo das Zelt gestanden hatte.

Heißt du mich so willkommen, Dom? Bist du da oben?

Sie wählte Spiros Nummer. »Wo sind Sie?«

»Auf einem Rastplatz ungefähr zwei Meilen entfernt Richtung Jamison. Wir konnten nicht näher herankommen, sonst riskieren wir, dass er uns sieht. Von diesem Hügel aus kann man meilenweit sehen.«

»Ich weiß. Sehen Sie die Kerzen?«

»Ja. Denken Sie dran, senden Sie das Funksignal, sobald Sie wissen, dass Dom dort ist, dann kommen wir dazu.«

»Sie verhalten sich ruhig, bis ich mich vergewissert habe, dass Jane lebt und in Sicherheit ist. Er wird mich anrufen.«

»Bleiben Sie im Wagen, bis Sie es wissen. Dort sind Sie etwas geschützter. Haben Sie eine Waffe?«

»Einen Revolver.«

»Von Quinn?«

»Nein, ich habe Ihnen doch gesagt, dass er nichts von der Sache weiß. Sarah besitzt einen und hat ihn mir geliehen. Er ist in meiner Jackentasche.«

»Wir könnten Quinn hier gut gebrauchen.«

»Und riskieren, dass Dom ihn abschlachtet? Er hat schon zu viel für mich getan.«

»Ich hätte mir denken können, dass Ihre fürsorgliche Ader sich wieder zu Wort meldet. Zögern Sie nicht, die Waffe zu benutzen.« Er legte auf.

Sie saß im Wagen und starrte die Kerzen auf dem Hügel an.

Fünf Minuten.

Sieben Minuten.

Das Telefon klingelte.

»Gefallen Ihnen meine Kerzen?«, fragte Dom.

»Ich will mit Jane sprechen.«

»Glauben Sie mir nicht? Ich sagte Ihnen doch, ich will, dass Sie zuerst sterben.«

»Lassen Sie mich mit Jane sprechen.«

»Na gut, wie Sie wollen.«

»Eve, tu bloß nicht, was er sagt«, schrie Jane ins Telefon. »Er ist ein schleimiger Widerling und ich ...«

Dom nahm ihr den Hörer weg. »Reicht das? Mehr gibt's nicht. Ich hatte sehr viel Geduld mit ihr, seit sie aufgewacht ist, aber allmählich geht sie mir auf die Nerven.«

»Es reicht.«

»Dann treten Sie ein in meinen Salon. Ich werde in zehn Minuten da sein.«

Hastig wählte sie Sarahs Nummer. »Zehn Minuten Fußweg von hier.«

»Das ist ein ziemlich weiträumiges Gelände.«

»Finden Sie sie. Wenn es ihm gelingt, mich zu töten

und zu verschwinden, darf er zumindest Jane nicht mehr vorfinden.«

»Wir tun unser Bestes.«

Noch neun Minuten.

Bleib im Wagen. Bleib noch ein bisschen in Sicherheit. Bleib sitzen und betrachte die flackernden Lichter auf dem Hügel.

Sarah legte ihren Werkzeuggürtel um und Monty spannte sich an.

»So ist's gut, alter Junge. An die Arbeit.« Sie ließ Monty an Janes T-Shirt schnüffeln. »Such sie.« Im Dauerlauf machte sie sich auf den Weg. Sie hatte das Gelände mit dem Fernglas erkundet und war auf zwei logische Möglichkeiten gekommen.

Er würde Jane nicht im Freien festhalten. Blieb also das Wäldchen am Fuß des Berges, westlich von hier.

Oder die mit Büschen bewachsene Schlucht im Osten.

Von beiden Stellen aus war es ein Fußweg von zehn Minuten zum Hügel.

Welche Richtung sollte sie einschlagen?

Sie würde sich entscheiden, wenn sie näher dran war.

Sie konnte nur beten, die richtige Entscheidung zu treffen.

Monty jagte mit ausholenden Schritten voran.

Kind ...

Zehn Minuten.

Eve öffnete die Wagentür und stieg aus. Die Luft war eiskalt, ein schneidender Wind wehte. Die Nacht war mondlos, Schnee kündigte sich an.

Sie machte sich auf den Weg den Hügel hinauf.

Kerzen. Flammen.

Bist du schon da, Dom?
Sie erreichte die Hügelkuppe.
Niemand.
Nur die Kerzen und die Flammen und die flackernden Schatten auf der verwüsteten Erde. Es war nicht so hell, wie sie von unten angenommen hatte. Am gegenüberliegenden Rand des Geländes gab es eine Stelle, die völlig im Dunkeln lag.
Sie ging weiter in den Lichterkreis hinein.
Beobachtete er sie? Oder bildete sie sich das nur ein?
Sie wirbelte herum.
Niemand.
Oder war er dort?
Irgendetwas in der Dunkelheit …
Sie zögerte einen Moment, dann eilte sie fort von den Lichtern zu der dunklen Stelle.
»Dom? Sie wollten mich hier haben. Also kommen Sie raus und holen mich.«
Kein Laut.

Jetzt musste sie sich entscheiden.
Sarah blieb einen Moment stehen, um Luft zu holen.
Das Wäldchen oder die Schlucht?
Monty hatte die Entscheidung bereits getroffen. Er zerrte an der Leine in Richtung des Wäldchens. Er blieb stehen, schnüffelte und zerrte weiter.
Er hatte Janes Witterung aufgenommen.

Der Umriss in der Dunkelheit war keine stehende Gestalt. Irgendetwas auf dem Boden …
Sie trat näher heran.
Sie konnte es noch immer nicht erkennen.
Noch ein paar Schritte.
Es nahm langsam Gestalt an.

Sie fiel schon fast darüber.

Eine Leiche?

O Gott.

Jane?

Sie schrie auf.

Die Leiche des Mannes lag ausgebreitet auf dem Boden. Hände und Füße waren an vier Pflöcken festgebunden und seine Augen waren weit aufgerissen. Seine Gesichtszüge waren verzerrt zu einem stummen Todesschrei.

Mark Grunard.

»So habe ich meinen Vater angepflockt.«

Sie wirbelte herum und sah sich Spiro gegenüber.

Er lächelte. »Ein kleines Willkommensgeschenk. Eigentlich sollte es das Mädchen sein, aber ich wusste, Sie würden nur kommen, solange noch die kleinste Möglichkeit bestand, sie zu retten.«

»Sie?«, flüsterte sie. »Dom?«

»Natürlich ich.«

Ein Mann, der täglich mit Ungeheuern konfrontiert ist.

Aber er selbst war das Ungeheuer. »Gott, was bin ich für eine Närrin. Keine Falle. Keine FBI-Agenten, die ausschwärmen, um mir in letzter Minute das Leben zu retten.«

»Leider nicht.« Er trat näher und wurde fast von der Dunkelheit verschluckt. »Stecken Sie nicht Ihre Hände in die Taschen. Ich habe ein Messer in der Hand und kann Sie blitzschnell erwischen, aber ich will es nicht so schnell enden lassen. Es war ein phantastisches Spiel und ich will meinen Sieg auskosten.«

»Noch haben Sie nicht gewonnen.«

»Das ist es, was ich an Ihnen bewundere. Sie geben nie auf. Aber Sie sollten etwas großzügiger sein. Ich bin sehr klug vorgegangen. Ich habe es verdient zu gewinnen.«

»Sie waren tatsächlich klug. Sie haben Grunard perfekt aufgebaut. Sie haben mir sogar die Eigenschaften eines Serienmörders an die Hand gegeben, damit ich später in der Lage sein würde, sie auf Grunard zu beziehen. Es ist mir nie in den Sinn gekommen, dass sie auch auf Sie zutreffen. Genau wie Grunard arbeiten Sie mit der Polizei zusammen, mehr noch, Sie sind FBI-Profiler. Sie konnten unbemerkt viel reisen. Sie sind gern an der Front, so haben Sie es einmal ausgedrückt. Sie waren stets über Ihr Handy zu erreichen und niemand wusste, wo Sie sich tatsächlich aufhielten. Sie konnten behaupten, in Talladega zu sein, obwohl Sie in Atlanta waren.«

»Für mich ist das Handy eine der hilfreichsten Erfindungen überhaupt. Und FBI-Agent zu werden, war eine echte Herausforderung. Mein Lebenslauf musste wasserdicht sein, die psychologischen Tests mussten unter Beweis stellen, dass ich vollkommen normal war. Ich habe mich fast zwei Jahre lang vorbereitet, bevor ich mich bewarb. Die persönlichen Gespräche mit Menschen aus meiner vermeintlichen Vergangenheit zu organisieren, war der schwierigste Teil. Es erforderte eine Raffinesse, Bestechungsgeschick und psychologisches Fingerspitzengefühl, das Sie mit Bewunderung erfüllen würde.«

»Nein, ganz sicher nicht.«

»Aber es hat sich gelohnt. Wer könnte besser Beweismittel verschwinden lassen und manipulieren? Ich musste stets ein Auge darauf haben, wann und wo eines meiner Opfer gefunden wurde, um die Beweismittel zu vernichten.«

»Aber der Bericht der VICAP hat die Harding-Morde offen gelegt.«

»Richtig. Sehr ärgerlich.«

»Aber Sie haben mich hierher gelotst, um Debby Jordan zu suchen.«

»Ich bin Fatalist. Ich sah, dass alles zu meinen Ursprüngen zurückführte. Ich wollte Sie hier haben, damit Sie mir helfen, von vorn anzufangen, dieses wunderbare Gefühl der Macht neu zu beleben.« Er lächelte. »Und es hat funktioniert. Als ich Grunard tötete, war es fast wie in den alten Tagen. Aber er ist nicht wie Sie. Mit Ihnen wird es noch viel besser werden.«

»Hatten Sie von Anfang an vor, Grunard zu töten?«

»Nachdem ich die Situation und alle Möglichkeiten durchleuchtet hatte, war mir klar, dass sich mit seinem Tod zwei Ziele erreichen ließen: eine falsche Spur zu legen und das Spiel komplizierter zu gestalten. Wie hätte ich da widerstehen können? Er sollte Dom werden und verschwinden.« Er schüttelte den Kopf. »Aber diese kleine Freude wird möglicherweise dazu führen, dass ich weiterziehen und mich wieder neu erfinden muss. Grunards Biographie ist ziemlich handfest. Es werden Fragen aufkommen.« Er zuckte die Achseln. »Aber gut, ich werde es rechtzeitig merken und ich habe mir bereits eine neue Identität in Montana aufgebaut. Ist vielleicht ganz gut so. Robert Spiro zu sein, hat es mir zu leicht gemacht. Die Morde, das Vertuschen ... Vielleicht war das ein Teil meines Problems.«

»Sie werden weitermachen und wieder morden.« Ihre Stimme zitterte. »Wieder und wieder.«

»Natürlich.«

»Wie oft ...?«

»Ich kann mich wirklich nicht mehr erinnern. In den ersten Jahren war es wie ein Rausch. Ich bin jeden Abend ausgegangen. Danach habe ich es nur noch verschwommen in Erinnerung. Mehr als dreißig Jahre ...

Tausend vielleicht? Ich weiß es nicht. Vielleicht auch mehr.«

»Mein Gott.«

»Aber machen Sie sich keine Sorgen, Sie sind nicht wie die anderen. An Sie werde ich mich immer erinnern.«

»Sie haben mich jetzt. Lassen Sie Jane gehen.«

»Sie wissen genau, dass ich das nicht tun werde. Sie kennt mein Gesicht und das kleine Biest würde versuchen, mich zu vernichten. Sie ist genau wie Sie.«

»Aber mit Ihrer Einschätzung, dass sie wie Bonnie sei, lagen Sie völlig falsch.«

»Aber es war doch ein interessantes Szenario, finden Sie nicht? Damit habe ich Sie gekriegt. Die Knochen und die süße kleine Jane.«

»Wessen Knochen waren es?«

Er schwieg.

»Sagen Sie es mir. Waren die Knochen von Bonnie?«

»Ich könnte Sie sterben lassen, ohne dass Sie es erfahren.«

»Stimmt.«

»Aber dann wüssten Sie nicht, wie clever ich bin. Wie wunderbar ich Sie hereingelegt habe.«

»Es waren nicht die Knochen von Bonnie.«

Er schüttelte den Kopf. »Von Doreen Parker.«

»Dann war alles, was Sie mir über Ihre Gespräche mit Fraser sagten, eine Lüge.«

»Nicht alles. Ich habe mit ihm gesprochen. Es war bemerkenswert einfach, schließlich bin ich FBI-Agent. Er war ein Trittbrettfahrer und beanspruchte einige meiner Morde für sich. Wir haben nett miteinander geplaudert und ich riet ihm, sich nicht wichtig zu machen. Da er eine enorme Bewunderung für mich hegte, pflichtete er mir bei.«

»Sie wussten von dem Eis. Haben Sie das aus dem Polizeibericht?«

»Nein, ich sagte Ihnen doch, dass wir nett miteinander geplaudert haben. Er hat sehr viel von Bonnie erzählt. Wollen Sie erfahren, wie er es gemacht hat?«

Sie ballte die Fäuste, als der Schmerz sie zu überwältigen drohte. »Nein.«

»Feigling.« Er musterte sie eindringlich. »Aber Sie wollen wissen, wo er sie begraben hat, nicht wahr? Sie wollten sie immer finden.«

»Ich will sie nach Hause holen.«

»Zu spät. Sie werden sterben, ohne sie zu finden. Das tut furchtbar weh, nicht wahr? Ihre Bonnie liegt ganz allein im Chattahoochee National Park begraben und Sie werden hier liegen, hunderte Meilen von ihr entfernt. Das tut weh, stimmt's?«

»Ja.«

»Ich kann Ihren Schmerz spüren.«

»Und Sie haben Spaß daran, Sie Dreckschwein.«

»Ich muss so viel wie möglich aus diesem Augenblick herauspressen. Es ist sowieso zu schnell vorbei.« Er schwieg einen Augenblick lang. »Sie haben mich gar nicht gefragt, welche Farbe die Kerzen haben werden, die ich für Sie ausgewählt habe.«

»Interessiert mich nicht.«

»Schwarz. Schwarz war die Farbe meiner Kerzen und ich werde sie mit Ihnen teilen. Das habe ich bisher noch nie getan. Sie können sich geschmeichelt fühlen. Die Kerzen liegen neben Grunards Kopf. Heben Sie sie auf, Eve. Zünden Sie sie an.«

Sie rührte sich nicht.

»Heben Sie sie auf oder ich verspreche Ihnen, dass Jane es sehr schwer haben wird, bevor ich ihr die Kerze in die Hand drücke.«

Eve zögerte, dann ging sie zu Grunard hinüber.

Wie der Mann gelitten haben musste. Sein Gesichtsausdruck …

»Heben Sie sie auf und kommen Sie wieder her zu mir.«

Er stand im Schatten. Sie hatte keine Chance, solange er im Dunkeln stehen blieb.

Sie hob die schwarzen Kerzen auf.

»Jetzt kommen Sie zu mir.«

Langsam ging sie auf ihn zu.

Ein Schritt.

Zwei.

Drei.

»Schneller, ich kann es kaum erwarten zu …«

Sie schleuderte ihm die Kerzen ins Gesicht.

»Eve!«

Sie rannte los. Aus dem Schatten heraus in den von Kerzen erleuchteten Kreis.

Sie blickte sich um. Er lief hinter ihr her.

Schnell.

Er kam näher.

Komm schon.

Schneller.

Raus aus dem Dunkeln.

Ins Licht.

Ein einzelner Schuss zerriss die nächtliche Stille.

Spiro wurde hochgerissen und fiel auf die Knie.

Das Messer fiel aus seiner Hand.

Er blickte ungläubig auf seine Brust, aus der Blut floss. »Eve?«

Sie drehte sich zu ihm um. »*Jetzt* ist das Spiel vorbei, Scheißkerl.«

Er berührte seine Brust und zog die Hand weg. Sie war blutverschmiert. »Wer?«

»Joe.«

»Nein. Ich ... habe alles abgesucht, bevor ich die Kerzen angezündet habe. Es gibt keine Stelle, wo er sich hätte verstecken können ...«

»Er war Scharfschütze bei der SEAL. Er hat mir erzählt, dass er auf tausend Meter Entfernung trifft. Zu diesem Baum dahinten am Abhang sind es nicht einmal fünfhundert Meter. Ich wusste, dass er Sie erwischen würde, sobald er Sie sehen konnte, Spiro.«

Er riss die Augen auf. »Sie wussten ...« Er brach zusammen.

Sie ging zu ihm und kniete sich neben ihn. »Wo ist Jane?«

»Hol Sie der Teufel.«

»Sie werden sterben, Spiro. Was macht es da für einen Unterschied?«

»Es ... macht einen Unterschied. Woher ... wussten Sie?«

»Sie haben diesen anonymen Anruf getätigt, auf Grund dessen ich verhaftet wurde. Während der ersten vierundzwanzig Stunden war ich zu gar nichts fähig. Es hätte Ihnen außerordentlich gut gefallen, mich sehen zu können. Dann wurde mir klar, dass ich dabei war, Sie gewinnen zu lassen. Also habe ich die zweite Nacht damit verbracht nachzudenken. Ich wollte einen Weg finden, Grunard aufzuspüren. Ich habe versucht, alle Gefühle auszuschalten, wie ich es auch tue, wenn ich an einem Schädel arbeite, und lediglich die Fakten und Ereignisse zu betrachten. Es gab da etwas, das mich vom ersten Moment an beschäftigt hat, aber ich vergaß es wieder, als ich das Foto sah. Charlie hatte gesagt, Sung sei aus dem Häuschen gewesen und habe von Verschiebungen und Spektren gesprochen. Dann machte er einen Anruf, bevor er sagte, er müsse mit mir reden. Er hätte Grunard anrufen können, aber wenn er Grunard als den Mörder identifiziert hatte, warum sollte er ihn dann anrufen? Nein, es musste etwas anderes sein. Also bat ich Logan, die Telefongesellschaften zu befragen und herauszufinden, wen Sung angerufen hatte. Es war Multiplex, eine dieser Firmen für digitale Bildbearbeitung an der Westküste. Sung wollte sich bestätigen lassen, was er herausgefunden hatte. Es war zwar mitten in der Nacht, aber in diesen großen Firmen wird häufig auch nachts gearbeitet. Sie hatten das Foto zu Multiplex geschickt, um ein Foto von Grunard einarbeiten zu lassen, damit ich es ›entdecken‹ konnte. Deshalb haben Sie die Übergabe des Fotos so lange hinausgezögert.«

»Hat ja funktioniert.«

»Aber Sie konnten nicht ahnen, wie gut Sung war. Große Firmen wie Multiplex benutzen eigene Software und die Varianz der Verschiebungen in den Lichtspektren ist fast so etwas wie ein Fingerabdruck. Sung hat diese Verschiebungen erkannt und wusste, dass das Foto manipuliert war. Multiplex war vielleicht nicht bereit zu bestätigen, dass sie dieses bestimmte Foto bearbeitet haben, aber sie haben keinen Grund, die allgemeinen technischen Aspekte der Software nicht zu bestätigen. Hat Charlie Sie informiert, nachdem er mich angerufen hat?«

»Natürlich. Ich habe ihn gut angelernt.«

»Und dann haben Sie ihn getötet. Was hätten Sie getan, wenn Joe nicht hinuntergeklettert wäre und das Foto geholt hätte? Wäre das andere Foto, das Sie angeblich nach Quantico geschickt haben, wieder aufgetaucht?«

Er antwortete nicht, er konnte kaum noch atmen.

»Aber das alles waren nur Vermutungen und ich

wollte Gewissheit. Bei Multiplex wollte niemand mit mir reden. Sie haben die wahrscheinlich angewiesen, den Auftrag vertraulich zu behandeln, und alle gehorchen dem FBI. Also habe ich mir das Foto vorgenommen und selbst daran gearbeitet. Ich habe nicht die Ausrüstung und die Erfahrung, um das zu tun, was Sung getan hat, also machte ich eine digitale Überblendung der Gesichter Ihrer Brüder.« Sie lächelte grimmig. »Und was kam zu meiner Überraschung dabei heraus? Sie.«

»Lüge. Wir sehen uns überhaupt nicht ähnlich.«

»Richtig, und das war auch gut so. So war es wahrscheinlicher, ein völlig unverwechselbares Gesicht zu erzielen, als wenn Ihre Brüder sich ähnlich gesehen hätten. Bei meinen Altersbestimmungen benutze ich oft die Gesichtszüge älterer Familienmitglieder. Als ich noch am Nationalen Zentrum für vermisste Kinder studierte, habe ich häufig ausprobiert, was dabei herauskommt, wenn man die Gesichter von verschiedenen Familienmitgliedern überblendet. Selbst wenn die sich nicht ähnelten, war es verblüffend, welche Ähnlichkeiten zutage traten, wenn man sie kombinierte. Das Gesicht, das ich in diesem Fall herausbekam, war nicht exakt Ihr Gesicht, aber es hatte doch eine große Ähnlichkeit, und nachdem ich eine Alterungssimulation vorgenommen hatte, wurde es noch ähnlicher. Das hat mich veranlasst, alle Ereignisse noch einmal zu überdenken.«

»Ich habe ... keine Fehler gemacht. Überhaupt keine.«

»Nein, Sie waren fast perfekt. Aber Sie waren ständig in meiner Nähe oder im Hintergrund.«

»Grunard auch.«

»Ja, aber ich bin über dieses Gespräch mit Dom gestolpert, das ich führte, als Sie bei mir in Joes Hütte waren. Erst da wurde mir bewusst, dass es kein wirkliches Gespräch war. Dom gab nur eine kurze Erklärung ab und legte auf. Ein aufgezeichnetes Alibi, von einem Zeitschalter ausgelöst. Sehr effektiv.« Sie schüttelte den Kopf. »Mir ist so vieles klar geworden, nachdem ich einmal akzeptiert hatte, dass Sie Dom sind. All die Male, die Sie Joe und mich falsch informiert und belogen haben. Warum hätten wir Verdacht schöpfen sollen? Sie waren Spiro vom FBI.«

»Sie sind ja mächtig stolz auf sich.« Sein Gesichtsausdruck war voller Bösartigkeit. »Sie haben nicht gewonnen. Ich werde nicht sterben. Ich fühle mich von Minute zu Minute stärker. Ich werde weiterleben und man wird mich für verrückt erklären.«

»Sie werden nicht weiterleben.«

Als sie aufsah, stand Joe neben ihr und starrte auf Spiro herab.

»Wenn es auch nur die geringste Möglichkeit gibt, dass Sie überleben, werde ich Ihnen noch eine Kugel verpassen, bevor die Polizei eintrifft«, sagte Joe. »Sie wären schon längst tot, wenn ich nicht beschlossen hätte, keinen Kopfschuss zu riskieren. Sie waren zu nah an ihr dran.«

»Näher als Sie. Näher als irgendjemand. Sie wird Sie vergessen. Mich wird sie nie vergessen.« Sein Blick wanderte zu Eve. »Das Mädchen wird sterben. Ich habe sie versteckt und hier in den Bergen friert es nachts. Sie hat keinen Mantel an und sie ist gefesselt. Sie werden sie nicht rechtzeitig finden.«

Angst stieg in ihr auf. »Sie lügen. Sarah und Monty suchen sie. Sie werden sie finden.«

»Und wenn ich eine falsche Spur gelegt habe? Ich wusste doch, dass Ihnen Sarah und Monty zur Verfügung stehen. Sie wissen, dass ich immer noch ein Ass im Ärmel habe. Aha, das macht Ihnen Angst. Sie sind noch so …«

»Würde es dir etwas ausmachen, nach unten zu gehen und im Wagen zu warten?«, fragte Joe Eve. »Ich glaube, es ist an der Zeit, sich von dem Schwein zu verabschieden.«

»Das wird sie nicht zulassen. Sie ist viel zu gutherzig.« Spiro richtete sich auf. »Das Mädchen wird sterben, aber ich werde ewig leben. Ich werde weiterleben …« Blut strömte aus seiner Brust. »Stoppen Sie die Blutung, Eve. Sie wissen, Sie können mich nicht sterben lassen.«

»Hol Sie der Teufel.« Sie stand auf und wandte sich an Joe.

»Wir müssen die Polizei anrufen und Sarah, um zu hören, ob sie Jane gefunden hat.«

»Ich komme gleich nach«, sagte Joe.

»Nein.« Sie blickte auf Spiro hinab. »Ich will nicht, dass es schnell geht. Lass das Schwein verbluten.«

Sie drehte sich um und ging weg.

»Eve!«

Sie blickte nach vorn und ignorierte Spiros ungläubiges, panisches Geheul.

»Wir haben sie nicht gefunden, Eve«, sagte Sarah.

»Die Temperatur fällt.«

»Ich weiß. Der Bastard hat mehrere falsche Spuren gelegt.«

»Er will, dass sie stirbt.«

»Monty zieht in eine andere Richtung. Ich muss weiter.«

Sie legte auf.

Eve drehte sich zu Joe um. »Er lässt sie im Kreis laufen.« Sie erschauerte, als ein eiskalter Windstoß sie erfasste. »Es ist bestimmt unter null Grad. Wenn er sie gefesselt hat, kann Jane sich nicht einmal bewegen, um sich warm zu halten.«

Noch eine falsche Spur.

Wie viele hatte der Scheißkerl noch gelegt?

Kind?

Monty war ebenso verwirrt. Er rannte im Kreis, um die Witterung aufzunehmen. Plötzlich hielt er kurz inne und wandte sich nach Osten.

Kind?

»Was ist los, Junge?«

Er hob den Kopf, als lausche er.

Mein Gott, er zitterte und seine Nackenhaare hatten sich aufgerichtet. Was zum Teufel war da los?

Anderes Kind.

Er zerrte wie besessen Richtung Osten.

Anderes Kind. Anderes Kind. Anderes Kind …

»Wir haben sie gefunden«, sagte Sarah. »Sie lag hinter einigen Felsbrocken am Abhang der Schlucht. Wir hätten sie beinahe übersehen.«

»Geht's ihr gut?«

»Ihr ist kalt, aber sie ist nicht unterkühlt. Monty liegt neben ihr und wärmt sie. Sobald ich zu Atem gekommen bin, machen wir uns auf den Rückweg.«

»Wir kommen zu Ihnen.«

»Nein, ich will sie aus der Kälte haben. Ich habe ihr meine Jacke gegeben und laufen wird ihr gut tun.«

Eve drehte sich zu Joe, der den Hügel herunterkam. »Es geht ihr gut.«

»Gott sei Dank.« Er warf einen Blick über die Schulter zur Hügelkuppe. »Zu schade, dass Spiro nicht mehr lebt, um es zu erfahren.«

»Hast du …?«

Joe schüttelte den Kopf. »An mir lag's nicht. Er war schon tot, als ich ihn untersuchen wollte.«

»Ich hätte dir keinen Vorwurf gemacht, wenn du nachgeholfen hättest. Ich hätte ihn eher eigenhändig umgebracht, als zu riskieren, dass er freikommt.«

»Du hast dich wirklich verändert.«

»Ja, ich habe mich verändert.« Sie sah zum Hügel hoch, der immer noch von Kerzen erleuchtet wurde. Dom hatte sie verändert. Aber nicht so, wie er es sich vorgestellt hatte. Er hatte geglaubt, sie niederzwingen zu können, sie vom Leben auszuschließen. Er hatte nicht bemerkt, dass er sie dazu gebracht hatte, sich wieder ins Leben zu stürzen. Wie wütend ihn das gemacht hätte, hätte er es noch erfahren.

»Die Polizei kommt.« Joe blickte den Scheinwerfern der beiden Streifenwagen entgegen, die die Straße zu ihnen herauffuhren. »Wir werden einiges zu erklären haben.«

»Ja.« Sie nahm seine Hand. Sie war warm und stark und ruhig. Siehst du, was du mir gegeben hast, Dom? Leben. Liebe. Licht, wo vorher Dunkelheit war.

Schmor in der Hölle, du Scheißkerl.

Sie drückte Joes Hand, als sie zur Straße hinuntergingen. »Kein Problem. Das stehen wir zusammen durch.«

Epilog

»Du solltest lieber hineingehen. Auch wenn schon März ist, der Wind vom See ist immer noch sehr kühl.«

Eve drehte sich um und sah Bonnie gegen das Geländer gelehnt auf den Verandastufen sitzen. »Mir ist nicht kalt. Wer ist hier die Mutter?«

Bonnie kicherte. »Das ist die Rache für die vielen Male, die du mir solche Dinge gesagt hast.«

»Undankbares Kind.«

»Jawohl.« Zum Schutz gegen die Sonne hielt sie sich eine Hand über die Augen und schaute zu dem Boot hinüber, das im Wasser lag.

»Jane hat Joes dicken Pullover an. Warum bist du nicht mit angeln gegangen?«

»Ich war zu faul.«

»Und du wolltest Joe die Möglichkeit geben, eine Beziehung zu ihr aufzubauen.«

»Wenn du die Antwort schon weißt, warum fragst du dann überhaupt?«

»Mach dir keine Sorgen. Er mag Jane wirklich. Es fällt ihm nicht leicht, jemandem Zutritt zu seinem Leben zu gewähren. Er wird Zeit brauchen, bis er sich daran gewöhnt hat.«

»Ich mache mir keine Sorgen.« Sie lehnte den Kopf

gegen das Geländer. »Das Leben gefällt mir richtig gut, Kleines.«

»Wurde auch Zeit. Du warst ganz schön schwierig, Mama.« Sie blickte wieder zum Boot hinüber. »Du hast Joe noch gar nichts von mir erzählt.«

»Das tue ich bald.«

»Hast du Angst, er könnte dich für verrückt erklären? Du solltest es besser wissen.«

»Vielleicht will ich dich nur noch ein bisschen länger für mich allein behalten. Ist das so schlimm?«

»Für mich nicht.«

»Oder vielleicht habe ich auch die Befürchtung, dass du nicht wiederkommst, wenn ich jemandem von dir erzähle.«

»Was für ein Quatsch. Warum sollte ich dich gerade jetzt verlassen, wo du so viel glücklicher bist? Ich bin so froh, dass du endlich glücklich bist.«

Eine Woge der Zufriedenheit schwappte über Eve hinweg.

»Wir werden dich finden, Bonnie. Sarah hat mir angeboten, im nächsten Monat mit Monty herzukommen und den Chattahoochee Park abzusuchen. Ich habe ein gutes Gefühl dabei. Wir werden dich nach Hause holen, Kleines.«

»Du weißt ja, dass mir das nie etwas bedeutet hat, aber dich wird es glücklich machen.« Sie beugte sich vor und schlang die Arme um ihre Knie. »Ich mag Monty. Er ist nett und intelligent.«

»Und woher willst du wissen, dass er intelligent ist?«

Bonnie antwortete nicht.

»Sarah meinte, in jener Nacht da oben auf dem Hügel sei etwas ganz Merkwürdiges mit Monty passiert.«

Bonnies Blick schweifte wieder zu dem Boot.

»Tatsächlich?«

»Du weißt nicht zufällig etwas darüber, oder?«

»Spinn nicht rum, Mama. Woher sollte ich etwas wissen?« Das verschmitzte Lächeln, das sie Eve schenkte, war voller Liebe und wortlosem Verstehen. »Wo du doch genau weißt, dass ich nur ein Traum bin.«